HEYNE <

JEFFREY ARCHER

WARWICK

EWIGE FEINDE

TEIL 4 DER WARWICK-SAGA

ROMAN

Aus dem Englischen
übersetzt von Martin Ruf

WILHELM HEYNE VERLAG
MÜNCHEN

Die Originalausgabe *Over my Dead Body*
erschien 2021 bei HarperCollins, London.

MIX
Papier aus verantwortungsvollen Quellen
FSC® C014496
FSC www.fsc.org

Penguin Random House Verlagsgruppe FSC® N001967

Redaktion: Thomas Brill
Umschlaggestaltung: t.mutzenbach design
unter Verwendung von Motiven von © Trevillion Images
(CollaborationJS)
Satz: KCFG-Medienagentur, Neuss
Druck und Bindung: GGP Media GmbH, Pößneck
Printed in Germany
ISBN: 978-3-453-42694-8

www.heyne.de

Für Jack

1

»Sind Sie ein Detective, Sir?«

William sah zu dem jungen Mann auf, der ihm diese Frage gestellt hatte. »Nein. Ich bin stellvertretender Direktor der Midland Bank in Shoreham, Kent.«

»Dann«, fuhr der junge Mann fort, der nicht überzeugt wirkte, »können Sie mir sicher sagen, was der Umtauschkurs zwischen Dollar und Pfund betrug, als heute Morgen der Markt für Fremdwährungen eröffnet wurde.«

Kurz bevor William am Abend zuvor auf das Schiff gekommen war, hatte er einhundert Pfund in Dollar umgetauscht. Jetzt versuchte er, sich daran zu erinnern, wie viel er für sein Geld bekommen hatte, doch er zögerte zu lange.

»Ein Dollar und vierundfünfzig Cent pro Pfund«, sagte der junge Mann, bevor William antworten konnte. »Also entschuldigen Sie, wenn ich Sie frage, warum Sie nicht zugeben wollen, dass Sie ein Detective sind.«

William legte das Buch, das er gelesen hatte, auf den Tisch vor sich und musterte den jungen, ernsten Amerikaner genauer, der sehr bemüht war, nicht wie ein Kind zu wirken, obwohl er sich noch nicht einmal regelmäßig rasieren musste. Sein Gegenüber kam ihm wie ein Privatschüler vor, der sich aufs College vorbereitete – ein »preppy«.

»Können Sie ein Geheimnis für sich behalten?«, flüsterte er hinter vorgehaltener Hand.

»Ja, natürlich«, sagte der junge Mann, der verletzt klang.

»Dann setzen Sie sich«, sagte William und deutete auf den bequemen Stuhl gegenüber. Er wartete, bis der junge Mann Platz genommen hatte. »Ich mache Urlaub und habe meiner Frau versprochen, dass ich während der nächsten zehn Tage niemandem verraten werde, dass ich bei der Polizei bin. Denn würde ich das tun, liefe ein endloser Strom von Fragen praktisch darauf hinaus, dass es überhaupt keinen Unterschied mehr zwischen meiner Arbeit und meinem Urlaub gibt.«

»Aber warum haben Sie sich dafür entschieden, zur Tarnung einen Banker zu spielen?«, fragte der junge Mann. »Denn ich vermute, Sie kennen nicht einmal den Unterschied zwischen einer Tabellenkalkulation und einer Bilanz.«

»Meine Frau und ich haben lange darüber nachgedacht, bevor wir uns für den Banker entschieden haben. Ich bin in den Sechzigerjahren in Shoreham aufgewachsen, einer Kleinstadt in England, und der dortige Filialleiter war ein Freund meines Vaters. Also dachte ich, ich könnte ein paar Wochen lang damit durchkommen.«

»Was war noch in der engeren Auswahl?«

»Immobilienmakler, Autoverkäufer und Bestattungsunternehmer. Bei allen waren wir sicher, dass niemand endlose Fragen dazu stellen würde.«

Der junge Mann lachte.

»Welchen Beruf hätten Sie gewählt?«, fragte William, indem er sich bemühte, die Initiative zurückzuerlangen.

»Profikiller. Dann hätte mir auch niemand weitere Fragen gestellt.«

»Ich hätte sofort gewusst, dass das eine Tarnung ist«, sagte William und machte eine wegwerfende Geste. »Denn kein Profikiller hätte mich gefragt, ob ich bei der Polizei bin. Er hätte es bereits gewusst. Was machen Sie in Wirklichkeit, wenn Sie kein Profikiller sind?«

»Ich bin in meinem letzten Jahr auf der Choate in Connecticut, wo wir auf den Besuch einer Uni vorbereitet werden.«

»Wissen Sie schon, was Sie tun wollen, wenn Sie mit der Schule fertig sind? Vorausgesetzt, dass Sie nicht mehr vorhaben, Profikiller zu werden?«

»Ich werde nach Harvard gehen, um Geschichte zu studieren, und später suche ich mir eine Uni für Jura.«

»Woraufhin Sie zweifellos in eine bekannte Anwaltsfirma eintreten werden, wo man Sie in kürzester Zeit zum Juniorpartner machen wird.«

»Nein, Sir. Ich möchte später ein Vertreter des Gesetzes werden. Nach einem Jahr als Redakteur der *Law Review* werde ich zum FBI gehen.«

»Für jemanden, der so jung ist wie Sie, scheinen Sie Ihre Karriere ganz genau geplant zu haben.«

Der junge Mann runzelte die Stirn. Offensichtlich fühlte er sich wiederum verletzt, weshalb William rasch hinzufügte: »Ich war in Ihrem Alter genauso. Ich wusste schon mit acht Jahren, dass ich Detective werden und bei Scotland Yard landen würde.«

»Warum haben Sie so lange gebraucht?«

William lächelte den aufgeweckten jungen Mann an, der zweifellos die Bedeutung des Wortes »frühreif« kannte, ohne zu begreifen, dass es auf ihn zutraf. Doch William gestand sich ein, dass er als Schuljunge unter demselben Problem gelitten hatte. Er beugte sich vor, streckte die Hand aus und sagte: »Detective Chief Inspector William Warwick.«

»James Buchanan«, erwiderte der junge Mann und schüttelte Williams Hand mit festem Griff. »Darf ich fragen, wie Sie einen so hohen Rang erlangen konnten? Denn wenn Sie in den Sechzigerjahren zur Schule gegangen sind, dann können Sie nicht älter als …«

»Was macht Sie so sicher, dass man Ihnen einen Platz in Harvard anbieten wird?«, sagte William, indem er versuchte, diesen Vorstoß zu parieren. »Sie können nicht älter sein als …«

»Siebzehn«, sagte James. »Ich habe einen Notendurchschnitt von 4,8 und gehöre zu den Klassenbesten, weshalb ich zuversichtlich bin, dass ich bei den Zugangsprüfungen zur Universität gut abschneiden werde.« Er hielt kurz inne und fügte dann hinzu: »Darf ich annehmen, dass Sie es zu Scotland Yard geschafft haben, Chief Inspector?«

»Ja«, sagte William und fühlte wieder festen Boden unter den Füßen.

Zwar war er es gewohnt, von Anwälten der Gegenseite in die Mangel genommen zu werden und nicht von Teenagern, doch er genoss die Begegnung. »Aber wenn Sie so ein kluger Kopf sind, warum haben Sie dann nicht vor, Anwalt zu werden oder in die Politik zu gehen?«

»Es gibt viel zu viele Anwälte in Amerika«, sagte James und zuckte mit den Schultern. »Und die meisten von ihnen enden damit, Rettungswagen hinterherzujagen.«

»Und Politik?«

»Ich käme nicht gut damit zurecht, mit lächelndem Gesicht Idioten ertragen zu müssen, und ich möchte nicht für den Rest meines Lebens von den Launen der Wähler abhängig sein oder mir von Lobbygruppen meine Ansichten diktieren lassen.«

»Wohingegen, falls Sie Direktor des FBI werden sollten …«

»Dann wäre ich mein eigener Herr und direkt dem Präsidenten unterstellt. Und ich würde ihm nicht immer sagen, was ich vorhabe.«

William lachte den jungen Mann an, der offensichtlich nicht an Selbstzweifeln litt.

»Und Sie, Sir«, sagte James, der inzwischen entspannter klang, »sind Sie dabei, Commissioner der Metropolitan Police zu werden?« William zögerte. »Sie glauben ganz eindeutig, dass diese Möglichkeit besteht«, fuhr James fort, bevor William antworten konnte. »Darf ich Sie noch etwas fragen?«

»Ich kann mir nicht vorstellen, was Sie aufhalten sollte.«

»Was sind Ihrer Ansicht nach die wichtigsten Eigenschaften eines erstklassigen Ermittlers?«

William dachte eine Weile lang über die Frage nach, bevor er antwortete. »Natürliche Neugierde«, sagte er schließlich. »Sodass man sofort in der Lage ist, etwas zu entdecken, das sich nicht ganz richtig anfühlt.«

James nahm einen Stift aus der Innentasche seiner Jacke und begann, Williams Worte auf die Rückseite der *Alden Daily News* zu notieren.

»Ebenso sollten Sie fähig sein, Verdächtigen, Zeugen und Kollegen die richtigen Fragen zu stellen. Vermeiden Sie es, Vermutungen anzustellen. Und vor allem müssen Sie geduldig sein. Was auch der Grund dafür ist, warum Frauen oft die besseren Polizisten sind als Männer. Und schließlich müssen Sie in der Lage sein, alle Ihre Sinne zu benutzen – Sehvermögen, Gehör, Tastsinn, Geruch und Geschmack.«

»Ich bin nicht sicher, ob ich Sie ganz verstehe.«

»Was wahrscheinlich sonst noch nie vorgekommen ist«, erwiderte William. Er bereute seine Worte sofort, doch sein Gegenüber lachte zum ersten Mal. »Schließen Sie die Augen«, sagte William. Er wartete kurz und fügte dann hinzu: »Beschreiben Sie mich.«

Der junge Mann nahm sich Zeit für seine Antwort. »Sie sind dreißig, höchstens fünfunddreißig. Etwa einen Meter fünfundachtzig groß, blondes Haar, blaue Augen, um die achtundsiebzig Kilo. Fit, aber nicht so fit wie früher. Irgendwann vor längerer Zeit hatten Sie eine schwere Schulterverletzung.«

»Wie kommen Sie auf die Idee, dass ich nicht mehr so fit bin wie früher?«, fragte William in defensivem Ton.

»Sie haben um die drei Kilo Übergewicht, und da dies der erste Tag Ihrer Reise ist, können Sie dem endlosen Strom an Mahlzeiten, der üblicherweise auf einem Schiff serviert wird, nicht die Schuld dafür geben.«

William runzelte die Stirn. »Und die Verletzung?«

»Die obersten beiden Knöpfe Ihres Hemds sind offen, und als Sie sich vorgebeugt haben, um mir die Hand zu geben, habe ich unmittelbar unter Ihrer linken Schulter eine verblasste Narbe bemerkt.«

William erinnerte sich wie so oft an seinen Mentor, Constable Fred Yates, der ihm das Leben gerettet und dabei sein eigenes geopfert hatte. Die Polizeiarbeit war nicht immer so romantisch, wie einige Autoren einen glauben machen wollten. Rasch wandte er sich einem anderen Thema zu. »Welches Buch lese ich gerade?«

»*Unten am Fluss* von Richard Adams. Und bevor Sie fragen, Sie sind auf Seite einhundertdreiundvierzig.«

»Und meine Kleider? Was verraten die Ihnen?«

»Ich muss gestehen«, erwiderte James, »dass diese ein ziemliches Rätsel für mich sind. Ich bräuchte mehrere Fragen, bevor ich eine Antwort riskieren könnte und das auch nur, wenn Sie mir die Wahrheit sagen würden.«

»Nehmen wir an, ich bin ein Krimineller, der Ihre Fragen erst beantwortet, nachdem er seinen Anwalt angerufen hat.«

James zögerte einen Augenblick und sagte dann: »Das wäre für sich genommen bereits ein Hinweis.«

»Warum?«

»Es würde darauf schließen lassen, dass Sie zuvor schon mit dem Gesetz in Konflikt gekommen sind, und wenn Sie die Telefonnummer Ihres Anwalts auswendig wissen, dann trifft diese Schlussfolgerung auch ganz gewiss zu.«

»Okay. Nehmen wir an, ich habe keinen Anwalt, aber genügend Fernsehserien gesehen, um zu wissen, dass ich keine Ihrer Fragen beantworten muss. Was konnten Sie herausfinden, ohne mir eine Frage zu stellen?«

»Ihre Kleidung ist nicht teuer, wahrscheinlich von der Stange gekauft, und doch reisen Sie erster Klasse.«

»Was schließen Sie daraus?«

»Sie tragen einen Ehering, also könnte Ihre Frau reich sein. Oder vielleicht arbeiten Sie gerade an einem besonderen Auftrag.«

»Keines von beidem«, sagte William. »Das ist der Punkt, an dem das bloße Beobachten endet und die eigentliche Ermittlungsarbeit beginnt. Aber nicht schlecht.«

Der junge Mann öffnete die Augen und lächelte. »Ich denke, jetzt bin ich an der Reihe, Sir. Bitte schließen Sie die Augen.«

William schien überrascht, führte das Spiel jedoch fort.

»Beschreiben Sie mich.«

»Aufgeweckt, selbstbewusstes Auftreten und zugleich unsicher.«

»Unsicher?«

»Schon möglich, dass Sie zu den Besten Ihrer Klasse gehören, aber Sie sind trotzdem eifrig bemüht, andere zu beeindrucken.«

»Was habe ich an?«, fragte James.

»Ein weißes Hemd mit Button-down-Kragen, möglicherweise von Brooks Brothers. Dunkelblaue Shorts, weiße Baumwollsocken und Turnschuhe von Puma, obwohl Sie nur selten – wenn überhaupt – ins Fitnessstudio gehen.«

»Wie können Sie sich dessen so sicher sein?«

»Als Sie auf mich zugekommen sind, habe ich gesehen, dass Sie Ihre Füße nach außen stellen. Wären Sie ein Sportler, würden sie gerade nach vorn zeigen. Wenn Sie mir nicht glauben, schauen Sie sich die Fußabdrücke von olympischen Läufern auf der Aschenbahn an.«

»Irgendwelche besonderen Kennzeichen?«

»Sie haben ein winziges Muttermal unter Ihrem linken Ohr, das Sie zu verstecken versuchen, indem Sie Ihr Haar lang wachsen lassen, obwohl es geschnitten werden muss, wenn Sie zum FBI gehen.«

»Beschreiben Sie das Bild hinter mir.«

»Ein Schwarz-Weiß-Foto dieses Schiffes, der *Alden*, die am dreiundzwanzigsten Mai 1977 den Hafen von New York verlässt. Sie wird von einer Flottille kleinerer Schiffe begleitet, was darauf schließen lässt, dass es sich um ihre Jungfernfahrt handelt.«

»Warum heißt das Schiff *Alden*?«

»Das ist eine Frage, die sich nicht auf eine Beobachtung bezieht«, sagte William, »sondern auf Wissen. Wenn die Antwort für mich wichtig wäre, könnte ich sie später immer noch herausfinden. Weil der erste Eindruck oft täuscht, sollten Sie sich nicht auf Vermutungen einlassen. Aber wenn ich raten müsste – was man als Ermittler nicht tun sollte –, würde ich, da das Schiff zur Pilgrim Line gehört, vermuten, dass Alden der Name eines der ursprünglichen Pilger war, die 1620 mit der *Mayflower* von Plymouth nach Amerika gekommen sind.«

»Wie groß bin ich?«

»Sie sind drei Zentimeter kleiner als ich, aber wenn Sie aufgehört haben zu wachsen, werden Sie drei Zentimeter größer sein. Sie wiegen um die fünfundsechzig Kilo und haben gerade erst angefangen, sich zu rasieren.«

»Wie viele Menschen sind an uns vorbeigekommen, seit Sie die Augen geschlossen haben?«

»Eine Mutter mit zwei Kindern, eines davon ein kleiner Junge, der Bobby heißt, beide Amerikaner. Und einen Augenblick später einer der Schiffsoffiziere.«

»Woher wissen Sie, dass es ein Offizier war?«

»Ein Deckhelfer, der in die andere Richtung ging, nannte ihn ›Sir‹. Darüber hinaus ein älterer Herr.«

»Woher wissen Sie, dass er alt war?«

»Er hat einen Gehstock benutzt, und es hat eine Weile gedauert, bis das Klopfen des Stocks gegen den Boden verklungen war.«

»Ich bin so gut wie blind«, sagte James, als William die Augen öffnete.

»Nicht im Geringsten«, sagte William. »Jetzt bin ich an der Reihe, dem Verdächtigen ein paar Fragen zu stellen.«

Mit konzentriertem Gesicht setzte sich James kerzengerade hin. »Ein guter Ermittler sollte sich immer auf Fakten verlassen und nichts als gegeben hinnehmen, weshalb ich als Erstes herausfinden muss, ob Fraser Buchanan, der Vorstandsvorsitzende der Pilgrim Line, Ihr Großvater ist.«

»Ja, das ist er. Und mein Vater Angus ist der stellvertretende Vorsitzende.«

»Fraser, Angus und James. Das deutet auf eine schottische Herkunft.« James nickte. »Zweifellos gehen die beiden davon aus, dass auch Sie zu gegebener Zeit Vorstandsvorsitzender werden.«

»Ich habe ihnen bereits klargemacht, dass das nicht geschehen wird«, sagte James, ohne zu zögern.

»Nach allem, was ich über Ihren Großvater gelesen oder gehört habe, ist er es gewohnt, seinen Willen durchzusetzen.«

»Stimmt«, erwiderte James. »Aber manchmal vergisst er, dass wir aus demselben Stall kommen«, fügte er mit einem schiefen Grinsen hinzu.

»Ich hatte dasselbe Problem mit meinem Vater«, gestand William. »Er ist Strafverteidiger und Kronanwalt. Er war stets davon überzeugt, dass ich ebenfalls Anwalt werden und mit ihm gemeinsam vor Gericht – *at the bar* – plädieren würde, obwohl ich ihm schon sehr früh gesagt habe, dass ich Kriminelle hinter Gitter bringen und nicht exorbitante Honorare dafür kassieren wollte, ihnen eine Gefängnisstrafe zu ersparen.«

»George Bernard Shaw hatte recht«, erklärte James. »Uns trennt eine gemeinsame Sprache. *Bar* bedeutet für Sie Gerichte und Anwälte. Für einen Amerikaner bedeutet es hohe Hocker und Hochprozentiges.«

»Ein geschickter Krimineller wird stets versuchen, das Thema zu wechseln«, sagte William. »Doch ein erfahrener Ermittler wird niemals zulassen, dass er den Faden verliert. Sie haben nicht auf meine Frage geantwortet, was Ihr Großvater davon hält, dass Sie nicht vorhaben, eines Tages das Unternehmen zu leiten.«

»Ich fürchte, mein Großvater ist schlimmer als Ihr Vater«, sagte James. »Er hat bereits gedroht, mich aus seinem Testament zu streichen, wenn ich nach meinem Studium in Harvard nicht in das Unternehmen eintrete. Aber solange meine Großmutter noch am Leben ist, würde sie nie zulassen, dass so etwas geschieht.«

William lachte leise.

»Ich hoffe, dass das nicht zu aufdringlich ist, Sir, aber würden Sie mir vielleicht gestatten, auf dieser Reise etwa eine Stunde am Tag mit Ihnen zu verbringen?«, fragte James. Sein Selbstbewusstsein schien plötzlich verschwunden.

»Es würde mich freuen. Morgens etwa um diese Zeit würde mir passen, denn dann ist meine Frau in ihrem Yogakurs. Es gibt nur eine Bedingung: Sollten Sie sie jemals zufällig treffen, dürfen Sie ihr nicht verraten, worüber wir gesprochen haben.«

»Und worüber habt ihr gesprochen?«, fragte Beth, die plötzlich neben den beiden auftauchte.

James sprang auf. »Über den Goldpreis, Mrs. Warwick«, sagte er mit ernster Miene.

»Dann werden Sie sehr schnell festgestellt haben, dass mein Gatte nur sehr wenig von diesem Thema versteht«, sagte Beth und schenkte dem jungen Mann ein warmherziges Lächeln.

»Ich wollte James gerade sagen«, erwiderte William, »dass meine Frau viel klüger ist als ich, weshalb sie auch Kuratorin der Gemälde im Fitzmolean Museum ist, während ich ein bloßer Detective Chief Inspector bin.«

»Der jüngste in der Geschichte der Met«, sagte Beth.

»Sollten Sie jedoch gegenüber meiner Frau das Wort *Met* benutzen, würde sie annehmen, dass Sie über eines der besten Museen der Welt sprechen und nicht über die Londoner Polizei.«

»Ich war so froh, dass es Ihnen gelungen ist, den Vermeer zurückzubekommen«, sagte James, indem er sich an Beth wandte.

Jetzt war es Beth, die überrascht war. »Ja«, brachte sie schließlich heraus. »Und glücklicherweise kann er nicht noch einmal gestohlen werden, weil der Dieb tot ist.«

»Miles Faulkner«, sagte James, »der in der Schweiz an einem Herzanfall gestorben ist.«

William und Beth sahen einander an, sagten jedoch kein Wort.

»Sie haben sogar die Beerdigung besucht, Chief Inspector. Wahrscheinlich um sich selbst davon zu überzeugen, dass er tot ist.«

»Wie können Sie nur so etwas wissen?«, fragte William, nachdem er sich wieder gefasst hatte.

»Ich lese jede Woche den *Spectator* und den *New Statesman*, die mich über die Ereignisse in Großbritannien auf dem Laufenden halten, und dann versuche ich, mir eine Meinung dazu zu bilden.«

»Daran zweifle ich nicht im Geringsten.«

»Ich freue mich, Sie morgen wiederzutreffen, Sir«, sagte James. »Es wird mich dann sehr interessieren herauszufinden, ob Sie es für möglich halten, dass Miles Faulkner noch am Leben ist.«

2

Als Miles Faulkner kurz nach acht am folgenden Morgen durch den Speisesaal des Savoy schlenderte, sah er, dass sein Anwalt bereits an seinem gewohnten Tisch Platz genommen hatte. Niemand achtete auf ihn, als er sich zwischen den anderen Gästen zu ihm hindurchschlängelte.

»Guten Morgen«, sagte Booth Watson und blickte zu seinem Mandanten auf, einem Menschen, den er nicht mochte und dem er nicht vertraute. Doch Faulkner war der Einzige, der ihm einen Lebensstil ermöglichte, den jemals zu erreichen nur wenige seiner Anwaltskollegen hoffen konnten.

»Guten Morgen, BW«, erwiderte Miles, als er sich ihm gegenübersetzte.

Sogleich erschien ein Kellner mit aufgeschlagenem Notizblock und erhobenem Stift. »Was wünschen die Gentlemen an diesem Morgen?«, fragte er.

»Ein komplettes englisches Frühstück«, sagte Miles, ohne einen Blick auf die Speisekarte zu werfen.

»Und für Sie das Übliche, Sir?«

»Ja«, bestätigte Booth Watson, während er seinen Mandanten genauer betrachtete. Er musste sich eingestehen, dass der Schweizer Schönheitschirurg erstklassige Arbeit geleistet hatte. Niemand hätte in ihm den Mann wiedererkannt, der aus dem Gefängnis geflohen, zu seiner eigenen

Beerdigung erschienen und kürzlich von den Toten auferstanden war. Der Mensch, der ihm gegenübersaß, hatte keinerlei Ähnlichkeit mit dem erfolgreichen Unternehmer, welcher einst eine der großen privaten Kunstsammlungen besessen hatte, sondern sah vielmehr genauso wie ein pensionierter Marinekapitän und Veteran des Falklandkrieges aus, der auf den Namen Ralph Neville hörte. Doch wenn William Warwick jemals herausfinden sollte, dass seine alte Nemesis noch am Leben war, würde er nicht ruhen, bis dieser Mann wieder hinter Gittern saß. Für Warwick ginge es um etwas Persönliches bei diesem Mann, der seinen Fängen entkommen und die Metropolitan Police zum Narren gehalten hatte. Ein Mann, der …

»Warum wollten Sie mich so dringend sprechen?«, fragte Miles, nachdem der Kellner sich zurückgezogen hatte.

»Eine Journalistin aus dem Investigativteam der *Sunday Times* hat gestern angerufen und mich gefragt, ob ich etwas über einen Raffael wüsste, der kürzlich bei Christie's verkauft wurde und sich hinterher als Fälschung herausgestellt hat.«

»Was haben Sie ihr gesagt?«, fragte Miles nervös.

»Ich habe ihr versichert, dass das Original aus der Privatsammlung des verstorbenen Miles Faulkner stammt und immer noch in der Villa seiner Witwe in Monte Carlo hängt.«

»Nicht mehr lange«, vertraute Miles seinem Anwalt an. »Nachdem Christina herausgefunden hatte, dass sie doch keine Witwe ist, blieb mir keine andere Wahl, als die gesamte Sammlung an einen sichereren Ort zu bringen, bevor die Bilder ihr in die Hände fallen würden.«

»Und wo wäre das?«, erkundigte sich Booth Watson, der

sich fragte, ob er wohl eine ehrliche Antwort bekommen würde.

»Ich habe einen Ort gefunden, an dem es keine Nachbarn gibt, die mich ausspionieren könnten, und an dem die Einzigen, die in der Lage wären, mich mit ihrem Schmutz zu überziehen, ein paar vorüberfliegende Möwen sind«, war alles, was Miles dazu sagte.

»Freut mich zu hören, denn ich glaube, es könnte klug sein, England für ein paar Wochen zu verlassen, bevor Sie wieder als Captain Neville auftreten. Der Zeitpunkt könnte nicht günstiger sein, denn Chief Inspector Warwick und seine Frau genießen gerade ihren Urlaub in New York.«

»Einen Urlaub, den Christina für sie organisiert hat, um sicherzustellen, dass sie keinen Schaden anrichten, wenn meine Frau und ich zum zweiten Mal heiraten.«

»Aber ich dachte, Beth Warwick würde Christinas Brautjungfer werden?«

»Das sollte sie tatsächlich, aber das war, bevor Christina herausgefunden hat, warum ich es mir nicht leisten kann, an Bord der SS *Alden* gesehen zu werden.«

»Sie müssen zugeben, dass Ihre Ex-Frau manchmal von Nutzen für Sie sein kann«, sagte Booth Watson, »und eine dieser Gelegenheiten besteht darin, dass Sie sich der engen Beziehung bedienen können, die Christina mit Mrs. Warwick aufgebaut hat.«

»Ehrlich gesagt, BW, wäre es noch besser, wenn Christina niemals herausgefunden hätte, dass ich noch am Leben bin. Also erklären Sie mir bitte, warum ich diese verdammte Frau ein zweites Mal heiraten soll.«

»Weil es am Ende alle Ihre Probleme lösen wird«, sagte Booth Watson. »Vergessen Sie nicht, dass sie der einzige

Mensch ist, der Chief Inspector Warwick im Auge behalten kann, ohne dass er jemals misstrauisch werden würde.«

»Aber was ist, wenn sie die Seiten wechselt?«, fragte Miles.

»Das ist unwahrscheinlich, solange Sie es sind, der die Macht über das Geld hat.«

Miles wirkte nicht überzeugt. »Das wäre nicht mehr so, wenn die Öffentlichkeit erfährt, wer Captain Ralph Neville in Wirklichkeit ist, und ich wieder im Gefängnis lande.«

»Christina würde immer noch zuerst an mir vorbeimüssen, und dann würde sie sehr schnell herausfinden, auf welcher Seite ich stehe.«

»Aber Sie haben schließlich keine Wahl«, sagte Miles. »Denn Sie würden der Anwaltskammer erklären müssen, warum Sie während der letzten Jahre einen flüchtigen Kriminellen vertreten haben, von dem Sie durchaus wussten, dass er Ihr ehemaliger Mandant war.«

»Was ein Grund mehr ist«, sagte Booth Watson, »dafür zu sorgen, dass Christina ein bindendes Dokument unterzeichnet, das dafür sorgen wird, dass sie, sollte sie die Vereinbarung brechen, genauso viel zu verlieren hätte wie jeder von uns.«

»Und sorgen Sie dafür, dass sie diese Vereinbarung unterschreibt, bevor sie Captain Neville heiratet – und auf jeden Fall, bevor die Warwicks nach Blighty zurückkehren.«

»Blighty?«, sagte Booth Watson.

»So pflegt Captain Neville sich auszudrücken, alter Junge«, sagte Miles, der sich dabei anhörte, als sei er ganz zufrieden mit sich. »Wann werden Sie Christina treffen?«

»Morgen früh habe ich in der Kanzlei einen Termin mit ihr, bei dem ich die Vereinbarung Punkt für Punkt mit ihr durchsprechen und sie besonders auf die Konsequenzen hinweisen will, die sich ergeben würden, falls sie nicht unterschreibt.«

»Gut. Denn sollte sie jemals auf die Idee kommen, sie könnte sich meine Kunstsammlung unter den Nagel reißen, indem sie einfach ihrer Freundin Beth erzählt, dass Miles Faulkner noch am Leben und putzmunter ist …«

»Dann würden Sie in Pentonville frühstücken und nicht im Savoy.«

»Falls es so weit kommen sollte«, sagte Miles, »würde ich nicht zögern, sie umzubringen.«

»Das habe ich ihr bereits unmissverständlich klargemacht«, sagte Booth Watson, als der Kellner mit ihrem Frühstück kam. »Obwohl ich gestehen muss, dass ich das in der schriftlichen Vereinbarung nicht ganz so explizit formuliert habe.«

»Ein komplettes englisches Frühstück, Madam?«

»Ganz gewiss nicht, Franco«, sagte Beth mit einem Blick auf das Namensschild auf der Jacke des Kellners. »Wir beide nehmen Cornflakes mit Melone und etwas braunen Toast.«

»Wir können Ihnen drei Arten von Melonen anbieten, Madam. Galiamelonen, Honigmelonen oder Wassermelonen.«

»Wassermelone, vielen Dank«, sagte William.

»Eine kluge Wahl«, sagte Beth. »Ich habe irgendwo gelesen, dass ein Gast auf einer Kreuzfahrt durchschnittlich ein Kilo pro Tag zunimmt.«

»Dann wollen wir dankbar dafür sein«, sagte William, »dass wir nach New York fahren und nicht nach Sydney.«

»Ich wäre ganz zufrieden damit, in diesem schwimmenden Palast nach Sydney zu schippern«, gestand Beth, während sie sich im Saal umsah. »Sind dir die Kleinigkeiten aufgefallen, für die man hier überall so aufmerksam sorgt? Jeden Tag frische Decken, Tischtücher und Stoffservietten. Und wenn man in die Kabine zurückkehrt, ist das Bett bereits gemacht und die Kleider vom Tag zuvor aufgehängt und verstaut. Außerdem mag ich es, wie jeden Tag unsere Wäsche in kleinen Weidenkörben zurückgebracht wird. Es muss Dutzende Mitarbeiter geben, die sich Tag und Nacht geradezu sklavisch damit abmühen, dass alles so reibungslos läuft.«

»Achthundertdreißig Filipinos arbeiten unter Deck, Madam«, sagte der Kellner und lachte leise. »Sie sorgen für unsere eintausendzweihundert Gäste. Heutzutage verfügen wir allerdings über einen Maschinenraum, weshalb die Galeerensklaven nicht mehr rudern müssen.«

»Und der Mann, der am Kopfende des Tisches in der Mitte des Saals sitzt, hat die Oberaufsicht über die Sklaven?«, fragte Beth.

»Ja, das ist Captain Buchanan«, sagte Franco, »der, wenn er nicht gerade Sklaven auspeitscht, Vorstandsvorsitzender der Pilgrim Line ist.«

»Captain Buchanan?«, erkundigte sich William.

»Ja. Der Vorsitzende hat im Zweiten Weltkrieg als Marineoffizier gedient. Es interessiert Sie vielleicht zu erfahren, dass er ein Freund des verstorbenen Miles Faulkner und dessen Frau Christina ist, die, wie der Zufall so will, uns angerufen und uns mitgeteilt hat, dass Sie beide ihre Plätze einnehmen würden. Außerdem hat sie darum gebeten, dass wir uns besonders um Sie kümmern.«

»Tatsächlich?«, sagte William.

»Ist das die Frau des Vorsitzenden, die am anderen Ende des Tisches sitzt?«

»Ja, Madam«, antwortete Franco. »Mr. und Mrs. Buchanan sind fast immer die Ersten, die zum Frühstück kommen«, fügte er hinzu, bevor er sich zurückzog, um ihre Bestellung zu bearbeiten.

»Er sieht nicht weniger beeindruckend aus als Miles Faulkner«, sagte Beth, die den Vorsitzenden genauer betrachtete. »Obwohl er seine Talente offensichtlich dazu verwandt hat, etwas viel Wertvolleres zu erreichen, als seine Mitmenschen zu berauben.«

»Fraser Buchanan wurde 1921 in Glasgow geboren«, sagte William. »Er verließ die Schule mit vierzehn und ging als Deckhelfer zur Handelsmarine. Als der Krieg ausbrach, wurde er der Royal Navy als Matrose zugeteilt, doch er brachte es schon bald bis zum Leutnant auf der HMS *Nelson*. Obwohl er 1945 zum Kapitän befördert wurde, quittierte er wenige Tage nach Kriegsende den Dienst. Er kehrte nach Schottland zurück und kaufte eine kleine Fähre, die Passagiere und Fahrzeuge zwischen dem Festland und der Insel Iona transportierte. Jetzt besitzt er eine Flotte von sechsundzwanzig Schiffen, und die Pilgrim Line wird, was Größe und Ansehen betrifft, nur noch von Cunard übertroffen.«

»Diese Informationen hat dir zweifellos der junge James geliefert, während ich in meinem Yogakurs war«, sagte Beth mit fragendem Unterton.

»Nein. Man kann die Geschichte des Unternehmens im *Ship's Log* nachlesen, das ich auf meinem Nachttisch gefunden habe«, antwortete William, als Franco ihnen zwei

Schalen Cornflakes sowie zwei Scheiben Wassermelone und Toast servierte.

»Wer ist das, der gerade neben Mrs. Buchanan Platz genommen hat?«, flüsterte William.

»Seien Sie nachsichtig mit meinem Mann«, sagte Beth. »Er ist ein Detective, und für ihn ist das Leben eine endlose Ermittlung.«

»Das ist Hamish Buchanan«, sagte Franco, »der älteste Sohn des Vorsitzenden. Bis vor Kurzem hatte er den stellvertretenden Vorsitz des Unternehmens inne.«

»Bis vor Kurzem?«, entgegnete William überrascht. »Aber er kann keinen Tag älter als vierzig sein.«

»Benimm dich«, sagte Beth.

»Wenn man der Presse glauben darf«, gestand Franco, »wurde er bei der letzten Jahreshauptversammlung durch seinen Bruder Angus ersetzt. Angus ist gerade hereingekommen, zusammen mit seiner Frau Alice und ihrem gemeinsamen Sohn …«

»James«, sagte William.

»Ah«, sagte Franco. »Sie haben den Wunderknaben bereits kennengelernt.«

»Und die Dame, die gerade zur Linken von Mr. Buchanan Platz genommen hat? Mir ist aufgefallen, dass sie sich nicht einmal die Mühe gemacht hat, den Vorsitzenden zu begrüßen.«

»Das ist Mr. Hamishs Frau Sara.«

»Warum ist sie bereit, eine solche Reise zu machen, wenn ihr Mann gerade gefeuert wurde?«, fragte Beth.

»Ersetzt durch seinen Bruder Angus, lautet die offizielle Formulierung«, erwiderte Franco und schenkte ihr eine Tasse dampfend heißen schwarzen Kaffee ein. »Und da

Mr. Hamish immer noch einer der Direktoren des Unternehmens ist, gehen alle Beteiligten davon aus, dass er an der Vorstandssitzung teilnehmen wird, die traditionell am letzten Tag der Reise stattfindet.«

»Sie scheinen bemerkenswert gut informiert, Franco«, sagte William.

Franco äußerte sich nicht dazu und ging weiter zum nächsten Tisch.

»Wie unterhaltsam diese Reise doch geworden ist«, sagte Beth. Sie unterdrückte ein Gähnen, während sie noch immer zum Tisch des Vorsitzenden hinübersah. »Ich frage mich, wer die Frau ist, die sich den anderen gerade angeschlossen hat.«

»Du bist schlimmer als ich«, sagte William. Er beobachtete, wie James und Hamish sich erhoben und eine ältere Frau am Tisch Platz nahm. »Sie scheint etwa so alt zu sein wie der Vorsitzende, und da beide rotes Haar haben, wäre ich nicht überrascht, wenn sie seine Schwester wäre.« William fuhr fort, die Sitzordnung zu studieren, wobei ihm auffiel, dass der Vorsitzende den anderen ihre Plätze sorgfältig zugeteilt hatte, um dafür zu sorgen, dass er stets die Kontrolle behielt.

»Du kannst jederzeit James fragen, wer sie ist, während ich in meinem Yogakurs bin, aber vergessen wir die Familie Buchanan für einen Augenblick. Ich möchte dir nämlich sagen, was ich für unsere Woche in New York geplant habe.«

»Ich vermute, das Met steht ganz oben auf deiner Liste«, sagte William, »und ich bin sicher, dass mehr als ein Besuch nötig sein wird.«

»Drei«, sagte Beth. »Alles vor 1850 am Sonntag. Die

Kunst der amerikanischen Ureinwohner am Montag, und am Mittwoch möchte ich die Impressionisten-Sammlung sehen. Tim Knox hat mir versichert, nur das Musée d'Orsay besitzt eine noch bessere.«

»Puh! Bekommen wir wenigstens am Dienstag und am Donnerstag einen Boxenstopp?«, fragte William, nachdem er einen Schluck Kaffee getrunken hatte.

»Auf keinen Fall. Am Dienstag werden wir die Frick Collection besuchen, wo . . .«

»Wir ein bemerkenswertes Holbein-Porträt von Thomas Cromwell und Bellinis *Der heilige Franziskus in Entrückung* sehen werden.«

»Manchmal vergesse ich, dass du ein Höhlenmensch mit einer profunden Halbbildung bist.«

»Was ich neben der Universität meiner Frau zu verdanken habe«, sagte William. »Und am Donnerstag?«

»Geht es weiter zum MoMA. Eine Gelegenheit, die besten Beispiele des Kubismus zu sehen: Picasso und Braque. Dann finden wir auch heraus, ob du beide voneinander unterscheiden kannst.«

»Stehen ihre Namen nicht unten auf den Bildern?«, neckte sie William.

»Das ist für Touristen, mit denen wir an den Abenden nichts zu tun haben werden.«

»Mit wem bekommen wir es dann zu tun?«

»Wir haben Karten für das Lincoln Center. Das New York Symphony Orchestra spielt Brahms.«

»Das muss das zweite Klavierkonzert in B-Dur sein«, sagte William. »Eines deiner Lieblingsstücke.«

»Aber ich habe auch eines deiner Lieblingsstücke nicht vergessen«, erwiderte Beth. »Denn am Freitagabend, einen

Tag vor unserer Rückreise, haben wir Karten für Ella Fitzgerald in der Carnegie Hall.«

»Wie hast du das geschafft? Der Auftritt muss seit Monaten ausverkauft sein!«

»Christina hat sich darum gekümmert. Sie kennt jemanden aus dem Verwaltungsrat.« Beth hielt kurz inne, bevor sie hinzufügte: »Ich fange an, mich wegen ihr schuldig zu fühlen.«

»Warum? Sie hatte einen guten Grund, diese Reise nicht anzutreten: Sie wird Captain Neville heiraten und war hocherfreut, jemanden zu finden, der im letzten Augenblick ihren Platz übernehmen konnte.«

»Es ist die Heirat, wegen der ich mich schuldig fühle. Vergiss nicht, dass sie mich ursprünglich gebeten hat, ihre Brautjungfer zu sein. Aber weil wir ihr großzügiges Angebot angenommen haben, verpasse ich die Hochzeit.«

»Kam dir das nicht wie ein merkwürdiger Zufall vor?«

»Eigentlich nicht. Der fünfzehnte August war der einzige Samstag vor Ende September, an dem die beiden in Christinas Gemeindekirche in Limpton-in-the-Marsh heiraten konnten, weshalb sie die Tickets für diese Reise übrig hatte. Wir sollten einem geschenkten Gaul nicht ins Maul schauen.«

William kam zu dem Schluss, dass das nicht der richtige Zeitpunkt war, um Beth zu sagen, dass es ihn nur einen Anruf gekostet hatte, um herauszufinden, dass Christinas Gemeindekirche den beiden auch vierzehn Tage früher zur Verfügung gestanden hätte, woraufhin es ihr und Captain Ralph Neville problemlos möglich gewesen wäre, ihre Flitterwochen auf dem Schiff zu verbringen. Hätte er sich jedoch geweigert, die Reise gemeinsam mit Beth zu unternehmen, um Christina und ihren neuen Ehemann genauer im Auge behalten zu können, wäre es sehr gut möglich gewesen, dass seine Frau ohne ihn mit dem Schiff in den Sonnenuntergang gefahren wäre.

»Hast du bemerkt, dass Sara Buchanan kein Wort mit dem Vorsitzenden gesprochen hat, seit sie sich gesetzt hat?«, fragte Beth, die noch immer zum Tisch der Familie hinübersah.

»Vielleicht weil er ihren Mann als stellvertretenden Vorsitzenden gefeuert hat«, erwiderte William, während er etwas Butter auf seine zweite Scheibe Toast strich.

»Und was ist dir denn so aufgefallen, während du so getan hast, als würdest du mir zuhören?«

»Hamish Buchanan ist in ein Gespräch mit seiner Mutter vertieft, während James so tut, als habe er kein Interesse daran, obwohl er auf jedes Wort achtet.«

»Wovon er dir zweifellos in allen Einzelheiten berichten wird, nachdem du ihn für diese Reise als deinen verdeckten Ermittler rekrutiert hast.«

»James hat sich diesen Posten selbst verschafft, und als Enkel des Vorsitzenden ist er in einer hervorragenden Position, um mir einen endlosen Strom an Insider-Informationen zu liefern.«

»Für einen Mann sind es Informationen«, sagte Beth. »Für eine Frau ist es Tratsch.«

»James hat mir bereits anvertraut, dass er nicht überrascht wäre, wenn während der Reise ein Riesenstreit ausbrechen würde«, fügte William hinzu, indem er Beths Bemerkung ignorierte.

»Ich wäre zu gerne ein Salzstreuer auf diesem Tisch«, gestand Beth.

»Benimm dich, oder ich nehme den jungen Mann genauer unter die Lupe, der deinen Yogakurs leitet.«

»Er heißt Stefan. Alle anderen Frauen in mittlerem Alter aus dem Kurs schwärmen von ihm«, seufzte sie. »Weshalb meine Chancen nicht besonders gut stehen.«

»Du bist keine Frau mittleren Alters«, sagte William und nahm ihre Hand.

»Danke, Höhlenmensch. Aber nur für den Fall, dass du es noch nicht bemerkt hast: Ich habe meinen dreißigsten Geburtstag schon zwei Mal gefeiert, und die Zwillinge kommen bald in den Kindergarten.«

»Ich frage mich, wie unsere Eltern mit ihnen zurechtkommen.«

»Dein Vater wird mit Artemisia verschiedene Straftaten begehen …«

»Während deine Mutter Peter das Zeichnen beibringt.«

»Die Kinder haben wirklich Glück«, erklärten beide gleichzeitig.

»Trotzdem sollten wir jetzt in die Gegenwart zurückkehren«, bemerkte Beth und griff nach den täglich neu gedruckten Nachrichten über die Schiffsveranstaltungen. »Im Auditorium gibt es heute Morgen einen Vortrag, den ich mir gerne anhören würde.«

William hob eine Augenbraue.

»Lady Catherine Whittaker über die Opern von Puccini.«

»Ich glaube fast, das schenke ich mir. Wobei es sich um die Frau von Mr. Justice Whittaker handeln könnte«, sagte William und sah sich im Saal um. »Es wäre faszinierend, ein wenig mit ihm zu plaudern.«

»Und heute Abend gibt es im Theater eine weitere Veranstaltung«, fuhr Beth fort. »Diesmal tritt Lazaro auf, ein

Zauberer, der sein Publikum anscheinend zu schockieren und zu überraschen versteht, denn er lässt vor allen Augen Gegenstände und sogar Passagiere verschwinden. Wir könnten entweder in die Vorstellung um sieben oder in die um neun gehen.«

»Wann möchten Sie zum Dinner kommen?«, fragte Franco, als er an ihren Tisch zurückkehrte und ihnen jeweils eine zweite Tasse Kaffee einschenkte.

»Um welche Zeit erscheinen der Vorsitzende und seine Familie üblicherweise am Abend?«

»Gegen halb neun, Sir. Sie nehmen dann einen Cocktail, bevor sie zu speisen beginnen.«

»Dann essen wir ebenfalls um diese Zeit.«

»Was hast du vor?«, fragte Beth und musterte ihren Mann genauer.

»Ich habe das Gefühl, dass es dabei mehr Schocks und Überraschungen geben wird und sogar vielleicht mehr Menschen vor unseren Augen verschwinden werden, als Lazaro das im Theater zuwege bringt.«

3

Booth Watson erhob sich hinter seinem Schreibtisch, als seine Besucherin widerwillig das Büro betrat. Mrs. Christina Faulkner nahm ihm gegenüber Platz, ohne dem Anwalt ihres Mannes die Hand zu geben.

Booth Watson betrachtete die elegant gekleidete Dame, die elf Jahre lang mit seinem Mandanten verheiratet gewesen war.

Die beiden hatten zahllose Affären gehabt, lange bevor Christina die Scheidung in die Wege leitete. Nachdem Miles wegen des Diebstahls eines Caravaggios verurteilt und inhaftiert worden war, schien es Christina, als habe sie eine stärkere Position gewonnen; später glaubte sie, mit seinem Tod alles verloren zu haben. Doch auch diese Einschätzung sollte sich noch einmal ändern, als sie bei der Beerdigung erschien und herausfand, dass ihr vermeintlich verstorbener Ehemann noch am Leben war und sich mit ihr in irgendeiner Weise einigen musste, wenn er auch weiterhin als tot gelten wollte. Man musste Christina nicht sagen, dass durch dieses Ereignis die Karten noch einmal völlig neu gemischt wurden.

Die glückliche Witwe hatte ebenfalls herausgefunden, dass es sogar besser war, wenn Miles Faulkner – oder Captain Ralph Neville, in den er sich inzwischen verwandelt hatte – noch lebte, denn so bekam sie den Zugriff auf mindestens die Hälfte von Miles' märchenhafter Kunstsammlung, auf welche sie zuvor in der ursprünglichen Scheidungsvereinbarung verzichtet hatte.

Booth Watson war sich durchaus bewusst, dass er sich auf unsicherem Terrain bewegte, aber er hatte noch immer ein Ass im Ärmel: Christinas Liebe zum Geld.

»Ich dachte, wir sollten uns darüber unterhalten, was nach der Hochzeit geschehen wird, Mrs. Faulkner«, sagte Booth Watson.

»Darf ich fragen, was Sie und Miles in meinem Interesse beschlossen haben?«, fragte Christina.

»Es sollte eigentlich keine größeren Unterschiede zur gegenwärtigen Situation geben«, erwiderte Booth Watson, der den höhnischen Unterton ignorierte. »Sie werden Ihr Haus auf dem Land behalten und ebenso die Wohnung in Belgravia. Nur Monte Carlo wird in Zukunft für Sie tabu sein.«

»Er hat jemand anderen gefunden, nicht wahr?«

Einen anderen *Ort*, hätte Booth Watson ihr mitteilen können, doch das gehörte nicht zu seinen Anweisungen. »Sie werden auch weiterhin zweitausend Pfund pro Woche für Ihre Ausgaben erhalten und können Ihre Haushälterin, Ihr Dienstmädchen und Ihren Chauffeur behalten.«

»Und haben Sie beide auch schon entschieden, wo Sie meine Flitterwochen verbringen werden?«, fragte Christina, die sich keine Mühe gab, ihren Sarkasmus zu verbergen.

»Miles wird während der nächsten Monate nur wenig Zeit in England verbringen, weshalb Sie beide eine reine Zweckehe führen werden. Ich habe in diesem Sinne eine bindende Vereinbarung aufgesetzt, die für Sie zur Unterschrift bereitliegt. Denken Sie stets daran, dass Sie für Ihr

Schweigen mehr erhalten, als Sie jemals hoffen konnten. Sie brauchen sich nicht die Mühe machen, das Dokument zu lesen, denn es wird keine Veränderungen geben.«

»Dann werden wir also nicht zusammenleben?«, fragte Christina, wobei sie sich bemühte, schockiert zu klingen.

»Das war nie vorgesehen, wie Sie sehr wohl wissen. Miles hat nichts dagegen, wenn Sie Ihren gegenwärtigen Lebensstil so weiterführen wie bisher. Aber er bittet Sie, in Zukunft etwas diskreter vorzugehen und bereit zu sein, ihn zu Veranstaltungen, die man als offiziell bezeichnen könnte, als Mrs. Ralph Neville zu begleiten.«

»Und wenn ich nicht bereit bin zu unterschreiben?«, sagte Christina und lehnte sich zurück, obwohl Booth Watson bereits den Deckel von seinem Füllfederhalter streifte, die letzte Seite der Vereinbarung aufschlug und auf die betreffende Zeile deutete.

»Dann werden Sie vollkommen mittellos sein und in einem Obdachlosenheim enden.«

»Während Miles lange Zeit im Gefängnis verbringen wird. Es sei denn …«

»Es sei denn?«, wiederholte Booth Watson.

»Es sei denn, er gibt mir die zusätzliche Million, die mir in der ursprünglichen Scheidungsvereinbarung versprochen wurde. Ich muss Sie nicht daran erinnern, Mr. Booth Watson, dass Miles tot ist. Genau wie Sie war ich in Genf bei seiner Beerdigung zugegen, wo mich Ihre Trauerrede sehr berührt hat. Sollte die Polizei herausfinden, dass es sich nicht um seine Asche handelt, die mir von einem willfährigen Priester ausgehändigt wurde, wird es sehr viel mehr als eine Million sein, die er am Ende wird opfern müssen. Sollte Miles sich jedoch nicht in der Lage sehen,

Wort zu halten, können Sie den Hochzeitskuchen zurückschicken und den Caterer absagen.«

Ein langes Schweigen folgte, während jeder darauf wartete, dass der andere blinzelte.

»Und erinnern Sie ihn daran, dass ich noch immer seine Asche habe, die nichts Geringeres als meine Lebensversicherung darstellt, sollte er nicht liefern.«

»Lebensversicherungen zahlen üblicherweise nur, wenn man stirbt.«

»Ich habe die Urne in meinem Testament Detective Inspector Warwick vermacht, was Miles helfen dürfte, zu einer Entscheidung zu gelangen.«

»Sie sollten vorsichtiger sein«, sagte William, als er sich in einer Nische dem Nachwuchsdetektiv gegenübersetzte. »Wenn ich ein Profikiller wäre, wüsste ich genau, wo ich Sie um diese Tageszeit finden würde, wodurch es für mich viel leichter wäre, Sie zu erledigen. Wenn Sie ein guter Ermittler werden wollen, können Sie es sich nicht leisten, ein Gewohnheitstier zu sein. In Zukunft, James, erwarte ich von Ihnen, dass Sie mich finden. Und ich werde nie zwei Mal am selben Ort sein.«

»Aber es ist nicht gerade wahrscheinlich, dass sich ein Profikiller an Bord eines Luxusliners aufhält.«

»Es sei denn, sein Opfer ist auf dem Weg nach New York, womit wir über zweitausend Verdächtige hätten.«

»Ich habe gesehen, wie Sie heute Morgen mit Ihrer Frau gefrühstückt haben«, sagte James, der mit ihrer Unterhaltung vorankommen wollte.

»Gehen Sie niemals von Vermutungen aus«, sagte William. »Eröffnen Sie jede Ermittlung mit einer leeren Seite.«

»Aber Sie haben sie mir als Ihre Frau vorgestellt.«

»Das beweist überhaupt nichts.«

»Sie trug einen Ehering.«

»Man hat schon von verheirateten Frauen gehört, die eine Affäre haben.«

»Ich glaube nicht, dass eine Geliebte Ihr Frühstück für Sie bestellt hätte«, gab James zurück, indem er den Kampf aufnahm.

»Eine plausible Überlegung, aber nicht jenseits vernünftiger Zweifel, wie man bei uns wortwörtlich sagt. Wie lautet der entsprechende juristische Ausdruck in Amerika?«

»Nach Abwägung aller Umstände«, erwiderte James. »Mir ist ebenfalls aufgefallen, dass Ihre Frau mehr an unserem Tisch interessiert schien als an ihrem eigenen«, fuhr er fort. Er ließ nicht zu, dass William das Thema wechselte.

»Das nennt man Ehe«, sagte William und lachte leise. »Aber ich muss zugeben, dass sie Ihre Familie bereits in die Figuren eines Schauerromans verwandelt hat, nachdem unser Kellner ihr dazu einige saftige Einzelheiten liefern konnte.«

»Franco«, sagte James. »Er bedient seit mehr als dreißig Jahren auf den Schiffen meines Großvaters. Niemand kennt das Unternehmen oder die Familie besser. Mein Großvater hat ihm einen Posten als Oberkellner auf der *Pilgrim*, unserem Flaggschiff, angeboten, aber er hat den Vorschlag des alten Mannes abgelehnt.«

»Warum sollte er so etwas tun?«, fragte William.

»Er hat mir gesagt, er wolle den Kontakt mit den Passagieren nicht verlieren, aber ich vermute, es ist wahrscheinlicher, dass er nicht auf die Trinkgelder verzichten will, die er auf jeder Fahrt bekommt.« James hielt kurz inne. »Ich glaube nicht, dass Franco sein richtiger Name ist und er ist sicherlich auch kein geborener Italiener.«

»Der Beweis?«, forderte William ihn auf.

»Gelegentlich verschwindet sein Akzent, und einmal habe ich ihn nach seiner Meinung über Caruso gefragt, und es war offensichtlich, dass er von dem großen Tenor nie gehört hat.«

»Das ist ein ausreichender Grund für einen Verdacht, aber kein Beweis. Obwohl ich glaube, dass er tatsächlich etwas verheimlicht.«

»Wie kommen Sie darauf?«

»Diesen bestimmten Blick, wenn jemand hört, dass ich bei der Polizei bin, habe ich früher schon gesehen.«

»Er saß eine kurze Zeit im Gefängnis, bevor er zum Unternehmen kam«, sagte James. »Aber das weiß nicht einmal mein Großvater.«

»Wie haben Sie es herausgefunden?«

»Ich habe früher einmal eine Reise gemacht, die in Southampton begann, und er bat darum, einem anderen Tisch zugeteilt zu werden.«

»Konnten Sie aufklären, warum?«

»Einer der Passagiere kam aus einem Ort namens Hackney, und ich sah, dass er Franco wiedererkannte. Ich habe dafür gesorgt, dass er und seine Frau im Austausch gegen Informationen für einen Abend am Kapitänstisch sitzen durften. Nicht einmal Franco weiß, dass ich es weiß. Aber vergessen Sie nicht, auch mein Großvater ist nur dank der Gnade Gottes heute noch so munter. Auch bei ihm stand es manchmal ziemlich knapp, und dazu kommt noch ein Erscheinen vor Gericht, bei dem die Geschworenen zu dem Schluss kamen, die Vorwürfe seien ›nicht bewiesen‹.«

»Ein nicht gerade subtiles schottisches Urteil. Üblicherweise bedeutet es, dass der Richter und die Geschworenen kaum einen Zweifel daran hegen, dass der Angeklagte schuldig ist, die Beweise für eine Verurteilung aber nicht ausreichen. Wenn man jedoch die Höhen erklimmen will, die Ihr Großvater erreicht hat, muss man, so vermute ich, wahrscheinlich das eine oder andere Risiko eingehen, besonders wenn man mit nichts anfängt.«

»Großvater begann sogar mit weniger als nichts. Als sein Vater starb, ließ er eine Frau und zwei Kinder mit Schulden um die einhundert Pfund zurück. Stellen Sie sich nur mal vor, wie viel Geld das heute wäre. Sie hat Jahre gebraucht, um die Summe zurückzuzahlen, was wahrscheinlich auch der Grund dafür war, warum sie so früh gestorben ist.«

»Und es erklärt vielleicht auch, warum er so streng zu seinen Kindern ist.«

»Der Beweis?«, forderte James ihn auf, indem er seinen Lehrer nachahmte.

»Franco hat mir gesagt, dass Ihr Onkel Hamish kürzlich bei der Jahreshauptversammlung als stellvertretender Vorsitzender des Unternehmens entlassen wurde. Um fair zu sein, ich glaube, er hat das Wort ›ersetzt‹ benutzt.«

»Das weiß jeder«, erwiderte James. »Die Presse auf beiden Seiten des Atlantiks hat ausführlich darüber berichtet. Ich habe gehört, wie mein Vater zu meiner Mutter gesagt hat, dass nur die Gesetze gegen Verleumdung die Zeitungen daran gehindert haben, alle Einzelheiten der Geschichte zu veröffentlichen.«

Franco erschien mit einem Tablett Kaffee und heißer Schokolade.

»Soll ich dem Chief Inspector die Geschichte darüber

erzählen, wie mein Vater stellvertretender Vorsitzender wurde, Franco?«, fragte James, als eine Tasse heißer Schokolade vor ihm auf den Tisch gestellt wurde.

»Solange Sie mich aus dem Spiel lassen«, erwiderte Franco und verschwand noch schneller, als er aufgetaucht war.

»Ich bezweifle, dass Sie oder Ihr Vater die ganze Geschichte kennen«, sagte William. »Ich vermute, der Vorsitzende hat Geheimnisse, die er mit ins Grab nehmen möchte.«

»Großtante Flora dürfte die ganze Geschichte kennen«, sagte James zuversichtlich.

»Großtante Flora?«, fragte William und ließ ihren Namen in der Luft hängen – in der Hoffnung, den jungen Mann zu noch größeren Indiskretionen zu verführen.

»Nachdem Großvater zur Handelsmarine gegangen war, wurde seine Schwester Flora das erste Mitglied unserer Familie, das eine Universität besucht hat. Nachdem sie in Glasgow ihr Examen in Mathematik gemacht hatte, studierte sie Rechnungswesen und schloss als Beste ihres Jahrgangs ab. Oder besser gesagt: Es hieß, sie gehöre zu den Besten. Anscheinend schafften ihre Dozenten es nicht, sich einzugestehen, dass eine Frau fähiger sein konnte als jeder Mann, der damals bei ihnen seine Prüfung machte. All das geschah etwa zu der Zeit, als Großvater aus der Royal Navy entlassen wurde, nachdem er König und Vaterland mit Auszeichnung gedient hatte – woran er uns ständig erinnert. Dann brachte er irgendwie genügend Geld zusammen, um, wie er sich ausdrückte, ein klappriges Fährunternehmen zu kaufen, das Fahrzeuge und Passagiere vom Festland zur Insel Iona transportierte.«

»Ich selbst bin auf einem dieser Boote gefahren«, sagte William.

»Großtante Flora sagte ihm, dass sie ihn für verrückt hielt, aber da es nicht viele Firmen gab, die Frauen nach dem Krieg eine ernsthafte Anstellung boten, trat sie nach einigem Zögern in das Unternehmen ein und kümmerte sich um die Bücher. Ihre Lieblingsbemerkung lautet bis heute: ›Er hat die Pfund aufgebracht, und ich habe mich um die Pennys gekümmert.‹ Doch trotz ihrer angeborenen Vorsicht und ihres ausgeprägten gesunden Menschenverstandes wäre das Unternehmen bei mehr als einer Gelegenheit fast untergegangen.«

»Welcher Selfmade-Millionär hatte irgendwann in seiner Karriere dieses Problem denn nicht?«

»Bei einer Gelegenheit trennten Großvater nur vierundzwanzig Stunden von der Bankrotterklärung, und er hätte sie in der Tat abgegeben, wenn die Dundee Bank of Trade and Commerce ihm nicht zu Hilfe gekommen wäre. Nicht einmal ich habe herausgefunden, wie er das geschafft hat. Nur eines weiß ich mit Sicherheit: Als sein erstes Kreuzfahrtschiff auf dem Clyde gebaut wurde, konnte er irgendwann die Löhne der Dockarbeiter nicht mehr bezahlen, und sie drohten mit Streik. Er hat mir einmal erzählt, dass er eine ganze Woche lang nicht schlafen konnte, und dieser Mann hat während jeder Nacht der Atlantikschlacht tief und fest geschlafen.«

»Ich habe alles über die Rolle, die er bei diesem Feldzug gespielt hat, im *Ship's Log* gelesen.«

»Auf das man sich nicht verlassen sollte«, sagte James, womit er gleichsam eine Andeutung machte.

»Warum nicht?«, fragte William interessiert.

»Großvater hat es selbst geschrieben. Oder, um genauer zu sein: Sollte ich vor Gericht aussagen müssen, würde ich erklären, dass er jedes Wort davon seiner Privatsekretärin Kaye Patterson diktiert hat.«

»Bei der es sich, wie ich annehme, um die Dame handelt, die beim Frühstück neben Ihnen saß.«

»Nicht schlecht, Chief Inspector. Aber wenn ich Ihnen sagen würde, dass mein Großvater zwei Sekretärinnen hat, von denen nur eine korrekt schreiben kann und die andere nicht, welche wäre dann Kaye?«

»Diejenige, die es kann.«

»Was macht Sie so sicher?«

»Ihre Großmutter schien sich angeregt mit ihr zu unterhalten, was sie offensichtlich genossen hat«, sagte William gerade, als Franco wieder bei ihnen erschien.

»Möchten die Herren noch etwas?«, fragte er.

»Nein, vielen Dank, Franco«, antwortete James.

»Warum will Franco, dass die Passagiere glauben, er sei aus Italien?«, fragte William, nachdem der Kellner gegangen war.

»Er hat mir einmal gesagt, dass er bessere Trinkgelder bekommt, wenn die Passagiere glauben, er sei Italiener.«

»Mir war nicht klar, dass man den Mitarbeitern Trinkgelder geben soll«, sagte William ein wenig verlegen.

»Erst wenn wir in New York anlegen«, beruhigte ihn James. »Man wird in Ihrer Kabine kleine braune Umschläge hinterlegen, die für Ihr Zimmermädchen und Ihren Kellner gedacht sind. Üblich sind jeweils einhundert Dollar, es sei denn, Sie finden, dass die beiden ihre Arbeit ganz besonders gut erledigt haben.«

»Sie bewundern Ihren Großvater, nicht wahr?«, sagte

William, der James nicht so schnell vom Haken lassen wollte.

»Hemmungslos. Er ist der Grund, warum ich sicher davon ausgehen kann, einen Platz in Harvard zu bekommen.«

»Wegen seines Geldes und seiner Verbindungen?«

»Nein, auf die werde ich nicht zurückgreifen. Sondern auf etwas viel Wichtigeres. Ich habe seine Energie und seinen Kampfgeist geerbt, obwohl mir sein unternehmerisches Genie fehlt.«

»Ich vermute, er hofft immer noch darauf, dass Sie eines Tages Vorstandsvorsitzender des Unternehmens werden. Dann sollte die Möglichkeit bestehen, sein unternehmerisches Genie in sichere Hände zu legen.«

»Das wird nie geschehen. Mein Vater mag ihm durchaus auf seinem Weg folgen. Ich nicht.«

»Wie sieht Ihr Onkel Hamish die ganze Sache?«

»Er glaubt, er hat immer noch eine Chance, Vorstandsvorsitzender zu werden, denn sonst würde er sich nicht ständig hier herumdrücken und sich und seine Frau dadurch erniedrigen, dass er uns auf dieser Reise begleitet.«

»Ist es so schlimm?«

»Schlimmer. Ich glaube, er würde alles tun, um zu verhindern, dass mein Vater den Vorsitz übernimmt. Und wenn nicht er, dann zweifellos Tante Sara.«

»Aber Ihr Großvater hat seine Einstellung in dieser Frage doch absolut deutlich gemacht, indem er Hamish als stellvertretenden Vorsitzenden durch Ihren Vater ersetzt hat.«

»Sicher, aber vergessen Sie nicht, dass Onkel Hamish noch immer im Vorstand sitzt, und niemand weiß, auf welche Seite sich Großtante Flora begeben wird, wenn es an der Zeit ist, den nächsten Vorsitzenden vorzuschlagen. Gut möglich, dass ihre Stimme den Ausschlag gibt. Wobei ich jedoch noch nie gehört habe, wie Großvater die Worte ›in Pension gehen‹ über die Lippen gekommen sind.«

»Warum wissen Sie so viel darüber, was vor sich geht? Sie sind doch nur …«

»Ein Schuljunge? Das ist noch so etwas, das ich zu meinem Vorteil genutzt habe. Als ich herangewachsen bin, war meinen Eltern nicht klar, dass ich auf jedes Wort geachtet habe, das von ihnen am Frühstückstisch gesprochen wurde. Aber seit Kurzem sind sie alle viel vorsichtiger geworden, besonders Onkel Hamish, weshalb ich in Zukunft viel subtiler vorgehen muss. Und da kommen Sie ins Spiel.«

Wieder war William überrascht, aber er musste James nicht nach dessen Plänen fragen.

»Ich werde Ihnen alles berichten, was ich über meine Familie weiß, wenn Sie mir zeigen, wie ich es für mich verwenden kann. Ihr Wissen und Ihre Erfahrung werden mich in die Lage versetzen, Onkel Hamish stets einen Schritt voraus zu sein.«

»Aber warum wollen Sie sich diese Mühe machen, wenn Sie kein Interesse daran haben, in das Unternehmen einzutreten?«

»Ich möchte immer noch, dass mein Vater der nächste Vorsitzende wird, damit ich eines Tages Besitzer der Pilgrim Line sein werde.«

»Sie können ›hinterhältig‹ zu den Eigenschaften hinzufügen, die Sie von Ihrem Großvater geerbt haben«, sagte William und schenkte James ein warmes Lächeln.

»Vielleicht. Aber trotzdem muss ich gerissener sein als mein Onkel Hamish und verschlagener als Tante Sara, wenn ich überhaupt eine Chance haben soll, das Unternehmen zu erben. Sie sollten nicht vergessen, dass auch die beiden Kinder haben, die nur wenige Jahre jünger sind als ich.«

»In diesem Fall sollten Sie nicht mehr wie ein Detective denken, sondern wie ein Krimineller.«

4

»Sie hat *was* verlangt?«, fragte Miles, als der Kellner ihnen beiden dampfend heißen Kaffee einschenkte.

»Die Million, die ihr in der ursprünglichen Scheidungsvereinbarung zugesagt worden war«, antwortete Booth Watson.

»Aber unglücklicherweise bin ich gestorben, bevor die Vereinbarung unterzeichnet wurde.«

»Und sie hat Ihre Asche.«

»Na und?«

»Sie haben offensichtlich noch nie von Watson und Crick gehört«, sagte Booth Watson, »denn dank der beiden kann sie beweisen, dass Sie noch am Leben sind.«

»Wenn sie tot ist, kann sie es nicht mehr«, sagte Miles.

»Sollte Christina vorzeitig versterben«, sagte Booth Watson, wobei er seine Worte sorgfältig wählte, »wäre der erste Mensch, der dazu befragt werden würde, ihr neuer Ehemann, der ehemalige Kapitän der Royal Navy, Ralph Neville. Es würde nicht lange dauern, bis seine wahre Identität ans Tageslicht kommt. Deshalb würde ich empfehlen, ihr die Million zu bezahlen, wenn Sie ein freier Mann bleiben wollen.«

»Nur über meine Leiche«, erklärte Miles nachdrücklich.

»Was, wie ich vermute, genau Christinas Vorstellungen entspricht, sollte sie vorhaben, ihrer Freundin Beth Warwick zu erzählen, wen sie tatsächlich in Kürze heiraten wird.«

»Wenn sie so etwas tun würde, wäre sie über Nacht mittellos.«

»Ich bin nicht sicher, ob Sie sich auf ein solches Spiel einlassen können. Nur der Himmel weiß, was sie aushecken würde, während Sie wieder im Gefängnis wären und ihr nicht in die Quere kommen können. Ich muss Sie fragen, ob auch nur ein einziges Gemälde eine lebenslange Freiheitsstrafe wert ist.«

Miles antwortete nicht, während der Kellner ihnen das Frühstück servierte, und als der Mann sich wieder zurückgezogen hatte, sagte er nur: »Möglicherweise nicht.«

»Was ein weiterer Grund dafür ist, dass Sie während der nächsten Wochen außer Landes sein sollten, während ich dafür sorge, dass Christina ihren Teil der Abmachung einhält. Danach kann Captain Ralph Neville wieder sicher an diesen Küsten anlegen, wann immer es ihm sinnvoll erscheint.«

»Ich hatte immer vor, unmittelbar nach der Hochzeit in mein neues Zuhause zu ziehen«, sagte Miles. »Dahin, wo weder Warwick noch Christina mich oder meine Bilder jemals finden werden, das kann ich Ihnen versichern, BW.«

»Ich bin froh, das zu hören. Aber meiner Meinung nach müssen wir dafür sorgen, dass Christina auch weiterhin auf unserer Seite bleibt, solange es ihr möglich ist, den Warwicks vertrauliche Informationen zukommen zu lassen. Sie sollten nicht vergessen, wie nahe sie Beth Warwick steht, die in aller Unschuld Informationen über die Pläne ihres Mannes an sie weitergibt.«

»Vielleicht auch nicht ganz so unschuldig«, sagte Miles nachdenklich.

»Deswegen habe ich vor, Superintendent Lamont wieder auf die Gehaltsliste zu setzen. Er soll sie im Auge behalten.«

»Ex-Superintendent«, korrigierte ihn Miles. »Denken Sie immer daran, dass er über keine Insiderinformationen mehr verfügt und, was noch wichtiger ist, dass dieser Mensch für Geld alles tun würde, solange die jüngere, gut aussehende Ehefrau, mit der er sich schmückt, dafür sorgt, dass sein Konto ständig überzogen ist. Ganz zu schweigen von seiner Neigung, auf Pferde zu setzen, die niemals unter den Gewinnern sein werden, die man voller Stolz den Zuschauern vorführt.«

»Das mag durchaus sein. Aber Sie sollten nicht vergessen, dass dieser ehemalige Superintendent früher im Rang unmittelbar nach Commander Hawksby kam.«

»Bis er den Dienst quittieren musste.«

»Aber er kennt immer noch jede Menge Leute bei der Polizei und einen Menschen ganz besonders.«

»Kenne ich ihn?«

»Sie. Sie gehört zu William Warwicks unmittelbarem Team und hat nichts dagegen, von Zeit zu Zeit einen braunen Umschlag in Empfang zu nehmen.«

»Dann sorgen Sie dafür, dass es solche Umschläge geben wird. So können wir sowohl Christina als auch den Warwicks stets einen Schritt voraus sein.«

»Dann sind Sie also bereit, die Million zu bezahlen, die sie verlangt?«

Miles lächelte, während er nach Messer und Gabel griff. »Unter einer Bedingung«, sagte er. »Machen Sie Christina klar, dass ich ihre monatliche Unterstützung kürzen werde, bis die Million zurückgezahlt ist, sollte sie die Vereinbarung jemals brechen.«

»Wie war der Vortrag?«, fragte William und zog Beths Stuhl zurück, sodass sie sich an ihren Tisch setzen konnte.

»Wir haben uns mehrere Arien aus *La Bohème* angehört, und danach hat Catherine die Dramaturgie von Puccinis Opern dargestellt. Ich kann es gar nicht erwarten, dass es morgen weitergeht.«

»*Tosca* oder *Madame Butterfly*?«, fragte William, als Franco ihm die Speisekarte reichte.

»*Madame Butterfly*. Möchtest du mitkommen?«

»Ich fürchte, ich werde mit einem anderen bisher nur verpuppten Wesen beschäftigt sein, das erst noch darauf hofft, ein Schmetterling zu werden. Hast du herausgefunden, ob sie die Frau von Mr. Justice Whittaker ist?«

»Ja, das ist sie. Und Catherine hat uns eingeladen, morgen Abend gemeinsam mit ihnen zum Dinner zu gehen.«

William wurde abgelenkt, als Fraser Buchanan mit seiner Frau am Arm in den Speisesaal kam. Er trug einen zweireihigen Smoking, der sein Gewicht kaschierte, während das lange, elegante, cremefarbene Kleid seiner Frau mehrere weibliche Gäste ganz genau hinsehen ließ, unter ihnen auch Beth.

Wieder nahm der Vorstandsvorsitzende am Kopfende des Tisches Platz. Alle Männer erhoben sich und warteten, bis seine Frau sich auf ihren Stuhl am anderen Ende des Tisches gesetzt hatte – ein Kricketfeld weit entfernt.

»Wer ist der Mann, der neben Flora, der Schwester des Vorsitzenden, Platz genommen hat?«, fragte Beth, nachdem Franco zurückgekommen war, um ihre Bestellung aufzunehmen.

»Andrew Lockhart«, antwortete William. »Er ist der Arzt des Unternehmens und Mitglied des Vorstands. Darüber hinaus ist er der Leibarzt des Vorsitzenden. Buchanan hatte wohl vor ein paar Jahren einen Herzanfall, und seither begleitet ihn Lockhart auf jeder Reise.«

»Das überrascht mich nicht«, sagte Beth. »Er muss über fünfzehn Kilo Übergewicht haben.«

»Ich hätte auch um die fünfzehn Kilo Übergewicht, wenn ich die Hälfte meines Lebens auf einem Luxuskreuzfahrtschiff verbringen würde.«

»Würden Sie gerne bestellen, Madam?«, fragte Franco.

»Zweimal die Consommé, danach für uns beide den Caesar Salad«, sagte Beth, ohne einen Blick auf die Karte zu werfen.

William lächelte, klappte seine Speisekarte zusammen und reichte sie dem Kellner. »Sind Sie verheiratet, Franco?«, fragte er in unschuldigem Ton.

»Nur vierzehn Wochen im Jahr, Sir.«

»Etwa so lange wie ich«, sagte Beth und nahm Williams Hand.

Die Briten haben viele Vorzüge und noch mehr Fehler, sagte George Bernard Shaw einmal vor der English Speakers' Union, und einer ihrer Vorzüge besteht darin, eine Auseinandersetzung zu ignorieren, die direkt vor ihren Augen stattfindet. Die Italiener können der Versuchung nicht widerstehen, aus der Entfernung zuzusehen, und die Deutschen ergreifen gerne Partei, während sich die Iren unweigerlich selbst ins Getümmel stürzen.

Beth tat so, als hörte sie die erhobenen Stimmen nicht, die vom Tisch des Vorsitzenden herüberklangen, und aß weiter ihre Consommé.

»Ich dachte, der Zauberer heute Abend …«

»Psst«, sagte Beth. »Da du einen viel besseren Blick auf alles hast, musst du mir erzählen, was vor sich geht.«

William unterdrückte ein Lächeln und wandte sich mit wieder erwachtem Interesse dem Tisch der Buchanans zu.

»Für mich sieht es so aus, als ob der Vorsitzende eine hitzige Diskussion mit seinem früheren Stellvertreter hat, während der Rest des Tisches sich große Mühe gibt, beide zu ignorieren.«

»Sie möchten nicht darin verwickelt werden«, vermutete Beth.

»Eine scharfe Beobachtung.«

»Und worum geht der Streit?«

»Ich bin nicht sicher. Ich kann nur einzelne Wörter hören. Aber du brauchst nicht zu verzagen. James wird mir morgen in allen Einzelheiten davon berichten.«

»So lange kann ich nicht warten«, sagte Beth und klang verzweifelt. »Bis du James triffst, haben sie sich vielleicht alle gegenseitig umgebracht. Ich will es jetzt wissen.«

»Es scheint etwas mit Hamish Buchanans Trinkgewohnheiten zu tun zu haben«, sagte William, hielt jedoch mitten im Satz inne, als Franco mit ihrem Hauptgang kam. Er stellte die beiden Caesar Salads vor seine Gäste, als ob sich ein paar Tische weiter gerade nichts Unpassendes abspielte.

»Ich nehme an, Sie haben das schon oft erlebt«, sagte Beth, ohne zu ihm aufzusehen.

»Bisher war es nicht ganz so schlimm«, gestand Franco, während er ihnen beiden jeweils ein Glas Wein einschenkte.

»Vielleicht war es unklug, dass die ganze Familie gemeinsam nach New York zurückreist«, sagte Beth. »Nach dem, was bei der letzten Jahreshauptversammlung passiert ist.«

»James hat mir gegenüber erklärt, dass sein Großvater darauf bestanden hat«, sagte William. »Trotz der angespannten Situation zwischen ihm und seinem Sohn Hamish. Ich vermute, für den alten Mann ist das nicht mehr als irgendein Hintergrundgeräusch.«

»Ich bin bloß froh, dass ich heute Abend nicht an jenem Tisch bedienen muss«, sagte Franco. Er stellte den Wein wieder in den Kühlbehälter und zog sich zurück.

»Dafür würde ich das umso lieber übernehmen«, sagte Beth, als sie sah, wie Hamish Buchanan einen silbernen Flachmann aus der Innentasche seines Jacketts nahm und den Inhalt in seinen Kaffee goss.

»Ich dachte, du hättest mir versichert, dass du mit dem Trinken aufgehört hast!«, sagte der Vorsitzende am Kopfende des Tisches mit bellender Stimme.

»Das habe ich tatsächlich«, erwiderte Hamish. »Das hier ist nichts anderes als ein leichtes Sedativ, das mir beim Schlafen helfen soll und das Dr. Lockhart mir verschrieben hat. Denn wie du sehr wohl weißt, Vater, bin ich kein besonders guter Seemann.«

»Die See ist heute Nacht so flach wie ein Pfannkuchen«, gab der Vorsitzende zurück. »Ganz zu schweigen davon, dass ich ein Vermögen für Stabilisatoren ausgegeben habe, um jedem Gast eine problemlose Überfahrt zu ermöglichen. Wenn du erst einmal im Bett liegst, würdest du gar nicht ahnen, dass wir auf See sind. Ich würde dieses sogenannte Sedativ gerne probieren.« Fraser streckte die Hand aus, als handele es sich um einen Befehl und nicht um eine Bitte.

»Ganz wie du willst, Vater«, erwiderte Hamish. Er nahm einen tiefen Schluck, schraubte den Verschluss zu und reichte den silbernen Flachmann seiner Tante Flora, die ihn ihrerseits über den Tisch hinweg an den Vorsitzenden weitergab. Mehrere Passagiere, unter ihnen Beth und William, sahen zu, wie Fraser den kleinen Behälter öffnete, an die Lippen hob und einen ordentlichen Schluck nahm. Alle warteten auf einen Wutausbruch.

Der Vorsitzende hielt einen Moment inne. »Widerliches Zeug«, erklärte er dann und schraubte den Verschluss wieder zu.

»Wäre es zu viel verlangt, um eine Entschuldigung zu bitten?«, fragte Hamishs Frau, als Fraser den Flachmann zurückreichte. Alle wandten sich dem Vorsitzenden zu, um zu hören, wie er auf Saras Frage reagieren würde.

»Allerdings, meine Liebe«, erwiderte Fraser in kühlem Ton. »Denn niemand glaubt auch nur einen Augenblick lang, dass Hamish mit dem Trinken aufgehört hat. Wenn du daran zweifelst, würde ich vorschlagen, dass du dir nach dem Dinner den Inhalt eurer Minibar ansiehst.«

Hamish schwieg, schraubte den Verschluss seines Flachmanns auf und nahm einen weiteren tiefen Schluck. Dann schraubte er den Flachmann wieder zu und schob ihn zurück in die Innentasche seines Jacketts.

Commander Hawksby saß an seinem Schreibtisch. Er dachte über die nächste Besprechung nach und die Folgen, die sich möglicherweise ergeben würden, wenn er die

Sache nicht richtig hinbekam. Er wusste, dass man ihn »The Hawk«, den Falken, nannte, was er als Kompliment betrachtete. Doch schon bald würde er in Pension gehen, und er wollte nicht, dass sein guter Ruf so spät in seiner Karriere noch Schaden nahm. DI Ross Hogan war das fehlende Puzzlestück, das er zur Vervollständigung des Bildes noch benötigte.

William Warwick war der geborene Leiter des Teams, aber DS Adaja war noch nicht so weit, dass er ihm im Rang unmittelbar darunter folgen konnte. DS Roycroft wollte eine solche Position auf keinen Fall, und obwohl DC Pankhurst die beiden im Laufe der Zeit überholen würde, war sie momentan noch nicht bereit.

Hawksby musste sich Ross Hogans Akte gar nicht erst ansehen. Ross hatte vier Jahre beim SAS absolviert, bevor er zur Met gekommen war. Bereits nach wenigen Jahren Streifendienst hatte er die Prüfung zum Detective abgelegt und war zur Abteilung für Tötungsdelikte gegangen. Vier Jahre später gehörte er zu der kleinen, handverlesenen Gruppe von Beamten, die als verdeckte Ermittler arbeiteten, wo er seine Berufung gefunden hatte. Wenn mehrere Aufständische sich zusammengeschlossen hätten, wäre er der Anführer der Gruppe geworden. Seine Tätigkeit hatte ihm die Queen's Gallantry Medal eingebracht, eine hohe Auszeichnung für Tapferkeit, sowie drei offizielle Rügen und eine zeitweilige Suspendierung vom Dienst, weil er mit einer Verdächtigen geschlafen hatte, um seine offizielle Legende glaubhafter zu machen. Hawksby wusste jedoch, dass er ihn nicht mehr lange als verdeckten Ermittler einsetzen konnte. Wenn Ross jemals in die wirkliche Welt zurückkommen und dabei noch immer in der Lage sein sollte,

Anweisungen entgegenzunehmen, so musste es geschehen, bevor er sich zu sehr an seine bisherige Art der Lebensführung gewöhnt hätte. War es bereits zu spät? Würde er den Dienst quittieren?

Ross hatte bereits eine entscheidende Rolle dabei gespielt, genügend Beweise zusammenzustellen, damit Miles Faulkner verurteilt und hinter Gitter gebracht werden konnte – indem er ebenfalls ins Gefängnis gegangen war. Sogar Kollegen, die selbst einiges riskierten, betrachteten ihn als jemand, der extrem hohe Risiken einging.

Nach Faulkners Flucht war Ross offiziell unauffindbar verschwunden und nur noch entschlossener, ihm erneut die Handschellen anzulegen. Denn er glaubte keinen Augenblick lang, dass Faulkner tot war.

Es klopfte an der Tür.

»Herein«, sagte Hawksby.

Niemand, der den Mann gesehen hätte, der an diesem Vormittag das Büro des Commanders betrat, wäre auf die Idee gekommen, dass es sich bei ihm um einen Polizeibeamten handelte. Mit seinem schmutzigen T-Shirt, seinen zerrissenen Jeans und seiner Lederjacke wirkte Ross Hogan wie jemand, der auf Ärger aus war, und nicht wie ein Wahrer des Gesetzes.

»Guten Morgen, Sir«, sagte er und setzte sich.

Hawksby musterte seine menschliche Geheimwaffe und fragte sich, wie er die neue Entwicklung ansprechen sollte, doch Ross kam ihm zu Hilfe.

»Da Sie mich zu dieser morgendlichen Besprechung in den Yard gerufen haben, vermute ich, dass meine Tage als verdeckter Ermittler gezählt sind.«

»Sie sind sogar vorbei«, sagte Hawksby. »Ross, Sie waren

viel zu lange im Einsatz. Und obwohl es fast unmöglich werden wird, Sie zu ersetzen, bin ich der Ansicht, dass Sie wieder ein Mitglied der menschlichen Rasse werden sollten.«

»An welche Menschen denken Sie dabei, Sir?«

»Ich habe kürzlich eine Cold Case Unit aufgebaut, die sich mit ungelösten Mordfällen beschäftigt, die zum Teil schon jahrelang Staub angesetzt haben.«

»Wer wird die Abteilung leiten?«

»Chief Inspector Warwick.«

Ross nickte. »Ich habe ihn mir während der letzten Jahre genau angesehen, und ich war nicht überrascht über seine Beförderung. Wie genau passe ich ins Bild?«

»Der Rest des Teams besteht aus DS Paul Adaja, DS Jackie Roycroft und DC Rebecca Pankhurst, allesamt sehr gute Mitarbeiter. Aber ich möchte, dass Sie, Detective Inspector Hogan, im Rang unmittelbar auf William Warwick folgen.«

Ross lächelte. »Gibt es eine Alternative, Sir?«

»Ja. Sie könnten in Ihr altes Revier in Chiswick zurückkehren und den Verkehr regeln.«

»Oder ich könnte kündigen.«

»Sie wären nicht vermittelbar«, sagte Hawksby. Es gelang ihm nicht, ein Lächeln zu unterdrücken. »Es sei denn, Sie wollen als zwielichtiger Privatdetektiv enden, der untreuen Ehemännern hinterherspioniert, was kaum Ihr Stil sein dürfte.«

»Wann fange ich an?«

»Chief Inspector Warwick wird in zehn Tagen zurück sein. Im Augenblick genießt er einen wohlverdienten Urlaub auf dem Meer, weshalb ich vorschlagen würde, dass

Sie sich ebenfalls freinehmen, bis er zurück ist. Aber vergessen Sie nicht, sich zu rasieren und ein Bad zu nehmen, bevor Sie unseren Chorknaben treffen werden.«

»Niemand wird mich wiedererkennen«, sagte Ross.

»Genau das gehört zum Plan«, sagte der Commander.

Franco goss gerade heiße Schokolade über eine große Portion Vanilleeis, als der schrille Schrei einer Frau durch den Speisesaal hallte. Beth wirbelte herum und sah, dass Fraser Buchanan sich zitternd und nach Luft ringend nach vorn beugte und an der Tischkante festhielt.

Dr. Lockhart sprang auf und war sogleich bei ihm. Er löste die Fliege des Vorsitzenden und lockerte den Kragen von dessen Frackhemd. Franco eilte zu ihm.

»Kann ich Ihnen irgendwie helfen?«, fragte er.

»Ich brauche sofort eine Trage«, sagte der Arzt in ruhigem Ton. »Und bringen Sie mir meine Tasche aus der Krankenstation.«

Franco rannte aus dem Saal, während die anderen Gäste ihre Mahlzeiten stehen ließen und zum ungeladenen Publikum des Dramas wurden, das sich vor ihren Augen abspielte.

Mrs. Buchanan verließ ihren Platz am anderen Ende des Tisches und nahm die Hand ihres Mannes. Sie zitterte, wirkte aber ansonsten bemerkenswert ruhig, sodass der Arzt seine Arbeit machen konnte, während alle anderen die drei schockiert anstarrten. Oder jedenfalls fast alle. William ließ Hamish Buchanan, der keine Gefühle zeigte, als sein Bruder Angus zu ihrer Mutter trat und dieser sanft einen Arm um die Schultern legte, nicht aus den Augen.

Plötzlich wurde Fraser Buchanans Gesicht vollkommen

weiß, und sein Kopf sank auf den Tisch. Der Arzt versuchte verzweifelt, ihn wiederzubeleben, doch William wusste, dass es nur eine Frage der Zeit war, bis er den Tod des Vorsitzenden bestätigen würde.

Schluchzend kniete Mrs. Buchanan neben ihrem Mann und nahm ihn in die Arme. Aus der Ferne musterte William die Gesichter der Menschen am Tisch des Vorsitzenden. Langsam streifte sein Blick über den Rest der Familie, während er nach irgendwelchen Auffälligkeiten suchte. Er hatte ganz vergessen, dass er im Urlaub war. Nicht alle Familienmitglieder ließen Anzeichen von Trauer erkennen, und zwei schienen nicht einmal überrascht über das, was geschehen war. Plötzlich schwangen die Türen zum Speisesaal auf, und Franco stürmte mit der Arzttasche herein. Zwei Matrosen mit einer Leinentrage folgten ihm.

William ertappte sich dabei, wie er instinktiv von seinem Platz aufstand und zum Tisch des Vorsitzenden ging, um zu sehen, ob er helfen konnte.

»Wir brauchen Ihre Unterstützung nicht, Chief Inspector«, sagte Hamish Buchanan, als die Matrosen seinen Vater auf die Trage hoben. »Sie haben auf diesem Schiff keinerlei Autorität.«

Eine unerbetene und überflüssige Bemerkung, war Williams erster Gedanke. Er fragte sich, ob dieses Ereignis nicht ganz so eindeutig war, wie es den Anschein hatte, und dachte an den Rat, den Commander Hawksby ihm in Bezug auf die Untersuchung unerwarteter Todesfälle gegeben hatte: *Zuhören, zuhören, zuhören. Wenn Sie die Leute an der langen Leine lassen, hängen sie sich manchmal damit auf.* Doch William wusste, dass Hamish Buchanan recht hatte, und er war gerade im Begriff, zögernd an seinen Tisch zurückzukehren, um sich nur noch um seine eigenen Angelegenheiten zu kümmern, als Angus einschritt und sagte: »Es sei denn, ich gebe ihm diese Autorität.«

»Ich vermute, du wirst sogleich einsehen, dass ich jetzt das Oberhaupt der Familie bin«, gab Hamish zurück und starrte seinen Bruder an.

»Ich muss dich hoffentlich nicht daran erinnern, Hamish, dass ich inzwischen der stellvertretende Vorstandsvorsitzende der Pilgrim Line bin und sich diese Tragödie auf einem der Schiffe des Unternehmens ereignet hat.«

Beide Männer starrten einander streitlustig an, bis Hamish sagte: »Vielleicht sollten wir Dr. Lockhart nach seiner Meinung fragen.«

»Ihr Vater hatte einen massiven Herzanfall, und wie wir alle wissen, war es nicht sein erster.«

William konnte sich nicht gegen den Eindruck wehren, dass die Worte des Arztes ein wenig zu gut einstudiert klangen. Noch seltsamer war, dass die Miene dieses Mannes angesichts des Todes seines alten Freundes keine Trauer verriet. Es war, als sei er nichts weiter als ein fachlich kompetenter Zuschauer.

»Wie ich schon sagte, wir benötigen Ihre Dienste nicht, Chief Inspector«, bemerkte Hamish und wandte sich auf der Suche nach Unterstützung seiner Tante zu. Diese antwortete jedoch nicht sofort.

»Ich denke«, sagte Flora schließlich, »es wäre vielleicht angebracht, den Chief Inspector eine Routineuntersuchung durchführen zu lassen.« Sie hatte sichtlich Mühe damit, sich in ihre Rolle als Grande Dame der Familie einzufinden. »Wir wollen doch nicht, dass irgendjemand andeuten könnte, die Familie sei in einen Vertuschungsversuch verwickelt.«

Niemand widersprach ihr.

Sogar Hamish schwieg, als die Leiche des Vorsitzenden begleitet vom Arzt und Mrs. Buchanan, von den beiden Matrosen aus dem Speisesaal getragen wurde.

»Was wird von uns erwartet, Chief Inspector? Was sollen wir tun?«, fragte Flora, die, so schien es, die Kontrolle übernommen hatte.

»Ich möchte Sie alle mit Ausnahme von James bitten, in Ihre Kabinen zurückzukehren und dort zu bleiben, bis ich die Gelegenheit hatte, mit jedem von Ihnen zu sprechen. Mr. Buchanan, würden Sie vielleicht so freundlich sein, den Flachmann auf dem Tisch zurückzulassen, bevor Sie gehen?«

Hamish zögerte einen Augenblick. Dann nahm er die kleine, silberne Flasche aus der Innentasche seines Jacketts und stellte sie auf den Tisch. Ein Lächeln huschte über sein Gesicht, als er sah, wie der Kommodore, unmittelbar gefolgt von Franco, den Speisesaal betrat. »Ah«, sagte er. »Der Mensch, der die höchste Autorität auf seinem Schiff hat. Vielleicht könnten Sie Chief Inspector Warwick mitteilen, dass wir seine Dienste nicht mehr benötigen.«

»Es ist korrekt, wenn Mr. Buchanan Sie daran erinnert, Chief Inspector, dass ich der Herr dieses Schiffes bin«, sagte der Kommodore in ernstem Ton, »und dass meine Entscheidung endgültig ist.«

»Ich akzeptiere Ihre Autorität uneingeschränkt«, erwiderte William.

Hamish griff nach dem Flachmann und schob ihn zurück in seine Tasche.

»Unter diesen Umständen, Chief Inspector«, sagte der Kommodore, »wäre ich Ihnen dankbar, wenn Sie sich in der Lage sehen würden, eine vorläufige Ermittlung durchzuführen. Ich zweifle zwar nicht daran, dass Sie herausfinden werden, dass der Vorsitzende an einem Herzanfall gestorben ist, aber Ihre Bestätigung würde die Angelegenheit zum Abschluss bringen. Wie möchten Sie Ihre Befragung beginnen?«

»Indem ich Mr. Hamish Buchanan bitte, seinen silbernen Flachmann wieder auf den Tisch zu stellen.«

5

Der ehemalige Superintendent Lamont war zu Hause und las gerade die *Racing Post*, als die Sekretärin von Kronanwalt Booth Watson anrief, um ihn darüber zu informieren, dass ihr Chef ihn darum bat, am folgenden Morgen um zehn Uhr die Kanzlei aufzusuchen. Seit dem Korruptionsprozess im Old Bailey, bei dem Jerry Summers, ein Detective Sergeant, der ein Risiko zu viel eingegangen war, zu zehn Jahren Gefängnis verurteilt worden war, weil Lamont es nicht geschafft hatte, ein entscheidendes Beweisstück auszutauschen, das zu Summers' Freispruch geführt hätte, war dies das erste Mal, dass Booth Watson wieder Kontakt mit ihm aufnahm. Lamont war davon ausgegangen, dass Booth Watson nach so einer Pleite seine Dienste nie wieder in Anspruch nehmen würde. Obwohl er eine heftige Abneigung gegen den schmierigen Anwalt hatte, würde er pünktlich zum angegebenen Termin erscheinen.

In den Wochen zuvor hatte er einige Aufträge für Christina Faulkner erledigt, und er fragte sich, ob Booth Watson hierin vielleicht einen Interessenkonflikt sehen würde. Nach einem Blick auf seine Kontoauszüge beschloss er jedoch, gegenüber keinem der beiden zu erwähnen, dass er auch für den jeweils anderen arbeitete. Lamont achtete sorgfältig darauf, um Punkt zehn Uhr am folgenden Morgen im Wartezimmer in Fetter Court zu sitzen.

Als der Chef der Kanzlei ihn schließlich rufen ließ, erwähnte dieser weder Summers noch das entscheidende Beweisstück, das Lamont hätte austauschen sollen. Stattdessen kam er sogleich auf den Punkt.

»Ich muss wissen, was Ihr alter Freund Warwick zurzeit vorhat.«

»Warwick ist nicht mein Freund«, erwiderte Lamont, wobei er die Worte geradezu ausspuckte.

»Das freut mich zu hören«, sagte Booth Watson. »Wenn das so ist, dürfte Ihre Arbeit umso angenehmer werden. Ich kann Ihnen mitteilen, dass der Inspector und seine Frau im Augenblick erster Klasse auf der *Alden* nach New York reisen.«

»Sein Vater muss ihm diesen Urlaub bezahlt haben, denn vom Gehalt eines Chief Inspectors könnte er es sich gewiss nicht leisten, erster Klasse zu reisen.«

Booth Watson wusste genau, wer für die Überfahrt bezahlt hatte, aber er begnügte sich damit, zwei Wörter zu wiederholen. »*Chief* Inspector?«

»Warwick wurde nach dem erfolgreichen Prozess gegen Summers befördert«, sagte Lamont. Sogleich jedoch bedauerte er das Wort »erfolgreich«, denn der Mann, der ihn bezahlen würde, verzog dabei missmutig die Lippen.

»Können Sie mir etwas über die neue Truppe sagen, die er führen soll?«

»Einheit«, sagte Lamont.

Der missmutige Ausdruck erschien erneut. Booth Watson ließ sich nicht gerne korrigieren. Nicht einmal von einem Richter.

Lamont fuhr unbeirrt fort. »Warwick hat vier Beamte unter sich. DS Adaja, der keiner von uns ist, DS Jackie Roycroft, die bereits auf meiner Gehaltsliste steht, und DC Rebecca Pankhurst, die noch feucht hinter den Ohren ist. Darüber hinaus wird DI Hogan zu ihnen stoßen, aber erst, wenn Warwick aus dem Urlaub zurückkommt.«

»Hogan kenne ich nicht«, sagte Booth Watson. »Was wissen Sie über ihn?«

»Ein zäher Kerl, den so leicht nichts umhaut, aber ein bisschen ein Einzelgänger, der nicht abgeneigt ist, gelegentlich ein Risiko einzugehen. Er hat während der letzten drei Jahre als verdeckter Ermittler gearbeitet, doch Hawksby hat anscheinend beschlossen, ihn aus der Kälte zu holen.«

»Warum?«, wollte Booth Watson wissen.

»Ich vermute, er wollte dem Team jemanden mit ein wenig Scharfblick und Erfahrung zukommen lassen. Es wird wichtig sein, ihn im Auge zu behalten, denn obwohl er ein Einzelgänger sein mag, stand seine Loyalität gegenüber Hawksby nie in Zweifel.«

Booth Watson ließ sich Zeit, bevor er die nächste Frage stellte. »Glauben Sie, man könnte Hogan zu einer Indiskretion verleiten?«

»Nie. Wenn dieser Mann in der Londoner U-Bahn eine Brieftasche voller Fünfzig-Pfund-Noten finden würde, würde er sie auf dem nächsten Polizeirevier abgeben und nicht einmal eine Belohnung erwarten.«

»Gut möglich, dass Geld die Wurzel allen Übels ist, Superintendent, aber es ist nicht die einzige Sünde, die Moses auf der Tafel niedergeschrieben fand, die er vom Berg Sinai mitbrachte.«

Lamont dachte einige Augenblicke lang nach, bevor er antwortete. »In der Vergangenheit hatte Hogan Verhältnisse mit mehreren Beamtinnen. Manchmal waren diese Beziehungen scheinbar beendet, doch später wurden sie wieder aufgenommen. Einmal hatte er sogar ein Verhältnis mit einer Verdächtigen, weswegen er vorübergehend vom Dienst suspendiert wurde. Seine jüngste Eroberung ist DS Roycroft, aber ich bin ziemlich sicher, dass die Sache bald ein Ende finden wird.«

»Wenn es uns also gelingt, die richtige Eva zu finden«, sagte Booth Watson, »könnte er in Versuchung geraten, in den Apfel zu beißen.«

»Ich bin kein Zuhälter«, sagte Lamont scharf.

»Natürlich sind Sie das nicht, Superintendent. Aber glücklicherweise habe ich einen Mandanten, der in diesen besonderen Gewässern segelt, weshalb Sie sich auf DS Roycroft konzentrieren und Hogan mir überlassen können.«

»Gibt es etwas Besonderes, das ich herausfinden soll, wenn ich sie das nächste Mal treffe?«

»Die Namen all der Personen, zu denen Warwicks neue Einheit Ermittlungen durchführt.«

»Das könnte sich als schwierig erweisen. Und es dürfte nicht billig werden.«

Booth Watson öffnete eine Schreibtischschublade, nahm einen dicken Umschlag heraus und schob ihn über den Tisch. Er war davon überzeugt, dass der Ex-Superintendent eine Brieftasche voller Fünfzig-Pfund-Noten nicht auf dem nächsten Polizeirevier abgeben würde, sollte er je eine finden.

»Ich kann mir kaum vorstellen, was Sie gerade durchmachen«, sagte William, als er sich neben James setzte und dem jungen Mann einen Arm um die Schulter legte. »Aber ich bin nicht davon überzeugt, dass Ihr Großvater an einem Herzanfall gestorben ist.«

»Ich auch nicht«, sagte James. Tränen strömten ihm über das Gesicht. »Und selbst wenn es so sein sollte, würde ich trotzdem gerne wissen, was in diesem Flachmann war.«

»Dann möchte ich, dass Sie während der nächsten achtundvierzig Stunden Ihre Augen und Ohren besonders offen halten. Denn wenn wir erst einmal in New York angelegt haben, wird das NYPD nicht daran interessiert sein, was ich zu sagen habe. Es sei denn, ich kann den Kollegen einen guten Grund dafür liefern, misstrauisch zu sein.«

»Sagen Sie mir einfach, was ich tun soll.«

»Ich brauche eine detaillierte Sitzordnung, aus der ich ersehen kann, wo jeder während des Dinners seinen Platz hatte. Und was noch wichtiger ist: Ich möchte, dass Sie alles aufschreiben, was Ihnen von der Unterhaltung zwischen Ihrem Großvater und Ihrem Onkel Hamish im Gedächtnis geblieben ist, als es um die Frage ging, was Ihr Onkel trank.«

»Das kann man wohl kaum vergessen«, sagte James. Er griff nach einem halben Dutzend Speisekarten, drehte eine um und begann, auf deren Rückseite ein Rechteck zu malen. Er hatte gerade den letzten Namen eingetragen, als Franco mit drei Paar weißen Handschuhen erschien. Er reichte William und James je ein Paar und behielt das dritte für sich.

»Wie geht es weiter, Sir?«, fragte Franco.

»Ich möchte, dass dieser ganze Bereich abgesperrt wird und die Türen verschlossen werden. Niemand darf den

Speisesaal betreten, es sei denn, ich gebe ihm meine Erlaubnis.«

»Verstanden, Sir.«

»Ich muss los, um mit Dr. Lockhart und Hamish Buchanan zu sprechen. Es ist wichtig, die Befragung durchzuführen, bevor die beiden zu Bett gehen, obwohl ich vermute, dass Hamish seine Geschichte bereits sorgfältig vorbereitet hat. Ich bin wahrscheinlich in etwa einer Stunde zurück. Franco, sorgen Sie in der Zwischenzeit bitte dafür, dass keiner der Passagiere in den Saal kommt.« Er legte seine Hand auf James' Schulter und sagte: »Machen Sie Ihren Großvater stolz.«

William musste nicht fragen, wo sich die Kabine des Vorstandsvorsitzenden befand. James hatte ihn bereits darüber informiert, dass diese auf Deck sieben lag, ebenso wie die Kabinen der übrigen Familienmitglieder. Auf diesem Deck waren keine anderen Passagiere untergebracht.

Als William aus dem Aufzug trat, umschloss ihn die unheimliche Stille der Trauer. Ein Mitglied der Besatzung stand am anderen Ende des Flurs vor einer Tür Wache, die, so nahm William an, zur Kabine des Vorsitzenden führte.

Der große, kräftige Mann öffnete die Tür, bevor William anklopfen konnte. Als er eintrat, sah er, dass Mrs. Buchanan neben der Leiche ihres Mannes saß und noch immer die Hand des Verstorbenen hielt. Sie blickte nicht auf.

Dr. Lockhart stand auf der anderen Seite des Bettes. Ohne dass ein Wort zwischen ihnen fiel, gab er William mit einer Geste zu verstehen, er möge ihm in ein Nebenzimmer folgen. Dann schloss er leise die Tür hinter ihnen.

»Es tut mir leid, angesichts Ihrer Trauer hier einzudringen, Dr. Lockhart«, sagte William. »Aber ich muss Sie fragen, ob Sie irgendwelche Zweifel daran haben, was den Tod des Vorsitzenden herbeigeführt hat.«

»Überhaupt keine«, sagte Lockhart mit fester Stimme. »Genau genommen habe ich sogar bereits den Totenschein ausgefüllt, den ich dem Leichenbeschauer aushändigen werde, sobald wir in New York anlegen. Ich bin überrascht, dass das nicht schon früher passiert ist. Fraser Buchanan war, offen gestanden, eine Zeitbombe, die nur darauf wartete zu explodieren.«

»Da mögen Sie durchaus recht haben«, sagte William. »Es gibt jedoch ein, zwei Dinge, die ich erst noch klären muss. Hamish Buchanan hat behauptet, der Flachmann, den er seinem Vater reichte, habe nur ein mildes Sedativum enthalten, das ihm von Ihnen verschrieben worden war.«

»Das ist korrekt. Einige aus der Familie, zu denen auch Hamish gehört, leiden gelegentlich unter Seekrankheit, weshalb ich immer etwas zur Hand habe, das ihnen beim Schlafen hilft. Aber wie auch immer, alle haben gesehen, dass Hamish und Fraser aus derselben Flasche getrunken haben, weshalb es keinen Grund zur Annahme gibt, der Tod sei aus anderen als den natürlichen Ursachen erfolgt.«

Wieder hatte jemand eine Bemerkung gemacht, die eigentlich nicht notwendig war. William fragte sich, was der Arzt noch zu verbergen hatte.

»Haben Sie noch etwas von der Medizin, Doktor?«, fragte William. »Ich vermute nämlich, dass ich heute Nacht nicht viel Schlaf bekommen werde.«

»Natürlich«, erwiderte Lockhart, öffnete seine Ledertasche, nahm ein halb leeres Medizinfläschchen heraus und reichte es William. Während er das tat, erkannte William, dass sich auf dem Taschenboden etwas befand, das ihm die Antwort auf eine Frage gab, die er deshalb nicht mehr stellen musste.

»Ich werde Sie nicht weiter behelligen, Doktor«, sagte er. »Ich bin sicher, dass Mrs. Buchanan Ihnen für Ihre Gesellschaft dankbar ist. Aber können Sie mir sagen, welches die Kabine von Hamish Buchanan ist, bevor ich gehe?«

»Nummer drei. Wenn Sie nach draußen kommen, ist es die erste Tür links.«

»Vielen Dank, Doktor.« William öffnete die Kabinentür, trat hinaus auf den Flur und ging langsam hinüber zu Nummer drei. Er holte tief Luft und klopfte an.

»Herein«, sagte eine Stimme, die sich hellwach anhörte.

William betrat die Kabine und sah, dass Hamish Buchanan in einem großen, bequemen Sessel saß, einen gut gefüllten Cognacschwenker in der einen und eine halb gerauchte Zigarre in der anderen Hand. Seine Frau war offenbar nicht da.

»Es tut mir leid, Sie zu so später Stunde noch stören zu müssen«, sagte William. »Aber ich muss Ihnen ein paar Fragen stellen, bevor Sie zu Bett gehen.«

»Sie brauchen Ihre Zeit nicht zu verschwenden, Chief Inspector«, sagte Hamish, ohne William einen Stuhl anzubieten. »Ich habe bereits mit meinem Anwalt in New York gesprochen, und er hat mir geraten, keine Ihrer Fragen zu beantworten, solange er nicht selbst vor Ort sein kann. Er war sicher, niemand würde Sie daran erinnern müssen, dass dieses Schiff unter amerikanischer Flagge registriert ist. Ein Land, in dem Sie keine Zuständigkeit besitzen.«

»Trotzdem hat mir der Kommodore die Autorität verliehen, den Tod Ihres Vaters zu untersuchen«, erwiderte

William. »Ich kann mir nicht vorstellen, dass meine Fragen irgendjemandem Sorge bereiten müssten, der nichts zu verbergen hat.«

»So leicht können Sie mich nicht ködern, Chief Inspector, also lassen Sie mich bitte in Ruhe trauern.« Hamish schnippte etwas Asche in den Aschenbecher, der neben ihm stand, und fügte dann hinzu: »Mein Anwalt hat mich auch darüber informiert, dass Sie auf diesem Schiff über keinerlei Befugnisse mehr verfügen, sobald wir die amerikanischen Hoheitsgewässer erreicht haben, egal was der Kommodore sagen mag. Deshalb würde ich vorschlagen, Sie gehen zu Bett, damit Sie ausreichend Schlaf bekommen.«

»Das werde ich«, sagte William und ließ sein Gegenüber das Fläschchen sehen, das Dr. Lockhart ihm gegeben hatte, woraufhin zumindest ein besorgtes Zucken über Hamishs Gesicht huschte. »Bis dahin möchte ich Sie bitten, in Ihrer Kabine zu bleiben, während ich die übrigen Befragungen durchführe.«

»Und wenn ich das nicht tue, Chief Inspector, was machen Sie dann? Wollen Sie mich in Ketten legen und über die Planke springen lassen? Ich glaube nicht. Vielleicht sollten Sie sich einfach verziehen.« Er hob sein Glas zu einem spöttischen Gruß.

Als William ging, war er überzeugt davon, dass Hamish Buchanan genauso etwas zu verbergen hatte wie der Arzt. Und beide hatten ihm auf jeweils eigene Art klargemacht, wie wenig Zeit ihm blieb, wenn er herausfinden wollte, worin dieses Etwas bestand. »Während der ersten achtundvierzig Stunden einer Mordermittlung gehen Sie nur schlafen, wenn Sie von selbst einschlafen«, war eines der Lieblingsmantras von Commander Hawksby. »Und das auch nur, nachdem Sie jemanden festgenommen haben.«

Rasch ging William zurück auf Deck drei, wo er erfreut feststellte, dass Franco wie ein römischer Centurio den Eingang zum Speisesaal bewachte.

»Irgendeine Idee, wer der Schuldige sein könnte?«, flüsterte Franco, als er die Tür öffnete.

»Vielleicht war es ja wirklich nur ein Herzanfall«, sagte William. Er klang nicht sehr überzeugt.

»Fraser Buchanan besaß die Konstitution eines Ochsen. Soweit ich weiß, hatte er zuvor noch nie einen Herzanfall, egal was der Arzt behauptet. Also hat ihn das umgebracht, was in diesem Flachmann war.«

William vermutete, dass Franco recht haben könnte, doch Intuition war kein Beweis. Als er den Speisesaal betrat, sah er, dass James mit gesenktem Kopf eifrig schrieb. William setzte sich neben ihn und musterte die Sitzordnung, die der junge Mann aufgezeichnet hatte. Dann wandte er sich einer Speisekarte nach der anderen zu und begann, die Unterhaltungen zu lesen, die früher am Abend stattgefunden hatten und die von James sorgfältig notiert worden waren. Der junge Mann hatte einzelne Wörter ausgestrichen und ersetzt, doch der allgemeine Tenor war für William deutlich erkennbar.

Er hatte die Rückseite der dritten Speisekarte erreicht, als er innehielt und einen bestimmten Absatz nicht nur zwei, sondern drei Mal las.

»Sind Sie sich dessen sicher?«, fragte er und deutete auf das halbe Dutzend Zeilen, die James unterstrichen hatte.

»Gewiss«, sagte James, ohne aufzublicken. »Ich habe nichts in der Hand, mit dem ich es beweisen könnte. Aber ich bin sicher, wo Sie den anderen Flachmann finden werden.«

»Ich habe ihn bereits gesehen«, sagte William.

Sie sanken erschöpft zurück. Es dauerte eine Weile, bevor Jackie sprach. »Ich nehme an, das kann nicht mehr lange so weitergehen«, sagte sie, während sie die Bettdecke bis zum Kinn hochzog.

»Uns bleibt kaum eine andere Wahl«, erwiderte Ross und zündete sich eine Zigarette an. »Wenn wir es jetzt nicht selbst beenden, dann, so fürchte ich, wird Hawksby es tun.«

»Ich werde dich vermissen«, sagte sie leise.

»Wir werden einander noch immer jeden Tag sehen.«

»Es wird nicht dasselbe sein«, sagte sie und schmiegte sich an seine Schulter. »Glaubst du, Hawksby weiß über uns Bescheid?«

Ross inhalierte tief, bevor er antwortete. »Natürlich weiß er Bescheid. Diesem Mann entgeht nichts. Nur so aus Interesse: Wie kommst du mit dem Chorknaben zurecht?«

»Er ist der einzige Mensch, den ich kenne, der vielleicht in der Lage sein könnte, Hawksbys Posten zu übernehmen«, sagte sie mit aufrichtigem Respekt.

»So gut?«

»Möglicherweise sogar besser. Hawksby behandelt ihn bereits von gleich zu gleich.«

»Und das übrige Team?«

»Allesamt Leute, mit denen man großartig zusammenarbeiten kann. Du wirst dein Bestes geben müssen, wenn du auch nur mit ihnen mithalten willst«, neckte sie ihn.

»Gibt es sonst noch etwas, das ich wissen sollte, bevor ich nächste Woche bei euch auftauche?«

»Ich habe dir bereits von den fünf Fällen erzählt, an denen wir arbeiten, und Hawksby hat den schlimmsten für dich reserviert. Aber du solltest auch wissen, dass ich weiterhin Kontakt zu Bruce Lamont habe und für meine Mühen reichlich entlohnt werde.«

»Mit wessen Geld?«, fragte Ross. »Lamont lebt immer noch weit über seine Verhältnisse, weshalb es irgendjemanden geben muss, der ihn finanziell unterstützt.«

»Warwick glaubt, es ist Booth Watson.«

»Wie könnte Lamont diesem kriminellen Anwalt jetzt noch von Nutzen sein, da Summers in Pentonville hinter Schloss und Riegel sitzt?«

»Miles Faulkner.«

»Ich dachte, du hättest seinen Gedenkgottesdienst besucht?«

»Aber so wie es aussieht, nicht seine Beerdigung. Jedenfalls meint das Warwick«, sagte Jackie.

»Das ist vollkommen unmöglich«, sagte Ross. »Falls Faulkner noch am Leben sein sollte, wäre Lamont der Letzte, den Booth Watson ins Vertrauen ziehen würde. Ich vermute, die Achtung für diesen Menschen ist bei ihm genauso hoch wie bei uns allen.«

»Wir haben im Augenblick keine anderen Spuren«, musste Jackie zugeben. »Außer Christina Faulkner, die eine Freundin von Warwicks Frau ist.«

»Christina Faulkner wird immer nur das tun, was in ihrem eigenen Interesse ist.« Ross blies einen großen Rauchkringel in die Luft, bevor er hinzufügte: »Ich wollte, ich würde noch als verdeckter Ermittler arbeiten, denn nichts würde mir größeres Vergnügen bereiten, als Faulkner festzunageln und alle drei hinter Gitter zu bringen.«

»Alle drei?«

»Faulkner, Booth Watson und Lamont.«

»Christina nicht?«, neckte ihn Jackie.

»Sie ist nicht mein Typ«, sagte Ross und schob sich wieder auf sie.

6

»Ich habe das Problem mit den Fingerabdrücken gelöst«, sagte James.

»Wie?«, fragte William, »wenn uns kein Kriminallabor zur Verfügung steht?«

»Wir brauchen keins, denn es gibt einen Laden auf Deck vier, der Spielzeug verkauft«, erklärte James. Er sah aus, als sei er ganz zufrieden mit sich.

»Hören Sie auf, anzugeben«, sagte William grinsend.

»Ich musste nicht lange nachforschen, um herauszufinden, dass einer der beliebtesten Artikel in dem Geschäft eine Sherlock-Holmes-Ausrüstung für angehende Detektive ist. Ich habe die letzten drei Sets gekauft.« Mit großer Geste zog James eine der Ausrüstungen unter dem Tisch hervor. »Jede enthält ein Stempelkissen für Fingerabdrücke, Spezialpapier, Fingerabdruckpulver, einen winzigen Pinsel und ein Vergrößerungsglas. Was will man mehr?«

»Gut gemacht, Detective Constable Buchanan. Sie denken nicht in Schubladen.«

»Aber dafür in Schachteln«, erwiderte James und hob den Deckel einer Pappschachtel, sodass mehrere kleine Fächer sichtbar wurden.

»Ein erbärmliches Wortspiel«, sagte William. »Aber bravo.«

»Wessen Fingerabdrücke wollen Sie überprüfen, Chief

Inspector?«, fragte James und nahm einen Schluck Orangensaft.

»Sie können mit Ihrem Onkel Hamish anfangen«, sagte William mit einem Blick auf die von James aufgezeichnete Sitzordnung. »Beginnen Sie mit seinem silbernen Flachmann und seiner Kaffeetasse, damit Sie übereinstimmende Abdrücke bekommen. Gehen Sie dann über zu Ihrer Großtante Flora, die links von ihm saß. Als Nächstes kommt Dr. Lockhart, dann Ihre Mutter und schließlich Ihr Großvater.«

»Was ist mit den Familienmitgliedern auf der gegenüberliegenden Seite des Tisches?«

»Deren Abdrücke brauchen wir nicht.«

»Warum nicht?«

»Denken Sie darüber nach, Detective, und sagen Sie mir Bescheid, wenn der Groschen gefallen ist.«

»Wissen Sie, woher dieser Ausdruck kommt?«

»Ja, das weiß ich«, sagte William.

»Na schön. Wo soll ich nach Abdrücken suchen?«

»Auf den Wasser- und den Weingläsern und danach auf den Kaffeetassen. Denken Sie daran, dass die Kellner Handschuhe tragen, weshalb sie nicht infrage kommen.«

»Und wenn ich damit fertig bin?«

»Dann werde ich die Abdrücke auf Hamishs Flachmann noch einmal überprüfen. Wenn ich alle identifiziert habe, werden wir wissen, ob Ihre Theorie standhält.«

»Und wenn nicht?«

»Dann ist Ihr Großvater an einem Herzanfall gestorben, und ich werde den Kommodore darüber informieren, dass es keinen Grund für die Annahme gibt, irgendetwas sei nicht mit rechten Dingen zugegangen.«

»Und wenn sich auf Hamishs Flachmann keine Fingerabdrücke von Großvater befinden?«

»Dann müssen Sie und Franco eine Überwachungsübung für mich durchführen.«

»Woran denken Sie dabei, Sir?«, fragte Franco, als er William eine zweite Tasse Kaffee einschenkte.

»Wenn Dr. Lockhart heute zum Frühstück kommt, werde ich unverzüglich auf Deck sieben gehen. Wenn es so aussieht, als wolle er in seine Kabine zurückkehren, machen Sie, James, sich so schnell wie möglich auf den Weg, um mich zu warnen. In der Zwischenzeit versuchen Sie, Franco, ihn aufzuhalten, selbst wenn es nur für ein paar Augenblicke ist.«

»Ich werde ihm von meinem schwachen Knie erzählen, das sich seit einiger Zeit wieder bemerkbar macht.«

»Wie komme ich an einen Generalschlüssel für die Kabinen auf Deck sieben?«, fragte William.

»Kein Problem, Sir.« Franco nahm einen großen Schlüsselbund aus einer Innentasche seiner Kellnerjacke, zog einen Schlüssel ab, auf dem die Zahl 7 eingestanzt war, und reichte ihn William, der sagte: »Ich hoffe, dass Sie deswegen keine Schwierigkeiten bekommen.«

»Nicht im Geringsten«, entgegnete Franco. »Der Kommodore hat mich unmissverständlich aufgefordert, Sie in jeder Hinsicht zu unterstützen, weshalb ich hiermit nicht mehr mache, als seiner Anweisung zu folgen.«

Kurz darauf kamen die ersten Gäste in den Speisesaal, um zu frühstücken. Alle starrten zum Tisch des Vorsitzenden, der jetzt mit einem Seil abgesperrt war, während Franco sie zu ihren gewohnten Plätzen führte.

»Jetzt weiß ich es«, sagte James. »Mir ist gerade klar

geworden, warum Sie die Fingerabdrücke der Familienmitglieder auf der anderen Seite des Tisches nicht brauchen.«

Franco sah angemessen verwirrt aus.

»Es wird Zeit, dass ich mich auf den Weg mache«, sagte William, als Hamish Buchanan und Dr. Lockhart in den Speisesaal geschlendert kamen. William war nicht überrascht, die beiden zusammen zu sehen. »Fangen Sie sofort an, sich um die Fingerabdrücke zu kümmern«, flüsterte er. »Aber überstürzen Sie nichts. Achten Sie vielmehr darauf, gründlich vorzugehen, obwohl die Zeit nicht gerade auf unserer Seite ist«, fügte er hinzu, bevor er den Speisesaal verließ.

James wartete, bis sein Onkel und Dr. Lockhart sich zum Frühstück gesetzt hatten, bevor er auf der anderen Seite des Tisches Platz nahm und ihnen den Rücken zudrehte. Er griff nach dem Flachmann und streute eine dünne Schicht Fingerabdruckpulver auf dessen silberne Oberfläche.

»Captain Neville, welch angenehme Überraschung, Sie in Paris zu treffen«, erklärte eine elegant gekleidete Frau mittleren Alters, die Miles schon seit vielen Jahren kannte; sie hatte sogar Blumen zu seiner Beerdigung geschickt. »Unglücklicherweise wird keine meiner Damen vor etwa neun Uhr abends verfügbar sein.«

»Ich bin früh gekommen«, sagte Miles, »weil ich in Ruhe mit Ihnen sprechen wollte, bevor Ihr erster Gast erscheint.«

»Dann sollten wir in mein Büro gehen. Dort sind wir ungestört.«

Miles betrat ein viktorianisches Boudoir, das er noch aus einer Zeit kannte, bevor seine äußere Erscheinung bis zur

Unkenntlichkeit verändert worden war. Manchmal fragte er sich, ob Blanche nicht doch ein gewisses Misstrauen gegenüber dem Kapitän hegte, der niemals wegen des Preises zu feilschen versuchte – obwohl sie jenen Teil seiner Anatomie, der als einziger unverändert geblieben war, nie gesehen hatte.

»Ich brauche etwas, das ein wenig ungewöhnlich ist«, sagte er, als er neben der Bordellchefin Platz nahm. Blanche war mit einem solchen Ansinnen durchaus vertraut, doch als er ihr erklärte, was er sich genau darunter vorstellte, war sie überrascht.

Er nahm mehrere große Fotos, die Lamont besorgt hatte, aus seiner Aktentasche und reichte sie Blanche, welche sie sorgfältig studierte. »Die Polizeiuniform ist sehr überzeugend«, sagte sie. »Wenn diese junge Frau jemals in Paris ist, kann ich ihr Arbeit besorgen.«

»Sie war die letzte Freundin des Mannes, um den es geht«, sagte Miles, ohne weiter darauf einzugehen. »Ich hoffe, Sie können einen Ersatz für sie finden.«

»Dann wollen wir mal sehen, was ich dahabe, Captain.« Blanche erhob sich vom Sofa und ging zu einem großen Aktenschrank. Sie zog die zweite Schublade auf, die mit »Blondinen, Europäerinnen, flüssiges Englisch« beschriftet war, und nahm zwei Ordner heraus. Anschließend setzte sie sich an ihren Schreibtisch und schlug langsam die Seiten um, wobei sie gelegentlich einen Blick auf die Bilder warf, die Captain Neville ihr gegeben hatte. Nach einigem Nachdenken wählte sie drei Kandidatinnen aus, deren Fotos sie vor ihm auf den Schreibtisch legte.

Miles musterte die drei jungen Frauen, die Blanche ausgesucht hatte.

»Was wird sonst noch von ihr erwartet«, fragte sie, »außer ihn zu verführen?«

»Unsere Zielperson hat die Energie von zehn Männern aber es ist nicht seine sexuelle Potenz, an der ich interessiert bin.«

»Jede von ihnen sollte damit zurechtkommen, schließlich sind sie allesamt Professionelle. Aber welche anderen Fertigkeiten werden verlangt?«

»Sie muss gleichermaßen etwas im Kopf haben und unwiderstehlich sein. Eine Mischung aus Mata Hari und Becky Sharp. Es sind die Bettgespräche, auf die es ankommt.«

»Dann würde ich eher Josephine nehmen als Avril oder Michelle«, sagte sie, indem sie auf eines der Fotos deutete. »Vielleicht sollten Sie gegen Mitternacht wiederkommen, Captain, um selbst herauszufinden, welche von ihnen Ihren Ansprüchen am besten Rechnung trägt.«

»Ich vermute, es dürfte eine ziemlich große Rechnung werden«, sagte Miles, »da ich möglicherweise gezwungen sein werde, ihre Dienste für längere Zeit in Anspruch zu nehmen.«

»Was meinst du?«, fragte Beth.

»Einfach großartig. Sie würde sogar noch besser aussehen, wenn du sie um den Hals tragen würdest«, sagte William, während er die exquisite Halskette bewunderte, die im Schaufenster des Juweliergeschäfts auf dem Schiff ausgestellt wurde. »Darf ich fragen, wie viel?«

»Weit über dem, was du dir leisten kannst, Höhlenmensch. Ich hätte einen Banker heiraten sollen.«

William warf einen zweiten Blick auf die Halskette und

fühlte sich schuldig. Die Reise sollte ihm eine Pause von seiner Arbeit verschaffen, aber seit sie an Bord gegangen waren, hatte er Beth kaum mehr gesehen. Yoga, gefolgt von einem morgendlichen Vortrag und einem gemeinsam mit ihrer neuen besten Freundin Catherine Whittaker genossenen Film am Nachmittag ermöglichten ihm, sich den meisten Verpflichtungen zu entziehen. Aber nicht allen.

Beth zog seine Fliege zurecht. »Heute Abend musst du besonders gut aussehen«, sagte sie und strich ein Haar von der Schulter seines Smokings. »Es macht so viel Spaß mit Catherine, und ich kann es gar nicht erwarten, ihren Mann kennenzulernen.«

»Als ich Mr. Justice Whittaker das letzte Mal getroffen habe«, sagte William in nachdenklichem Ton, »war ich Zeuge vor Gericht. Er sagte mir, er sei an meinen Ansichten nicht interessiert, und ich solle mich ausschließlich an die Fakten halten.«

Beth lachte, als sie seine Hand nahm, und dann gingen sie gemeinsam zum Speisesaal auf dem Deck darunter. William lächelte stumm vor sich hin, als sie an einem Schaufenster voller Spielzeuge vorbeikamen und er ein leeres Regal entdeckte.

Sie betraten den Speisesaal, wo Franco bereitstand, um sie zu ihrem Tisch zu begleiten. Der Tisch des Vorsitzenden war nicht mehr abgesperrt, doch bisher hatte niemand daran Platz genommen. Die Familie Buchanan war auf verschiedene Bereiche des Saals verteilt, wobei die beiden Brüder besonders weit auseinander saßen. Franco begleitete William und Beth an den Tisch der Whittakers, wo der Richter aufstand, um sie zu begrüßen.

»William, schön Sie zu sehen nach den letzten Tagen,

die für Sie gewiss sehr anstrengend gewesen sein müssen. Ich kann mir nicht vorstellen, dass Sie viel Schlaf bekommen haben.«

»Nicht viel, Sir«, sagte William, als sie einander die Hand gaben.

»Bitte nennen Sie mich George. Ich glaube, Sie kennen meine Frau Catherine noch nicht.«

»Beth hat mir bereits von Ihrem faszinierenden Vortrag über Puccini erzählt.«

»Und ich kann es gar nicht erwarten, das Fitzmolean wieder zu besuchen«, sagte Catherine. »Jetzt, da ich meine persönliche Führerin habe.«

»Wir haben uns dort kennengelernt«, sagte William, als Franco erschien und ihnen die Speisekarten reichte.

»Die Spezialität des Abends ist das Rumpsteak«, erklärte er. »Und allen, die sich ein wenig zurückhalten wollen, dürfen wir einen sehr guten Räucherlachs anbieten.«

William orderte das Steak, denn er war sicher, dass Beth ihm nicht widersprechen würde, obwohl sie die Stirn runzelte. Nachdem alle ihre Bestellung aufgegeben hatten, berichtete Beth von dem Vortrag, den sie und Catherine am Morgen besucht hatten. Er trug den Titel »The Big Apple – warum nicht einen Bissen davon nehmen?« und wurde von Professor Samuels von der Columbia University gehalten.

»Wegen dem, was der Professor gesagt hat, habe ich noch einmal darüber nachgedacht, wie wir die Zeit in New York verbringen sollten«, kommentierte Beth. »Jetzt möchte ich über die Brooklyn Bridge fahren, im Central Park spazieren gehen und …«

»Nicht bei Nacht«, sagte William.

»Und den Bronx Zoo besuchen«, fuhr Beth unbeirrt fort.

»Ganz zu schweigen davon, eine Aufführung am Broadway anzusehen«, sagte Catherine. »Professor Samuels hat uns empfohlen, Karten für *La Cage aux Folles* zu besorgen, sofern das möglich ist«, fügte sie hinzu, als Franco mit dem ersten Gang an den Tisch trat.

Beth und Catherine unterhielten sich weiter begeistert über den Vortrag, während der Richter seinen Spargel aß und nur bemerkte, wie köstlich die Sauce Hollandaise war. Erst als das Geschirr des ersten Gangs abgetragen wurde, wandte er sich an William und sagte: »Dürfte ich fragen, wie Ihre Ermittlungen vorankommen?«

»Es ist kompliziert. Ich kann Ihnen jedoch verraten, dass ich dem Kommodore meinen Bericht übergeben habe«, antwortete William. Er schnitt sein Steak an und sah zu, wie das Blut aus dem Fleisch rann. Dann blickte er auf und erkannte, dass die drei anderen Messer und Gabel weggelegt hatten und ihn erwartungsvoll anstarrten.

»Hatte der Vorsitzende einen Herzanfall?«, fragte der Richter, indem er gleich zur Sache kam.

»Das wäre durchaus möglich«, sagte William. »Aber ich bin mehr daran interessiert, was diesen Herzanfall ausgelöst hat.«

Wieder warteten alle drei ungeduldig, während William ein wenig Senf auf den Rand seines Tellers gab.

»Würdest du das bitte vielleicht noch ein wenig ausführen?«, fragte Beth schließlich. »Oder müssen wir warten, bis unser Essen kalt ist?«

William legte sein Messer weg, wischte sich den Mund mit der Serviette ab und sagte: »Ich kann verraten, wie der Mord begangen wurde, solange niemand gegenüber anderen auch nur ein Wort darüber verlauten lässt.«

»Und das gilt auch für dich, mein Liebling«, sagte der Richter und lächelte seiner Frau zu.

William wartete, bis Franco ihnen Wein nachgeschenkt hatte, bevor er die Sitzordnung, die James aufgezeichnet hatte, in die Mitte des Tisches legte.

Fraser Buchanan
(Vorsitzender)

Alice	Sara
Dr. Lockhart	Angus (stellvertretender Vorsitzender)
Tante Flora	Kaye
Hamish	James

Mrs. Buchanan

Er wartete einige Augenblicke, damit die anderen den Plan studieren konnten, und fuhr dann fort: »Zuerst ist wichtig, dass Hamish Buchanan auf der linken Seite des Tisches sitzt, zwischen seiner Mutter und Flora Buchanan zu seiner Linken.«

»Wer ist sie?«, fragte Catherine.

»Fraser Buchanans Schwester. Die beeindruckende Grande Dame des Unternehmens, die von den übrigen Familienmitgliedern hoch verehrt wird.«

»Und neben ihr?«, fragte der Richter, den Blick noch immer auf den Plan gerichtet.

»Dr. Lockhart, dessen einzige Aufgabe in den letzten Jahren darin bestanden hat, den Vorsitzenden am Leben zu halten. Jedoch nicht bei dieser Gelegenheit.«

Diese Information brachte die drei zum Schweigen, was William die Chance gab, ein kleines Stück seines Steaks zu genießen.

»Und zu seiner Linken?«

»Alice Buchanan. James' Mutter und die Frau von Angus Buchanan« – er fuhr mit dem Finger auf die andere Seite der Zeichnung –, »der kürzlich seinen Bruder Hamish als stellvertretenden Vorstandsvorsitzenden des Unternehmens ersetzt hat.«

»Ich habe den Eindruck, dass jene Seite des Tisches nicht von Bedeutung sein wird«, sagte der Richter.

»Eine scharfsinnige Beobachtung«, sagte William. »Trotzdem bedarf es noch einiger konzentrierter Überlegungen, wenn man herausfinden will, was Hamish Buchanan vorhatte. Alle haben gesehen, wie er während des Essens einen Schluck aus seinem Flachmann nahm, was seinen Vater dazu veranlasste, ihn direkt danach zu fragen, was er trinke, da er vermutete, es handele sich um Whisky oder Cognac, obwohl Hamish ihm gerade versichert hatte, er trinke keinen Alkohol mehr.«

Niemand unterbrach William, als er Messer und Gabel weglegte.

»Hamish hatte behauptet, sein Flachmann enthalte ein leichtes Sedativ, das er von Dr. Lockhart erhalten habe, um besser schlafen zu können. Doch der Vorsitzende verlangte, dass ihm der Flachmann gereicht würde, damit er es überprüfen könne. Ihr erster Fehler.« William hielt inne, damit Franco ihnen Wein nachschenken konnte.

»Wo war ich?«, sagte er, nachdem Franco die Flasche zurück in den Kühlbehälter gestellt hatte.

»Hamish reichte den Flachmann seinem Vater, der am Kopfende des Tisches saß«, erinnerte ihn Beth.

»Ah, ja«, sagte William. »Hamish reichte den Flachmann also seiner Tante Flora, die ihn an den Arzt weiterreichte, der ihn seinerseits an Alice weitergab, welche ihn schließlich dem Vorsitzenden aushändigte.« Er nahm einen Schluck von seinem Weißwein, während die anderen wie zuvor die Sitzordnung studierten. »Der Vorsitzende trank einen großen Schluck aus dem Flachmann, und obwohl er fand, der Inhalt schmecke unangenehm, handele es sich eindeutig nicht um Alkohol, weshalb er annahm, es müsse sich um die Medizin handeln, die Dr. Lockhart verschrieben hatte. Dann reichte er den Flachmann seinem Sohn am anderen Ende des Tisches.«

»Über welche Seite des Tisches?«, fragte der Richter.

»Das ist der springende Punkt«, sagte William. »Über dieselbe Seite.«

»Genau wie ich mir gedacht habe«, sagte der Richter. »Aber ich habe das Ganze erst zur Hälfte durchschaut.«

»Als der Flachmann wieder bei Hamish war, nahm dieser mit theatralischer Geste einen weiteren Schluck daraus. Ihr zweiter Fehler.«

»Ich verstehe überhaupt nichts mehr«, sagte Beth.

»Geduld«, sagte William. »Konzentriere dich auf die Sitzordnung, dann wird alles klar. James Buchanan, mein kürzlich beförderter Detective Sergeant, hat den Vormittag damit verbracht, alle Fingerabdrücke zu identifizieren, die er auf den Wasser- und Weingläsern sowie den Kaffeetassen der Personen finden konnte, die auf der linken Seite des

Tisches saßen, während ich dasselbe bei Hamishs Flachmann durchgeführt habe.«

»Ich hinke immer noch einen Schritt hinterher«, sagte Catherine. »Wenn Hamish den Flachmann seinem Vater gegeben hat, der am Kopfende des Tisches saß, müssen sich darauf die Fingerabdrücke all derer befinden, die auf der linken Seite saßen.«

»Aber das waren sie nicht«, sagte der Richter in fragendem Ton, »denn jemand hatte den Flachmann gegen einen identischen ausgetauscht, bevor dieser den Vorsitzenden am Kopfende des Tisches erreicht hat, und diese Person wird die einzige sein, deren Fingerabdrücke sich auf beiden Flachmännern befinden.«

»Keine schlechte Zusammenfassung, Mylord«, sagte William grinsend. »Die Geschworenen müssen sich deshalb die Beweise ansehen, um zu entscheiden, wer der Schuldige ist. Flora nahm Hamishs Flachmann und reichte ihn dem Arzt wie den Stab in einem Staffellauf, und als der Vorsitzende ihn zurückreichte, lief dasselbe Vorgehen genau umgekehrt ab. Einfach und gut geplant. Nur haben die Komplizen zwei Fehler gemacht. Erstens …« William hielt mitten im Satz inne, als Franco erschien, um die Teller abzutragen.

»Hätten Sie gerne die Dessertkarte?«, fragte er.

»Nein, vielen Dank«, sagte Catherine, ohne auch nur aufzusehen.

»Vielleicht ein Digestif?«, bot Franco an.

»Nein, vielen Dank«, sagte nun auch der Richter, doch mit etwas festerer Stimme, wobei sein Blick wie zuvor auf der Sitzordnung haftete, die James gezeichnet hatte. Franco zog sich zurück, ohne dass man seine Dienste in Anspruch genommen hätte.

William wartete ab, denn er wollte hören, ob irgendjemand die beiden Fehler herausgefunden hatte.

»Wessen Fingerabdrücke haben Sie auf Hamishs Flachmann gefunden? Und was noch wichtiger ist: Wessen Fingerabdrücke fehlen? Denn das würde uns verraten, wer die Flachmänner ausgetauscht hat.«

William deutete dem Richter gegenüber eine Verbeugung an, als befänden sie sich vor Gericht. »Die einzigen Fingerabdrücke, die ich auf Hamishs Flachmann identifizieren konnte, gehören Flora, die direkt neben ihm saß, sowie dem nicht so guten Dr. Lockhart und natürlich Hamish selbst.«

»Verstanden«, sagte Beth.

»Dann wirst du sicher erklären können, wie sie es gemacht haben«, sagte William.

»Es muss Dr. Lockhart gewesen sein, der beide Male den Austausch vorgenommen hat«, sagte Beth. »Anderenfalls wären die Fingerabdrücke des Vorsitzenden ebenfalls auf Hamishs Flachmann, als er diesen zurückgab.«

»Zusammen mit denen von James' Mutter, die zwischen dem Arzt und dem Vorsitzenden saß und den Flachmann an ihn weitergereicht hat.«

»Haben Sie den zweiten Flachmann gefunden?«, fragte der Richter. »Denjenigen, aus dem Fraser Buchanan getrunken haben muss?«

»Ja«, sagte William. »Zuerst habe ich den anderen Flachmann in Dr. Lockharts Tasche gesehen, als ich ihn letzte Nacht befragt habe, und dann noch einmal heute Morgen, als ich seine Kabine durchsucht habe, während er beim Frühstück war. Aber die einzigen Fingerabdrücke, die ich auf diesem besonderen Flachmann gefunden habe, stammten von ihm selbst.«

»Er hatte mehr als genügend Zeit, alles abzuwischen«, sagte der Richter, »sodass Sie nur noch seine eigenen Fingerabdrücke darauf finden würden. Wie aber steht es mit dem Inhalt?«

»Der Schiffsarzt hat bestätigt, dass es sich dabei tatsächlich nur um ein leichtes Sedativ handelt, genau wie Hamish behauptet hatte«, erwiderte William.

»Dann haben sie es kommen sehen«, sagte der Richter, »und dafür gesorgt, dass es für Sie fast unmöglich werden dürfte zu beweisen, dass Hamish Buchanan und Dr. Lockhart gemeinsame Sache gemacht haben.«

»So wäre es wohl tatsächlich gekommen, gäbe es da nicht den einfallsreichen und aufmerksamen James Buchanan, den einige aus der Familie immer noch für ein Kind halten und nicht für einen jungen Mann, der vorhat, Direktor des FBI zu werden anstatt Vorstandsvorsitzender der Pilgrim Line.«

»Und was hat er beobachtet?«, fragte Catherine.

»Bevor ich diese Frage beantworte, sollten alle noch einmal einen Blick auf die Sitzordnung an jenem Abend werfen. Offensichtlich saß James seinem Onkel Hamish direkt gegenüber, von wo aus er einen perfekten Blick auf alles hatte, was vor sich ging, und dazu gehörte auch die Gelegenheit, als Hamish seinen Flachmann hervorholte. Aber erst später, als ihm schlagartig die Zusammenhänge klar wurden, begriff er, dass sein Onkel nicht aus demselben Flachmann trank wie sein Großvater.«

»Wie kam er auf diese Idee?«, fragte Beth.

»Hamish hatte seinen Flachmann während des Dinners kurz auf den Tisch gestellt«, sagte William. »Ein dummer Fehler, denn James bemerkte die Initialen ›HB‹, die auf der

Seite eingraviert waren, während James' Großvater aus einem Flachmann trank, der keine solche Gravur besaß, wie ich später bestätigen konnte, als ich ihn in der Kabine des Doktors fand.«

»Ein aufgeweckter junger Mann«, sagte der Richter. »Trotzdem könnte das alles noch nicht ausreichen, um irgendjemanden zu verurteilen.« Er hielt inne und dachte einen Augenblick lang nach. »Wenn ich Hamish Buchanans Anwalt wäre, würde ich versuchen, die Geschworenen davon zu überzeugen, dass sie sich nicht einfach auf fehlende Fingerabdrücke und das unbestätigte Zeugnis eines Minderjährigen verlassen dürfen, wenn es darum geht, zwei Menschen lebenslang hinter Gitter zu bringen.«

»Ich stimme Ihnen zu«, sagte William. »Aber vergessen Sie nicht, wir haben immer noch die Leiche von Fraser Buchanan. Ich habe bereits mit dem NYPD telefoniert und die Kollegen darüber informiert, dass ich Grund zu der Annahme habe, dass ein Mord begangen wurde, und sie haben sich bereit erklärt, sich mit mir am Kai zu treffen, wenn wir morgen anlegen. Ich bin überzeugt davon, dass eine Autopsie zeigen wird, dass der Vorsitzende vergiftet wurde, und dies wird dazu führen, dass beide verhaftet werden.«

»Bravo«, sagte der Richter. »Sie sind in der Tat der Sohn von Sir Julian Warwick.«

»Und nicht zu vergessen der großartigen Lady Warwick«, warf Beth ein.

»Sie wären damit durchgekommen, wenn mir der junge James Buchanan nicht geholfen hätte«, gestand William, als Franco den Kaffee servierte und dem Richter seinen gewohnten Cognac einschenkte, bevor er William einen versiegelten Umschlag reichte.

»Ein unterschriebenes Geständnis?«, fragte Catherine, als William den Umschlag öffnete.

»Ich glaube nicht«, sagte er, nachdem er einen Gutschein über eintausend Pfund herausgenommen hatte. Dann las er den Begleitbrief.

The Pilgrim Line

Sehr geehrter Chief Inspector Warwick,

im Namen des Vorstands der Pilgrim Line möchte ich Ihnen dafür danken, dass Sie die gewiss nicht beneidenswerte Aufgabe übernommen haben, den Tod unseres Vorsitzenden zu untersuchen.

Der Vorstand bedauert, dass es Ihnen deswegen nicht möglich war, Ihren Urlaub in vollem Umfang zu genießen, und ist der Ansicht, dass daher ein gewisser Ausgleich angemessen ist.

Unser Unternehmen wird den beigefügten Gutschein anrechnen, sollten Sie den Wunsch haben, noch einmal eine Reise mit einer unserer Schifffahrtslinien zu unternehmen oder etwas aus einem unserer Geschäfte zu erwerben.

Hochachtungsvoll,

Flora Buchanan,
Interimsvorsitzende

»Es war mein Urlaub, der verdorben wurde, nicht deiner«,

sagte Beth. »Ich habe dich sogar nie glücklicher gesehen«, fügte sie hinzu, als sie nach dem Gutschein griff und ihn in ihre Handtasche fallen ließ.

»Ich frage mich, wann der Juwelier morgens aufmacht«, sagte Catherine unschuldig.

7

Das laute Hämmern an der Tür hielt unvermindert an. Zuerst fragte sich William, ob es noch zu seinem Traum gehörte, doch es ließ auch nicht nach, als er wach war. Jemand störte ihn in der ersten Nacht, in der er endlich wieder ausreichend Schlaf hätte finden können.

Widerwillig erhob er sich aus dem Bett, streifte seinen Morgenmantel über und öffnete die Tür. James stand im Korridor.

»Schnell, kommen Sie«, sagte er. »Sie sind der einzige Mensch, der es beenden kann.«

»Was beenden?«, fragte William, aber James hatte sich bereits auf den Weg gemacht. William schloss leise die Kabinentür, konnte jedoch hören, wie Beth stöhnte, als sie sich umdrehte. Noch immer im Halbschlaf folgte er James durch den Flur und eine Treppe hinab auf Deck eins, wo der junge Mann seinem Mentor die Tür aufhielt, während er auf ihn wartete.

William trat hinaus auf das untere Deck, wo sich der Kommodore in Galauniform feierlich an eine kleine Gruppe Menschen wandte, die sich dort versammelt hatten.

»Gott dem Allmächtigen vertrauen wir die Seele unseres verstorbenen Bruders an, und wir übergeben seinen Körper den Tiefen der See …«

Entsetzt sah William, wie die Familie Buchanan mit gesenkten Köpfen um einen Sarg stand, der auf einer kleinen, erhöhten Plattform ruhte.

»… in der sicheren Hoffnung auf die Auferstehung zum ewigen Leben in unserem Herrn Jesus Christus …«

»Können Sie nicht irgendetwas tun?«, flüsterte James hoffnungslos.

»Nein«, erwiderte William und schüttelte den Kopf. Er war sich nur allzu bewusst, dass jeder auf diesem Schiff der Autorität des Kommodore unterstand.

»… bei dessen strahlender Wiederkehr die Welt zu richten, die See ihre Toten freigeben wird …«

William blieb am Rand der kleinen Gruppe stehen. Er war nicht mehr als ein Zuschauer in einem Spiel, das ohne seine Beteiligung vor seinen Augen ablief.

»… auf dass die sterblichen Körper jener, die in ihr ruhen, verwandelt und mit Seinem strahlenden Leib eins werden …«

Er musterte die bei diesem Begräbnis Versammelten genauer und sah, dass Mrs. Buchanan leise weinte, während ihr Sohn Angus sie zu trösten versuchte. Flora Buchanan stand einen Schritt hinter den anderen, der Mantel der Macht ruhte jetzt auf ihren Schultern. Hamish Buchanan stand mit zusammengekniffenen Lippen neben Dr. Lockhart, dessen Miene vollkommen ausdruckslos war.

»… im Einklang mit Seinem mächtigen Wirken, dem alle Dinge unterworfen sind.«

Der Kommodore schloss sein Gebetbuch, nahm starr Haltung an und salutierte. Zwei junge Offiziere traten nach vorn und hoben das eine Ende der Plattform an, auf der der Sarg ruhte. Die kleine Trauergemeinde sah zu, wie er auf seinem vorgesehenen Weg ins Meer glitt und dann in ein salziges Grab unter den Wellen sank.

Chief Inspector William Warwick wäre es vielleicht gelungen, den Leichenbeschauer zu überzeugen, den Toten zu exhumieren, wäre dieser nur wenige Meter unter der Erde auf einem Friedhof begraben worden – doch nicht, wenn er auf dem Boden des Ozeans ruhte. Die Familie Buchanan hatte nicht nur ihren Toten beigesetzt, sondern ebenso das eine Beweisstück, das die Mörder überführt hätte.

Eine Schweigeminute folgte, nach welcher der Kommodore noch einmal salutierte, bevor er den nächsten Befehl erteilte. Wenige Augenblicke später begannen die Schiffsschrauben, sich erneut zu drehen, sodass das Schiff seine Fahrt nach New York fortsetzen konnte.

William trat beiseite, als die Familie sich zurückzog: Mrs. Buchanan an Angus' Arm, stumm und beherrscht; Hamish und der Doktor einen Schritt dahinter in eine muntere Plauderei vertieft, womit sie die Trauer zur Farce machten. Ihnen folgte die übrige Familie, wobei Flora Buchanan und der Kommodore als Letzte kamen. Als die neue Vorstandsvorsitzende William sah, löste sie sich aus der Gruppe und trat auf ihn zu.

»Ich glaube, ich schulde Ihnen eine Erklärung«, sagte sie ruhig. William wusste nicht, wie er angemessen darauf reagieren sollte, und er war ein wenig verlegen, weil er nur einen Morgenmantel und Pantoffeln trug, während die anderen einigermaßen formell gekleidet waren. »Bei unserer gestrigen Vorstandssitzung«, fuhr sie fort, »haben die Direktoren entschieden, Fraser den letzten Wunsch zu erfüllen, der in seinem Testament ausdrücklich erwähnt wird: eine Seebestattung.«

»Obwohl Sie den Verdacht haben mussten, dass einer

dieser Direktoren für seinen vorzeitigen Tod verantwortlich ist«, sagte William unverblümt.

»Wir haben diese Möglichkeit erwogen«, sagte Flora. »Doch da Frasers Leibarzt den Totenschein bereits ausgefüllt hatte, in dem er bestätigt, dass Fraser an einem Herzanfall gestorben ist, hat die Familie, und besonders Mrs. Buchanan, beschlossen, ihm eher den letzten Wunsch zu erfüllen, als sich auf langwierige polizeiliche Ermittlungen einzulassen – Ermittlungen, die der Presse genug Munition geliefert hätten, um dem Ansehen des Unternehmens irreparablen Schaden zuzufügen. Und das wäre das Letzte, was Fraser gewollt hätte.«

»Ich glaube, sein letzter Wunsch wäre gewesen, seinen Sohn für das von ihm begangene Verbrechen bestraft zu sehen.«

»Ich kann verstehen, wie Sie sich fühlen, Chief Inspector«, sagte Flora. »Deshalb dürfte es Sie vielleicht auch interessieren, dass der Vorstand unter anderem beschlossen hat, sich von Hamish als Direktor zu trennen und ihn sich selbst zu überlassen.«

»Damit er in Zukunft von seinem gewaltigen Erbe leben kann«, sagte William bitter.

»Keineswegs«, sagte die Vorsitzende. »Wenn das Testament später am heutigen Tag verlesen wird, wird er erfahren, dass ihm sein Vater nur einen einzigen Gegenstand hinterlassen hat: einen Kompass. Als Metapher. Ich bin sicher, das wissen Sie zu schätzen.«

»Und der gute Doktor?«

»Hat gekündigt, bevor man ihn entlassen konnte. Darüber hinaus werde ich persönlich dafür sorgen, dass niemand ihn einstellt, der bei uns wegen einer Referenz nachfragt.«

Als Flora sich zurückziehen wollte, fragte William leise: »Wann haben Sie die Wahrheit herausgefunden?«

»Der junge James bewundert Sie sehr, Chief Inspector, was Ihnen sicher bewusst ist. Nachdem ich ihm jedoch ein wenig gut zugeredet hatte, konnte er nicht widerstehen und hat mir verraten, wie Sie beweisen konnten, dass mein Bruder nicht an einem Herzanfall gestorben ist.«

William hätte klar sein müssen, dass Blut am Ende immer dicker ist als Wasser. In diesem Fall als Salzwasser.

»Machen Sie dem Jungen keinen Vorwurf«, sagte Flora. »Wir alle haben auf dieser Reise viel über uns selbst gelernt.«

»Was haben Sie gelernt?«

»Dass James zu gegebener Zeit ein ganz hervorragender Vorstandsvorsitzender der Pilgrim Line sein wird. Und das ist genau, was sein Großvater, möge er in Frieden ruhen, gewollt hätte.«

Als William in seine Kabine zurückkehrte und wieder zu Bett ging, stellte er erleichtert fest, dass Beth noch immer tief und fest schlief. Ein paar Stunden später weckte ihn ein leises Klopfen an der Tür.

Beth, die bereits angekleidet war, öffnete und wurde von einem jungen Fähnrich begrüßt. Er salutierte und sagte: »Der Kommodore lässt anfragen, ob Sie und Chief Inspector Warwick gegen zehn Uhr zu ihm auf die Brücke kommen möchten, wenn wir in den Hafen von New York einlaufen.«

»Darauf können Sie wetten«, sagte Beth, der es nicht gelang, ihre Aufregung zu verbergen. »Wie freundlich von ihm.«

William setzte sich im Bett auf und wollte gerade protestieren, als er den Ausdruck in Beths Gesicht bemerkte.

»Du bist ein schamloses Luder«, sagte William, als er aus dem Bad kam und sah, wie seine Frau sich im Spiegel betrachtete.

»Ich weiß«, sagte Beth. »Aber ich konnte nicht widerstehen.«

»Wie viel?«, fragte William, der gegen seinen Willen die Halskette bewunderte, die er zuletzt im Schaufenster des Juweliers gesehen hatte.

»Neunhundertfünfundneunzig Pfund«, sagte Beth, ohne im Geringsten rot zu werden.

»Und was habe ich von den fünf Pfund bekommen, die übrig waren? Vielleicht eine Rolex Submariner oder einen Memoire-Ring aus achtzehnkarätigem Gold?«

»Ich fürchte nicht. Alles, wofür es noch gereicht hat, war ein Paar Kragenstäbchen – von bester Qualität, wie mir die Verkäuferin versichert hat. Ich betrachte die Halskette als kleine Kompensation für eine Frau, deren Mann sie tagsüber im Stich lässt und der dann mitten in der Nacht verschwindet«, sagte Beth und legte ihm die Arme um den Hals.

»Das ändert nichts daran, dass du ein schamloses Luder bist.«

»Und wohin bist du mitten in der Nacht gegangen?«

»Ich wurde Zeuge von Fraser Buchanans Seebestattung.«

»Aber ich dachte …«

»Ich auch.«

»Wie gerissen von ihnen«, sagte Beth, als William ein Kragenstäbchen in sein Hemd schob. »Auf diese Weise wird es keine Autopsie, keine Gerichtsverhandlung und keine negative Publicity geben.«

»Und keine Gerechtigkeit«, sagte William.

Jemand klopfte an die Tür. Beth öffnete sie und sah, dass der junge Fähnrich zurückgekehrt war. »Der Kommodore hat mich gebeten, Sie und Ihren Mann auf die Brücke zu begleiten, Ma'am.«

»Vielen Dank«, sagte Beth, schob ihren Arm unter den des Fähnrichs und überließ es William, nach seinem Jackett zu greifen und die Tür zu schließen, bevor er sie einholen konnte.

»Wenn Sie mir die Bemerkung gestatten, Mrs. Warwick, das ist eine wirklich exquisite Halskette, die Sie da tragen.«

»Ein Geschenk von meinem Mann«, sagte Beth, was William wenigstens ein Lächeln entlockte.

Obwohl William die Einladung des Kommodore nur zögernd angenommen hatte, änderte sich seine Einstellung schlagartig, als er die Brücke betrat. Er war fasziniert von der schieren Größe der Armaturen, die sich von einer Seite des Decks zur anderen zogen und dem Kommodore einen vollständigen Überblick über alles boten, was um ihn herum vorging, einschließlich der Reihe leuchtender Signallichter, welche die aufmerksamen jungen Offiziere eifrig studierten. William lauschte auf die leisen und effizienten Befehle, die vom diensthabenden Offizier nach unten in den Maschinenraum gegeben wurden. Er bemerkte ebenfalls, dass jeder auf der Brücke ein schwarzes Band um den Arm trug.

»Alles läuft heutzutage elektronisch«, sagte der Fähnrich und riss ihn aus seinen Gedanken. »Obwohl wir noch immer zwei aktive Offiziere haben – der Kommodore ist einer von ihnen –, die ihre Marinelaufbahn bei einer Dampfschifffahrtsgesellschaft begonnen haben.«

»Wer ist verantwortlich?«, flüsterte er dem Fähnrich zu.

»Captain Maitland, der diensthabende Offizier.«

»Nicht der Kommodore?«, fragte William, dem aufgefallen war, dass dieser sich ein paar Schritte im Hintergrund hielt – passiv, die Arme hinter dem Rücken, doch die Augen ständig in Bewegung.

»Keineswegs. Er würde nur übernehmen, wenn es einen Notfall gibt.«

»Wie zum Beispiel was?«, fragte Beth.

»Einen Sturm in Orkanstärke oder wenn der diensthabende Offizier betrunken wäre oder sich ein Mitglied der königlichen Familie an Bord befände. Während meiner vier Jahre auf der *Alden* habe ich noch nie erlebt, dass er das Kommando übernommen hätte.«

»Wann werden Sie der verantwortliche Offizier werden?«

»Vorerst noch eine ganze Zeit lang nicht, Ma'am. Gelegentlich vertrete ich den Zweiten Offizier mitten in der Nacht, aber nur, wenn wir fernab von Land sind, die See ruhig ist und sich kein anderes Schiff in unserer Nähe aufhält. Die *Titanic* erinnert noch immer jeden Seemann daran, dass man das Meer mit Respekt behandeln muss. Deshalb lässt mich selbst der Navigator nicht aus den Augen, wenn ich eine solche Vertretung übernehme. Dabei fällt mir ein, Chief Inspector, der leitende Navigator, der heute Morgen das Ruder übernommen hat, wollte Sie unbedingt kennenlernen. Anscheinend haben Sie einen gemeinsamen Freund.«

»Ich frage mich, wer das wohl sein mag«, sagte Beth, als der Fähnrich die beiden zum Ruder begleitete und sie dem Able Seaman Ned Turnbull vorstellte.

Der leitende Navigator löste eine Hand vom Ruder, reichte sie William und sagte: »Willkommen auf der Brücke, Sir.«

»Anscheinend haben wir einen gemeinsamen Freund«, sagte William.

»Ja, in der Tat. Ich glaube, Sie kennen Ee, Teufel noch mal«, sagte der Navigator, woraufhin William ihn nur verwirrt ansehen konnte. Deshalb fügte der Navigator hinzu: »Captain Ralph Neville. Ich hatte mich schon darauf gefreut, ihn wiederzusehen. Während der Falkland-Krise haben wir zusammen auf der *Illustrious* gedient. Sie müssen wissen, dass er damals der einzige Vollmatrose war.«

»Ee, Teufel noch mal?«, wiederholte Beth noch immer ratlos.

»Das war sein Spitzname unter Deck wegen seines breiten Yorkshire-Akzents und weil er davon überzeugt war, dass Sir Leonard Hutton ohne den geringsten Zweifel der größte lebende Engländer sei. Wir haben den Kontakt verloren, nachdem er eine Australierin geheiratet hat und nach Perth gezogen ist. Grüßen Sie ihn bitte unbedingt von mir, wenn Sie ihm wieder über den Weg laufen.«

»Das werde ich ganz sicher tun«, sagte William.

»Sie dürfen die Freiheitsstatue nicht verpassen«, sagte der Fähnrich und führte Beth und William auf die Steuerbordseite des Schiffs.

Beide blickten hinaus auf die längst zur Ikone gewordene Statue, doch sie nahmen sie überhaupt nicht wahr.

»Ich habe mich fürchterlich zur Närrin gemacht«, flüsterte Beth. »Ich hätte von Anfang an auf dich hören sollen.«

»Du warst immer eine vertrauensvolle Seele«, sagte William. »Das ist einer der vielen Gründe, warum ich dich so sehr liebe. Und um fair zu sein: Christina muss das letzte Jahr hindurch wirklich das Blaue vom Himmel heruntergelogen haben.«

»Aber irgendetwas entgeht mir noch immer, nicht wahr?«, sagte Beth. »Was hat Ralph Neville an sich, dass Christina sich seinen Wünschen so bereitwillig beugt?«

»Falsche Frage.«

»Was ist dann die richtige Frage?«

»Warum wollte Christina die Tickets für diese Reise so gerne loswerden?«

»Und die Antwort?«

»Ralph Neville konnte es sich nicht erlauben, von jemandem an Bord gesehen zu werden, der mit dem echten Captain Neville zusammen gedient hat.«

»Aber Christina hat mir gesagt, dass sie heiraten werden.«

»*Sie* wird heiraten. Die Frage ist nur, wen.«

Beth starrte William eine ganze Weile lang an, bevor sie sagte: »Seit wann weißt du es?«

William sah auf seine Uhr. »Ee, Teufel noch mal. Erst seit etwa zehn Minuten bin ich mir sicher.«

Beth wollte sofort zurück nach England fliegen, damit sie Christina noch vor der Hochzeit zur Rede stellen konnte, doch William überzeugte sie davon, dass das keine gute Idee war. Er wusste, Faulkner bekäme dadurch nur eine weitere Möglichkeit zur Flucht, und sollte es so weit kommen, bliebe jedermann einzig und allein diese Episode seiner kurzen und unscheinbaren Polizeikarriere in Erinnerung. Dabei war es eine Hilfe für William, dass Catherine

Whittaker ihn unterstützte und darauf bestand, dass Beth bei ihnen blieb, während sie in New York war.

»Das Met, die Frick und das MoMA mit unserer persönlichen Führerin?«, sagte Catherine. »Was könnte man sich mehr wünschen?«

Mr. Justice Whittaker nickte weise, gab jedoch keinen Kommentar dazu ab, als seine Frau sagte, sie würde Beth liebend gerne zum Konzert von Ella Fitzgerald in die Carnegie Hall begleiten und Williams Platz übernehmen. Der Richter konnte es nicht erwarten, nach England zurückzukehren und ein weiteres Mal den Vorsitz in einem Prozess gegen Miles Faulkner zu übernehmen. Er hatte bereits entschieden, wie lange dessen Haftstrafe dauern würde.

»Und was ist mit Christina?«, fragte ihn Beth.

»Begünstigung eines Straftäters«, erklärte der Richter. »Obwohl Mr. Booth Watson wahrscheinlich keine Schwierigkeiten haben würde, die Anklage zurückzuweisen, solange sie Captain Ralph Neville nicht im Gefängnis besucht.«

William konnte es ebenfalls kaum erwarten, wieder in England zu sein.

»Wie viele Morde gab es letztes Jahr in London?«, fragte Commander Hawksby, als er sich zur ersten Besprechung der neu gegründeten Einheit an das Kopfende des Tisches setzte.

»Einhunderteinundachtzig«, antwortete Detective Sergeant Paul Adaja.

»Und bei wie vielen davon war der Täter ein Familienangehöriger?«, fragte Hawksby und wandte seine Aufmerksamkeit der anderen Seite des Tisches zu. Obwohl der Raum groß war – verglichen mit dem winzigen Büro, in dem die übrigen Mitglieder der Einheit arbeiteten –, bot der Tisch in der Mitte nur etwa sechs Personen Platz. Hinter Hawksbys Schreibtisch hing ein Foto der Queen an der Wand, und ein silberner Pokal auf dem Bücherregal erinnerte jeden Besucher daran, dass der Commander einst Boxchampion im Mittelgewicht bei der Met gewesen war.

»Vierunddreißig«, sagte Jackie.

»Und wie viele davon endeten mit einer Verurteilung?«

»Neunundzwanzig. Die meisten Täter warteten vor Ort auf unser Eintreffen, und die übrigen Fälle wurden innerhalb von vierundzwanzig Stunden gelöst.«

»Das ist der springende Punkt. Die meisten Morde, bei denen der Täter ein Familienangehöriger ist, werden innerhalb von vierundzwanzig oder höchstens achtundvierzig Stunden gelöst«, sagte Hawksby. »Danach sind die Täter mehr und mehr davon überzeugt, dass sie damit durchkommen, und sie werden mit jedem Tag zuversichtlicher.«

»Was im Fall von Mr. Clive Pugh zweifellos zutrifft«, sagte Jackie und schlug ihre Fallakte auf. »Er hat seine Frau ermordet, nachdem er nur wenige Monate zuvor eine Lebensversicherung über eine Million Pfund für sie abgeschlossen hatte, womit er für seine Mühen reichlich entlohnt wurde.«

»Warum wurde er nicht verurteilt?«, fragte Hawksby.

»Wir hatten nicht genügend Beweise gegen ihn in der Hand, um eine Anklage auf den Weg zu bringen, weshalb er buchstäblich mit einem Mord durchgekommen ist.«

»Dann finden Sie die notwendigen Beweise, DS Roycroft«, sagte Hawksby. »Denn wenn es eine Sache gibt, die dazu führen kann, dass sich ein potenzieller Mörder das Ganze noch einmal überlegt, dann ist es der Gedanke, dass er nicht ungeschoren davonkommen wird. Somit bleiben uns noch immer einhundertsiebenundvierzig Morde, bei denen der Täter kein Familienangehöriger war. DC Pankhurst, wie viele davon führten zu einer Festnahme?«

Rebecca musste die vor ihr liegende Akte nicht erst aufschlagen, um die Frage des Commanders zu beantworten. »Einhundertdreiundvierzig, Sir.«

»Bei wie vielen davon endete die Festnahme in einer Haftstrafe?«

»Bei einhundertneununddreißig, und bei den anderen vier wissen wir, wer die Mörder sind, aber wir hatten nicht genügend belastbare Beweise, um den Strafverfolgungsdienst der Krone davon zu überzeugen, dass ein Prozess angesetzt werden sollte.«

»Einzelheiten?«, wollte Hawksby wissen.

»Einer von ihnen, ein gewisser Max Sleeman, ist ein besonders übler Zeitgenosse«, antwortete Paul, indem er seine Akte aufschlug. »Er ist ein Kredithai, und wenn man nicht pünktlich zahlt, führt das ganz schnell zu einem gebrochenen Arm oder einem gebrochenen Bein. Und wenn man dann immer noch nicht zahlt, mietet er einen Leichenwagen, ohne jedoch die Beerdigungskosten zu übernehmen.«

»Ich will, dass Sleeman festgenommen wird«, sagte Hawksby. »Und zwar am besten, bevor er den nächsten armen Teufel eliminiert.«

»Ich bin schon dran«, sagte Paul.

»Fehlen noch drei«, sagte Hawksby. »DC Pankhurst, was können Sie mir über einen gewissen Darren Carter berichten?«

»Er ist Rausschmeißer im Eve Club in Soho«, sagte Rebecca. »Hat sich des Totschlags schuldig erklärt und ist mit zwei Jahren Gefängnis davongekommen. Obwohl ich nicht daran zweifle, dass es ein vorsätzlich geplanter Mord war, den er im Auftrag des Clubbesitzers begangen hat.«

»Dann möchte ich ihn wieder hinter Gittern sehen. Das Verbot, ihn erneut in derselben Sache anzuklagen, greift nicht, wenn neue Beweise vorgelegt werden können«, erläuterte Hawksby. »Außerdem, DC Pankhurst, möchte ich, dass der Club geschlossen und dafür gesorgt wird, dass der Besitzer nie wieder eine Lizenz bekommt. Damit sollten Sie vorerst genügend beschäftigt sein. Was uns zu unseren beiden letzten Fällen führt, die schon viel zu lange Staub angesetzt haben.«

Alle am Tisch wussten, wovon der Commander sprach: Ron Abbott und Terry Roach, zwei Schläger aus rivalisierenden East-End-Gangs, die in ständige Auseinandersetzungen darüber verwickelt waren, wer in ihrem Einflussbereich das illegale Glücksspiel, Schutzgelderpressung, Prostitution und den Drogenhandel kontrollierte.

»Ich weiß, es wird Sie freuen zu hören, dass ich diese beiden besonders widerlichen Gestalten für DI Hogan reserviert habe und er sich um sie kümmern soll, wenn er nächste Woche als DCI Warwicks Stellvertreter unsere Einheit ergänzt.«

Paul wirkte enttäuscht.

»Sie sollten sich jedoch«, fuhr Hawksby fort, »keinen Augenblick lang einbilden, dass Sie so schnell vom Haken sind, denn ich erwarte detaillierte Berichte – auch über die geplante Vorgehensweise –, bevor wir in einer Woche wieder zusammenkommen.« Kugelschreiber huschten ohne innezuhalten über Papier. »Und wenn Sie auch noch die schlechte Nachricht hören wollen: Ich habe gerade einen

Anruf von DCI Warwick bekommen, dessen Flugzeug vor einer Stunde in Heathrow gelandet ist.«

»Ich dachte, er wollte erst in einer Woche zurückkommen?«, sagte Paul.

»In der Tat. Aber er möchte der Beamte sein, der Miles Faulkner persönlich festnimmt.«

»Das dürfte etwas schwierig werden«, sagte Jackie, »denn wir beide waren bei Faulkners Begräbnis in Genf zugegen und wurden Zeugen seiner Einäscherung.«

»Sie waren zugegen – das ist genau die richtige Beschreibung«, sagte Hawksby. »Aber um wessen Asche es sich handelte, als der Priester Mrs. Faulkner die Urne übergab, bleibt ein Geheimnis.«

»Warum glauben Sie, dass es sich nicht um Faulkners Asche gehandelt hat?«, fragte Jackie in defensivem Ton.

»Ein Raffael, den, wie wir wissen, Faulkner für das Prunkstück seiner Sammlung gehalten hat, kam unlängst bei Christie's unter den Hammer und wurde für 2,2 Millionen Pfund verkauft.«

»Das ist kein Beweis dafür, dass Faulkner noch am Leben ist«, sagte Paul, indem er die Rolle des Advocatus Diaboli übernahm.

»Ich würde Ihnen zustimmen, DS Adaja, wenn DCI Warwick nicht gesehen hätte, wie das Bild vor noch gar nicht so langer Zeit in Faulkners Wohnung in Monte Carlo hing. Weshalb es naheliegt, dass das Bild, das verkauft wurde, eine Kopie war, und weil der Verkäufer die Originalunterlagen über die Herkunft vorweisen konnte, wurden sogar die Fachleute zum Narren gehalten.«

»Wer würde 2,2 Millionen für eine Fälschung bezahlen?«, fragte Jackie.

»Jemand, der noch am Leben ist und nicht will, dass wir das wissen.«

»Begründete Zweifel lassen sich damit wohl kaum …«

»Es sei denn«, unterbrach Hawksby, »dass niemand anderer als unser alter Freund Mr. Booth Watson das Gemälde erworben hat.« Er hielt kurz inne. »Im Namen eines Mandanten oder einer Mandantin.«

»Bei der es sich um Mrs. Faulkner gehandelt haben könnte«, konterte Paul.

»Unwahrscheinlich«, sagte Hawksby. »Christina Faulkner hat nie das geringste Interesse daran gezeigt, die Bilder zu erwerben. Nur daran, sie zu verkaufen.«

»Ich bräuchte ein paar Beweise mehr, wenn ich einer der Geschworenen wäre«, sagte Paul gerade, als die Tür aufschwang und William eintrat.

»Wenn man vom Teufel spricht«, sagte Hawksby. »Ich wollte DS Adaja und DS Roycroft gerade erklären, warum Sie inzwischen davon überzeugt sind, dass Miles Faulkner noch am Leben ist.«

»Ee, Teufel noch mal, das bin ich«, sagte William und setzte sich auf den einzigen noch freien Stuhl am Tisch. »Falls Sie irgendwelche Pläne für den nächsten Samstagmorgen haben, sollten Sie absagen. Denn Sie werden bei der Hochzeit von Captain Ralph Neville, einem ehemaligen Offizier der Royal Navy, und Mrs. Christina Faulkner, einer Witwe, die der betreffenden Kirchengemeinde angehört, zu Gast sein. Obwohl die beiden bereits verheiratet sind.« Er hielt inne. »Und zwar miteinander.«

8

Sechzehn Beamte unter dem Kommando von DI Hogan umstellten die normannische Gemeindekirche von Limpton-in-the-Marsh an jenem Samstagmorgen. Keiner der Männer trug Uniform. Mehrere von ihnen, die einer Spezialeinheit angehörten, waren bewaffnet.

Das Aufgebot war im Nachrichtenblatt der Gemeinde gedruckt und an den letzten drei Sonntagen vom örtlichen Pfarrer von der Kanzel aus verkündet worden. Er hatte erklärt, dass die Zeremonie um zwei Uhr nachmittags am Samstag, dem fünfzehnten August, stattfinden würde. Zwischen sieben und acht Uhr am Morgen erschienen mehrere unangekündigte Gäste, um die Brautleute später in Empfang zu nehmen, doch keiner von ihnen betrat die Kirche.

Der erste offizielle Gast, der eintraf, war Mr. Booth Watson, ein Freund des Bräutigams; genau genommen war der Kronanwalt sogar der einzige Freund des Bräutigams. Er kam kurz nach eins durch das Westtor der Kirche – aber schließlich rechnete er seine Dienste stundenweise ab.

Die Nächste war Christina, die kurz vor zwei eintraf. Es war zwar ungewöhnlich, dass die Braut vor dem Bräutigam erschien, aber andererseits war die gesamte Hochzeit ungewöhnlich. Sie trug ein elegantes türkisfarbenes Kleid, einen Seidenschal und einen dazu passenden Mantel – eine Kombination, die weniger wie die Kleidung einer

Braut wirkte, sondern eher so, als wolle sie zu einem anderen bedeutenden Anlass ausgehen. Und sie hatte ja auch nicht vor, ihren Ehemann irgendwohin zu begleiten.

Miles verspätete sich um ein paar Minuten, obwohl sein Chauffeur auf der Autobahn darauf achtete, dass die Tachonadel des Wagens eher nahe der achtzig statt der erlaubten siebzig Meilen pro Stunde verharrte. Er nahm die Ausfahrt 13 in Richtung Limpton.

»Drehen Sie sich nicht um, Boss, aber ich glaube, wir werden verfolgt.«

»Wie kommen Sie darauf, Eddie?«

»Ein Taxi, das ich auf der Autobahn gesehen habe, hat dieselbe Ausfahrt genommen wie wir, und ich denke nicht, dass es sich dabei um einen Ihrer Gäste handelt.«

»Gibt es noch einen anderen Weg zur Kirche, den Sie nehmen könnten?«

»Ja, aber es würde bedeutend länger dauern, besonders wenn wir am Bahnübergang aufgehalten werden.«

»Nehmen Sie ihn. So können wir herausfinden, ob wir wirklich verfolgt werden.«

An der nächsten Kreuzung bog Eddie nach rechts ab, und wenige Augenblicke später erschien das Taxi erneut in seinem Rückspiegel.

»Ich denke, Sie sollten vorerst einfach weiterfahren«, sagte Miles. Ein Lastwagen vor ihnen wurde langsamer, als sich die Schranken des Bahnübergangs senkten.

»Unser Timing stimmt nicht, Boss«, sagte Eddie.

»Unser Timing ist genau richtig, scheint mir. Ich möchte, dass Sie Folgendes tun …«

»Glauben Sie, die haben uns bemerkt?«, fragte William, als

sich das Taxi in die kurze Schlange der Fahrzeuge einreihte, die darauf warteten, dass der Zug den Bahnhof verlassen und die Schranken sich heben würden.

»Das wäre möglich, Sir«, antwortete Danny. »Ein Taxi auf der Autobahn ist immer ein wenig auffällig, und es war auch nicht gerade hilfreich, achtzig Meilen pro Stunde fahren zu müssen.«

»Vielleicht hätten wir für diese besondere Aufgabe ein unauffälliges Polizeifahrzeug benutzen sollen und kein Taxi.«

»Warum nehmen wir ihn nicht einfach fest, solange er nicht verschwinden kann?«

»Nein, wir bleiben bei unserem ursprünglichen Plan. Schließlich ist er immer noch dabei, uns direkt in die Falle zu gehen.«

»Er flieht!«, rief Danny, als die Beifahrertür des Mercedes aufflog. »Er rennt in Richtung Bahnhof.«

»Stellen Sie das Taxi irgendwo ab und folgen Sie mir dann«, sagte William, als er die hintere Tür aufstieß, nach draußen sprang und auf den Bahnhof zustürmte. Danny steuerte das Auto auf den grasbewachsenen Seitenstreifen, während sein Vorgesetzter bereits über die Fußgängerbrücke rannte. William stürmte die Treppe auf der gegenüberliegenden Seite hinab und sprang genau in dem Augenblick, als der Zug sich in Bewegung setzte, durch die einzige noch offene Tür.

Er riss das Fenster herunter und rief Danny, der gerade den Bahnsteig erreicht hatte, zu: »Ich will, dass im nächsten Bahnhof ein Dutzend Beamte vor Ort sind. Und funken Sie DI Hogan an und sagen Sie ihm, dass der Bräutigam nicht erscheinen wird.«

»Er kommt zu spät zu seiner eigenen Hochzeit«, sagte Christina und warf ein weiteres Mal einen Blick auf ihre Uhr.

»Und ich habe um drei Uhr noch eine Zeremonie«, erinnerte sie der Pfarrer mit sanfter Stimme.

»Irgendetwas muss schiefgegangen sein«, sagte Booth Watson.

Alle drei starrten unverwandt auf den Eingang der Kirche, aber der Bräutigam war nirgendwo zu sehen.

Langsam schritt William jeden Waggon ab, wobei er die Erster-Klasse-Abteile besonders gründlich prüfte – stets darauf bedacht, Captain Ralph Neville zu finden, obwohl er die Absicht hatte, Miles Faulkner festzunehmen. Als er den letzten Waggon erreicht hatte, begann er zu vermuten, dass Faulkner sich in einer der Toiletten eingeschlossen hatte. Da diese jedoch keine Fenster besaßen, konnte der Mann, den er verfolgte, nicht darauf hoffen zu entkommen.

»Es tut mir leid, Mrs. Faulkner«, sagte der Pfarrer. »Aber einige Gäste der nächsten Hochzeit warten bereits vor der Kirche. Ich kann sie nicht mehr lange abweisen.«

»Der fragliche Bräutigam wird es nicht mehr rechtzeitig in die Kirche schaffen«, sagte Booth Watson. »Deshalb, so denke ich, sollten wir hier abbrechen. Besonders da einige der Personen, die draußen ungeduldig warten, keine Gäste dieser oder irgendeiner anderen Hochzeit sind.«

»Woher wollen Sie das wissen?«, fragte Christina.

»Sie sind allesamt über einen Meter achtzig groß und tragen Anzüge derselben Marke. Aber kein einziger hat eine Nelke im Knopfloch.«

»Ich habe ein Dutzend Beamte vor Ort«, sagte eine Stimme, die William nicht kannte.

»An welchem Bahnhof?«

»Tunbridge Wells, wo Sie in etwa fünfzehn Minuten eintreffen sollten.«

»Wie viele Bahnsteige gibt es dort?«

»Nur zwei.«

»Stellen Sie sicher, dass beide überwacht werden, denn wenn es eine Fluchtmöglichkeit gibt, wird Faulkner sie finden. Ich werde als Erster aussteigen. Und sagen Sie dem Schaffner, dass der Zug erst weiterfahren wird, wenn ich die Erlaubnis dazu gebe.«

»Verstanden, Sir.« Die Verbindung wurde beendet.

Langsam ging William durch den Korridor zurück, wobei er jeden Waggon noch sorgfältiger als zuvor überprüfte. Ein Mann, der aufmerksam die Landschaft vor dem Fenster betrachtete, kam ihm bekannt vor, doch er hatte über die Jahre hinweg so viele Menschen verhaftet, dass er zunächst nicht wusste, woher.

Fünf der elf Toiletten waren besetzt, doch wenn der Zug in den nächsten Bahnhof einlief, würde, so vermutete William, nur noch eine davon verriegelt sein. Der Zug würde nicht wieder starten, bevor die Tür geöffnet wäre.

»Wir werden nicht noch mehr von Ihrer Zeit verschwenden, Vater«, sagte Booth Watson mit einem Blick auf seine Uhr. »Denn ich kann Ihnen versichern, der Bräutigam wird nicht mehr erscheinen.«

»Und was soll ich jetzt machen?«, blaffte Christina.

»Wir bleiben in Verbindung«, sagte Booth Watson. »Ich rate Ihnen jedoch, sich stets bewusst zu sein, dass Sie bereits einen bindenden Vertrag unterschrieben haben, bei dem es keine Ausstiegsklausel gibt.«

»Es tut mir sehr leid, Mrs. Faulkner«, sagte der Pfarrer. »Sie müssen sehr enttäuscht sein.«

»Ehrlich gesagt, bin ich erleichtert«, gestand Christina.

»Zweifellos gibt es irgendeine einfache Erklärung«, sagte der Pfarrer, der immer noch versuchte, sie zu trösten.

»Wie auch immer die Erklärung ausfallen wird, einfach wird sie nicht sein«, sagte Christina, während sie unbegleitet durch den Mittelgang schritt.

Als Booth Watson die Kirche verließ, bemerkte er, dass einer der angespannt aussehenden jungen Männer, die ihm zuvor aufgefallen waren, eine Krawatte der Metropolitan Police trug.

Christina verließ die Kirche wenige Augenblicke später. Mehrere Frauen, die darauf warteten, bei der nächsten Zeremonie ihre Plätze einzunehmen, bewunderten ihr Ausgehkleid – auch wenn sie selbst nicht zu wissen schien, wo sie hingehen sollte.

Der für 14:43 Uhr angekündigte Zug rollte pünktlich in den Bahnhof von Tunbridge Wells ein, und William war der erste Fahrgast, der den Zug verließ. Er trat zu der kleinen Gruppe, die ihn bereits erwartete. Ein gewisser Inspector Thomas kam auf ihn zu und stellte sich vor. »Ich lasse jeden Ausgang überwachen«, versicherte er William.

»Schicken Sie drei oder vier Mann in den Zug und sorgen Sie dafür, dass sie die Toiletten überprüfen. Wenn eine davon besetzt ist, handelt es sich um den Ort, an dem die gesuchte Person sich versteckt. Sie werden auch einige Beamte auf dem anderen Bahnsteig brauchen, nur für alle Fälle.«

»Sie sind bereits dort, Sir.«

»Gut. Rücken Sie unverzüglich vor und halten Sie den Gesuchten auf, sobald Sie ihn sehen. Aber überlassen Sie es mir, ihn festzunehmen und ihn über seine Rechte aufzuklären.«

»Verstanden, Sir«, sagte der Inspector. Mit bellender Stimme gab er seinen Leuten die entsprechenden Anweisungen, während William Position am Ausgang des Bahnsteigs bezog und sorgfältig jeden Passagier musterte, der den Bahnhof verließ.

Zehn Minuten später waren William und der Inspector die Einzigen, die noch auf dem Bahnsteig standen, und widerwillig gab William dem Schaffner die Erlaubnis, den Pfiff zur Abfahrt zu geben.

Als der Zug davonrollte, schaltete William sein Funkgerät ein. »Geben Sie eine Fahndungsmeldung nach einem dunkelblauen Mercedes mit dem Nummernschild MF1 heraus. Der Fahrer trägt wahrscheinlich eine Chauffeursmütze.«

In diesem Augenblick erinnerte sich William wieder daran, wo er den Mann aus dem Zug schon einmal gesehen hatte.

Miles lächelte, als er sah, wie der Zug aus dem Bahnhof fuhr.

Als sich nach den längsten vier Minuten seines Lebens die Schranke schließlich wieder hob, warf er einen Blick in den Rückspiegel und stellte erleichtert fest, dass das Taxi immer noch auf dem Grasstreifen stand und dessen Fahrer nirgendwo zu sehen war. Langsam fuhr er über die Schienen. Er wusste, er würde das Auto und die Chauffeursmütze schon bald zurücklassen müssen. Er folgte ausschließlich verlassenen Landstraßen, bis er an einer Bushaltestelle eine alte Dame entdeckte, die so aussah, als wisse sie, wann der nächste Bus kam.

Er parkte das Auto auf einem Feldweg, warf die Chauffeursmütze hinter eine Hecke und eilte hinüber zur Bushaltestelle. Sein einziges Gepäck war eine Aktentasche.

»Kein Benzin mehr, stimmt's?«, fragte die alte Dame, als der Bus in Sichtweite kam. Miles machte sich nicht die Mühe zu antworten.

Nachdem er eingestiegen war, wurde ihm klar, dass er keine Ahnung hatte, wohin der Bus fuhr. Er hoffte nur, es ginge nicht zurück nach Limpton.

»Wohin, Chef?«, fragte die Fahrkartenverkäuferin.

»Wohin fahren Sie?«

»Sevenoaks«, sagte sie mit verwirrter Miene.

»Dann nach Sevenoaks«, erwiderte er.

»Das macht sechzig Pence«, sagte sie, als sie den Fahrschein ausdruckte.

Er reichte ihr eine Fünfpfundnote.

»Haben Sie's nicht kleiner?«

»Nein. Behalten Sie das Wechselgeld.«

»Vielen Dank!«, sagte die Fahrkartenverkäuferin, als hätte sie im Lotto gewonnen.

Vorsichtig spähte Miles aus dem Fenster für den Fall, dass er schnell reagieren musste. Ein Polizeifahrzeug raste an ihnen vorbei in die andere Richtung.

Als Eddie in Tunbridge Wells aus dem Zug stieg, sah er, wie Chief Inspector Warwick sich konzentriert mit einem uniformierten Beamten unterhielt, während sein Blick jeden Passagier überprüfte. Er ging direkt an ihnen vorbei und überquerte die Brücke zum anderen Bahnsteig, wo viel mehr Polizisten als Fahrgäste standen. Der nächste Zug nach Charing Cross würde in zwölf Minuten eintreffen. Als er schließlich aus dem Bahnhof rollte, war Eddie in Versuchung, Chief Inspector Warwick zuzulächeln und ihm zu winken. Aber es blieb bei der Versuchung.

In Sevenoaks stieg Miles aus dem Bus. Die Endhaltestelle lag gegenüber vom Bahnhof, und dort warteten vor dem Gebäude eine Reihe Taxis. Die Zeit lief gegen ihn, also würde er ein Risiko eingehen müssen. Er überquerte die Straße und nahm auf der Rückbank des vordersten Taxis Platz.

»Wohin, Chef?«

»Flughafen Luton.«

Der Fahrer wirkte überrascht und erfreut.

»Ich bin in Eile«, sagte Miles. »Aber halten Sie sich trotzdem an die Geschwindigkeitsbeschränkungen.«

»Überprüfen Sie zuerst alle Flughäfen, Bahnhöfe und Busstationen im Umkreis von dreißig Meilen«, sagte William. »Wir können es uns nicht leisten, dass er ein zweites Mal entkommt.«

»Wir haben einfach nicht genügend Polizisten zur Verfügung«, sagte Ross. »Es ist Samstagnachmittag, und die meisten von ihnen überwachen bereits die Fußballstadien.«

»Sie können davon ausgehen, dass er sich dessen von Anfang an bewusst war«, sagte William, »und es in seinen Fluchtplan eingebaut hat.«

Das Taxi hielt genau in dem Augenblick vor dem Flughafen

Luton, als überall im Land die Leute aus den Fußballstadien strömten.

Miles gab dem Taxifahrer zwei Zwanzigpfundnoten, ohne auf das Wechselgeld zu warten. Kaum dass er den Terminal betreten hatte, warf er einen Blick auf die Abflugtafel. Er interessierte sich nur für Flüge, die innerhalb der nächsten Stunde starteten; davon gab es drei: ein Flug nach Newcastle um 17:40 Uhr, ein weiterer nach Moskau um 17:50 Uhr und einer nach Brüssel um 18:10 Uhr. Er öffnete seine Aktentasche, warf einen Blick auf die drei Pässe darin und wählte den kanadischen: Jeff Steiner, leitender Direktor. Er ging zum Check-in und kaufte ein Flugticket, das er bar bezahlte. Mr. Steiner besaß keine Kreditkarte, nur Bargeld und einen Pass.

Er betrat das Flugzeug dreißig Minuten später. Nachdem er sich auf seinen Platz gesetzt hatte, ging er in Gedanken die für ihn ungünstigsten Entwicklungen durch, während er darauf wartete, dass die Stewardess die Tür schloss. Schließlich sprangen die Motoren an, und das Flugzeug rollte langsam zur Startbahn. Eine weitere, scheinbar endlose Wartezeit lag vor ihm, bevor die Maschine endlich abhob. Während sie immer höher in den Himmel aufstiegen, sah er aus dem winzigen Fenster auf ein grünes, wunderschönes Stück Erde und fragte sich, wann er England je wiedersehen würde.

Er lehnte sich zurück und begann, sich mit dem nächsten Teil seines Plans zu beschäftigen.

Nachdem das Flugzeug in Brüssel gelandet war, tauschte er seinen kanadischen Pass gegen einen französischen aus, der auf den Namen Thierry Amodio, Architekt, ausgestellt war. Angesichts des zweistündigen Zwischenstopps suchte er den Flughafenfriseur auf, der sich über seinen Wunsch verblüfft zeigte.

Dreißig Minuten später machte ein glatzköpfiger Mann einen Anruf, bevor er sich in die Schlange der Reisenden einreihte, die darauf warteten, an Bord des Flugzeugs nach Barcelona zu gehen. Diesmal zeigte er dem Einwanderungsbeamten einen holländischen Pass vor. Ricardo Rossi, Modezeichner. Nachdem Rossi seinen Sicherheitsgurt angelegt hatte, verzichtete er auf die Plastikmahlzeit, schloss die Augen und schlief ein.

Kurz nach Mitternacht landete die Maschine in der katalanischen Hauptstadt. Der Beginn eines neuen Tages. Miles stellte zufrieden fest, dass sein spanischer Fahrer ihn an der Sperre am Ausgang erwartete.

»Guten Abend, Señor«, sagte er. »Ich hoffe, Sie hatten einen angenehmen Flug.«

»Mehrere«, sagte Miles, als er in den Fond eines unauffälligen schwarzen Volvos stieg.

Weitere vierzig Minuten vergingen, bis sie einen kürzlich erworbenen Landsitz erreichten, von dem nicht einmal Booth Watson wusste. Ein elegant gekleideter Butler hatte die Eingangstür bereits geöffnet, bevor Miles die oberste Treppenstufe erreichte. »Guten Abend, Mr. Faulkner«, sagte der Butler.

»Guten Abend, Collins«, erwiderte er. »Manche Dinge ändern sich nie.«

9

»Sie haben *was* getan?«, fragte der Commander.

»Ich habe ihn verloren, Sir.«

»Dann sollten Sie ihn wohl besser finden, oder es könnte sein, dass ich Sie verlieren muss.«

William wollte sich gerade danach erkundigen, was Hawksby vorschwebte, als sich die Frage von selbst erledigte.

»Sagen Sie, Chief Inspector Warwick« – kein gutes Zeichen; »William« hätte bedeutet, dass seine Chancen besser standen –, »haben Sie offiziell noch immer eine Woche Urlaub?«

»Ja, Sir, in der Tat.«

»Dann haben Sie noch sieben Tage, um Faulkner zu finden. Sollte Ihnen das nicht gelingen, Chief Inspector, verschafft mir das mehr als genügend Zeit, um als Ersatz für Sie einen neuen Leiter des Teams zu benennen und zu entscheiden, welche Aufgabe Sie als Nächstes übernehmen werden und welcher Rang dabei angemessen ist.«

Die Verbindung wurde beendet.

»Das klang nicht allzu freundlich«, sagte Danny.

»Es hätte schlimmer sein können«, erwiderte William. »Er hätte mich als ›Constable Warwick‹ ansprechen können.«

»Dann müsste ich Sie nicht mehr ›Sir‹ nennen«, bemerkte Danny verschmitzt.

»Bis es so weit ist«, sagte William, »können Sie mich nach Hause fahren.«

»Ja, Sir.«

William hob den Telefonhörer neben dem Bett ab. Er nahm an, dass Hawksby die zweite Salve abfeuern würde.

»Hallo, Höhlenmensch. Vermisst du mich?«

»Mehr, als du dir vorstellst«, gestand William. Er wollte Beth sagen, warum, begnügte sich aber mit der Frage: »Was macht New York?« Ein Schwall dröhnenden Gelächters erklang im Hintergrund.

»Fabelhaft! Wir waren heute Nachmittag in der Frick, und du hattest recht mit dem Bellini, er ist atemberaubend. Aber ich konnte es kaum erwarten zu hören, wie die Hochzeit gelaufen ist. Konntest du Faulkner vor oder nach den Worten ›Ich will‹ festnehmen?«

»Danach«, sagte William, der hoffte, es würde ihm tatsächlich gelingen, bevor Beth zurückkäme.

»Wie hat Christina reagiert?«, fragte sie, wobei sie sich wie Hawksby anhörte.

»Nicht am Telefon, mein Liebling. Ich werde dir alles erzählen, sobald du wieder hier bist. Was hast du heute Abend vor?«, fragte er, eifrig bemüht, das Thema zu wechseln.

»Wir gehen in *La Cage aux Folles*. Wir mussten die Karten auf dem Schwarzmarkt kaufen. Aber eine verlassene Frau wie ich kann es sich nicht leisten, tatenlos rumzuhängen. Ich vermisse dich.«

»Ich vermisse dich auch.«

»Und herzlichen Glückwunsch.«

»Wozu?«

»Ich kann es gar nicht erwarten, alles darüber zu hören. Ich muss jetzt los. Die Vorstellung fängt gleich an. Schlaf gut. Ich vermisse dich.«

William schlief nicht gut. Genau genommen schlief er sogar überhaupt nicht. Er hätte das Problem gerne mit Beth besprochen und ihren Rat gehört, aber das hätte ihr den Urlaub verdorben. Er vermutete sogar, sie hätte sich dann sogar noch vor Beginn der Vorstellung auf den Weg zum Flughafen JFK gemacht. Als sich das erste Licht des Morgens durch den Spalt zwischen den Vorhängen bemerkbar machte, hatte William bereits kalt geduscht, sich angezogen, eine Schale Cornflakes gegessen und zwei Telefongespräche erledigt: eines mit Danny und das andere mit DI Ross Hogan.

Er war gerade dabei, seinen Stellvertreter zu informieren, als ihm klar wurde, wie früh am Tag es noch war. Er begann sich zu entschuldigen, als er eine gedämpfte Stimme im Hintergrund hörte, die ihm bekannt vorkam. Offensichtlich hatte er beide geweckt.

»Ich werde so schnell wie möglich dort sein, Sir«, sagte Ross, bevor er auflegte.

»Richte dem Chief aus, dass ich ihm Glück wünsche«, sagte Jackie, als er aus dem Bett sprang. »Und vergiss nicht, ihm dafür zu danken, dass er unser letztes gemeinsames Wochenende ruiniert hat.«

Vierzig Minuten später fuhr Danny vor DCI Warwicks Haus vor. William setzte sich auf die Rückbank zu Ross, der weitaus wacher wirkte, als er sich fühlte.

DI Hogan war eindeutig jemand, der für eine normale Ermittlung in Zivil noch nicht ganz bereit war. Er trug eine hellblaue Bluejeans, ein T-Shirt, das aussah, als sei es vom Boden aufgehoben worden, und Turnschuhe, die zwar von außerordentlicher Qualität waren, jedoch kaum den Vorschriften entsprachen. Aber genau so hätte Hawksby auch das Denken seines ehemaligen verdeckten Ermittlers beschrieben.

»Was für ein Reinfall, Sir«, waren Ross' erste Worte, als William die Autotür hinter sich zuzog.

»Es hätte kaum schlimmer kommen können. Übrigens sollten Sie sich angewöhnen, mich William zu nennen, denn es könnte sein, dass ich Sie am Ende der Woche mit ›Sir‹ ansprechen muss«, sagte er, bevor er die Einzelheiten des Telefongesprächs mit Commander Hawksby enthüllte.

»So schlimm?«

»Schlimmer. Er hat mir nachdrücklich versichert«, sagte William, »dass wir mehr als genügend Beweise haben, um Christina Faulkner wegen Begünstigung eines Straftäters verhaften zu können, und zwar trotz des 1967 erlassenen Gesetzes zur Neuregelung der Polizeibefugnisse.«

»Was sie uns mindestens für fünf Jahre vom Hals schaffen würde.«

»Er meinte jedoch, wir sollten uns auf den größeren Fisch konzentrieren und uns darauf beschränken, sie zu überwachen. Er ist davon überzeugt, dass sie ihren Mann im Austausch gegen eine Strafminderung nur allzu gerne verraten würde, weshalb wir, und ich zitiere, *unser Pulver trocken halten sollten.*«

»Ich frage mich, welche Partei Booth Watson am Ende vertreten würde, wenn es zu einem Prozess kommt.«

»Beide, sofern er meint, dass er damit durchkommt«, sagte William.

»Wie sieht dann unser nächster Schritt aus?«

»Wir laufen uns die Hacken ab, als gingen wir wieder auf Streife. Zunächst müssen wir genau rekonstruieren, was sich gestern abgespielt hat, wenn wir herausfinden wollen, wohin Faulkner verschwunden ist. Danny«, sagte William und beugte sich nach vorn. »Fahren Sie zum Bahnübergang, wo Faulkner uns beide reingelegt hat.«

Während der Fahrt nach Limpton erklärte William Ross den besten Plan, den er während der Nacht hatte entwickeln können.

»Aber auch die besten Pläne können scheitern«, sagte Ross.

»Nichts von alledem wäre nötig, wenn ich statt des Taxis ein unauffälliges Polizeifahrzeug bei der Verfolgung von Faulkner benutzt hätte«, erwiderte William. »Deshalb hat Hawksby recht: Man kann niemand anderem die Schuld geben. Wenn ich Faulkner bis zum Ende der Woche nicht finde, heißt es für mich zurück in den Streifendienst, und es ist nicht schwer herauszufinden, wer dann wahrscheinlich auf meine Stelle berufen wird.«

»Schauen Sie mich nicht dabei an«, sagte Ross. »Ich bin ein Einzelgänger und niemand, der dazu gemacht ist, andere zu führen. Aber wie ich höre, ist für einen kürzlich degradierten Sergeant ein Job als Verkehrspolizist frei geworden. Keine Erfahrung erforderlich.«

»Machen Sie keine Witze darüber«, sagte William, als Danny auf die Autobahn fuhr.

Bis sie den Bahnübergang erreichten, stellte Ross mehrere kluge Fragen und brachte einige eigene Ideen ein. Schnell begriff William, warum Hawksby diesen Mann so sehr schätzte.

»Sobald Faulkner sah, wie Sie und Danny auf den Bahnhof zurannten, hatte er zwei Möglichkeiten«, sagte Ross. »Umkehren oder den Bahnübergang überqueren.«

»Er ist weitergefahren«, sagte Danny.

»Wie können Sie sich da so sicher sein?«, fragte Ross.

»Ich habe den Zug nicht mehr erreicht, weshalb ich zu unserem Auto zurückgegangen bin. Als ich dabei die Brücke überquerte, habe ich gesehen, wie die Schranken sich hoben und ein dunkelblauer Mercedes darunter hindurchfuhr.«

»Warum haben Sie ihn nicht verfolgt?«, fragte Ross.

»Der Fahrer trug eine Chauffeursmütze, weshalb ich annahm, dass Faulkner im Zug war. Meine Aufgabe bestand darin, dafür zu sorgen, dass im nächsten Bahnhof genügend Beamte vor Ort wären, um ihn festzunehmen.«

»Und die Kollegen waren tatsächlich vor Ort, nur Faulkner war nicht im Zug«, sagte William. »Es dauerte eine Weile, bis mir klar wurde, dass sein Chauffeur seine Rolle übernommen hatte. Von nun an sollten wir anfangen, wie Faulkner zu denken. Wenn ich den Bahnübergang überquert hätte, wohin würde ich mich wenden?«

»Er wäre nicht bis nach Limpton gefahren«, sagte Ross, »denn er hätte inzwischen begriffen, dass mehrere ganz besondere Platzanweiser darauf warteten, den Bräutigam in Empfang zu nehmen.«

»Vor Limpton gibt es nur eine einzige andere Abzweigung«, warf Danny ein.

»Dann muss er die genommen haben«, sagte William, als sie sich einer Kreuzung näherten.

Danny ignorierte das Schild nach Limpton, wandte sich nach rechts und trat aufs Gas.

»Langsam, langsam«, sagte William. »Fahren Sie mit gleichbleibender Geschwindigkeit. Faulkner hätte nicht riskiert, das Tempolimit zu überschreiten und an den Straßenrand gewunken zu werden.«

»Was meinen Sie, wie lange wäre er weitergefahren, bevor er versucht hätte, den Wagen loszuwerden?«

»Nicht sehr lange«, sagte William. »Ihm muss klar gewesen sein, dass jeder Streifenwagen in der Grafschaft nach einem dunkelblauen Mercedes Ausschau halten würde, sobald wir herausgefunden hätten, dass er nicht im Zug ist.«

»Wenn wir davon ausgehen, dass das Auto inzwischen nicht abgeholt oder gestohlen wurde«, sagte Danny, »hätten wir eine bessere Chance, es zu finden, wenn wir den Hubschrauber der Met benutzen dürften und nicht diesen uralten Austin Allegro.«

»Ich glaube nicht, dass der Commander das autorisiert hätte«, sagte William, als Danny langsam durch ein kleines Dorf fuhr und an einer weiteren Kreuzung stehen blieb.

»Hilfe«, sagte Danny. »Rechts, links oder geradeaus?«

»Geradeaus«, sagte William. »Er wäre nicht nach links in Richtung Limpton gefahren. Wenn wir in den nächsten fünfzehn Minuten nichts finden, drehen wir um.«

Mit jeder Meile, die sie zurücklegten, wurde William pessimistischer, doch als sie sich dem nächsten Dorf näherten, rief Danny plötzlich »Bingo!« und kam mit quietschenden Bremsen neben einem dunkelblauen Mercedes zum Stehen.

Ross wollte gerade aussteigen, als William leise sagte: »Falsches Nummernschild.«

Niemand sprach, als Danny wendete und erneut aufs Gaspedal trat. Er fuhr erst wieder langsamer, als sie zurück an der Kreuzung waren. Diesmal wandte er sich nach links und folgte dem Schild nach Sevenoaks, wobei er darauf achtete, nicht schneller als dreißig Meilen pro Stunde zu fahren.

Unwillkürlich dachte William daran, wie gerne er jetzt in New York wäre und die Frick besuchen würde, anstatt hier auf der Suche nach einem zurückgelassenen Auto die Landschaft zu durchstreifen.

»Verdammt, was haben die vor?«, sagte Danny, als er sah, wie zwei Jugendliche die Schrauben am Rad eines Autos lösten. Er trat voll auf die Bremse, doch die beiden Jugendlichen rannten in verschiedene Richtungen davon, bevor er ausgestiegen war; einer der Fliehenden trug das Rad unter dem Arm.

»Wollen Sie, dass ich ihn verfolge, Boss?«

»Nein«, sagte William, während er auf das Nummernschild starrte. »Die beiden haben den Hauptpreis zurückgelassen. Funken Sie Inspector Thomas an. Sagen Sie ihm, er soll einen Abschleppwagen schicken und den Wagen so lange unter einer Abdeckplane verborgen halten, bis ich zurück bin und mich bei ihm melde.«

Während Danny in das Funkgerät sprach, warf Ross, der das Auto mehrere Male umrundet hatte, einen Blick über eine Hecke in der Nähe. »Hier drüben, Sir«, rief er.

Rasch trat William zu ihm. Sie schoben sich durch die Hecke auf ein schlammiges Feld, wo William einen Zweig dazu benutzte, vorsichtig eine Chauffeursmütze aufzuheben.

»Wir brauchen nur einen einzigen Fingerabdruck, um zu beweisen, dass Captain Ralph Neville in Wahrheit Miles Faulkner ist«, sagte William. »Aber was ich eigentlich wissen will, ist, warum er das Auto gerade hier stehen gelassen hat.«

»Das da könnte der Grund sein«, sagte Ross und deutete auf eine Bushaltestelle.

»Gut beobachtet«, sagte William. Sie überquerten die Straße und sahen sich das Schild mit den Abfahrtszeiten an, das im Wartehäuschen angebracht war. »Am Samstag gab es zwanzig nach zwei einen Bus nach Sevenoaks«, sagte William.

»Das würde zum zeitlichen Ablauf passen«, erwiderte Ross, als Danny zu ihnen trat.

»Inspector Thomas ist unterwegs, ein Abschleppwagen wird kurz danach kommen. Und was machen wir jetzt, Chef?«

»Versiegeln Sie das hier in einem Beutel für Beweismittel«, sagte William und reichte ihm die Chauffeursmütze. Dann warf er nochmals einen Blick auf die Abfahrtszeiten. »Ich werde den nächsten Bus nach Sevenoaks nehmen und Sie beide an der Endhaltestelle treffen. Ross, versuchen Sie, wenn Sie dort sind, alles mit Faulkners Augen zu sehen. Das könnte eine Hilfe sein, wenn wir herausfinden wollen, was er als Nächstes getan hat. Ich mache dasselbe im Bus.«

William sah zu, wie die beiden ins Auto stiegen und davonfuhren. Er setzte sich in das Häuschen und wartete auf den nächsten Bus.

10

Gemächlich rollte der Regionalbus über den Hügel und kam an der Haltestelle ruckartig zum Stehen. Ein einzelner Fahrgast stieg ein und setzte sich auf einen der vorderen Plätze.

»Wohin?«, fragte der Fahrkartenverkäufer.

»Sevenoaks«, antwortete William.

»Sechzig Pence.«

William zog seine Dienstmarke aus der Tasche und fragte: »Haben Sie gestern am frühen Nachmittag diese Tour auch schon gemacht?«

»Nein, Sir. Das war Rose' Schicht. Sie hat heute frei. Sonntags arbeitet sie nie.«

»Rose?«

»Rose Prescott. Sie macht diese Strecke schon seit Jahren«, sagte er und lachte leise.

»Vielen Dank«, sagte William. Er lehnte sich zurück und schaute aus dem Fenster auf die vorbeiziehende Landschaft, wobei er sich fragte, ob Faulkner wohl noch immer in England war. Eine Sirene riss ihn aus seinen Gedanken, als ein Polizeifahrzeug auf der anderen Straßenseite an ihnen vorbeischoss. Er versuchte sich zu merken, dass er Inspector Thomas anrufen und sich bei ihm bedanken wollte.

Obwohl der Bus auf seiner langsamen Fahrt nach Sevenoaks mehrere Haltestellen anfuhr, konnte William nirgendwo etwas entdecken, das Faulkner möglicherweise veranlasst hätte, vor der Endhaltestelle auszusteigen.

Er sah gerade auf seine Uhr, als ein Abschleppwagen vorbeirumpelte. Er war nicht davon überzeugt, dass sie irgendwelche Fingerabdrücke von Faulkner im Mercedes finden würden, aber bei der Chauffeursmütze war es vielleicht anders. Ross erwartete ihn bereits, als der Bus die Endhaltestelle erreichte, und es war offensichtlich, dass er keine Zeit verloren hatte.

»Das Erste, was Faulkner gesehen haben dürfte, als er aus dem Bus gestiegen ist«, sagte Ross, »war wahrscheinlich der Bahnhof mit dem Taxistand direkt gegenüber auf der anderen Straßenseite. Danny überprüft bereits den Bahnhof. Ich selbst hatte noch kein Glück mit den Taxifahrern. Keiner von ihnen hat das Foto von Ralph Neville wiedererkannt, aber sie haben mir erzählt, dass die meisten regulären Fahrer nachmittags arbeiten.«

»Dann werden Sie weiter fragen müssen, während ich Mrs. Rose Prescott einen Besuch abstatte.«

»Wer ist sie?«

»Verrate ich Ihnen später«, sagte William, und während Ross zurück zum Taxistand ging, schlug er den Weg zum Bahnhof ein.

»Rose«, sagte der Aufseher, nachdem er die Dienstmarke des Chief Inspectors gemustert hatte. »Sie hat doch nichts Unrechtes getan, oder?«

»Nein, nichts. Ich hatte nur gehofft, dass sie sich an einen Fahrgast erinnern würde, der gestern Nachmittag in ihrem Bus war.«

»Auf dieser Strecke fahren fast nur regelmäßige Passagiere, von denen sie die meisten persönlich kennt.« Er schlug die Seiten eines dicken Aktenordners um. »Sie wohnt Castle Drive Nummer dreiundzwanzig.« Er sah kurz auf die Uhr und fügte dann hinzu: »Inzwischen dürfte sie aus der Kirche zurück sein.«

Als William aus dem Büro kam, sah er, wie Ross einem weiteren Taxifahrer das vergrößerte Foto von Neville zeigte, doch der Fahrer schüttelte den Kopf, als William zu ihnen trat.

»Es ist nicht besonders wahrscheinlich«, gestand William. »Aber lassen Sie sich nicht entmutigen, nur weil unsere Chancen so schlecht stehen.«

Ross murmelte etwas Unverständliches, während William auf der Rückbank des Taxis Platz nahm und dem Fahrer eine Adresse in Castle Drive gab. Als sie losfuhren, fragte William: »Sie haben den Mann auf dem Foto, das mein Kollege Ihnen gezeigt hat, nicht erkannt?«

»Nein, Chef. Gestern Nachmittag habe ich zugesehen, wie Arsenal fertiggemacht wurde.«

Na, das ist mal eine Überraschung, wollte William sagen, entschied sich dann allerdings dafür, nicht zu verraten, welches seine wahren Farben waren, weil er nicht riskieren wollte, dass der Fahrer nie wieder ein Wort mit ihm wechseln würde. Er lehnte sich zurück und dachte über die Fragen nach, die er Mrs. Prescott stellen wollte. Es kam ihm so vor, als kenne er sie bereits.

Als das Taxi vor Nummer 23 hielt, sagte William: »Können Sie warten? Es sollte nicht zu lange dauern.«

»Das Taxameter läuft noch«, sagte der Fahrer grinsend.

William öffnete das kleine Gartentor, folgte dem kurzen Weg und klopfte an die Haustür. Wenige Augenblicke später öffnete eine junge Frau.

»Ist Mrs. Prescott zu Hause?«, fragte er, nachdem er ihr seine Dienstmarke gezeigt hatte.

»Sie ist gerade aus der Kirche zurückgekommen. Ich hole sie.«

Kurz darauf erschien eine ältere Frau, die ihre beste Sonntagskleidung trug. »Kommen Sie rein, Chief Inspector«, sagte sie. »Ich wollte mir gerade einen Tee machen. Möchten Sie eine Tasse?«

»Vielen Dank«, sagte William, zog die Tür hinter sich zu und folgte ihr in die Küche. Nachdem Rose den Kessel aufgesetzt hatte, sagte sie: »Bitte setzen Sie sich, junger Mann, und sagen Sie mir, wie ich Ihnen helfen kann.«

William zog das Foto von Ralph Neville aus der Tasche und legte es auf den Küchentisch. »Haben Sie diesen Mann gesehen, als Sie gestern auf der Tour nach Sevenoaks waren?«

»Das habe ich ganz zweifellos«, sagte Rose, als sie William eine Tasse Tee einschenkte. »Zucker?«

»Nein danke. Warum sind Sie so sicher, dass Sie ihn wiedererkennen?«

»Man würde nicht vermuten, dass ein solcher Herr allzu oft mit dem Bus fährt. Jedenfalls dann nicht, wenn er so gekleidet ist, als wolle er auf eine Hochzeit gehen.« William unterbrach sie nicht. »Ganz besonders aber erinnere ich mich daran, dass er kein Kleingeld, sondern nur eine Fünfpfundnote hatte, als ich ihm seinen Fahrschein gab. Und das ist noch nicht alles. Mrs. Haskins, die regelmäßig mit uns fährt, hat mir später gesagt, dass ihm wahrscheinlich das Benzin ausgegangen ist, denn er hat sein auffälliges Auto am Straßenrand stehen lassen.« Sie nahm einen Schluck Tee und sagte: »Möchte er sein Geld zurück?«

»Sein Geld?«, wiederholte William.

»Das Wechselgeld auf seine Fünfpfundnote, obwohl er gesagt hat, ich könne es behalten. Aber sei's drum. Er hat die Chance eines Schneeballs in der Hölle, sein Geld zurückzubekommen«, sagte Rose kichernd. »Denn ich habe es heute Morgen in die Kollekte getan, und ich glaube nicht, dass der Pfarrer es zurückgeben wird.«

William lachte. »Sie haben wahrscheinlich nicht gesehen, wohin er wollte, nachdem er aus dem Bus gestiegen ist?«

»Er ging über die Straße zum Taxistand.«

»Sind Sie sicher?«

»O ja. Ich dachte, er würde sich etwas Kleingeld besorgen, um sich seinen Fünfer wiederzuholen, doch er hat sich einfach hinten in ein Taxi gesetzt, das dann losgefahren ist.«

»Ich nehme nicht an, dass Sie den Taxifahrer kennen?«, sagte William hoffnungsvoll.

»Nein, mein Lieber«, sagte Rose, als die junge Frau zurückkam.

»Besteht irgendeine Aussicht, dass Sie Mum ins Gefängnis verfrachten, Chief Inspector?«

»Noch nicht, aber ich halte die Handschellen schon bereit, falls sie zu entkommen versucht«, sagte William und trank seinen Tee aus.

»Wie schade«, sagte Rose' Tochter. »Mein Freund hatte gehofft, die Nacht hier zu verbringen.«

»Das kannst du vergessen«, sagte Rose in energischem Ton. »Das wird frühestens dann passieren, wenn ich einen Verlobungsring an deinem Finger sehe, und vielleicht nicht einmal dann.«

»Vielen Dank, Rose«, sagte William und stand auf. »Ich muss dann wieder los.«

»Natürlich.«

William hielt kurz inne, als sie die Haustür für ihn öffnete. »Sie haben meinen Tag gerettet«, sagte er.

»Meinen auch«, sagte Rose. »Denn ich hätte dem Pfarrer nicht gerne gesagt, dass er den Fünfer zurückgeben muss. Mir scheint, dass der Mann auf dem Foto das Geld nicht vermissen wird.«

William beugte sich vor und küsste die klug beobachtende Frau auf beide Wangen, woraufhin sie ihm ein warmes Lächeln schenkte. Er ging den Weg durch den Garten zurück, stieg in das wartende Taxi und bemerkte, dass das Taxameter immer noch lief.

»Zurück zum Bahnhof, bitte.«

»Für mich sah sie nicht wie eine Meisterkriminelle aus«, sagte der Fahrer.

»Sie haben recht. Aber ihr verstorbener Mann war ein Fan der Gunners.«

»Ist das ein Verbrechen?«

»Ja. Wenn man ein Fan von Chelsea ist«, sagte William. Seine Bemerkung sorgte für die Stille, die er benötigte, um über seinen nächsten Schritt nachzudenken.

Ross und Danny erwarteten ihn am Taxistand. Der eine lächelte, der andere runzelte die Stirn. Er wandte sich zuerst an denjenigen mit der gerunzelten Stirn.

»Kein Wort von irgendwem. Der Schaffner hat mir – wenn auch in freundlichem Ton – versichert, dass jeden Werktag über eintausend Passagiere zwischen Sevenoaks und London pendeln und dass es an einem Samstag, wenn ein Fußballspiel angesetzt ist, sogar noch mehr sind. Für ihn sah der Mann auf dem Foto wie irgendein Typ aus der Großstadt aus. Wie also sollte man von ihm erwarten, dass er sich an ihn erinnern würde?«

»Und Sie, Ross?«

»Auch ich habe größtenteils nur Nieten gezogen. Nur ein Fahrer hat etwas Seltsames erlebt, was Sie sich vielleicht von ihm selbst anhören sollten. Er bringt gerade einen Kunden zu einem Hotel im Ort, aber er müsste in ein paar Minuten wieder zurück sein.«

»Dann haben wir Zeit für eine Kaffeepause«, sagte Danny hoffnungsvoll.

William nickte in Richtung des Bahnhofcafés. Nachdem sie einen freien Tisch gefunden hatten, sagte er: »Ich werde zusammenfassen, wo wir meiner Meinung nach stehen, und Sie können mir sagen, ob ich irgendetwas übersehen habe.

Wir haben das Auto gefunden, das, wie wir glauben, Faulkner gefahren hat und das jetzt auf dem Weg zur nächstgelegenen Polizeistation ist. Wir werden wahrscheinlich ein wenig warten müssen, bis wir wissen, ob sich irgendwelche Fingerabdrücke darin finden lassen. Irgendwie zweifle ich daran, doch bei der Chauffeursmütze habe ich noch nicht aufgegeben. Ich werde sie unserer Kriminaltechnik übergeben, sobald wir wieder im Yard sind.«

»Wusste diese Rose irgendetwas Nützliches zu sagen?«

»Sie war pures Gold. Sie hat Faulkner nicht nur auf dem Foto wiedererkannt, sondern auch gesehen, wie er in ein Taxi gestiegen ist. Jetzt müssen wir nur noch herausfinden, in welches.«

»Da ist er«, sagte Ross, der aus dem Fenster schaute. »Er ist gerade gegenüber dem Bahnhof vorgefahren.«

»Ich gehe raus und rede mit ihm, während Sie beide Ihren Kaffee zu Ende trinken«, sagte William. Er leerte seine zweite Tasse Tee an diesem Morgen, überquerte die Straße und ging zum letzten Taxi in der Reihe.

»Tut mir leid, Chef«, sagte der Fahrer. »Sie müssen das vorderste nehmen.«

»Ich suche kein Taxi, sondern einen Mann, der gestern mit einem gefahren ist. Mein Kollege hat mir gesagt, dass Sie diesen Mann nicht wiedererkannt haben«, erwiderte William, indem er ihm das Foto von Neville zeigte. »Doch Sie hatten einen Kunden, der sich seltsam verhalten hat?«

»Ein merkwürdiger Typ«, sagte der Fahrer. »Ich konnte sein Gesicht nicht erkennen, weshalb ich nicht sicher bin, ob er es ist.«

»Was war merkwürdig an ihm?«

»Er ist in das Taxi gestiegen, bevor ich eine Chance hatte, ihn mir anzusehen. Das alleine ist noch nicht ungewöhnlich, aber danach hat er sich in die linke Ecke der Bank gedrückt, sodass ich sein Gesicht im Rückspiegel nicht erkennen konnte. Manche machen das, wenn sie verschwinden wollen, ohne zu bezahlen. Doch als ich ihn fragte, wohin er wollte, antwortete er mit einem so hochnäsigen Akzent, dass ich mich entspannte.«

»Wohin wollte er?«

»Flughafen Luton. Aber er hat während der Fahrt kein Wort mehr gesagt. Als wir ankamen, schob er mir etwas Bargeld durch die Luke und war verschwunden, bevor ich ihm sein Wechselgeld geben konnte.«

»Was ist daran ungewöhnlich? Es könnte doch sein, dass er einfach nur in Eile war.«

»Die meisten Kunden, die ein Taxi zum Flughafen nehmen, wollen einen Beleg, damit sie damit ihre Spesen nachweisen können. Aber er nicht.«

»Dann haben Sie ihn also nie zu Gesicht bekommen?«, fragte William.

»Nein. Doch er war elegant gekleidet und hatte eine lederne Aktentasche bei sich, was mir für einen Samstagnachmittag seltsam vorkam. Ich hätte mir überhaupt nichts dabei gedacht, wenn ich nicht zuvor gesehen hätte, wie er aus dem Bus gestiegen ist.«

William schickte ein kurzes Gebet zum Himmel. »Um wie viel Uhr war das?«

»Kurz nach drei.«

»Sind Sie sich bei der Zeit sicher?«

»Natürlich. Ich habe mir *Match of the Day* im Radio angehört. Spurs gegen Everton, und die Toffees haben in der letzten Minute ein Tor geschossen, diese Bastarde.«

»Vielen Dank«, sagte William und schob das Foto zurück in seine Tasche. »Sie haben mir sehr geholfen.« Er kam gerade noch rechtzeitig zurück ins Café, um die Rechnung zu bezahlen. »Danny, ein bisschen Tempo, bitte. Wir wollen zum Flughafen Luton.«

Als sie Sevenoaks verließen und in Richtung Autobahn fuhren, informierte William Ross über seine Unterhaltung mit dem Taxifahrer.

»Es ist ein wenig gewagt«, sagte Ross, »aber es sind so viele Zufälle, dass das Ganze kein Zufall mehr ist.«

»Wir müssen herausfinden, wie lange es bis zum Flughafen dauert«, sagte William. »Dann sollte es möglich sein, die Maschine zu ermitteln, die er aller Wahrscheinlichkeit nach genommen hat.«

»Warum sollte er sich überhaupt für Luton entschieden

haben, wenn Gatwick, Heathrow und Stansted so viel näher sind?«, sagte Danny.

»Er ist wahrscheinlich davon ausgegangen, dass sie überwacht werden.«

William und Ross waren mehrmals verschiedene Szenarien durchgegangen, als Danny den Flughafen erreichte.

»Eine Stunde und fünfundzwanzig Minuten, Chef«, verkündete er.

»Warten Sie hier«, sagte William. »Wir fahren wahrscheinlich direkt nach London zurück, aber wer weiß …«

Er und Ross betraten die Halle und gingen zum Informationsschalter.

»Wie kann ich Ihnen helfen, Gentlemen?«, fragte die Frau, die hinter der Theke stand.

»Ich würde gerne wissen, welche Flüge gestern Nachmittag nach fünf Uhr abgingen.«

Sie tippte etwas in ihren Computer.

»Da gab es einen um 17:05 Uhr nach Dublin. Ist pünktlich gestartet.«

»Den hätte er nicht geschafft«, sagte Ross.

»Der um 17:40 Uhr nach Newcastle hatte zwanzig Minuten Verspätung.«

»Mit dem hätte er noch eine Nacht in England festgesteckt.«

»Moskau 17:50 Uhr«, sagte die Frau, während sie noch immer auf ihren Bildschirm sah.

»Glaube ich nicht«, sagte William.

»18:10 Uhr nach Brüssel.«

»Eine Möglichkeit.«

»Da wäre noch der um 18:20 Uhr nach Edinburgh.«

»Nein«, sagte William.

»Oder der um 19:10 Uhr nach Kopenhagen.«

»So lange hätte er nicht warten wollen«, sagte William. »Es muss Brüssel sein.«

»Ich glaube nicht, dass das sein endgültiges Ziel war«, sagte Ross. »Nur der erste Flug, mit dem er das Land verlassen konnte.«

»Sehe ich genauso«, sagte William. Er bedankte sich bei der Frau, dann gingen er und Ross zum Schalter von Sabena. Diesmal zeigte William seine Dienstmarke vor, bevor er die erste Frage stellte.

»Ich würde gerne Ihre Passagierliste des gestrigen Fluges um 18:10 Uhr nach Brüssel sehen.«

»Suchen Sie einen bestimmten Namen, Sir?«, fragte die Frau, während sie die notwendigen Angaben in ihren Computer eingab und einen Blick auf den Bildschirm warf.

»Captain Ralph Neville.«

Sie ging die Passagierliste durch und sagte: »Niemand, der unter diesem Namen registriert ist, erscheint für diesen Flug auf meinem Bildschirm.«

»Miles Faulkner«, schlug Ross vor, wobei er jedoch nicht gerade überzeugt wirkte.

»Nein«, erwiderte sie, den Blick noch immer auf den Monitor geheftet. Ross zeigte ihr ein Foto. Sie musterte es sorgfältig und schüttelte dann den Kopf. »Ich kann nicht behaupten, dass ich mich an ihn erinnere.«

Mit seiner nächsten Frage verband William keine großen Hoffnungen. »Hat jemand in letzter Minute noch einen Platz gebucht und sein Ticket bar bezahlt?«

»Es gab tatsächlich einen Herrn, der ziemlich spät gebucht hat und gar nicht erfreut war, dass ich ihm keinen Platz mehr in der ersten Klasse anbieten konnte.«

»Erinnern Sie sich noch an seinen Namen?«

»Leider nein.«

»Sollen wir es riskieren?«, fragte Ross.

»Gibt es heute Abend noch einen Flug nach Brüssel?«, fragte William.

»Der um 18:10 Uhr. Er geht jeden Tag um dieselbe Zeit. Ich habe noch zwei Tickets erster Klasse.«

»Vielen Dank«, sagte William und schenkte ihr ein warmes Lächeln. »Aber zwei Plätze in der Economy Class genügen vollkommen«, fügte er hinzu und reichte ihr seine Kreditkarte.

»Einfach oder mit Rückflug?«

»Einfach. Wir wissen nicht, was unser nächstes Ziel sein wird.«

Diesen Kunden würde sie nicht so schnell vergessen.

»Warten Sie hier auf die Tickets, Ross. Ich sage Danny, dass wir nicht zurück zum Yard fahren.«

Danny war erfreut zu hören, dass er nach London zurückkehren und den Rest des Tages freinehmen konnte.

»Aber übergeben Sie die Chauffeursmütze zuerst der Kriminaltechnik. Ich habe denen bereits gesagt, sie sollen sich bei mir melden, wenn sie Fingerabdrücke finden, die mit denen von Faulkner übereinstimmen.«

Danny legte die Finger seiner rechten Hand an die Stirn und fragte: »Brauchen Sie mich morgen, Chef?«

»Falls ja, dann nur, damit Sie mich beim nächsten Jobcenter absetzen«, sagte William. »Aber ich gebe Ihnen Bescheid.«

Er schlenderte zurück in den Terminal und sah, dass Ross mit einem anderen Mann, der die Stirn runzelte, in ein Gespräch vertieft war.

»Wir haben ein Problem«, sagte Ross, als William zu ihnen trat. »Die Pässe. Oder besser: der Mangel an diesen. Das ist Thomas King, der Leiter der Flughafensicherheit. Er ist gerne bereit, uns zwei vorübergehende Reisevisa auszustellen, aber er benötigt die Freigabe von einem Commander oder einem noch höheren Beamten, bevor er sie autorisieren kann. Und ich werde Hawksby gewiss nicht am Sonntag zu Hause anrufen.«

William hob den Hörer des Telefons auf der Theke ab und wählte die Nummer, die nicht einmal Ross kannte.

Hawksby hörte sich interessiert an, wie Chief Inspector Warwick und DI Hogan den Sonntag verbracht hatten. »Geben Sie mir den Mann«, war alles, was er sagte.

William reichte den Hörer dem Sicherheitsbeamten, der mehrere Male »Ja, Sir« sagte, bevor er den Hörer wieder zurückgab.

»Wenn Sie ohne Faulkner wiederkommen, brauchen Sie Ihre Spesenabrechnung gar nicht erst einzureichen«, waren Hawksbys abschließende Worte.

»Danke, Sir«, sagte William und legte auf.

»Fliegen wir immer noch nach Brüssel?«, fragte Ross.

»Ja«, sagte William. »Aber vielleicht kommt nur einer von uns zurück.«

Kurz nachdem William den Sicherheitsgurt angelegt und die Boeing 727 abgehoben hatte, fiel er zum ersten Mal seit seiner Ankunft aus New York in einen tiefen Schlaf.

Ross verbrachte die Zeit damit, eine Zusammenfassung der bisherigen Ermittlungen zu notieren und über mögliche Alternativen nachzudenken, was jedoch nur weitere Fragen aufwarf, über die William würde nachdenken müssen, wenn er wieder wach war. Das geschah erst, als die

Räder des Flugzeugs vierzig Minuten später auf der Landebahn des Brüsseler Flughafens aufsetzten.

a. Ist Faulkner direkt zu einem anderen Flughafen weitergeflogen?
b. Hat er im Flughafen übernachtet? Jedes Hotel in einem Umkreis von zwei Meilen überprüfen.
c. Gibt es einen Direktflug von Brüssel nach Nizza (Monte Carlo)?
d. Stecken wir in einer Sackgasse fest?

Ein uniformierter Sicherheitsbeamter nahm sie am Fuß der Treppe in Empfang, als sie aus dem Flugzeug stiegen. Offensichtlich war der Commander nicht untätig geblieben.

»Wie kann ich Ihnen helfen?«, fragte der Mann, nachdem sie einander die Hand gegeben hatten.

»Wie viele Flüge«, fragte William, nachdem er einen Blick auf seine Uhr geworfen hatte, »gab es von Brüssel aus gestern Abend nach sieben Uhr dreißig?«

»Ein halbes Dutzend, mehr nicht«, sagte der Sicherheitsbeamte. »Ich muss in unseren Unterlagen nachsehen«, fügte er hinzu, als sie sich in eine Richtung wandten, die der aller anderen Passagiere entgegengesetzt war.

Nachdem sie in sein Büro gegangen waren, dauerte es nur wenige Augenblicke, bis der Sicherheitsbeamte erklärte: »Paris, St. Petersburg, Manchester, Helsinki, Luton und Barcelona.«

William dachte kurz über die verschiedenen Ziele nach, bevor er zu dem Schluss kam: »Ich würde auf Paris tippen, besonders weil er von dort einen Inlandsflug nach Nizza hätte nehmen können.«

»Barcelona wäre auch eine Möglichkeit, wenn auch keine besonders wahrscheinliche«, schlug Ross vor.

»Einverstanden. Sie erkundigen sich bei der Air France, während ich zu Iberia gehe.«

»Hatten Sie beide gestern Abend Dienst?«, war Williams erste Frage, nachdem er und der Sicherheitsbeamte den Schalter der Fluggesellschaft erreicht hatten. Wieder zog er ein großes Foto von Ralph Neville aus der Tasche und fragte die beiden Frauen, ob eine von ihnen diesen Mann gesehen hatte, doch die einzige Reaktion war ein Kopfschütteln.

»Barcelona ist das letzte Ziel, das Iberia Samstagnacht von Brüssel aus anfliegt«, sagte die Angestellte, deren Namensschild sie als »Blanca« auswies, »und wie üblich war die Maschine voller Urlauber.«

»Dieser Mann hätte nicht so ausgesehen, als ob er in Urlaub fliegt«, sagte William.

Die beiden Frauen musterten das Foto noch einmal genauer, aber ihre Reaktion unterschied sich nicht von der zuvor.

»Kann ich einen Blick auf die Passagierliste werfen?«, fragte er.

Der Sicherheitsbeamte nickte, woraufhin Blanca den Buchungscomputer zu den beiden Männern umdrehte. William überprüfte beide Klassen, doch auf der Liste stand kein Name, den er wiedererkannt hätte.

»Vielen Dank«, sagte er zu Blanca, als Ross zu ihnen trat und William erklärte, dass auch er kein besseres Ergebnis vorweisen konnte, was die Verbindung zum Flughafen Charles de Gaulle betraf.

»Selbst wenn er einen dieser Flüge genommen hätte«, sagte William, »würden uns immer noch dreihundert Verdächtige bleiben. Wir werden wohl akzeptieren müssen, dass er erneut abgetaucht ist.«

»Langsam lässt er Houdini wie einen Amateur aussehen.«

»Langsam lässt er mich wie einen blutigen Anfänger aussehen«, sagte William schmerzlich berührt.

»Rennen Ihnen öfter hübsche Frauen hinterher?«, fragte Ross, nachdem sie sich einige Meter vom Schalter entfernt hatten.

William drehte sich um und sah, dass Blanca auf sie zueilte.

»Kann ich mir das Foto noch einmal anschauen?«, fragte sie.

William nahm das Bild aus der Innentasche seines Jacketts und reichte es ihr.

Längere Zeit musterte sie das Gesicht des Mannes. Dann legte sie die Hand über Faulkners Stirn und sah sogar noch gründlicher hin. »Ja, ich bin sicher, dass er es ist. Einer der Erste-Klasse-Passagiere auf dem Flug nach Barcelona hatte eine Glatze. Als ich mir unsicher war wegen des Fotos in seinem Pass, sagte er mir, er habe sich gerade eben eine Glatze scheren lassen. Er hat mir sogar den Beleg gezeigt«, sagte sie und deutete auf das Friseurgeschäft am anderen Ende der Halle.

»Sein erster Fehler«, sagte Ross.

»Wissen Sie seinen Namen?«, fragte William.

»Ricardo Rossi. Ich erinnere mich, weil er laut seinem Pass angeblich Modezeichner war.«

»Ich könnte Sie küssen«, sagte Ross. »Aber ich darf nicht.«

»Wie schade«, sagte Blanca, küsste ihn auf beide Wangen und kehrte zu ihrem Schalter zurück.

»Ich wünschte mir, ich würde in Brüssel leben«, sagte Ross. Doch William hörte ihn nicht, weil er bereits losgegangen war, denn er hatte gesehen, wie das Schild an der Tür des Friseurs von »Ouvert« zu »Fermé« umgedreht wurde. Der Sicherheitsbeamte eilte ihm hinterher und zog rasch seinen Dienstausweis aus der Tasche. Zögernd öffnete der Friseur die Tür ein paar Zentimeter weit.

»Haben Sie diesem Mann gestern Abend eine Glatze geschoren?«, fragte William und hielt ein Foto des angeblichen Captain Neville hoch.

»Gestern war ich nicht hier«, lautete die schroffe Antwort. »Das muss Carlo gewesen sein, und heute ist sein freier Tag. Wenn der Kunde sich beschweren möchte, kann er morgen wiederkommen.« Die Tür wurde zugeschlagen und die Jalousie heruntergezogen.

»Fliegen wir nach Barcelona?«, fragte Ross, als die beiden zu ihm an den Schalter der Fluggesellschaft zurückkehrten.

»Das hätte keinen großen Wert«, sagte William. »Inzwischen wird Faulkner zu seinem nächsten Ziel weitergeflogen sein und sich erneut in Luft aufgelöst haben. Wir können genauso gut wieder nach Hause fliegen und unsere Niederlage eingestehen.«

»Wollen Sie die gute oder die schlechte Nachricht hören?«

»Für so etwas habe ich keine Zeit.«

»Doch, die haben Sie, denn der letzte Flug nach London hat gerade abgehoben.«

William betrachtete die endlosen Sitzreihen aus Hartplastik und sagte dann: »Und was ist die gute Nachricht?«

»Ich werde mit Blanca zu Abend essen.«

Danny holte die beiden ziemlich mitgenommen aussehenden, gähnenden Detectives am folgenden Morgen vom Flughafen ab. Keiner von beiden hatte geschlafen.

»Inspector Thomas hat gerade angerufen«, sagte er, als sie sich auf die Rückbank setzten. »Sie haben keine Abdrücke von Miles Faulkner im Mercedes gefunden, aber mehrere von seiner Frau.«

»Das würde erklären, warum es niemanden gab, der sie von der Kirche abholen sollte.«

»Aber was die Chauffeursmütze betrifft, gibt es bessere Nachrichten«, sagte Danny. »Der Abdruck eines Daumens und eines Zeigefingers weisen eine perfekte Übereinstimmung mit Faulkners rechter Hand auf.«

»Dann«, sagte Ross, »dürfte sich Miles Faulkner alias Captain Ralph Neville im Augenblick irgendwo in Spanien unter dem Namen Ricardo Rossi, Modezeichner, versteckt halten.«

»Obwohl er inzwischen Name und Beruf ein weiteres Mal geändert haben dürfte«, sagte William. »Ich werde das neueste Foto von ihm an die spanische Polizei weiterleiten, sobald wir wieder im Yard sind.«

»Soll ich Christina Faulkner zum Verhör holen?«, fragte Ross.

»Nein. Nicht, solange ich jemanden habe, der verdeckt für mich ermittelt.«

11

»Du hättest mit mir in New York bleiben sollen«, sagte Beth, als sie ins Schlafzimmer traten. »Ella war fantastisch, und wir sind noch drei Mal ins Metropolitan gegangen.«

»Obwohl es nur eine Woche war, haben die Kinder dich schrecklich vermisst und immer wieder gefragt, wo du bist«, sagte William, als er sein Jackett auszog und in den Schrank hängte. »Und es war auch keine große Hilfe, dass ich überall auf dem Land nach Christinas Auto gesucht habe.«

»Während du es gleichzeitig irgendwie geschafft hast, ihren Mann ein weiteres Mal zu verlieren.«

»Aber immerhin habe ich ihn wiedergefunden«, protestierte William.

»Nun, wir wollen genau sein. Du hast herausgefunden, auf welchem Kontinent er sich aufgehalten hat, doch du kannst nicht einmal sicher sein, dass er immer noch dort ist«, sagte Beth und knöpfte ihre Bluse auf.

»Ich kenne seinen Namen«, sagte William und zog seine Krawatte aus.

»Ricardo Rossi ist von Brüssel aus nach Barcelona geflogen, aber es mag durchaus ein anderer sein, der sich jetzt in Spanien aufhält.«

»Auf wessen Seite stehst du?«, fragte William.

»Auf deiner, Höhlenmensch«, antwortete Beth und streifte ihre Bluse ab. »Aber nur, weil ich deine Hilfe brauche, wenn ich mit dem Mord an Christina durchkommen will.«

»Ich will absolut nicht, dass du sie umbringst. Sie ist immer noch meine beste Chance, ihren angeblich verstorbenen Ehemann ausfindig zu machen.«

»Wie kann ich dir helfen?«, fragte Beth eifrig, als William sein Hemd auf einen Stuhl warf.

»Spiel die Unschuldige, wenn du sie das nächste Mal triffst. Ich möchte, dass du für mich herausfindest, auf welcher Seite sie steht«, sagte William, während Beth langsam den Reißverschluss ihres Rocks nach unten zog. »Du könntest eine Überraschung erleben.«

»Aber sie dürfte inzwischen herausgefunden haben, dass du weißt, dass es sich bei Neville und Faulkner um ein und denselben Menschen handelt.«

»Das sehe ich genauso. Aber ist sie die Braut, die am Altar stehen gelassen wurde?«, fragte William. »Oder ist sie seine Komplizin?«

»Warum sollte ich mich auf deine Pläne einlassen, wenn ich diese verdammte Frau einfach nur erwürgen will?«, fragte Beth, als sie seinen Gürtel löste.

»Wenn ich Faulkner wieder hinter Gitter bringe, gehört ihr völlig legal die Hälfte seiner Kunstsammlung, weshalb es gut möglich wäre, dass ein weiteres Meisterwerk seinen Weg an eine der Wände des Fitzmolean findet«, sagte er, während er sich mit dem Verschluss ihres BHs abmühte. »Dabei wäre dann immer noch mehr als genügend übrig, damit sie für den Rest ihres Lebens in Champagner baden kann.«

»Zusammen mit einem endlosen Strom an jugendlichen Liebhabern zum Entkorken der Flaschen«, sagte Beth, als sie seine Hose herunterzog. »Während ich nicht da war, Höhlenmensch«, fragte sie, als er sich herabbeugte, um sie zu küssen, »was hast du da am meisten vermisst, meinen Auflauf oder Sex?«

»Darüber muss ich erst nachdenken«, antwortete er, als sich ihre Lippen voneinander lösten. Beth ließ sich rückwärts auf das Bett fallen, als sich die Tür öffnete und eine Stimme sagte: »Daddy, du hast versprochen, uns etwas vorzulesen, wenn du wieder zu Hause bist.«

Beth brach in Gelächter aus, als Artemisia auf das Bett kletterte und William ihr Buch reichte. Rasch streifte er seinen Morgenmantel über, während Beth vom Bett aufsprang, ihr Höschen hochzog und so schnell wie möglich in ihre Bluse schlüpfte.

»Nur ein Kapitel«, sagte William, als Peter durch die offene Tür kroch und zu seiner Schwester ins Bett kam. Die Zwillinge kuschelten sich an ihren Vater, der das Buch aufschlug und zu lesen begann.

»PC Plod war ein guter und freundlicher Polizist. Gerne half er Großmüttern und Großvätern, die Straße zu überqueren, und wenn er einen kleinen Jungen erwischte, der ohne Helm Rad fuhr, ermahnte er ihn, verriet aber den Eltern nichts, weshalb er sehr beliebt war.«

Peter begann zu klatschen.

»Unglücklicherweise dachte im Hauptquartier der Polizei allerdings niemand daran«, fuhr William fort, »PC Plod zu befördern und ihn zum Sergeanten zu machen.«

»Warum nicht?«, wollte Artemisia wissen.

»Ich vermute, das werden wir gleich herausfinden«, sagte William und schlug die Seite um, obwohl er in Gedanken ganz woanders war.

»Doch Plod war, wie er seiner Frau Beryl häufig sagte, glücklich damit, einer der Fußsoldaten des Lebens zu sein. Beryl war anderer Ansicht. ›Du bist genauso klug wie Inspector Watchit, der immer das Lob für deine Ideen einheimst und dann befördert wird‹, sagte sie. ›Genau das ist meine Aufgabe‹, erklärte Plod. ›Ich bin dafür verantwortlich, den Menschen jederzeit zu helfen und nützliche Informationen an meine Vorgesetzten weiterzugeben. Um ehrlich zu sein, Beryl, erst heute …‹, sagte er gerade, als das Telefon klingelte. Beryl nahm ab und hörte einige Sekunden lang zu, bis sie schließlich sagte: ›Aber heute ist Freds freier Tag.‹ ›Jetzt nicht mehr‹, erwiderte Inspector Watchit. ›Sagen Sie Plod, er soll sofort ins Landhaus kommen. Es gab einen Einbruch, und ein wertvolles Perlenhalsband ist verschwunden. Lady Doubtful will, dass das ganze Gelände abgesucht wird, während ich die Hausangestellten befrage.‹«

William blickte vom Buch auf und sah, dass Peter eingeschlafen war, doch Artemisia hing noch immer an seinen Lippen.

»Schlafenszeit für euch beide«, sagte Beth.

»Nein, nein, nein!«, sagte Artemisia.

»Ja, ja, ja«, sagte William, klemmte sich die Kinder unter die Arme, hob sie hoch und trug sie aus dem Zimmer. Als er die Tür erreicht hatte, drehte er sich um und lächelte seiner Frau zu.

»Ich kann es gar nicht erwarten, dass PC Plod wiederkommt«, sagte Beth, als sie ein zweites Mal ihre Bluse öffnete.

»Ich würde die Besprechung gerne damit beginnen«, sagte

Commander Hawksby, »DI Ross Hogan offiziell in unseren Reihen zu begrüßen.«

Die übrigen Mitglieder des Teams klopften mit ihren Handflächen auf den Tisch.

»DI Hogan kommt nicht nur mit einem ausgezeichneten Ruf als verdeckter Ermittler zu uns, er hat zuvor auch vier Jahre als Detective Sergeant bei der Mordkommission gearbeitet. Dadurch besitzt er wertvolle Erfahrungen, die wir gewinnbringend einsetzen können.«

»Und bevor ich den Oscar für die beste Nebenrolle entgegennehmen werde«, unterbrach Ross, »darf ich sagen, wie erfreut ich bin und wie geehrt ich mich fühle, einer Einheit beizutreten, die es geschafft hat, Miles Faulkner hinter Gitter zu bringen.«

»Nur um ihn wieder direkt vor unseren Augen entkommen zu lassen«, sagte William zerknirscht.

»Das war nicht Ihr Fehler«, erwiderte Ross. »Zwei korrupte Gefängnisbeamte hatten großen Anteil an diesem kleinen Fiasko. Sie werden erfreut sein zu hören, dass beide ohne Aussicht auf vorzeitige Entlassung nach Dartmoor überstellt wurden.«

»Aber dass Faulkner ein zweites Mal entkommen ist, war in der Tat mein Fehler«, sagte William. »Und ich werde nicht ruhen, bis er wieder in Pentonville einsitzt, und zwar zu einem längeren Aufenthalt ohne Ausstiegsklausel.«

»Es sollte nicht lange dauern, bis Ricardo Rossi auf unserem Radar auftaucht«, sagte Paul.

»Damit es dazu kommt«, sagte Hawksby, »habe ich die spanische Polizei und Interpol informiert und ihnen Einzelheiten aus Faulkners krimineller Karriere übermittelt, zusammen mit einem Phantombild, das Neville mit geschorenem Kopf darstellt. Aber wir werden Faulkner vorerst zurückstellen müssen, da wir uns jetzt auf unsere neuen Aufgaben zu konzentrieren haben. DCI Warwick, vielleicht können Sie uns auf den neuesten Stand bringen.«

»Wie Sie wissen«, sagte William, »sind die ersten Stadien einer Mordermittlung von besonderer Bedeutung. Die sogenannte ›goldene Stunde‹ – jene sechzig Minuten unmittelbar nach dem Tötungsdelikt – bietet die größte Chance, um die Beweise zu finden, die für eine Verurteilung notwendig sind. Überwachungskameras, Forensik, Zeugen und die Wahrscheinlichkeit, dass sich der Mörder noch immer irgendwo in der näheren Umgebung des Tatorts aufhält, sind die besten Waffen des Ermittlers. Aber bei allen unseren Fällen«, fuhr er fort, »stand uns die goldene Stunde nicht zur Verfügung. Und eigentlich auch keine silberne oder bronzene. Die Wahrheit ist, dass diese besonderen Täter nicht nur ungestraft davongekommen sind, sondern inzwischen auch davon überzeugt sein dürften, dass sich auf ihren Akten nur noch Staub ansammelt … in irgendeinem Schrank für ungelöste Fälle. Sie rechnen nicht damit, dass wir diesen Schrank öffnen werden.«

»Und Sie alle sollten wissen«, warf Hawksby ein, »dass der Commissioner davon überzeugt ist, dass eine wichtige Botschaft an die Unterwelt geschickt wird, wenn diese Täter der Gerechtigkeit zugeführt werden. Nicht zuletzt deshalb, weil allen ins Gedächtnis gerufen würde, dass auch über ihnen die Drohung einer lebenslangen Haftstrafe schwebt, sofern auch nur ein Einziger von ihnen verurteilt und hinter Gitter gebracht wird.«

»Es gibt noch einen zweiten, gleichermaßen wichtigen Grund«, sagte William. »Sollten sie einmal mit einem Mord durchkommen, könnten sie darüber nachdenken, es ein zweites Mal zu versuchen.«

Hawksby nickte und fügte dann hinzu: »Genau deshalb hat jeder von Ihnen die Aufgabe bekommen, sich mit einem sogenannten ›Cold Case‹ zu beschäftigen, und obwohl wir immer noch als Team zusammenarbeiten und einander unterstützen werden, wann immer es möglich ist, werden Sie in jedem Ihrer Fälle selbst der leitende Ermittlungsbeamte sein und dabei DCI Warwick regelmäßig über Ihre Fortschritte informieren.«

»Am besten fangen wir damit an, unsere Informationen auszutauschen«, sagte William. »Da Ihnen die schwierigste Aufgabe zugeteilt wurde, fangen wir mit Ihnen an, DI Hogan.«

»Ich ermittle in zwei Fällen«, sagte Ross, »die beide miteinander verbunden sind. Es geht um Rachemorde im Gangmilieu, bei denen zuerst ein Mitglied der einen Gang getötet wurde und die Gegenseite kurz darauf ein Mitglied der anderen Gang ermordet hat.«

»Ich habe über die Roach-Gang und ihre Erzfeinde, die Abbotts, in der Presse gelesen«, sagte Rebecca. »Aber darüber hinaus weiß ich kaum etwas.«

»Es gibt auch nicht viel mehr zu wissen«, sagte Ross. »Zwei skrupellose, gut organisierte Gangs aus dem East End, wie die Krays und die Richardsons, die einander seit Jahren an die Gurgel gehen. Zusammen kontrollieren sie die örtliche Drogenszene, die Prostitution und das illegale Glücksspiel. Darüber hinaus erpressen sie Schutzgelder, bei denen das Geld jede Woche effizienter eingeht als die Gemeindesteuern, die der Stadt offiziell zustehen. Sogar wenn es uns gelingt, ein Mitglied zu verhaften und hinter

Gitter zu bringen, bringt das nicht viel, denn sie sind wie Küchenschaben. Kaum hat man eine zertreten, kriechen zwei unter den Bodendielen hervor, um sie zu ersetzen.«

»Entschuldigen Sie, wenn ich zynisch klinge«, sagte Paul, »aber ist es der Öffentlichkeit nicht völlig egal, wenn dieser Abschaum sich gegenseitig umbringt? Die meisten Leute wären vollkommen glücklich damit, wenn die Gangs unsere Arbeit erledigen und sich gegenseitig auslöschen würden.«

»Das mag durchaus der Fall sein, DS Adaja«, sagte William. »Aber wenn wir zulassen, dass diese Kriminellen ihre Aktivitäten fortsetzen, wird es nicht mehr lange dauern, bis das East End zu einer No-Go-Area für die Polizei und alle gesetzestreuen Bürger wird.«

»Ich entschuldige mich«, sagte Paul. »Daran hätte ich denken sollen.«

»Sie brauchen sich nicht zu entschuldigen, DS Adaja«, sagte Ross. »Obwohl ich damals als verdeckter Ermittler gearbeitet habe, bekam ich Kenntnis von Ihrem erinnerungswürdigen Beitrag bei der Operation Trojanisches Pferd.«

Die übrigen Mitglieder des Teams brachen in Gelächter aus, während William daran denken musste, wie Ross ihm bei jener Gelegenheit ein blaues Auge verpasst hatte, weil niemand außer dem Commander wissen durfte, dass Ross noch immer als verdeckter Ermittler arbeitete.

»Könnten Sie uns einen Überblick über Ihren Fall geben, DS Roycroft?«, fragte William, nachdem das Gelächter verklungen war.

»Es könnte keinen größeren Unterschied geben als den zwischen Clive Pugh sowie den Roaches und den Abbotts«, sagte Jackie. »Er ist zwar genauso gewissenlos, aber zugleich viel gerissener. Für seine Umgebung war er stets ein gesetzestreuer Bürger, bei dem man in allen richtigen Kästchen einen Haken hätte machen können. Verheiratet, zwei Kinder, beide mit einem Universitätsabschluss in der Tasche, stellvertretender Direktor der örtlichen Filiale der Barclays Bank und vom örtlichen Rotary Club zum Geschäftsmann des Jahres gewählt.«

»Wen hat er ermordet?«, fragte Rebecca.

»Seine Frau, nach siebenundzwanzig Jahren Ehe und genau zwei Monate nachdem er für sie eine Versicherung in Höhe von einer Million Pfund abgeschlossen hatte, mit ihm als einzigem Begünstigten.«

»Wie hat er es geschafft, mit so etwas durchzukommen?«, fragte Paul.

»Er hat behauptet, er habe seine Frau nach seiner Rückkehr von einem Treffen des Rotary Clubs an einem Deckenbalken im Bad hängend vorgefunden. Sofort rief er die Polizei, die einen mit Schreibmaschine getippten Brief entdeckte, in dem sie darum bat, man möge ihr ihre Tat verzeihen. Es sah wie ein eindeutiger Fall von Selbstmord aus, bis der Gerichtsmediziner bei der Untersuchung erklärte, sie sei durch einen einzelnen Schlag auf den Kopf getötet worden, bevor jemand sie aufgehängt hatte. Die Geschworenen konnten sich in der Frage, ob Pugh schuldig war, nicht einig werden, was in gewisser Weise ironisch war, da man in einer solchen Situation davon spricht, dass das Urteil ›in der Schwebe bleibt‹.«

»Der Richter war eindeutig von Pughs Schuld überzeugt«, sagte William, »weshalb er unverzüglich ein Wiederaufnahmeverfahren anordnete. Doch aufgrund eines

Verfahrensfehlers wurde der Prozess eingestellt, und zwar lange bevor die Geschworenen zu einem Urteil kommen konnten, weshalb Pugh ein zweites Mal durchkam mit dem, was er getan hatte. Später an jenem Nachmittag erklärte der ermittelnde Beamte noch auf den Stufen des Gerichtsgebäudes, dass der Fall abgeschlossen sei und die Polizei nicht nach anderen Verdächtigen suchen würde.«

»Das einzig Gute, das bei dieser ganzen Geschichte herauskam«, sagte Jackie, »war die Tatsache, dass die Versicherung nicht gezahlt hat.«

»Weshalb er am Ende ohne einen Penny dastand«, sagte Paul.

»Nicht ganz. Pugh hat die Versicherung verklagt, und schließlich einigten sie sich auf eine Viertelmillion.«

»Ich habe Menschen gekannt, die für sehr viel weniger umgebracht wurden«, sagte Ross.

»Als ich die Beweise durchgesehen habe«, sagte William, »sind mir ein paar Merkwürdigkeiten aufgefallen, die weiterzuverfolgen sich lohnen könnte. Ein paar Tage nach dem Mord hat Pughs Schwager eine Aussage gemacht, die sich sehr interessant liest.«

»Aber er hat sie im letzten Augenblick zurückgezogen«, erinnerte ihn Jackie, »und sich geweigert, im Prozess auszusagen.«

»Ich würde der Sache trotzdem nachgehen«, sagte William. »Wer weiß, was er ein Jahr danach darüber denkt?«

»Und darüber hinaus?«, drängte ihn Jackie.

»Der Abschiedsbrief wurde am Boden liegend unter der Leiche der Ehefrau gefunden, nicht auf ihrem Schreibtisch. Und er war nicht unterzeichnet, obwohl ein Füllfederhalter auf dem Schreibtisch lag.«

»Aber das Verbot, ihn zwei Mal in derselben Sache anzuklagen, bedeutet doch«, sagte Jackie, »dass Pugh nicht noch einmal der Prozess gemacht werden kann, wenn er in einem früheren Prozess freigesprochen wurde.«

»Er wurde nicht freigesprochen«, erinnerte William sie. »Der erste Prozess endete damit, dass die Geschworenen zu keinem Urteil kamen, und der zweite wurde wegen eines Verfahrensfehlers eingestellt.«

»Ein diffiziles juristisches Problem, das Booth Watson einen glänzenden Auftritt vor dem Richter verschaffen würde«, bemerkte Ross.

»Ich bin sicher, Sir Julian Warwick wäre der Herausforderung gewachsen«, erwiderte Hawksby.

»Lassen Sie uns zu Ihrem Fall übergehen, DS Adaja«, sagte William. »Darin spielt eine der übelsten Gestalten, denen ich jemals begegnet bin, eine Hauptrolle.«

»Das sehe ich ganz genauso«, erwiderte Paul und schlug die dicke Akte auf, die vor ihm lag. »Max Sleeman ist ein skrupelloser Kredithai, der Geld zu exorbitanten Zinsen verleiht, die manchmal bis zu zehn Prozent betragen.«

»Pro Jahr?«, erkundigte sich der Commander. »Das klingt nicht unangemessen.«

»Pro Monat«, antwortete Paul. »Außerdem verhängt er Strafen, die nirgendwo schriftlich festgehalten sind, sollte ein Schuldner nicht rechtzeitig bezahlen: ein gebrochenes Bein beim ersten Versäumnis, ein gebrochener Arm beim zweiten, und nach dem dritten verschwindet man einfach. Als Warnung an seine anderen Kunden, die verdeutlichen soll, was passiert, wenn sie ihre Schulden nicht rechtzeitig begleichen. Wir sind ziemlich sicher, dass drei verschwundene Personen in Wahrheit ermordet wurden«, fügte er hinzu. »Aber solange es uns nicht gelingt, wenigstens eine einzige Leiche vorzuweisen, können wir Sleeman nicht festnehmen. Ganz zu schweigen davon, dass wir eine Anklage gegen ihn vorbringen.«

»Wie ist er bisher damit durchgekommen?«, fragte Rebecca.

»Zu dem Zeitpunkt, an dem jemand verschwindet, kann Sleeman jedes Mal ein wasserdichtes Alibi vorweisen. Beim ersten Mal hat er das sommerliche Abschlusskonzert in der Royal Albert Hall besucht; dabei war er sogar kurz im Fernsehen zu erkennen, während er die britische Fahne schwenkte. Beim zweiten Mal war er in Wimbledon und hat die Tennis-Halbfinalspiele der Damen besucht. Während der Pause zwischen den beiden Partien hat er das Kleid einer Dame, die einen Tisch weiter saß, mit Sahne bekleckert. Er kam für die Reinigung auf und konnte den Beleg als Beweis vorlegen.«

»Und beim dritten Mal?«

»Beim dritten Mal wurde er von einer Verkehrsüberwachungskamera in Manchester fotografiert, als er mit dreiundvierzig Meilen pro Stunde in einer geschlossenen Ortschaft unterwegs war. Er konnte ein Foto vorlegen, das ihn hinter dem Steuer zeigt, und dazu eine Zahlungsaufforderung der Stadtverwaltung von Manchester.«

»Dann muss jemand anders die Morde in seinem Auftrag ausgeführt haben«, sagte Ross.

»Wir glauben, dass er dazu einen Profikiller anheuert, aber wir sind bisher noch auf keinen Namen gestoßen.«

»Trotzdem müssen da draußen irgendwo noch drei Leichen sein.«

»Ich weiß«, sagte Paul. »Aber wo?«

»Wenn Sie eine finden«, sagte William, »können Sie sicher sein, dass die beiden anderen auch noch auftauchen.«

»Irgendwelche Spuren?«, fragte der Commander.

»Die Frau eines der verschwundenen Opfer hat ein Telefongespräch zwischen Sleeman und ihrem Mann auf Band aufgenommen, in dem Sleeman unmissverständlich zu verstehen gibt, was geschehen wird, wenn das spätere Opfer eine weitere Zahlung versäumt. Ich werde noch diese Woche mit ihr sprechen.«

»Eine mutige Dame«, sagte William. »Aber wird sie auch bereit sein, vor Gericht zu erscheinen?«, fügte er hinzu, bevor er sich Rebecca zuwandte. »Was haben Sie für uns, DC Pankhurst?«

»Darren Carter, ein Rausschmeißer im Eve Club, einem schäbigen Etablissement in Soho. Er hat einen Gast mit einem einzigen Schlag umgebracht. Behauptete, das Opfer habe zuerst zugeschlagen. Als der Fall vor Gericht kam, ließ er mehrere Zeugen aufmarschieren, die seine Version bestätigten. Später stellte sich heraus, dass der Tote eine Affäre mit der Frau des Clubbesitzers hatte. Diese Information kam jedoch während des Verfahrens nicht öffentlich zur Sprache. In einer Besprechung mit dem Richter argumentierte der Anwalt der Verteidigung, die Information gefährde in unangemessener Weise die Interessen seines Mandanten und gehöre nicht zur Sache; der Richter sah das genauso. Carter erklärte sich des Totschlags für schuldig, saß zwölf Monate einer zweijährigen Haftstrafe ab und arbeitet inzwischen wieder im Club.«

»Ich will, dass der Club geschlossen wird und Carter lebenslang hinter Gitter kommt«, sagte Hawksby. »So senden wir eine klare Botschaft an jeden zwielichtigen Clubbesitzer in Soho.«

»*Eine* Spur habe ich«, sagte Rebecca. »Doch ich kann nicht behaupten, dass ich die Informationen meiner Quelle für besonders wesentlich, zuverlässig und schlüssig halte.«

»Was für ein Haufen übler Typen«, sagte William. »Und mit einer Ausnahme wurden sie alle von unserem alten Widersacher, Kronanwalt Booth Watson, verteidigt.«

»Lassen Sie mich raten«, sagte Paul. »Aus berufsethischen Gründen sah er sich nicht in der Lage, sowohl die Roaches als auch die Abbotts zu verteidigen.«

»Er ist der feste Anwalt der Abbotts«, sagte William.

»Vielleicht sollte jemand Booth Watson umbringen und damit alle unsere Probleme auf einen Schlag lösen«, sagte Ross.

Das Trommeln auf dem Tisch hielt noch lange Zeit an.

»Was nehmen Sie, Ross?«

»Bitte ein kleines Dunkles, Chef. Mehr nicht, denn sonst schlafe ich ein und kann nicht mehr mit euch glänzenden jungen Leuten mithalten.«

»Ich habe wirklich Glück«, sagte William und sah hinüber zu den übrigen Mitgliedern seines Teams, die gerade über einen gemeinsamen Scherz lachten. »Sie gehören zu einer neuen Art professioneller Polizisten, die nicht davon überzeugt sind, dass man eine Ermittlung irgendwie abkürzen oder nachlässig führen kann. Sie verlassen sich lieber auf belastbare Beweise, bevor sie eine Festnahme durchführen, und ziehen keine übereilten Schlüsse, die später vor Gericht nicht standhalten.«

»Ich freue mich schon darauf, mit ihnen zusammenzuarbeiten«, sagte Ross. »Übrigens kenne ich alle Kollegen bereits aus erster Hand aus der Zeit, in der ich noch als verdeckter Ermittler gearbeitet habe. Sie eingeschlossen.«

»Unheimlich«, sagte William. Er nahm einen Schluck Bier, bevor er fortfuhr. »Sie haben bei unserer Besprechung heute Morgen erwähnt, dass Sie mir vielleicht bei meinem unbezahlten Überstunden-Job helfen könnten, in dem ich versuche, Faulkner aufzuspüren und wieder hinter Gitter zu bringen.«

»Ja, ich habe da die eine oder andere Idee. Ich bin mir inzwischen sicher, dass Ex-Superintendent Lamont als Berater für Booth Watson und Christina Faulkner arbeitet.«

»*Der Diener zweier Herren*«, sagte William. »Nur dass es in diesem Fall keine Komödie ist.«

»Jackie hat mir gesagt, dass sie sich gelegentlich mit Lamont trifft und alle Informationen, auf die sie dabei stößt, an Sie weiterleitet.«

»Zusammen mit dicken braunen Umschlägen, die sie niemals öffnet.«

»Angesichts der Tatsache, dass Lamont inzwischen an nichts weiter im Leben interessiert ist als an Geld, habe ich vielleicht einen Weg gefunden, ihm und Booth Watson gleichzeitig eine Falle zu stellen.«

William hörte sich Ross' Ideen interessiert an, wobei er nur gelegentlich eine Frage einwarf. Schließlich sagte er: »Ich stehe ganz und gar hinter dem, was Sie vorschlagen, aber wir brauchen Hawksbys Genehmigung.«

»Das überlasse ich Ihnen«, sagte Ross. Er warf einen Blick über Williams Schulter, denn eine junge Frau, die an der Bar stand, hatte seine Aufmerksamkeit auf sich gezogen. Sie war elegant gekleidet; ihr weißer Faltenrock reichte ihr bis knapp unter die Knie, und ihre Bluse war bis oben zugeknöpft. Kein Schmuck und nur ein Hauch Make-up. So zurückhaltend und doch so verlockend. Er konnte nicht glauben, dass sie ohne Begleitung war. Ihre Blicke trafen sich für einen kurzen Moment, dann wandte sich die Frau schüchtern ab.

»Hawksby hat uns nicht gerade eine einfache Aufgabe gegeben«, sagte William.

»Sie sollten das als Kompliment auffassen«, sagte Ross, während er versuchte, sich auf Williams Worte zu konzentrieren, obwohl er mit seinen Gedanken woanders war.

»Aber wenn wir nicht liefern, wird es nicht lange dauern, und wir ermitteln wieder bei häuslichen Auseinandersetzungen, Selbstmorden und falschen Zeugenaussagen.«

Ross lächelte und nahm dann einen weiteren Schluck Bier.

Die Frau erwiderte sein Lächeln.

»Gehen wir zu den anderen«, schlug William vor und griff nach seinem Glas.

Ross folgte seinem Vorgesetzten zögernd auf die gegenüberliegende Seite des Schankraums. Als er sich setzte, sah die Frau nicht mehr in seine Richtung. Er achtete kaum auf das Geplänkel seiner Kollegen und gab nur gelegentlich einen nichtssagenden Kommentar ab. Nachdem Jackie einen Blick in Richtung Bar geworfen hatte, musste man ihr nicht mehr erklären, warum Ross so wenig gesprächig war. Die Frau wirkte wie eine jüngere Version ihrer selbst. Männer!

»Wir sollten zurück in den Yard«, sagte William mit einem Blick auf seine Uhr.

»Ich muss mal für kleine Jungs«, sagte Ross. »Ich komme gleich nach.«

Im Untergeschoss öffnete er die Tür zum Waschraum und riss ein Stück Toilettenpapier ab. Er schrieb seine Telefonnummer darauf, faltete das Papier mehrere Male und verbarg es in seiner hohlen Hand. Dann ging er rasch wieder nach oben, wo er erleichtert feststellte, dass die Frau noch nicht gegangen war.

»Hi«, sagte er, als er dicht an ihr entlangstreifte und das kleine rechteckige Stück Papier auf der Theke liegen ließ. Draußen auf der Straße hatte er die anderen rasch eingeholt. Nur Jackie fiel auf, dass er nicht lange genug weggewesen war, um seine Blase zu entleeren.

12

Booth Watson brachte die Zollformalitäten zügig hinter sich. Er hatte nur eine Aktentasche dabei, da er plante, mit dem Abendflug nach London zurückzukehren. Vor dem Flughafen reihte er sich in die kurze Schlange der Passagiere ein, die auf ein Taxi warteten, und als die Reihe an ihm war, reichte er dem Fahrer die Adresse.

Als sie sich der Autobahn näherten, bog der Fahrer links ab, anstatt dem dichten Strom der anderen Fahrzeuge zu folgen, die in Richtung Barcelona rollten. Nach zwanzig Minuten fuhr er auf eine einspurige Landstraße, die nach ein paar Meilen zu einem von Schlaglöchern übersäten, unbefestigten Weg wurde.

Booth Watson warf einen Blick über die Schulter, um sich zu vergewissern, dass sie nicht verfolgt wurden, denn die Anweisungen, die er erhalten hatte, hätten nicht klarer sein können: »Machen Sie sofort kehrt, wenn Sie den Eindruck haben, dass Ihnen jemand folgt. Fahren Sie zurück zum Flughafen und nehmen Sie die nächste Maschine nach Heathrow.«

Anfangs hatte er vermutet, dass ihn die Met nach dem zweiten Verschwinden seines Mandanten lückenlos beschatten würde, war jedoch schon bald zu dem Schluss gekommen, dass nicht einmal in deren Budget eine solche Ausgabe vorgesehen war. Da Booth Watson ein Mensch war, der nichts dem Zufall überließ, reichte er beim Innenministerium eine offizielle Beschwerde ein, in der er fälschlicherweise behauptete, er habe Grund zu der Annahme, dass sein Telefon abgehört und er beschattet würde. Er erhielt eine höfliche Antwort, in der ihm versichert wurde, dass keines von beidem zutraf, obwohl er vermutete, man habe ihm erst geschrieben, nachdem Commander Hawksby bestätigt hatte, dass »die Hunde abgezogen worden waren«.

Noch eine ganze Weile folgte der Wagen einem immer schmaler werdenden Feldweg, bis er schließlich am Rand eines dichten Waldes anhielt. Seinen Anweisungen folgend stieg Booth Watson aus und wartete, bis der amüsierte Fahrer wendete und wieder zurück in Richtung Flughafen fuhr. Sobald das Taxi verschwunden war, tauchte ein elektrisches Golfcart zwischen den Bäumen auf und hielt an seiner Seite.

Ein schweigender Mann fuhr den Herrn aus London auf einem unmarkierten Pfad durch den Wald und überquerte schließlich eine schmale Brücke, die sich über einen rasch fließenden Fluss spannte. Erst nachdem sie das andere Ufer erreicht hatten, sah Booth Watson das Gebäude – obwohl Landhaus oder sogar Schlösschen eine angemessenere Bezeichnung gewesen wäre. Verglichen damit wirkte selbst Limpton Hall wie eine Doppelhaushälfte irgendwo in der Vorstadt.

Collins stand neben einer offenen Tür und wartete darauf, ihn zu begrüßen. O guter und treuer Diener, dachte Booth Watson, als der Butler eine Verbeugung andeutete und »Guten Morgen, Sir« sagte – als sei er ein regelmäßiger Besucher, obwohl es in Wahrheit das erste Mal nach mehreren Wochen war, dass er seinen Mandanten wiedersehen würde.

»Mr. Faulkner erwartet Sie im Salon, Sir.«

»Nein, das tut er nicht«, sagte Miles, als er mit schwungvollem Schritt durch die Empfangshalle auf seinen Gast zukam. Er reichte ihm die Hand und sagte: »Willkommen in meinem Cottage auf dem Land.«

»Es ist wohl eher ein Palast«, sagte Booth Watson.

Miles führte seinen Gast durch einen langen Flur, wobei sie an mehreren Gemälden vorbeikamen, mit denen Booth Watson schon lange vertraut war und die er schon seit Jahren bewunderte. Schließlich betraten sie den Salon, hinter dessen Panoramafenstern sich auf der einen Seite viele Morgen bewaldeten Landes befanden und auf der anderen das ruhige Blau des Mittelmeeres. »Der Himmel auf Erden«, sagte er.

Miles sank in einen bequemen Sessel, als ein Dienstmädchen erschien, das ein großes Tablett mit Kaffee und Keksen brachte. Es war, als seien sie noch in England, und nichts hätte sich geändert.

Miles wartete, bis die junge Frau gegangen war, und sagte dann: »Kümmern wir uns um das Geschäftliche, bevor ich Sie durch das Haus führe. Was macht Christina zurzeit?«

»Sie hält sich nach wie vor an die Regeln, hat aber absolut keine Ahnung, wo Sie im Augenblick sind, obwohl sie ständig danach fragt.«

»Und was haben Sie ihr erzählt?«

»Ich habe durchblicken lassen, dass Sie zuletzt in Buenos Aires gesehen wurden und nicht die Absicht hätten, in naher Zukunft nach England zurückzukommen.«

»Hat sie Ihnen das abgenommen?«

»Schwer zu beurteilen, aber Lamont hat mir versichert, dass sie genau das jedem erzählt, der danach fragt. Und das wird sie zweifellos auch weiterhin tun, wenn sie nicht will, dass der monatliche Geldfluss austrocknet.«

»Aber Warwick und Hawksby müssen doch inzwischen herausgefunden haben, dass ich in Genf nicht auf dem Scheiterhaufen verbrannt wurde.«

»Das haben sie in der Tat«, sagte Booth Watson. »Lamont hat mir allerdings berichtet, dass Sie im Augenblick nicht auf deren Radarschirm sind.«

»Wie können Sie sicher sein in dieser Hinsicht, da er doch von seinen ehemaligen Kollegen nicht mehr regelmäßig informiert wird?«

»Vergessen Sie nicht, dass Lamont immer noch jemanden hat, der alle diese Informationen erhält und den ehemaligen Superintendent über alles auf dem Laufenden hält, was Warwick plant. Die Sache ist nicht billig, aber wenigstens garantiert sie Ihnen gewissermaßen einen Bonus, weil dadurch, so könnte man sagen, Ihre Lebensversicherung nicht fällig wird. Lamont hat mir berichtet, dass Ihre Akte, MF/CR/76748/88, im Zentralregister der Met in Hayes, Middlesex, Staub ansammelt. Die toten Fälle werden dort begraben und nur selten wieder exhumiert.«

»Das ist schön zu hören«, sagte Miles, »denn ich habe nicht die Absicht, für den Rest meines Lebens hier eingeschlossen zu sein, obwohl ich mein Versteck erst verlassen werde, wenn Sie mir versichern können, dass alles in Ordnung ist.«

»Lamonts wichtigste Aufgabe besteht darin, sich weiterhin davon zu überzeugen, dass Sie Vergangenheit sind. Es wäre jedoch sinnvoll, noch ein wenig länger in Deckung zu bleiben.«

»Aber nicht sehr viel länger«, sagte Miles. »Selbst der Himmel auf Erden wird nach einer gewissen Zeit zum Gefängnis. Und was bringt es schon, einen Privatjet, eine Jacht, ein Schweizer Bankkonto und einen Haufen Bargeld in einem Safe in Mayfair zu haben, wenn ich hier in der Falle sitze?«

»Denken Sie immer daran, dass Mayfair für Christina Lamont und seinen Informanten aufkommt, sowie für alle anderen Ausgaben, die sich noch so ergeben.«

»Einschließlich derjenigen für Sie.«

Booth Watson zuckte mit den Schultern.

»Vielleicht wäre es an der Zeit, diese Aufwendungen ein wenig zurückzufahren, indem wir Christina von der Gehaltsliste streichen«, schlug Miles vor.

»Das würde ich nicht empfehlen«, erwiderte Booth Watson mit fester Stimme. »Sie würde sofort zu ihrer Freundin Mrs. Warwick gehen und ihr sagen, dass Sie noch am Leben sind, was ihrem Mann die Chance bieten würde, den Staub von Ihrer Akte zu blasen.«

»Und das würden wir doch nicht wollen«, sagte Miles. »Auch wenn sie mich niemals finden werden, selbst wenn sie ermitteln sollten, dass ich in jener Nacht nach Barcelona geflogen bin.«

»Es mag ja sein, dass Sie gut versteckt an einem einsamen Ort sind«, sagte Booth Watson. Er beugte sich vor, denn er konnte den Schokoladenkeksen nicht widerstehen. »Aber wenn die Polizei herausfindet, dass Ricardo Rossi kein Modezeichner ist, sondern ein Krimineller auf der Flucht, würde dieser Palast zu einem von einer Armee umstellten Bunker, aus dem Sie nicht mehr entkommen könnten.«

»Trotzdem würden sie mich nicht zu fassen kriegen«, prahlte Miles. »Ich werde Ihnen zeigen, warum.« Er stand auf und verließ den Salon – er zweifelte nicht daran, dass Booth Watson ihm auf dem Fuße folgen würde. Als er das Ende des Flurs erreicht hatte, schloss er eine Tür auf und betrat einen Raum, der eindeutig sein Arbeitszimmer war. Er setzte sich an einen von zwei großen, einander gegenüberstehenden Schreibtischen, während Booth Watson ein lebensgroßes Porträt anstarrte, das an der Wand hing.

»General Franco«, sagte Miles. »Er hat dieses Versteck 1937 auf dem Höhepunkt des Bürgerkrieges bauen lassen. Sogar seine engsten Vertrauten wussten nicht, dass es existiert. Ich musste einige Veränderungen anbringen, die der Grund dafür sind, warum ich mich so sicher fühle«, fügte er hinzu. »Als das Golfcart Sie abgeholt hat, wie lange haben Sie da gebraucht, um zum Haus zu kommen?«

Booth Watson dachte einen Augenblick nach und sagte dann: »Sechs, sieben Minuten. Aber ein Polizeimotorrad wäre viel schneller.«

»Stimmt. Und wie lange haben Sie gebraucht, um vom Salon in dieses Arbeitszimmer zu kommen?«

»Eine Minute. Höchstens anderthalb.«

»Ich kann Ihnen versichern, BW, dass jeder, der unerwünscht mein Land betritt – und vergessen Sie nicht, dass dieses Gebäude von einem dichten Wald umgeben ist –, sofort einen Alarm auslösen würde. Sogar wenn der Betreffende mitten in der Nacht auftauchen sollte, während ich tief und fest schlafe, würde ich weniger als drei Minuten benötigen, um mich in Luft aufzulösen.«

»Selbst wenn Sie auf dem Dach einen Hubschrauber in Bereitschaft halten, würden Ihre Verfolger, so denke ich wohl nicht zögern, ihn abzuschießen.«

»Ich würde nicht in Richtung Dach gehen«, sagte Miles. »Der Hubschrauber ist nur da, um sie abzulenken.«

Es schlug zwölf Uhr, und ein schriller Alarm unterbrach ihr Gespräch.

»Zeit für die Übung!«, rief Miles, als er sich von seinem Schreibtisch erhob und zu einer gewaltigen, in eine der Wände eingelassenen Eisentür ging. Sie hatte keinen Griff und kein Schloss, und es gab, soweit Booth Watson erkennen konnte, keine Möglichkeit, sie zu öffnen. Miles tippte gegen das Zifferblatt seiner Uhr, wartete, bis es aufleuchtete, und gab dann einen achtstelligen Code ein. Booth Watson sah fasziniert zu, wie die Tür aufschwang und den Zugang zu einem großen, leeren Raum freilegte.

Miles trat ein und winkte Booth Watson zu sich, während noch immer der ohrenbetäubende Alarmton erklang. Zögernd folgte Booth Watson der Aufforderung, und Miles zog die Tür zu. Vollkommene Dunkelheit umgab sie. Wieder tippte er auf seine Uhr und gab einen weiteren achtstelligen Code ein. Einen Moment später öffnete sich auf der gegenüberliegenden Seite des mannsgroßen Safes eine zweite Tür, hinter der eine gut beleuchtete Treppe sichtbar wurde.

Miles trat beiseite, sodass Booth Watson an ihm vorbeigehen konnte. Dann schritt er zu ihm auf den obersten Treppenabsatz und zog die schwere Metalltür hinter ihnen beiden zu.

»Wie Sie sehen können, BW«, sagte er, »würden Chief Inspector Warwick und seine ach so fleißigen Mitarbeiter mindestens sieben Minuten benötigen, um es bis zu meinem Arbeitszimmer zu schaffen, und dann bräuchten sie immer noch meine Uhr und meinen achtstelligen Code, bevor sie die erste Tür öffnen könnten, von der zweiten ganz zu schweigen.«

Miles führte seinen Gast die Treppe hinab ins Untergeschoss.

Als sie ein weiteres Arbeitszimmer erreichten, konnte Booth Watson nicht umhin zu bemerken, dass dieser Raum identisch mit dem im Erdgeschoss darüber war, nur dass das Bild von Franco durch ein Ganzkörperporträt des Hausherrn ersetzt worden war. An den übrigen Wänden hing die zweite Hälfte von dessen Kunstsammlung – Christinas Hälfte.

»Ich habe hier unten genügend Vorräte, um einen Monat zu überstehen«, sagte Miles. »Ich habe sogar meinen eigenen Swimmingpool.«

Noch bevor Booth Watson etwas dazu bemerken konnte, leuchtete ein grünes Licht auf dem Schreibtisch auf. »Die tägliche Übung ist beendet. Wir können in die Zivilisation zurückkehren und zu Mittag essen.«

»Aber Ihre Hausangestellten …«, begann Booth Watson.

»Collins ist der Einzige, der die Erlaubnis hat, gelegentlich mein Arbeitszimmer zu betreten«, sagte Miles, als sie die Stufen hinaufgingen, »und selbst er kennt meinen Sicherheitscode nicht.« Er gab den Code des mannsgroßen Safes ein, der die erste der beiden schweren Eisentüren öffnete. Als sie aufschwang, trat er ein und wartete, bis Booth Watson ihm gefolgt war, und zog die Tür dann zu. Wieder umgab sie vollkommene Dunkelheit. Miles tippte auf seine Uhr, gab acht weitere Ziffern ein, und die Tür, die in sein Arbeitszimmer führte, schwang auf. Miles lächelte, als er sah, dass der Butler ihn und seinen Gast mit zwei Gläsern Champagner auf einem Silbertablett erwartete.

»Der Lunch ist serviert, Sir.«

Lamont versuchte gar nicht erst, DI Ross Hogan zu beschatten, denn er wusste, dass der erfahrenste verdeckte Ermittler bei der Polizei ihn innerhalb weniger Augenblicke entdecken würde. Er begnügte sich deshalb damit, eine Stelle zu suchen, wo man ihn nicht sehen würde, und wartete darauf, dass seine Zielperson erschien.

Wie üblich verließ Hogan Josephine Colberts Wohnung gegen halb acht Uhr morgens. Er trug ein frisch gebügeltes Hemd und eine Seidenkrawatte, weshalb Lamont wusste, dass er nicht nach Hause, sondern direkt zum Yard gehen würde.

Josephine Colbert erschien ein paar Minuten nach zehn. Sie trug einen Designer-Jogginganzug und begann ihre morgendliche Runde. Etwa dreißig Minuten später war sie wieder zurück und erschien erst wieder zum Mittagessen.

Ihr Nachmittag bestand aus Einkäufen, dem Besuch beim Blumen- und beim Lebensmittelhändler sowie beim Friseur, woraufhin sie an manchen Tagen zusammen mit einer Freundin in ein französisches Kino in Chelsea ging. Lamont hatte sie noch nie mit einem anderen Mann zusammen gesehen; die einzige Ausnahme bildeten die wöchentlichen Besprechungen bei Mr. Booth Watson in den Fetter Chambers Nummer 5.

Lamonts abschließende Aufgabe bestand darin, sich im Eingangsbereich des Army and Navy Store in der Victoria Street herumzudrücken, bis Hogan am Ende des Tages den Yard verließ. Wenn sich der Detective Inspector nach rechts wandte, nahm er die U-Bahn nach Hause; wandte er sich nach links, würde er auf einen Bus nach Chelsea aufspringen. Die Fahrten nach Chelsea waren inzwischen immer häufiger geworden.

An diesem Abend wandte Hogan sich nach rechts, weshalb Lamont annahm, dass er nach Hause gehen würde. Doch zu seiner Überraschung lief Hogan ohne innezuhalten am Eingang zur U-Bahn-Station vorbei. Weil Lamont wusste, dass er es nicht riskieren konnte, ihm zu folgen, beschloss er zunächst, ebenfalls nach Hause zu gehen, entschied sich jedoch anders, als er sah, dass Hogan ein Geschäft betrat. Er musterte das Schild über der Tür genauer – H. Samuel and Company, Juweliere. Er zog sich in den Schatten eines Hauseingangs zurück, bis Hogan mit einer kleinen Tasche in der Hand zwanzig Minuten später wieder erschien und zum Eingang der U-Bahn-Station St. James's ging, wo er in der Tiefe verschwand.

Rasch überquerte Lamont die Straße. Er betrat das Schmuckgeschäft und sah einen jungen Mann, der einige Halsketten aus dem Schaufenster nahm, denn der Laden würde in Kürze schließen. Lamont zeigte ihm seine alte Dienstmarke, wobei er das Ablaufdatum mit dem Daumen bedeckte.

»Wie kann ich Ihnen helfen, Superintendent?«, fragte der Angestellte nervös.

»Gerade eben war ein Mann bei Ihnen, so um die vierzig, knapp eins neunzig groß. Er trug einen dunkelgrauen Anzug und eine rote Krawatte.«

»Ja, Sir. Das ist korrekt.«

»Hat er irgendetwas gekauft?«

»Ja, Sir. Einen Verlobungsring.«

Es war der herrlichste Monat in seinem Leben gewesen. Ross konnte kaum fassen, wie viel Glück er nach jener ersten, zufälligen Begegnung gehabt hatte. Alleine die Vorstellung, sich zu verlieben, hatte ihm immer widerstrebt. Er war ein Jäger und Sammler, und stets war er es, der die letzte Eroberung schließlich fallen ließ und weiterzog. Er betrachtete es als Kompliment, wenn man von ihm sagte, er habe eine Beziehung nach der anderen.

Doch das war, bevor er Josephine kennengelernt hatte, und sie musste ihm nicht erst erklären, was der Ausdruck »Hals über Kopf« bedeutete. Es lag nicht nur daran, dass sie schön und so viel klüger war als er; sie war auch die erste Frau, die er keinesfalls wieder verlieren wollte. Er konnte nicht verstehen, warum sie ihn auch nur eines zweiten Blickes für würdig erachtet hatte, ganz zu schweigen von einem dritten. Zum ersten Mal in seinem Leben war er nicht der Erste, der morgens zur Arbeit erschien, und der Letzte, der abends ging. Allen anderen fiel es auf. Der Einzelgänger war kein Einzelgänger mehr. Mehrere Wochen lang schliefen Josephine und er nicht miteinander, was bisher ebenfalls noch nie vorgekommen war. Danach hätte er eine Bank für sie ausgeraubt.

Jo hatte ihm bereits von ihrer unglücklichen Ehe erzählt, die nur wenige Jahre gehalten hatte. Die Scheidungsvereinbarung erlaubte es ihr, bequem leben zu können, ohne arbeiten zu müssen, und wie er hatte sie geglaubt, sie würde sich nie richtig verlieben.

Heute würde er sie zum Essen ausführen und ihr einen Heiratsantrag machen. Er hatte mehr für den Ring ausgegeben, als er sich leisten konnte. Jo hatte ihm einmal gesagt, dass sie nie wieder heiraten würde – aber das war, bevor sie

Madame Blanche angerufen hatte, um ihr mitzuteilen, dass dies ihr letzter Auftrag war.

Als er an diesem Abend sogar noch früher als üblich nach Hause kam, fand er sie weinend im Wohnzimmer. Er versuchte, sie zu trösten, doch nichts, das er sagte, schien zu ihr durchzudringen. Sie blickte auf, und er musste unweigerlich denken, wie bezaubernd sie trotz ihres tränenüberströmten Gesichts aussah. Sie versuchte zu lächeln. »Ich liebe dich«, sagte sie. Es war das erste Mal, dass sie diese Worte ihm gegenüber aussprach.

»Und ich liebe dich auch«, erwiderte er. Auch dies zum ersten Mal. Da er nicht in Worten ausdrücken konnte, was er für sie empfand, beschloss er, nicht länger zu warten und ihr zu beweisen, wie sehr er sie liebte. Er sank auf ein Knie, kramte einen Augenblick lang in seiner Tasche und zog dann eine kleine Lederschachtel heraus. Er klappte sie auf und sagte: »Ich möchte den Rest meines Lebens mit dir verbringen. Willst du mich heiraten?«

Er wartete auf ihre Antwort, doch es kam keine. Sie sah ihm direkt ins Gesicht, sagte aber immer noch nichts. Er beugte sich vor, nahm vorsichtig ihre linke Hand und versuchte, ihr den Ring an den Ringfinger zu stecken, doch sie zog die Hand weg.

»Möchtest du mich nicht heiraten?«, fragte Ross in niedergeschlagenem Ton.

»Natürlich möchte ich«, sagte sie leise. »Aber nachdem ich dir die Wahrheit gesagt habe, wirst du mich nicht mehr heiraten wollen.«

13

Beth nahm den Hörer des Telefons auf ihrem Schreibtisch ab.

»Am Empfang wartet eine gewisse Christina Faulkner. Sie möchte wissen, ob Sie vielleicht mit ihr sprechen könnten.«

Beth war auf diesen Moment gut vorbereitet, obwohl William sie davor gewarnt hatte, dass er kommen würde, wenn sie am wenigsten damit rechnete.

Sie holte tief Luft. »Schicken Sie sie hoch«, sagte sie. Während sie wartete, wiederholte sie Williams Mantra, das er stets selbst benutzte, wenn er es mit verdächtigen Personen zu tun hatte: *Zuhören, zuhören, zuhören – in der Hoffnung, dass sie etwas sagen, das sie später bereuen.*

Ein leichtes Klopfen erklang von der Tür her. Üblicherweise kam Christina unangekündigt in das Büro gestürmt, denn sie ging davon aus, dass Beth für sie sofort alles stehen und liegen lassen würde. Heute jedoch nicht.

»Herein«, sagte Beth, die hinter ihrem Schreibtisch sitzen blieb.

Die Tür öffnete sich langsam. Die Frau, die das Büro betrat, war nicht die Christina, die Beth von früher kannte: selbstsicher, zuversichtlich, bestimmend. Sie stand zögernd in der Tür und wartete darauf, dass Beth den ersten Schritt tun würde.

Beth bot ihr nicht den bequemen Sessel an, der neben dem offenen Kamin stand und den Christina üblicherweise für sich in Anspruch nahm, sondern deutete auf den Stuhl auf der anderen Seite des Schreibtischs, als sei sie eine Kollegin, die gerade erst bei ihnen anfing. Sie sagte kein Wort.

Zuhören, zuhören, zuhören.

»Ich weiß nicht, wo ich anfangen soll«, sagte Christina mit belegter Stimme.

»Vielleicht damit, ausnahmsweise die Wahrheit zu sagen?«, schlug Beth vor.

Ein langes Schweigen folgte, bevor die Worte geradezu herausströmten. »Ich entschuldige mich dafür, mich so schlecht verhalten zu haben, und würde es durchaus verstehen, wenn du überzeugt bist, mir nie vergeben zu können.«

Zuhören, zuhören, zuhören.

»Ich bin nicht wie du: geradeheraus, unkompliziert und unbedingt aufrichtig. Das ist einer der vielen Gründe, warum ich dich so sehr bewundere und stolz darauf war, mich als deine Freundin betrachten zu dürfen.«

Fall nicht auf Schmeichelei herein, hatte William sie gewarnt. *Zuhören, zuhören, zuhören.*

»Ich hatte mich an eine Art zu leben gewöhnt, durch die mir das nicht immer möglich war. Doch die Farce meiner Ehe hat schließlich dafür gesorgt, dass ich wieder zu Verstand gekommen bin, was auch immer die Konsequenzen sein mögen.«

Versuch daran zu denken, dass es ihr nicht einmal selbst bewusst ist, wenn sie lügt, hatte William ihr gesagt. *Als Nächstes wird sie versuchen, an deine bessere Natur zu appellieren.*

»In den letzten Wochen ist mir jedoch bewusst geworden, wie sehr ich unsere Freundschaft schätze, und ich hoffe, es wird dir möglich sein, mir zu verzeihen, obwohl es keinen Grund gibt, warum du es tun solltest.«

Zuhören, zuhören, zuhören.

»Wenn ich dir verraten könnte, wo Miles sich aufhält würde ich es tun, aber seit dem Tag, der für unsere Hochzeit vorgesehen war, hat er keinen Versuch unternommen, Kontakt zu mir aufzunehmen, es sei denn durch sein Sprachrohr, diesen widerlichen Booth Watson, der mir nichts anderes sagt, als dass ich den Mund halten soll, wenn ich weiterhin meine monatlichen Zuwendungen erhalten möchte. Er hat verlangt, dass ich heute hierherkomme und dich aushorche, um herauszufinden, ob William weiß, wo Miles ist.« Erst in diesem Moment sah Christina zu Beth auf.

Zuhören, zuhören, zuhören.

»Zum ersten Mal in meinem Leben habe ich mich dafür entschieden, etwas zu tun, das William wohl eine anständige Sache nennen würde.«

Fall nicht darauf rein, wenn sie in Tränen ausbricht, hatte William hinzugefügt.

Sie brach in Tränen aus.

Beth ließ sich erweichen. »Die Galerie wird niemals die außerordentlich bedeutende Rolle vergessen, die du bei der Sicherung des Rembrandts, eines Rubens und eines Vermeers gespielt hast. Dafür stehen wir für immer in deiner Schuld.«

»Du wirst nie in meiner Schuld stehen«, sagte Christina. »Aber ich muss dich warnen. Falls Miles verhaftet wird und wieder ins Gefängnis kommt, hat Booth Watson den Auftrag, die Rückgabe des Vermeers zu verlangen, und es gibt nichts, was ich daran ändern könnte.«

Zum ersten Mal schien es Beth, dass Christina möglicherweise die Wahrheit sagte, aber sie fuhr fort zuzuhören, zuzuhören, zuzuhören.

»Glaub mir, ich bin entschlossen, dir und William zu beweisen, auf wessen Seite ich stehe. Wenn es irgendetwas gibt, das ich tun kann, um diesen Beweis zu erbringen …«

Du schlägst in dem Augenblick zu, in dem sie vorgibt, auf deiner Seite zu stehen, und dich fragt, was sie tun kann, um es zu beweisen. Fang mit etwas Kleinem an, hatte William gesagt. *Und wenn sie sich auf deine Bitte einlässt, hast du die Möglichkeit, sie mit etwas zu ködern, dem sie nicht widerstehen kann. Kurz bevor sie geht, solltest du ihr noch eine letzte Frage stellen, die dir verrät, ob sie die Wahrheit sagt oder nicht mehr ist als eine Botin, die die Anweisungen ihres Herrn und Meisters ausführt, der sie bezahlt.*

»Das ist ein sehr freundliches Angebot«, sagte Beth. »Das Museum plant für den nächsten Herbst eine Frans-Hals-Ausstellung. Ich weiß, dass du den *Flötenspieler* in deiner Sammlung hast, und wir würden ihn liebend gerne für sechs Wochen ausleihen.«

Wenn sie deine Bitte ablehnt, hatte William gesagt, *dann gibt sie damit zu, dass Faulkner noch immer die Kontrolle über die gesamte Sammlung hat, und sie wird nicht wollen, dass du das erfährst, denn dann hätte sie nichts mehr, was sie zum Verhandeln einsetzen könnte.*

Christina sagte zögernd: »Ich bin sicher, das wäre eine feine Sache.«

»Danke«, sagte Beth, bevor sie die Angel mit einer weit größeren Fliege daran auswarf. »Das wird für die Galerie ein gewisser Ausgleich sein, da wir uns *Die Menschenfischer* von Caravaggio nicht leisten können. Das Bild wurde uns kürzlich angeboten, doch wir konnten den geforderten Preis nicht aufbringen.«

»Ist das allgemein bekannt?«, fragte Christina, womit sie nach dem Köder schnappte.

»Nein, niemand weiß davon«, sagte Beth. »Lord McLaren hat sich vertraulich an uns gewandt. Anscheinend hat er nach dem überraschenden Tod seines Vaters Erbschaftsprobleme, und das Finanzamt erwartet von ihm zwanzig Millionen bis zum Jahresende. Ich musste ihm sagen, dass das nicht unsere Liga ist, wenn es um solche Summen geht.« Sie hielt kurz inne. Inzwischen genoss sie die Unterhaltung. »Das ist natürlich streng vertraulich.«

»Natürlich«, sagte Christina. »Aber wenigstens kann ich euch mit dem Frans Hals helfen. Das sollte beweisen, auf welcher Seite ich stehe«, fügte sie hinzu und stand auf.

»Du musst nichts beweisen«, sagte Beth und schenkte ihr ein warmes Lächeln. »Aber darf ich dir noch eine letzte Frage stellen, bevor du gehst?«

»Jede«, sagte Christina.

»Wo ist Miles im Augenblick?«

Christina antwortete nicht sofort, doch schließlich murmelte sie »Buenos Aires«, als gäbe sie ein wohlgehütetes Geheimnis preis.

»Danke«, sagte Beth. Sie war nicht sicher, ob Christina log oder wirklich nicht wusste, wo er war. Das würde William klären müssen.

Als Christina das Büro verließ, wirkte sie ein wenig zuversichtlicher als bei ihrem Eintreten.

Nachdem ihre Besucherin die Tür hinter sich geschlossen hatte, griff Beth nach dem Telefon auf ihrem Schreibtisch, zögerte jedoch einen Augenblick, bevor sie etwas tat, das, wie sie wusste, William normalerweise nicht mochte. Sie wählte seine Privatnummer im Yard.

»Du bekommst eintausend Pfund pro Woche, damit du mit mir schläfst?«, fragte Ross ungläubig.

»Und dazu die Miete für diese Wohnung und einen gewissen Betrag für neue Kleider.«

»Von wem?«

»Der Escort-Agentur in Paris, die mich beauftragt hat, dich zu verführen.«

»Und was erwarten sie als Gegenleistung?«

»Ich muss über alles, das du mir erzählst, Bericht erstatten, gleichgültig wie unwichtig oder nebensächlich es mir auch erscheinen mag.«

»Und hast du es getan?«

»Ja. Aber unglücklicherweise sprichst du nie über deine Arbeit, weshalb ich nicht weiß, wie lange sie noch wollen, dass ich hierbleibe.«

Ross blieb eine ganze Weile lang stumm. Schließlich sagte er: »Dann werden wir uns darum kümmern müssen. Du kannst ihnen berichten, dass du endlich einen Durchbruch erzielt hast.«

»Aber du würdest gegenüber dem Mann, den du *The Hawk* nennst, niemals illoyal sein.«

»Du hast recht. Doch das wird mich nicht daran hindern, dich mit einer Menge irrelevanter Informationen zu versorgen«, sagte er. Das Ganze begann ihm Spaß zu machen. »Natürlich werde ich den Commander informieren müssen, und er wird mich unweigerlich fragen, wer die Escort-Agentur dafür bezahlt.«

»Ich habe keine Ahnung«, sagte Jo arglos.

»Ich bin ziemlich sicher, dass ich weiß, wer es ist«, sagte Ross. »Bist du jemals einem gewissen Miles Faulkner oder einem Captain Ralph Neville begegnet?«

»Nein. Ich kann dir nur sagen, dass ich einem Mann vorgestellt wurde, der mir Informationen über dich gegeben und mir gesagt hat, ich solle einmal die Woche einem Mr. Booth Watson Bericht erstatten.«

»Das ist der entscheidende Punkt«, sagte Ross und umarmte sie. »Aber da ist eine Sache, die ich noch wissen muss, bevor du die nächsten eintausend Pfund verdienen kannst.«

»Ja?«

»Willst du mich heiraten?«

»Also, was hatte Hawksby über meine kleine Unterhaltung mit Christina zu sagen?«

»Er hätte dir gar nicht dankbarer sein können für deinen Beitrag als ›Constable mit Spezialauftrag‹. Jetzt bleibt uns nur, darauf zu hoffen, dass sie die ›streng vertrauliche‹ Information, die dir scheinbar ungewollt rausgerutscht ist, an Booth Watson weitergibt. Ich habe so das Gefühl, dass Faulkner einer Reise nach Schottland nicht widerstehen kann, um sich den Caravaggio selbst anzusehen, falls sie es tut.«

»Was darüber hinaus beweisen würde, auf welcher Seite Christina wirklich steht«, sagte Beth.

»Ich bin nicht einmal sicher, dass sie selbst weiß, auf welcher Seite sie steht.«

»Aber wenn sie den Frans Hals an die Galerie ausleiht …«

»Wenn Faulkner sich darauf einlässt, solltest du versuchen, Christina davon zu überzeugen, dass du ihr von nun an vertraust und jedes Wort glaubst, das sie sagt.«

»Sogar wenn sie selbst nicht jedes Wort glaubt, das sie sagt«, erwiderte Beth.

»Du lernst schnell«, bemerkte William. »Ich bin ziemlich sicher, dass sie Booth Watson von dem Caravaggio erzählen wird. Es wird die beiden davon überzeugen, dass Christina noch immer auf ihrer Seite ist.«

»Ich bin nicht gerissen genug, um dieser besonderen Logik folgen zu können.«

»Falls Faulkner nach Schottland reist, um den Caravaggio zu kaufen, werde ich ihn dort erwarten, und er wird für sehr lange Zeit wieder hinter Gitter kommen. Das würde Christina mehr als genug Zeit verschaffen, die Kontrolle über die andere Hälfte seiner Kunstsammlung zu bekommen. Die ihr, um fair zu sein, aufgrund der Scheidungsvereinbarung ohnehin zusteht.«

»Ich bin nicht sicher, wer von euch der Hinterhältigere ist«, sagte Beth.

»Ich denke nur wie ein Krimineller«, sagte William, als sie in die Küche gingen.

»Wer kocht heute das Abendessen?«

»Ich bin dran.«

»›Ich bin dran‹ würde nahelegen, dass wir uns das Kochen gleichberechtigt teilen. Aber in Wahrheit hast du nur zwei Gerichte im Repertoire – Spaghetti Bolognese und Spaghetti Pomodoro.«

»Al dente oder zerkocht, Madam?«, fragte William und rückte einen Küchenstuhl vom Tisch weg.

»Du würdest den Unterschied nicht bemerken«, murmelte Beth, als sie sich setzte.

»Sie wollten mich unbedingt sprechen«, sagte Booth Watson, als Lamont eintrat. »Vermutlich soll das heißen, dass Sie etwas Wichtiges zu berichten haben.«

Booth Watson ließ seinen »besonderen Berater« niemals im Zweifel darüber, was er von ihm hielt – aber schließlich beruhten diese Gefühle auf Gegenseitigkeit.

»DS Roycroft hatte einige interessante Dinge darüber zu berichten, womit sich Warwick und sein neues Team beschäftigen.« Booth Watson nickte. »Sie arbeiten im Augenblick an fünf Mordfällen, die alle vor Gericht kamen, bei denen es jedoch aus den verschiedensten Gründen nicht zu einer Verurteilung kam. Bei vieren dieser Fälle hatten Sie die Verteidigung übernommen. Ich habe einen vollständigen Bericht über jeden Fall und den Stand der neuen Ermittlungen verfasst.« Er öffnete seine Tasche von Sainsbury's und zog fünf Akten heraus, die Booth Watson ignorierte. »Darüber hinaus bin ich kürzlich auf eine andere Information gestoßen, die Sie, so denke ich, interessieren dürfte.«

Booth Watson lehnte sich zurück. Er fragte sich, ob Lamont ihm wohl von irgendetwas berichten konnte, über das er nicht schon längst Bescheid wusste.

»DI Hogan hat eine neue Freundin, der es ganz bestimmt nicht an Geld mangelt. Sie wohnt in Chelsea in einer noblen, modernen Wohnung in einer dieser Siedlungen, die aus ehemaligen Kutscherhäuschen bestehen, und geht zum Shoppen in die Sloane Street.«

Booth Watson hörte aufmerksamer zu, gab sich jedoch nach wie vor desinteressiert. »Wie heißt sie?«, fragte er in müdem Ton.

»Josephine Colbert. Sie ist Französin, Mitte dreißig, kürzlich geschieden und lebt jetzt in London.«

»Irgendeine Idee, woher ihr Geld kommt?«

»Gewiss nicht von Hogan. Sie muss eine großzügige Scheidungsvereinbarung erreicht haben, um sich ihren gegenwärtigen Lebensstil leisten zu können.«

»Interessant«, sagte Booth Watson, als Lamont ihm eine weitere Akte reichte. Diesmal schlug er sie auf und studierte ihren Inhalt ein paar Minuten lang. Erleichtert stellte er fest, dass Lamont weder Ms. Colberts Beruf noch den wahren Grund herausgefunden hatte, warum sie ein Verhältnis mit Ross Hogan eingegangen war.

»Nützlich«, gab er zu, öffnete die oberste Schublade seines Schreibtischs und nahm einen dicken Umschlag heraus. »Hier drin befindet sich auch DS Roycrofts wöchentliche Bezahlung von einhundert Pfund«, betonte Booth Watson, als er das Päckchen über den Tisch schob.

»Gewiss«, erwiderte Lamont, der Jackie stets nur fünfzig Pfund gab, wenn sie sich trafen – und das war keineswegs jede Woche.

»Gibt es sonst noch etwas?«, fragte Booth Watson, womit er andeutete, dass das Gespräch zu Ende war.

»Nein, Sir«, sagte Lamont. Er hatte beschlossen, Booth Watson nichts von dem Verlobungsring zu erzählen. Diese Information wäre in ein paar Wochen einen weiteren braunen Umschlag wert. Er stand auf, gab seinem Gegenüber jedoch nicht die Hand, bevor er das Büro verließ und leise die Tür hinter sich schloss.

Booth Watson nahm sich Zeit, die fünf Akten zu studieren, die Warwicks Team gezielt für ihn zusammengestellt hatte. Er würde Verbindung zu seinen früheren Mandanten aufnehmen und jeden davor warnen müssen, dass in seinem Fall neu ermittelt wurde. Dadurch würden mehrere

Konsultationen nötig, nach denen er seinen Mandanten raten würde, überhaupt nichts zu tun.

Dann widmete er sich erneut Josephine Colberts Akte und las sie zum zweiten Mal. Anfang der Woche war es zwischen ihm und Ms. Colbert zu einem sehr produktiven Treffen gekommen, das möglicherweise den Durchbruch bringen würde, auf den er gewartet hatte. DI Hogan war, wie Lamont in seinem Bericht vermutete, vollkommen hingerissen von ihr, und das, so dachte Booth Watson, sollte er auch noch lange bleiben. Auch sie hatte von den fünf Mordfällen gesprochen, an denen Warwicks Team arbeitete, und jene beiden benannt, die Hogan zugeteilt worden waren. Wichtiger aber war etwas anderes. Sie hatte bestätigt, dass Hogan ihr gegenüber kein einziges Mal den Namen Miles Faulkner erwähnt hatte, was er als zusätzlichen Bonus betrachtete. Keine Nachrichten sind gute Nachrichten, würde er seinem Mandanten versichern, wenn er das nächste Mal Francos Geheimversteck aufsuchen würde.

Zum eigentlichen Triumph der Woche war es jedoch bei seinem monatlichen Treffen mit Christina Faulkner gekommen, als sie ihm berichtete, dass ein gewisser Lord McLaren Kontakt zum Fitzmolean aufgenommen hatte. Der Lord hatte kürzlich nicht nur seinen Titel, sondern auch die damit verbundenen steuerlichen Verpflichtungen geerbt. Als Folge davon blieb ihm keine andere Wahl, als einen hochgeschätzten Caravaggio zu verkaufen, der ihm, so hoffte er, mindestens zwanzig Millionen einbringen würde. Booth Watson würde sich mit einem weiteren seiner »besonderen Berater« unterhalten müssen, der für das Finanzamt arbeitete.

Dies würde vielleicht zu einer goldenen Gelegenheit

werden, bei der er in der Lage wäre, von beiden Seiten eine prozentuale Beteiligung einzustreichen – sofern er Miles Faulkner davon überzeugen konnte, ihn als Vermittler einzusetzen. Er würde dafür sorgen, dass sein Mandant einsah, wie verrückt es für ihn wäre, nach Schottland zu reisen und sich das Bild selbst anzusehen, gleichgültig wie groß die Versuchung auch immer sein mochte.

Booth Watson freute sich auf seine nächste Reise nach Barcelona; es gab so viel zu berichten, dass er für seinen Mandanten wieder einmal unverzichtbar erscheinen würde.

Er schloss die auf den neuesten Stand gebrachte Akte in den Miles Faulkner gewidmeten Schrank ein, zu dem nicht einmal seine Sekretärin einen Schlüssel hatte.

14

»In Ordnung, wer fängt an?«, fragte der Commander. Eine Hand schoss nach oben, und Hawksby nickte.

»Ich habe Lamont am Freitag ein weiteres Mal getroffen«, sagte Jackie.

»Wo?«, fragte William.

»In einem kleinen Pub hinter der U-Bahn-Station King's Cross, den weder die Polizei noch irgendein Krimineller, der etwas auf sich hält, besuchen würden.«

»Glauben Sie, er hat eine Ahnung, auf welcher Seite Sie stehen?«

»Ich glaube nicht. Am Ende war ich vollkommen besoffen, und er musste mich nach Hause fahren.«

Die anderen Mitglieder des Teams lachten.

»Und dabei sollte man nicht vergessen«, fuhr sie fort, »dass ich den größten Teil meiner doppelten Gins diskret in den Blumentopf hinter mich geschüttet habe. Ich kann nur hoffen, dass die arme Pflanze den Abend überlebt hat.«

»Und unterdessen«, sagte William, »haben Sie vermutlich einfließen lassen, woran wir hier gerade arbeiten.«

»Nur das, was er Ihrer Anweisung nach wissen soll. Ich habe ihm von den fünf Cold Cases erzählt, in denen wir gerade ermitteln, bin dabei aber so vage geblieben, dass er vor seinem Bericht an Booth Watson jede Menge Leerstellen selbst ausfüllen kann.«

»Der seinerseits diese Informationen an seine geschätzten früheren Mandanten weitergeben wird, woraufhin sie etwas zum Nachdenken haben, während sie ihm üppige Honorare für seine Dienste überweisen«, sagte William.

»Sie sollten Lamont niemals unterschätzen«, warf Hawksby ein. »Wenn er auch nur einen Augenblick lang vermutet, dass er getäuscht werden soll, wird er nicht nur unverzüglich Booth Watson Bescheid sagen, sondern es auch zu seinem eigenen Vorteil nutzen. Wer ist der Nächste?«

»Ich habe angefangen, gründlich über die Familien Roach und Abbott zu recherchieren«, sagte Ross, »und sie sind wirklich ein übler Haufen Verbrecher. Jedes Familienmitglied hat eine besondere Rolle innerhalb der Organisation. Terry Roach und Ron Abbott sind verantwortlich dafür, jeden zu eliminieren, der ihnen in die Quere kommt. Sollte Abbott jemals wegen eines Mordes schuldig gesprochen werden, könnte er den Richter bitten, mindestens fünf andere Fälle ebenso in Betracht zu ziehen. Simpel gesagt, er ist ein Profikiller, und weil seine Familie im East End so gefürchtet ist, meldet sich niemals ein Zeuge, denn jeder hat Angst, er könnte der Nächste sein.«

»So schlimm?«, sagte William.

»Roach ist sogar noch schlimmer«, fuhr Ross fort. »Abbott bringt seine Opfer mit einem einzelnen Schuss aus einem Gewehr mit großer Reichweite um. Aber Roachs bevorzugte Waffe ist ein Küchenmesser mit Sägeschliff. Man nennt ihn auch den ›Metzger‹. Er ist der Ansicht, wenn sein Opfer nach tausend Schnitten stirbt, kommt es noch gut dabei weg. Das ist seine Visitenkarte, nur für den Fall, dass irgendjemand meint, der Roach-Familie ins Handwerk pfuschen zu müssen. Er war immer wieder für eine gewisse

Zeit im Gefängnis, aber dank Booth Watson betrug seine längste Strafe nur zwei Jahre wegen schwerer Körperverletzung. Da wir nicht über die Mittel verfügen, ihn von einem Dutzend hervorragend ausgebildeter Beamter rund um die Uhr beobachten zu lassen, wird er auch weiterhin mit allem durchkommen. Ich habe zwar die eine oder andere Idee, aber ich arbeite noch daran, sodass es zu früh wäre, Sie alle darüber zu informieren.«

»Einverstanden«, sagte William. »Aber wenn Sie auch nur einen von ihnen festnageln könnten, wäre das eine Feder an Ihrer Mütze.«

»Wissen Sie, woher dieser Ausdruck kommt?«, unterbrach Paul.

»Ja, das weiß ich«, sagte William. »Doch das ist jetzt nicht der richtige Zeitpunkt, über den alten englischen Brauch zu sprechen, der darin bestand, dass ein Krieger, der einen Feind in der Schlacht getötet hatte, eine Feder an seiner Mütze tragen durfte, was später durch das Verleihen von Orden ersetzt wurde. Und da es für verstauchte Fußknöchel keine Orden gibt, DS Adaja, würde ich vorschlagen, dass wir mit Ihrem Bericht fortfahren.«

»Mein Kredithai, Max Sleeman«, sagte Paul in nachdenklichem Ton, »leiht verzweifelten Menschen noch immer große Summen und greift nach wie vor zu gewalttätigen Maßnahmen, wenn sie mit den Zahlungen in Verzug geraten. Wie Sie wissen, sind drei seiner Kunden spurlos verschwunden, nachdem sie ihre Schulden nicht begleichen konnten; später verlangte er, dass der ausstehende Betrag aus der Erbmasse bezahlt würde. Was jeden anderen Kunden auf schmerzhafte Weise an das erinnern soll, was geschehen wird, sollte er sich nicht an den ungeschriebenen

Vertrag halten. Aber ich glaube, ich habe eine Möglichkeit gefunden, Sleeman nicht nur hinter Gitter zu bringen, sondern darüber hinaus dafür zu sorgen, dass er bankrottgeht. Das Vorgehen wird üblicherweise als die Capone-Lösung bezeichnet.«

»Steuerhinterziehung?«

»Ich glaube, ich kann beweisen, dass er über mehrere Jahre hinweg keine Steuern bezahlt hat. Ein Fall vor dem obersten Gericht hat kürzlich zu einer sechsjährigen Haftstrafe geführt, und, was noch wichtiger ist, laut den Gesetzen zur Steuerhinterziehung aus dem Jahr 1986 kann der Richter eine zusätzliche Geldstrafe in einer Höhe bis zum Fünffachen der Summe verhängen, auf die das Finanzamt Anspruch gehabt hätte. Auf diese Weise würde Sleeman nicht nur im Gefängnis landen, sondern er wäre mittellos, denn das Gericht würde alle seine Vermögenswerte einziehen. Eine Strafe, die dem Verbrechen angemessen ist, finden Sie nicht?«, sagte Paul und sah dabei recht selbstzufrieden aus.

»Vielleicht«, sagte der Commander. »Doch mir wäre es trotzdem lieber, wenn er für die drei Morde, für die er verantwortlich ist, eine lebenslange Freiheitsstrafe bekäme. Wenn sich das als unrealistisch herausstellen sollte, werden wir über die Möglichkeit mit der Steuer nachdenken müssen. Aber ich muss Sie warnen, DS Adaja. Ein solches Vorgehen bringt seine eigenen Probleme mit sich. Steuerverfahren können sich über Monate hinziehen; die Geschworenen verstehen dabei in aller Regel die Details nicht, während ein auch nur halbwegs fähiger Anwalt selbst einen Zeugen vom Fach in die Tasche stecken kann. Also Vorsicht, Sie werden alle Hände voll zu tun haben, nicht zuletzt deshalb, weil Sie im Zeugenstand stehen und tagelang hintereinander werden aussagen müssen.«

Paul wirkte nicht mehr ganz so selbstzufrieden.

»DS Roycroft, woran arbeiten Sie in der Zeit, in der Sie sich nicht mit Ihrem ehemaligen Superintendent volllaufen lassen?«

»Ich habe weiter in Sachen Clive Pugh ermittelt, dem Mann, der die Versicherung betrogen und seine Frau ermordet hat. Ich glaube, inzwischen hat er die Absicht, zum zweiten Mal Witwer zu werden.«

»Aber es dürfte mittlerweile doch keine Versicherung mehr geben, die sich jetzt noch auf ihn einlässt«, sagte Paul, »nachdem er eines dieser Unternehmen um eine Viertelmillion geschröpft hat.«

»Diesmal gibt er sich gar nicht erst mit einer Versicherung ab«, sagte Jackie. »Er hat ein Auge auf einen Betrag geworfen, der viel höher ist als eine Viertelmillion.«

»Was für ein neues krummes Ding hat er vor?«, fragte William.

»Er tritt als Begleiter einer älteren Dame auf, deren Hauptattraktion darin zu bestehen scheint, dass sie von ihrem Vater ein Vermögen geerbt hat.«

»Aber ihr muss doch nach einer gewissen Zeit klar geworden sein, dass er nur ein weiterer Glücksritter ist«, sagte William.

»Pugh ist viel zu gerissen dafür«, sagte Jackie. »Er setzt sein illegal erworbenes Geld äußerst geschickt ein. Sie speisen in den nobelsten Restaurants, und wenn sie zusammen Urlaub machen, steigen sie in Fünf-Sterne-Hotels ab. Es ist dabei immer er, der die Rechnung bezahlt. Ich wäre nicht überrascht, wenn er ihr schon bald einen Heiratsantrag machen würde, denn es kann nicht mehr lange dauern, bis seine Mittel aufgebraucht sind.«

»Warum glauben Sie, dass er sie ermorden wird?«, fragte Hawksby. »Warum sollte er sich nicht damit zufriedengeben, für den Rest seines Lebens auf ihre Kosten zu leben?«

»Sie mag zwar zehn Jahre älter sein als er, Sir, aber ihr Vater wurde hundertein Jahre alt. Und was vielleicht noch wichtiger ist: Pughs Geliebte, die, davon bin ich überzeugt, seine Komplizin bei seinem Mord war, gehört nach wie vor auch noch zum Bild. Also sollten Sie nicht überrascht sein, wenn Sie eines Tages Ihre Morgenzeitung aufschlagen und die Schlagzeile ›Reiche Erbin stirbt auf tragische Weise‹ lesen.«

»Aber er dürfte doch ganz gewiss nicht davon ausgehen, dass er ein zweites Mal damit durchkommt«, sagte Ross.

»Er ist viel zu klug, um in dieser Hinsicht nicht schon eine Lösung gefunden zu haben.« Wieder schenkten alle Jackie ihre volle Aufmerksamkeit. »Ich habe herausgefunden, dass er bereits den nächsten Urlaub für sie beide gebucht hat. In Südafrika.«

»Wo es nur bei einem von zehn Morden zu einer Bestrafung des Täters kommt«, sagte William.

»Aber wir können laut Abschnitt neun des Gesetzes zu Angriffen gegen eine Person aus dem Jahr 1861 noch immer einen Auslieferungsantrag stellen«, sagte Paul, womit er alle außer Hawksby zum Schweigen brachte.

»Das dürfte kaum ein Gesetz sein, mit dem die Südafrikaner vertraut sind«, sagte der Commander. »Besonders, wenn man dort sogar Richter kaufen kann.«

»Vielleicht lässt er sich die Sache ja noch einmal durch den Kopf gehen, nachdem Booth Watson ihn darüber informiert hat, dass wir die Akte über den Mord an seiner Frau wieder aufgeschlagen haben«, sagte Paul.

»Das bezweifle ich«, erwiderte Hawksby. »Pugh ist ein Spieler. Er wird das viele Geld, das er sich verschaffen könnte, abwägen gegen die Wahrscheinlichkeit, erwischt zu werden, und dafür sorgen, dass ihm die Polizei Südafrikas keinen Strich durch die Rechnung macht.«

»Es ist wirklich schade, dass wir es uns nicht leisten können, Sie über Weihnachten ans Kap zu schicken, DS Roycroft«, sagte William. »Denn dann könnten Sie uns bei unserer nächsten Besprechung berichten, was er vorhat.«

»Wo ist eigentlich DC Pankhurst?«, fragte der Commander und schob Jackies Akte beiseite. »Ich hatte mich schon darauf gefreut zu hören, wie sie mit ihrem Nachtclub-Rausschmeißer vorankommt.«

»Sie ist im Urlaub, Sir«, sagte William.

»Mit dem Rausschmeißer?«, fragte der Commander.

»Nein, Sir. Mit einem gewissen Captain Archibald Harcourt-Byrne.«

»Wer ist er?«

»Er ist ein Offizier der Grenadier Guards«, warf Jackie ein. »Sie spricht nicht viel über ihn, weshalb ich vermute, dass es ziemlich ernst ist.«

»Ich hoffe, wir werden sie nicht verlieren«, sagte Hawksby in verändertem Ton. »Sie ist eine verdammt gute Polizistin, die eine vielversprechende Karriere vor sich hat.«

»Das sehe ich genauso«, sagte William. »Aber DC Pankhurst ist ein genauso unabhängiger Geist wie ihre Vorfahrin, die Suffragette, und ich bin sicher, dass sie durchaus in der Lage ist, sehr gut mit einem Offizier der Grenadier Guards zurechtzukommen, während sie nebenher Verbrecher hinter Gitter bringt. Also wollen wir ihr gestatten, ihren wohlverdienten Urlaub zu genießen, während wir uns alle wieder an die Arbeit machen.«

»Du solltest dich beeilen, altes Mädchen, sonst verpassen wir noch unseren Flug«, sagte Archie.

»Und du solltest dich entspannen«, sagte Rebecca ruhig. »Wir haben noch mehr als genügend Zeit.«

»Du hast recht«, sagte Archie und nahm ihre Hand. »Wie lautet die Nummer unseres Gates?«

»Dreiundsechzig.«

»Warum steht meine Maschine immer am anderen Ende des Flughafens?«, grummelte Archie.

»Und jedes Mal, wenn ich nach Hause komme«, entgegnete Rebecca, »stecke ich hinter vierhundert Passagieren fest, die gerade aus einem Jumbojet steigen. Aber das macht mir nichts aus. Ich freue mich auf diesen Urlaub. Es sind meine ersten richtigen Ferien seit Gott weiß wie lang.«

Als beide die Abflughalle verließen und gerade an Gate 49 vorbeikamen, bemerkte sie eine männliche Person, die in der gegenüberliegenden Ecke die *Times* las. Rebecca warf noch einmal einen kurzen Blick hinüber, denn sie wollte sicher sein, dass sie sich nicht getäuscht hatte.

»Ich muss kurz auf die Toilette«, sagte sie. »Du gehst schon vor. Ich bin in ein paar Minuten wieder bei dir.«

Sobald Archie außer Sichtweite war, ging sie zum nächsten Telefon. Wäre der Mann, den sie sprechen wollte, noch immer in der Konferenz mit dem Commander oder schon wieder zurück an seinem Schreibtisch?

»DCI Warwick«, sagte seine Stimme, als sie die Hoffnung fast schon aufgegeben hatte.

»Guten Morgen, Sir. Hier ist Rebecca.«

»Ich dachte, Sie seien im Urlaub?«

»Das bin ich auch. Aber Sie werden vermutlich gerne erfahren, dass ich gerade Booth Watson gesehen habe, der darauf wartet, in ein Flugzeug zu steigen.«

»Auch er darf mal Urlaub machen.«

»In einem Dreiteiler und mit einer Aktentasche in der Hand?«

»Wohin fliegt er?«

»Barcelona.«

»Dann fliegen Sie ebenfalls dorthin. Rufen Sie mich an sobald Sie landen. Bis dahin weiß ich, wie unser nächster Schritt aussehen wird.«

»Darf ich Sie daran erinnern, Sir, dass ich im Urlaub bin?«

»Sie waren im Urlaub, DC Pankhurst. Jetzt werden Sie herausfinden, wo Miles Faulkner sich versteckt hält.«

»Aber ich …«

»Keine Widerrede, Constable. Gut möglich, dass wir nie wieder so eine Chance bekommen.«

William legte den Hörer auf und wählte die Nummer des Commanders, während Rebecca eine Flut von Schimpfwörtern ausstieß, die ihrer Mutter gar nicht gefallen hätten. Rasch ging sie zurück zu Gate 49, um zu sehen, ob das Boarding für die Passagiere der ersten Klasse bereits begonnen hatte. Sie warf einen Blick auf ihre Uhr: nicht mehr genügend Zeit, um zum Schalter von BA zu gehen und ihr Ticket umzutauschen. Sie zog sich in einen WHSmith-Laden zurück und wartete, während Booth Watson seinen Boardingpass vorzeigte und in einem Korridor verschwand, der zu dem wartenden Flugzeug führte. Sie hoffte, dass

Archie zurückkommen und nach ihr suchen würde, damit sie ihm erklären konnte, was geschehen war. Doch er kam nicht. Sie wartete, bis das Boarding für die letzten Passagiere abgeschlossen war, und trat dann an den Check-in-Schalter, wo sie dem Angestellten der Fluggesellschaft ihre Dienstmarke zeigte.

»Wir haben Sie erwartet, Detective Constable«, sagte der Mann, nachdem er ihren Ausweis überprüft hatte. »Wir haben gerade einen Anruf von Scotland Yard bekommen, in dem wir darüber informiert wurden, dass Sie diesen Flug nehmen wollen. Ich habe Ihnen einen Platz in der hintersten Reihe der Economy Class gegeben. Dort hinten ist eine Tür, sodass Sie als Letzte zusteigen und das Flugzeug als Erste wieder verlassen können.« Er reichte ihr das Ticket und sagte: »Guten Flug, Ms. Pankhurst.«

»Habe ich noch genügend Zeit, zurückzugehen und meinem Freund zu sagen, warum ich nicht mit ihm fliegen werde?«

»Ich fürchte, nein. Dieses Gate schließt gerade.«

Widerwillig ging Rebecca den langen, leeren Korridor entlang und war kurz darauf die letzte Passagierin, die das Flugzeug betrat. Es gelang ihr während des gesamten Fluges nicht, sich zu entspannen. Ständig schossen ihre Gedanken hin und her zwischen Archie, wobei sie sich fragte, ob er jemals wieder mit ihr sprechen würde, und DCI Warwick, den sie am liebsten erwürgt hätte; und dann war da noch Booth Watson, die eigentliche Ursache all ihrer Probleme, der, wie sie annahm, vor ihr in der ersten Klasse saß.

Sie begann über die Möglichkeiten nachzudenken, die ihr blieben, sobald die Maschine in Barcelona gelandet wäre. Würde Booth Watson abgeholt werden? Würde er ein Taxi, einen Bus oder die Bahn in die Stadt nehmen? Hatte er bereits ein Hotel gebucht? Falls ja, würde er Faulkner dort treffen? Oder würde man ihn direkt zum neuen Versteck seines Mandanten fahren? Und sollte es sich so verhalten, was würde man dann von ihr erwarten?

Als das Flugzeug landete, war sie über ein Dutzend Szenarien durchgegangen, und als sie das Gate erreicht hatten, war sie wieder ganz und gar die professionelle Ermittlerin.

Eine Stewardess öffnete die hintere Tür, und Rebecca schoss gleichsam als Erste aus den Startblöcken, denn sie hatte keine Zeit zu verlieren. Rasch ging sie die Stufen hinab in den Terminal, wo sie sich in die Schlange der Reisenden einreihte, die darauf warteten, durch den Zoll zu gehen. Jemand, der sich sogar noch schneller bewegte als sie, holte sie ein.

»Gehen Sie langsamer und haken Sie sich bei mir ein, Detective Constable«, sagte eine Stimme, deren Besitzer es offensichtlich gewohnt war, Befehle zu erteilen. Sie warf einen Blick auf den Mann an ihrer Seite und folgte seiner Anweisung.

»Drehen Sie sich nicht um. Gehen Sie einfach weiter und überlassen Sie mir den Rest.«

Sie ertappte sich dabei, wie sie antwortete: »Ja, Sir.«

»Ich bin Leutnant Sanchez von der Spanischen Nationalpolizei«, sagte er, ohne auch nur in ihre Richtung zu blicken. »Mein Vorgesetzter hat einen Anruf von einem gewissen Commander Hawksby erhalten, der uns unmissverständlich zu verstehen gab, wie wichtig Ihr Besuch ist.« Er sprach kein Wort mehr, bis sie den Zoll erreicht hatten. Der Schalterbeamte wollte ihren Ausweis nicht sehen, sondern salutierte nur. Ihrem Begleiter, nicht ihr. Der Leutnant wählte eine Stelle, von der aus man alle acht Zollschalter gut beobachten konnte, und sagte: »Deuten Sie einfach auf ihn, sobald Sie ihn entdeckt haben.«

Rebeccas Blick folgte dem Strom der Reisenden, die sich in langen Schlangen anstellten, um einem der Zollbeamten den Ausweis zu zeigen. Es dauerte eine Weile, bis sie sagte: »Da ist er. Er wartet in der Reihe vor dem sechsten Schalter. Er ist der Einzige, der nicht so aussieht, als wolle er Urlaub machen.«

»Dreiteiliger Anzug, um die fünfzig, erster Ansatz einer Glatze, trägt eine lederne Aktentasche.«

»Genau, das ist er.«

Der Leutnant nickte jemandem zu, den Rebecca nicht sehen konnte. Nachdem Booth Watson die Zollformalitäten hinter sich gebracht hatte, folgten sie ihm durch die Gepäckausgabe – er besaß kein Gepäck, das er hätte abholen müssen – und hinaus in die Ankunftshalle. Er eilte aus dem Flughafen und trat zu den anderen Reisenden, die auf ein Taxi warteten.

Rebecca beobachtete, wie ein junger Mann sich hinter ihm anstellte. Als Booth Watson schließlich die Spitze der Schlange erreichte und auf der Rückbank eines Taxis Platz nahm, notierte sich der junge Mann das Nummernschild, ohne das nächste Taxi zu nehmen.

»Wird er ihm nicht folgen?«, fragte Rebecca, wobei sie sich bemühte, nicht verzweifelt zu klingen.

»Das können wir nicht riskieren«, sagte der Leutnant. »Ihr Chef hat nachdrücklich betont, dass der Mann, hinter dem Sie her sind, unverzüglich zurück zum Flughafen fahren würde, wenn er glauben müsste, dass er verfolgt wird, und dass Ihre Reise dann verschwendet wäre. Aber machen Sie sich keine Sorgen, wir wissen, wer der Taxifahrer ist. Wir werden später mit ihm sprechen und Scotland Yard davon berichten, damit Ihr Chef weiß, wo der Fahrer Ihren Mann abgesetzt hat.«

»Und was ist, wenn er das Taxi wechselt?«

»Dann wird das nächste freie Fahrzeug eines von uns sein«, sagte er, sah zur anderen Straßenseite und nickte.

»Dann bin ich also nichts weiter als eine Botin«, sagte Rebecca.

»Eine sehr attraktive Botin, wenn Sie mir die Bemerkung gestatten, Señorita.«

»Damit würden Sie in unserem politisch korrekten England nicht durchkommen«, sagte Rebecca lächelnd.

»Ah, aber Sie sind in Barcelona, nicht in England.«

»Und was erwartet man jetzt von mir?«

»Man hat für Sie den nächsten Flug nach Florenz gebucht, wo Ihr Freund Sie in der Ankunftshalle des Flughafens erwarten wird.«

»Wie haben Sie das hinbekommen?«

»Ich glaube, Ihr Chef hat sich schuldig gefühlt, weil er Ihren Urlaub unterbrochen hat«, sagte der Leutnant und reichte ihr ein Ticket erster Klasse nach Florenz. »Ich hoffe, Sie haben einen angenehmen Aufenthalt in Italien, Señorita Pankhurst. Meine Großmutter hat Ihre Vorfahrin außerordentlich bewundert, obwohl meine Landsleute noch viele Jahre länger gebraucht haben, bis Frauen bei uns endlich wählen durften.« Er salutierte und ging davon, bevor sie sagen konnte: »Im Jahr 1931.«

15

»Ist Ihnen irgendjemand gefolgt?«

»Nein«, sagte Booth Watson. »Nachdem wir die Autobahn verlassen hatten, habe ich kein anderes Fahrzeug mehr gesehen.«

»Sollten Sie jemals eines sehen, werde ich mich wieder auf den Weg machen müssen.«

»Wohin würde es diesmal gehen?«

»Ich habe schon etwas arrangiert, wohin ich mich morgen zurückziehen könnte, aber General Franco war siebenundzwanzig Jahre lang hier, ohne dass jemand über diesen Ort Bescheid wusste. Nach so langer Zeit wird der Commander tot sein und DCI Warwick in Pension.«

»Ganz meine Meinung«, sagte Booth Watson, als er seine Ledertasche öffnete und mehrere Akten herausnahm. »Wo soll ich anfangen?«

»Indem Sie mir beweisen, dass Lamont sein exorbitantes Beraterhonorar wert ist.«

»Solange er jemanden auf der Gegenseite hat, lohnt es sich, ihn weiter zu bezahlen«, sagte Booth Watson. »Vorausgesetzt uns bleibt stets bewusst, dass er sogar seiner Großmutter Drogen unterschieben würde, sollte er den Eindruck haben, dass dabei für ihn etwas herausspringt.«

»Läuft da etwas zwischen ihm und Roycroft?«

»Ich bin ziemlich sicher, dass ihr Verhältnis auf nichts

anderem beruht als einem gemeinsamen Interesse an Geld.«

»Dann schlafen sie also nicht miteinander?«

»Sie teilen dasselbe Interesse, aber auch dasselbe Bett? Nein. Als sie sich das letzte Mal getroffen haben, torkelte Roycroft betrunken aus dem Pub. Lamont hat sie zu ihrer Wohnung gefahren und ist dann nach Hause gegangen.«

»Wusste sie irgendetwas Wertvolles zu berichten?«

»Sie hat ihn bei den Fällen, an denen Warwicks Team arbeitet, auf den neuesten Stand gebracht.«

»Bin ich einer davon?«, wollte Miles wissen.

»Nein. Anscheinend hat man Sie vergessen. Ihr Name wurde nicht einmal erwähnt.«

»Möge es auch lange so bleiben«, sagte Miles. »Behält Lamont auch Josephine Colbert im Auge?«

»Ja«, antwortete Booth Watson, nachdem er eine weitere Akte aus seiner Tasche geholt hatte. »Es sieht so aus, als hätten DI Hogan und sie etwas miteinander. Sie treffen einander drei, manchmal sogar vier Mal die Woche. Und inzwischen kommt auch etwas dabei heraus. Oder genauer gesagt, es kommt dabei gerade nichts heraus.«

»Was meinen Sie damit?«

»Sie hat bestätigt, dass Hogan an zwei der fünf alten Fälle arbeitet. Abbott und Roach. Sie hat die Anweisung, auch über alle anderen Namen zu berichten, die er erwähnt, aber bisher ist Ihrer noch nie aufgetaucht.«

»Hat sie Hogan gefragt, ob er jemals von einem Captain Ralph Neville gehört hat?«

»Selbstverständlich nicht«, erwiderte Booth Watson. »Dadurch würde Miss Colberts Tarnung sofort auffliegen und die Ihre vielleicht dazu. Solange Hogan weder Ihren

Namen noch den von Captain Neville erwähnt, können wir zuversichtlich davon ausgehen, dass Ihre Akte auch weiterhin Staub in Hayes ansammelt – also genau dort, wo sie auch hingehört.«

»Ich kann Ihnen versichern, dass Hogan seine Zeit verschwendet, wenn er versucht, an Terry Roach heranzukommen. Niemand im East End würde jemals auf die Idee kommen, gegen diesen Mann auszusagen.«

»Sie kennen Roach?«, fragte Booth Watson. Er klang überrascht.

»Ich war im Gefängnis mit ihm. Er ist niemand, dem man in die Quere kommen sollte – wie der eine oder andere meiner Mitgefangenen erlebt hat, als er beim Duschen feststellen musste, dass Blut dicker ist als Wasser.«

Unwillkürlich schauderte Booth Watson.

»Dann sind Sie also der Ansicht, dass Miss Colbert die eintausend Pfund pro Woche wert ist?«, sagte Miles, während er sich eine Zigarre anzündete.

»Betrachten Sie sie als Versicherungspolice, auch wenn die Prämien nicht gerade bescheiden ausfallen.«

»Das ist bei Frauen immer so«, sagte Miles. »Da wir gerade von Versicherungen sprechen: Was hat Christina in letzter Zeit so getrieben?«

»Sie hält auch weiterhin ihre Seite der Abmachung ein«, sagte Booth Watson. »Von ihrem Treffen mit Beth Warwick hat sie sogar zwei interessante Informationen mitgebracht.«

Miles wirkte interessiert.

»Dem Fitzmolean wurde kürzlich von einem gewissen Lord McLaren Caravaggios *Menschenfischer* angeboten, aber das Museum konnte die geforderte Summe nicht aufbringen.«

»Und die betrug?«

»Zwanzig Millionen Pfund.«

»Warum bringt er eines von Caravaggios berühmtesten Gemälden auf den Markt, nachdem es sich schon seit vielen Generationen im Besitz seiner Familie befindet?«

»Weil er muss, lautet die Antwort auf Ihre Frage. Wie es aussieht, macht dem siebten Lord McLaren eine außerordentlich hohe Erbschaftssteuer zu schaffen.«

»Wie hoch ist außerordentlich hoch?«

»Zweiundzwanzig Millionen siebenhunderttausend Pfund.«

»Jetzt wissen wir also, für welchen Betrag er das Bild verkaufen würde«, sagte Miles.

»Sind Sie daran interessiert, es zu kaufen?«

»Natürlich bin ich das, aber ich werde jemanden brauchen, der mich vertritt, denn im Gegensatz zu Christus wird es mir nicht möglich sein, von den Toten wiederaufzuerstehen.«

Booth Watson lächelte. »Es wäre mir eine große Freude, in Ihrem Namen zu verhandeln.«

»Daran zweifle ich nicht im Geringsten, BW«, erwiderte Miles. »Sie sagten, Christina hätte Ihnen zwei Informationen gegeben.«

»Das Fitzmolean plant für den nächsten Herbst eine Frans-Hals-Ausstellung, und Mrs. Warwick hat Christina gefragt, ob sie dem Museum den *Flötenspieler* für sechs Wochen ausleihen könnte.«

»Den auszuleihen nicht ihre Sache ist«, sagte Miles schroff.

»Weshalb ich Ihnen raten würde, genau das zu tun.«

»Und Ihre Begründung?«

»Dann wäre Mrs. Warwick davon überzeugt, dass sich die Sammlung in Christinas Händen befindet. Und vor allem würde das ebenso für ihren Ehemann gelten.«

»*Menschenfischer* von Caravaggio«, sagte der Führer, »ist zweifellos der Stolz der McLaren-Sammlung. Obwohl die zentrale Gestalt des Gemäldes Christus darstellt, wendet sich der Blick des Betrachters unmittelbar den Fischern im Boot zu. Der bedeutende Kunsthistoriker Sir Kenneth Clark schrieb, dass der schockierte Gesichtsausdruck, als die Apostel Christus zum ersten Mal über das Wasser wandeln sehen, nur als genial bezeichnet werden kann.«

»Was ist es wert?«, fragte ein junger Mann in einem T-Shirt, das ein Werk von Warhol zeigte.

»Es ist schlichtweg unbezahlbar«, sagte der Führer und versuchte, seine Verachtung zu verbergen, was einem älteren Herrn im Rollstuhl ein Lächeln entlockte.

»Obwohl es Sie«, fuhr der Führer fort, »vielleicht interessieren wird, dass der erste Lord McLaren das Meisterwerk im Jahr 1786 von einem Kunsthändler in Mailand für fünfzig Guineen gekauft und es bei seiner Rückkehr nach Schottland hier im Speisesaal aufgehängt hat, wo es bis zum heutigen Tag verblieben ist.«

Aber nicht mehr lange, dachte der Mann im Rollstuhl.

»Damit findet unser Rundgang sein Ende«, sagte der Führer. »Ich hoffe, er hat ihnen gefallen.« Der großzügig gespendete Applaus ließ darauf schließen, dass es sich in der Tat so verhielt.

Der Führer deutete eine Verbeugung an und sagte: »Wenn Sie unseren Shop besuchen, eine kleine Erfrischung im Café zu sich nehmen oder ein wenig auf dem

Gelände spazieren gehen möchten – nur zu! Ich hoffe, Sie alle kommen gut nach Hause.«

Der alte Mann im Rollstuhl dankte dem Führer und gab ihm ein beträchtliches Trinkgeld, bevor seine Pflegerin ihn langsam aus dem Speisesaal schob. »Ich würde gerne den Shop besuchen«, sagte er.

»Gewiss, Sir«, antwortete sie und folgte den Schildern. Der alte Mann erwarb eine Postkarte der *Menschenfischer* und einen illustrierten Katalog der McLaren-Familiensammlung, bevor die Pflegerin ihn zu seiner wartenden Limousine brachte. Als der Chauffeur und die Pflegerin dem alten Mann aus dem Rollstuhl und auf die Rückbank des Fahrzeugs halfen, bemerkte er einen Polizisten in Zivil, dem die drei jedoch keinen zweiten Blick wert waren.

Langsam verließ die Limousine das Grundstück, und der alte Mann schlug die erste Seite des Katalogs auf, die den Stammbaum der Familie McLaren vom Jahr 1736 bis in die Gegenwart zeigte. Der erste Lord McLaren, so schien es, war in den Anfangsjahren der industriellen Revolution zu seinem Vermögen gekommen, und sein Interesse an Kunst, dem er zunächst nur als Amateur nachging, war in seinen mittleren Jahren zu einer Leidenschaft geworden und dann, nach seiner Bildungsreise durch Europa, zu einer Obsession. Bei seinem Tod im Jahr 1822 galt seine Sammlung als eine der erlesensten in privater Hand. Als die Limousine vor dem Eingang zum Flughafen von Aberdeen anhielt, hatte der alte Mann das Lebensende des ersten Lord McLaren erreicht.

Eine attraktive Flughafenangestellte übernahm den Rollstuhl von der Pflegerin und schob den alten Herrn am Zollschalter an die Spitze der Schlange. Nachdem sein

Pass überprüft worden war, wurde er direkt zu der wartenden Maschine gebracht.

Während des Nachhausefluges erfuhr er, wie der zweite und der dritte Lord McLaren die Sammlung um Werke von Turner, Constable und Gainsborough ergänzt hatten, womit sie zum wachsenden Ansehen derselbigen beitrugen. Der alte Mann war einer der Letzten, die das Flugzeug nach der Landung verließen, und als es so weit war, hatte er erfahren, wie der vierte Lord McLaren die Impressionisten entdeckt und es geschafft hatte, einen Monet, einen Manet und zwei Werke von Matisse zu erwerben.

Während er zum Zollschalter gerollt wurde, vertiefte er sich in die Darstellung des Eifers, mit dem der fünfte Lord McLaren sich darum bemüht hatte, Werke seiner Landsleute zu erwerben, die neben den italienischen, französischen und englischen Meistern hängen sollten, weshalb Werke von McTaggert, Raeburn, Peploe und Farquharson der Sammlung hinzugefügt wurden. Unglücklicherweise zeigte der sechste Lord McLaren keinerlei Interesse an Kunst, nur an schnellen Autos und noch schnelleren Affären, was dazu führte, dass mehrere Bilder verkauft werden mussten, um für seine Extravaganzen aufzukommen. Als er im Alter von dreiundsechzig Jahren an einem Herzinfarkt starb, vererbte er seinem einzigen Sohn zwar den Titel, doch er ließ ihm keine andere Wahl, als sich von dem Caravaggio zu trennen, um das Finanzamt in Schach halten zu können.

Es dauerte eine Weile, bis der alte Mann die Zollformalitäten hinter sich gebracht hatte, weshalb er gleichzeitig mit der Ankunftshalle das Ende des Katalogs erreichte.

Sein Chauffeur schob ihn aus dem Flughafen zu seinem

Auto, das auf einem Behindertenparkplatz bereitstand. Als ihm die hintere Tür geöffnet wurde, erhob er sich aus dem Rollstuhl, ging zum Fahrzeug und nahm auf der Rückbank Platz. Lazarus wäre stolz auf ihn gewesen.

16

»Wo sind die Zwillinge?«, fragte Sir Julian, noch bevor Beth und William ihre Mäntel aufgehängt hatten.

»Sie sind heute bei meinen Eltern«, erwiderte Beth, als sie zum Salon durchgingen.

»Welch ein Glück Arthur und Joanna doch haben«, sagte Marjorie.

»Streng *entre nous*«, sagte Sir Julian, »aber als Artemisia das letzte Mal bei uns war, hat sie mir ganz im Vertrauen erzählt, dass ich ihr Lieblingsgroßvater bin.«

Beth lächelte. »Dieses kleine Luder hat meinem Vater gegenüber genau dieselben Worte benutzt, als ich sie heute Morgen in Ewell abgesetzt habe.«

»Ich werde mein Testament zugunsten von Peter ändern müssen«, sagte Sir Julian mit einem theatralischen Seufzer.

»Dann wird mein Vater seines zugunsten von Artemisia umschreiben«, sagte Beth.

»Da William nie von seiner Arbeit erzählt«, sagte Marjorie, »und Julian kaum von etwas anderem, würde ich gerne hören, wie *dein* jüngstes Projekt aussieht.«

»Das Museum bereitet für den nächsten Herbst eine Frans-Hals-Ausstellung vor.«

»Ich habe mich oft gefragt, was sich wohl hinter den Kulissen abspielen mag, bevor eine Galerie eine so große Ausstellung eröffnen kann.«

»Es ist ein langer und verwickelter Prozess«, antwortete Beth, »bei dem Geduld, Entschlossenheit, Bestechung und Korruption eine Rolle spielen.«

Sir Julian wirkte plötzlich interessiert.

»Wie viele Bilder werden in der Ausstellung zu sehen sein?«

»Wenn wir Glück haben, sechzig oder siebzig, einschließlich, so hoffen wir, *Der lachende Kavalier*.«

»Wo befindet sich das Bild im Augenblick?«

»Es gehört zur Wallace-Sammlung«, sagte William, »also würde es wenigstens keine weite Strecke zurücklegen müssen.«

»Man vergisst manchmal«, sagte Sir Julian, »dass mein Sohn Kunstgeschichte an einer aufstrebenden Universität studiert hat und es durchaus möglich wäre, dass er es inzwischen bis zu einem Assistenten von Beth gebracht hätte, wäre er nicht zur Polizei gegangen.«

»So erfolgreich?«, spottete William.

»Ignoriere die Kindsköpfe, Beth«, sagte Marjorie. »Du warst gerade dabei, uns davon zu erzählen, wie man eine wichtige Ausstellung vorbereitet.«

»Bestechung und Korruption«, erinnerte Sir Julian sie.

»Die meisten Werke von Frans Hals befinden sich in öffentlichen Galerien überall auf der Welt. Die besten Beispiele findet man im Rijksmuseum in Amsterdam, obwohl auch das Met und die Eremitage einige großartige Selbstporträts besitzen. Und es gibt noch ein sehr schönes Beispiel, *Der fröhliche Lautenspieler*, im Mansion House in der City of London. Aber wenn man ein bedeutendes Werk von einer anderen Galerie ausleihen möchte, dann wird diese irgendwann in der Zukunft ein *quid pro quo* erwarten.«

»Zum Beispiel?«, sagte Sir Julian und nippte an seinem Kaffee.

»Die Phillips Collection in Washington, D.C. plant in zwei Jahren eine Rubens-Ausstellung, und sie haben uns bereits gefragt, ob wir ihnen die *Kreuzabnahme* für drei Monate leihen können. Sie haben drei Bilder von Frans Hals, und zwei möchte ich unbedingt haben.«

»Zwei Hals für einen Rubens scheint mir ein fairer Tausch«, sagte Sir Julian.

»Wie viele Bilder von Frans Hals befinden sich in privater Hand?«, fragte Marjorie.

»Soweit wir recherchieren konnten, nur elf. Wenn ein bedeutendes Werk von einem großen Künstler wie Hals zum Verkauf kommt, wird es oft von einer nationalen Galerie aufgekauft, womit sichergestellt wird, dass es nie wieder auf den Markt kommt.«

»Was den Wert der Werke, die sich noch immer in privater Hand befinden, natürlich weiter erhöht«, warf William ein. »Das gilt umso mehr, wenn das Bild für eine größere Ausstellung ausgeliehen wird.«

»Ich habe Verbindung zu allen elf Privatbesitzern aufgenommen«, fuhr Beth fort, »und sie gefragt, ob sie bereit wären, die Ausstellung zu unterstützen. Drei haben zugestimmt, wenn auch unter strengsten Auflagen, vier haben abgelehnt, und die übrigen vier haben sich nicht einmal die Mühe gemacht, auf meine Anfrage zu antworten.«

»Warum wollen sie ihre Bilder nicht ausleihen«, fragte Marjorie, »wenn, wie William sagt, das den Wert ihrer Werke erhöhen würde?«

»Die Mellons und die Rothschilds dieser Welt sind sich dieser Tatsache durchaus bewusst und gerne bereit, bei einer großen Ausstellung zu helfen. Die Ablehnungen kommen meistens von Sammlern, die besorgt sind, dass ihre Kunstwerke beim Transport beschädigt werden könnten. Das ist auch der Grund, warum ich so große Probleme habe, Mr. Morita davon zu überzeugen, sich für eine gewisse Zeit von seinem herrlichen Hals-Selbstporträt zu trennen, das in der Sony Collection in Tokio hängt.«

»Und diejenigen, die nicht einmal geantwortet haben?«, fragte Marjorie.

»Sind häufig Kriminelle, die das Finanzamt nicht darauf aufmerksam machen wollen, dass sie wertvolle Kunstgegenstände besitzen«, sagte William. »Der verstorbene Miles Faulkner ist ein typisches Beispiel dafür.«

»Oder vielleicht auch nicht ganz so verstorben«, bemerkte Sir Julian.

»Warum sagst du das?«, fragte William vorsichtig.

»Booth Watson ist in letzter Zeit nicht mehr so häufig im Gericht erschienen wie früher, und doch speist er jeden Tag im Savoy. Er ist entweder vorzeitig in Pension gegangen, was eher unwahrscheinlich erscheint, oder er lebt vom Honorar eines Mandanten, das so üppig ist, dass er sich nach keiner regelmäßigen Arbeit umsehen muss wie der Rest von uns. Vergiss nicht, dass nur wenige Leute einen Anwalt engagieren, solange sie nicht müssen.«

»Besonders keine Anwälte, die ständig ihre Frau unterbrechen, wenn diese noch mehrere Fragen zu Frans Hals stellen will«, sagte Marjorie.

»Entschuldige«, sagte Sir Julian. »Ich werde so langsam ein richtiger Langeweiler.«

Niemand versuchte, ihm zu widersprechen.

»Du hast angedeutet, dass einige Werke manchmal von

einem Ende der Welt zum anderen transportiert werden müssen«, sagte Marjorie. »Das dürfte sehr teuer sein.«

»Manchmal ist es sogar abschreckend«, sagte Beth. »Es gibt nur sehr wenige Unternehmen in Großbritannien, die als zuverlässig genug gelten, um Werke von solcher Bedeutung zu transportieren. Ich kenne einen Kurator, der darauf besteht, dass er das betreffende Gemälde immer im Blick haben muss, weshalb es genau wie er in der ersten Klasse mitfliegt und nicht im Frachtraum. So etwas ist nicht billig – und da haben die Sorgen über die Versicherungsprämien noch gar nicht angefangen. Der Grund, warum man niemals einen Leonardo oder einen Michelangelo aus dem Vatikan ausleihen kann, besteht schlichtweg darin, dass Lloyd's of London sich weigert, sie zu versichern, und der Papst hat entschieden, dass es keine Ausnahmen geben wird.«

»Kann unter solchen Umständen nicht die Regierung eine Hilfe sein?«, fragte Marjorie.

»Manchmal ist sie eher ein Hindernis«, antwortete Beth. »Wenn das Außenministerium Bedenken hinsichtlich eines Landes hat, in das man ein Bild verleihen möchte, kann es sich weigern, einem eine Ausfuhrgenehmigung zu erteilen.«

»Verständlich«, sagte Sir Julian. »Ich kann mir den Aufschrei vorstellen, den es geben würde, wenn das Nationale Archäologische Museum in Athen darum bitten würde, die Elgin Marbles ausleihen zu dürfen – und sei es auch nur für sechs Wochen.«

»Und dann wäre da noch das jüdische Problem«, sagte William.

Diese Bemerkung brachte sogar Sir Julian zum Schweigen.

»In öffentlichen Galerien hängen mehrere bedeutende

Werke, die ihren jüdischen Besitzern während des Zweiten Weltkrieges von den Nazis gestohlen wurden. Einige dieser Gemälde wurden später von den Russen ›befreit‹ und befinden sich nun in der Eremitage in St. Petersburg sowie in mehreren anderen bekannten Museen hinter dem Eisernen Vorhang.«

»Und die rechtmäßigen Besitzer können nichts dagegen tun?«, fragte Marjorie.

»Nicht viel jedenfalls«, sagte Beth, »solange die Behörden in diesen Ländern sich weigern, die Ansprüche anzuerkennen. Und die Verantwortlichen würden Beutekunst wohl kaum für eine Ausstellung in einem Land ausleihen, wo man vor Gericht gegen sie klagen könnte.«

»Die Russen können nicht die einzigen Schuldigen sein«, sagte Sir Julian. »Hermann Göring hat eine der wertvollsten Privatsammlungen alter Meister schlechthin zusammengeraubt, und ich kann mir nicht vorstellen, dass alle diese Gemälde ihren rechtmäßigen Besitzern zurückgegeben wurden.«

»Bei einigen war das so, aber es waren nicht viele. Die meisten wurden nach dem Krieg nach Osten, nicht nach Westen abtransportiert. Vergiss nicht, dass die Rote Armee Berlin vor den Alliierten erreicht hat. Was bedeutet, wenn du die Bilder sehen willst, die unterwegs mitgenommen wurden, musst du dir ein Visum besorgen.«

»Was ist mit England?«, fragte Marjorie. »Gibt es irgendwelche Bilder uneindeutiger Herkunft, die in unseren führenden Galerien hängen?«

»O ja«, sagte William. »Drei der bedeutendsten Werke des Fitzmolean wurden dem Museum von einem bekannten Kriminellen überlassen.«

»Es handelt sich um ständige Leihgaben seiner großzügigen Witwe«, betonte Beth.

»Die fast so schlimm ist wie ihr *verstorbener* Ehemann«, sagte William, »und falls er doch noch irgendwo am Leben sein sollte, kannst du mit Sicherheit davon ausgehen, dass Booth Watson aus einer dauerhaften Leihgabe eine vorübergehende machen wird.«

»Beweise«, verlangte Sir Julian und zog an den Aufschlägen seines Jacketts.

»Christina Faulkner wird von niemand anderem vertreten als von Mr. Booth Watson.«

»Das ist nicht gerade ein Beweis, aber …«

»Kinder, Kinder«, sagte Marjorie. »Hört auf.«

»Und da wäre dann noch mein größtes Problem«, fuhr Beth fort, »das sich als unlösbar erweisen könnte.«

»Zweifellos die Schlussabrechnung«, sagte Sir Julian.

»Genau. Man muss mindestens sechzig oder siebzig bedeutende Arbeiten ausstellen, um einigermaßen zuversichtlich auf gute Besprechungen durch die Kritiker hoffen zu können, welche ihrerseits dafür sorgen würden, dass das Publikum in ausreichender Zahl erscheint – in unserem Fall in einer Größenordnung von etwa zehntausend Besuchern pro Woche. Anderenfalls könnte es sein, dass die Galerie am Ende draufzahlen muss, wie mein Chef mir unablässig einschärft.«

»Da wir gerade von Tim Knox sprechen«, sagte Sir Julian. »Es gibt das Gerücht, dass man ihm den Posten eines leitenden Gutachters der Gemäldesammlung der Queen anbieten wird.«

»Hoffen wir, dass es wirklich nur ein Gerücht ist«, sagte Beth, »denn er wäre nur schwer zu ersetzen.«

»Gibt es in der königlichen Sammlung irgendwelche Werke von Frans Hals?«, fragte Marjorie, die entschlossen war, beim Thema zu bleiben.

»Drei«, sagte Beth. »Und Ihre Majestät ist immer sehr großzügig, wenn es um Anfragen öffentlicher Galerien geht.«

»Ich kann es gar nicht erwarten, mir die Ausstellung anzusehen«, sagte Marjorie.

»Ihr beide werdet eine Einladung zur Premiere bekommen«, versprach Beth. »Und jetzt würde ich gerne etwas über Julians letzten Fall hören, trotz der Bedenken von Marjorie.«

»Kannst du eine Stunde erübrigen?«, fragte Sir Julian.

»Fang einfach an«, sagte seine Frau.

Sir Julian lehnte sich zurück und hielt einen kurzen Augenblick inne, bevor er ein einziges Wort sagte: »Betrug.« Er wartete so lange, wie er glaubte, sich erlauben zu können, bevor er fortfuhr. »Ich werde die Anklage der Krone gegen ein besonders hinterhältiges und gerissenes Individuum vertreten, das vorgeblich eine wohltätige Organisation zur Rettung von Eseln gegründet hat, die von ihren Besitzern misshandelt wurden.«

»Gibt es tatsächlich Leute, die auf so etwas hereinfallen?«, fragte Beth.

»Hunderte, so wie es aussieht. Der Mann musste nichts weiter tun, als im *Daily Telegraph* eine viertelseitige Anzeige mit dem Bild eines hungernden Esels zu schalten, und schon begannen die Spenden zu fließen. Anscheinend sind wir eine Nation von Spitzbuben und Tierfreunden.«

»Aber wenn er doch Esel gerettet hat?«, sagte Beth.

»Es gab keine Esel«, sagte Sir Julian. »Nur hoffnungslose Romantiker, die gerne bereit waren, sich von ihrem Geld zu trennen, das in den Taschen des Betrügers gelandet ist. Das ist auch der Grund, warum er sich die Dienste von Mr. Booth Watson leisten kann, der einen seiner selten gewordenen Auftritte im Old Bailey haben wird. Du solltest nicht überrascht sein, wenn mehrere Esel der zweibeinigen Sorte im Zeugenstand erscheinen, um eine Aussage zu machen.«

Es dauerte eine Weile, bis das Gelächter sich gelegt hatte.

»Wann beginnt der Prozess?«, fragte William.

»Eigentlich hätte er morgen Vormittag um zehn beginnen sollen«, sagte Sir Julian. »Doch Booth Watson hat um Aufschub gebeten, und ich habe dem widerwillig zugestimmt. Anscheinend hat mein unwürdiger Gegner einen dringenden Termin in Schottland, obwohl er nicht zu erklären bereit war, bei wem.«

»Er hat nicht zufällig gesagt, wo?«, fragte William.

»Nein. Wie immer hat BW so wenig wie möglich verraten.«

Beth und William sahen einander an, sagten jedoch kein Wort.

»Dad, könnte ich einen Anruf erledigen?«

»Ja, natürlich, mein Junge. Du kannst das Telefon in meinem Arbeitszimmer benutzen.«

»Danke«, sagte William, stand auf und verließ rasch das Zimmer.

»Hat das etwas damit zu tun, was ich gesagt habe?«, fragte Sir Julian.

»Nein, sondern mit etwas, das Booth Watson nicht gesagt hat«, erwiderte Beth.

»Wie faszinierend.«

»Ich kann dir sogar verraten, wen er anruft.«

»Den Commander natürlich«, sagte Sir Julian. »Und ich weiß auch schon, was er sagen wird, wenn er zurückkommt.«

»›Tut mir leid, Mutter, aber wir müssen unverzüglich gehen‹«, bot Beth an. »›Es ist etwas Unvorhergesehenes passiert.‹«

Die Tür ging auf, und William eilte ins Zimmer.

»Tut mir leid, Mutter, aber wir müssen gehen ...«

»Hat sich etwas ergeben, um das du dich unverzüglich kümmern musst?«, erkundigte sich Sir Julian.

»Woher hast du das gewusst?«, fragte William

»Ich wusste es gar nicht. Aber natürlich ist mir aufgefallen, dass du einen dringenden Anruf machen musstest, kaum dass ich die Worte ›Booth Watson‹ und ›Schottland‹ ausgesprochen hatte.«

William ließ sich nicht ködern. Er küsste seine Mutter auf beide Wangen und sagte: »Ich bedauere nur, dass wir nicht bis zum Lunch bleiben können.«

»Booth Watson ist niemand, den man warten lassen sollte«, sagte Sir Julian. »Wenn es im Interesse seines Mandanten ist, kann er sehr flink sein.«

»Ich freue mich darauf, euch in ein paar Wochen wieder zu besuchen«, sagte William, indem er den ironischen Kommentar seines Vaters ignorierte.

»Aber bringt nächstes Mal die Zwillinge mit«, sagte Marjorie.

»Artemisia könnt ihr zu Hause lassen«, sagte Sir Julian bedauernd. »Sie hat zweifellos Pläne mit einem anderen Mann.«

»Ich vermute, sie hat Pläne mit euch beiden«, sagte Beth, als Marjorie und Sir Julian sie an die Tür begleiteten.

Nachdem sie sich verabschiedet hatten, sprach William erst wieder, als sie die Straße zurück nach London erreichten. »Glaubst du, Faulkner wird es riskieren, sich den Caravaggio anzusehen?«

»Sammler sind leidenschaftliche Menschen«, erwiderte Beth. »Üblicherweise erlauben sie niemandem, der sie vertritt, in ihrem Namen Entscheidungen zu treffen, besonders nicht, wenn es sie wahrscheinlich zwanzig Millionen Pfund kosten würde.«

»Dann wollen wir hoffen, dass Booth Watson von einem Modezeichner namens Ricardo Rossi begleitet wird.«

»Aber wenn Booth Watson nicht mehr tut, als einen Mandanten zu vertreten, und Faulkner nicht erscheint«, sagte Beth, »dann wird das eine weitere vergebliche Reise sein.«

»Nicht unbedingt«, erwiderte William. »Denn wenn Booth Watson das Gemälde abliefert, könnte er uns direkt vor die Haustür eines besessenen Sammlers führen, der schon auf den Eingangsstufen wartet, um Jesus zu empfangen, und dann bin ich es, mit dem er vorliebnehmen muss.«

Als Josephine am folgenden Morgen erwachte, sah sie, dass Ross an der Frisierkommode saß und einen Brief schrieb.

»Ein Abschiedsbrief?«, neckte sie ihn und streckte die Arme.

Ross legte seinen Füllfederhalter beiseite. »Nein. Ich habe beschlossen, bei der Met zu kündigen«, sagte er, wobei er sich ungewöhnlich ernst anhörte.

»Aber du bist doch eben erst befördert worden.«

»Es ist einfach nicht mehr dasselbe, seit ich nicht mehr als verdeckter Ermittler arbeite«, sagte Ross. »Ich schaffe es einfach nicht, am Schreibtisch zu sitzen und Büroklammern hin und her zu schieben, während uns zwei Gangstertypen aus dem East End auf der Nase herumtanzen.«

»Aber wenn Hawksby dich nicht mehr verdeckt ermitteln lässt, was wäre dann die Alternative?«

»Ich war beim SAS, bevor ich zur Met kam, und mein vorgesetzter Offizier war ein gewisser Major Cormac Kinsella, ein verrückter Ire, der zum Frühstück Küchenschaben auf Toast verspeist hat.«

»Gebraten oder gekocht?«, fragte Jo, indem sie sich bemühte, einen leichteren Ton in das Gespräch zu bringen.

»Sie lebten noch, wodurch, wie er meinte, die Herausforderung nur noch größer wurde. Sein direkter Untergebener, Captain Gareth Evans, war der Ansicht, der Drache sei ein zu sanftmütiges Tier, um das Symbol der Waliser zu sein. Beide verließen den SAS, als sie noch keine vierzig waren, und gründeten ein Reiseunternehmen, ›Nightmare Holidays‹, das sich nicht gerade auf Reisen nach Monte Carlo oder Saint-Tropez spezialisiert hat.«

»Wohin dann?«, fragte Jo seufzend.

»Der Slogan von Nightmare Holidays lautet: ›Wenn Sie zwei Wochen bei uns überleben, erscheint Ihnen nichts mehr unmöglich.‹ Sie bieten ihren Kunden drei verschiedene Arten von Erfahrungen an: ›Unbequem‹, ›Unangenehm‹ und das bei Weitem erfolgreichste Programm ›Unerträglich‹.«

»Ich kann's gar nicht erwarten«, sagte Jo. »Erzähl mir mehr.«

»Bei ›Unbequem‹ setzen sie eine Gruppe von acht Personen nördlich des Polarkreises ab und erwarten von ihnen, dass sie zwei Wochen lang für sich selbst sorgen. Den Gästen wird ein Zelt und genügend Nahrung für eine Woche zur Verfügung gestellt. Und jeder Kunde darf eintausend Pfund in bar mitnehmen.«

»Welchen Sinn hat Geld, wenn man in der Arktis gestrandet ist?«

»Wenn man es dem ehemaligen SAS-Offizier gibt, der für die Gruppe verantwortlich ist, darf man früher nach Hause gehen.«

»Das hört sich mit jedem Augenblick verlockender an«, sagte Jo. »Ich glaube aber, ich würde mich für ›Unangenehm‹ entscheiden.«

»Bei dieser besonderen Erfahrung werden zwölf glückliche Kunden im brasilianischen Regenwald abgesetzt, ein paar Tausend Meilen den Amazonas hinauf. Zur Verfügung haben sie ein halbes Dutzend Kanus …«

»Und genügend Nahrung für eine Woche.«

»Du hast das Prinzip verstanden. Sie müssen den Fluss hinabpaddeln, bis sie das nächste Dorf erreichen, das etwa dreihundert Meilen entfernt ist. Ihre einzige Gesellschaft sind Alligatoren, Anakondas, Piranhas und unfreundliche Eingeborene, sodass sie nachts nicht allzu viel Schlaf bekommen.«

»Ich glaube dir unbesehen.«

»Es besteht immer noch die Möglichkeit, dem ehemaligen SAS-Offizier, der für diese Reise verantwortlich ist, eintausend Pfund zu geben. Dann erscheint wie aus dem Nichts ein Motorboot und bringt dich in die nächste Stadt. Aber du kriegst weder deinen Pass zurück noch ein Flugticket, weshalb du auf eigene Faust nach Hause kommen musst.«

»Und was ist der Sinn dabei?«

»Auf diese Weise wird es sich jeder zwei Mal überlegen bevor er die Reise abbricht.«

»Ich bin mir nicht sicher, ob ich etwas über die dritte Möglichkeit hören möchte.«

»›Unerträglich‹. Für diese besondere Herausforderung kommt man überhaupt nur infrage, wenn man sowohl ›Unbequem‹ als auch ›Unangenehm‹ abgeschlossen hat.«

»Ich kann es gar nicht erwarten, mir den Reiseprospekt anzusehen.«

»Du wirst im Hafen von Quellón in Chile abgesetzt, wo du dich der Besatzung eines uralten Fischerbootes anschließt, die in der ersten Woche Kap Hoorn umrundet und dann entlang der Ostküste Südamerikas nach Brasilien hinaufschippert.«

»Das hört sich gar nicht so übel an.«

»Bis du herausfindest, dass du das Schiff erst verlassen kannst, wenn ihr das zweitausendfünfhundert Meilen entfernte Rio erreicht habt und die Wellen auf der Reise regelmäßig zehn Meter hoch werden. Es gibt aber auch noch eine gute Nachricht: Ihr dürft alles essen, was ihr fangt.«

»Und was bekomme ich für meine eintausend Pfund?«

»Du wirst auf den Falklandinseln abgesetzt und musst darauf hoffen, dass der Gouverneur Verständnis für deine Lage aufbringt, obwohl du keinen Pass und kein Geld hast. Unglücklicherweise ist er ein ehemaliger Offizier des SBS, weshalb du den Rest deines Urlaubs wahrscheinlich in einer Zelle verbringen wirst – zusammen mit einem halben

Dutzend argentinischer Banditen, die die Invasion der Falklands noch nicht vergessen haben.«

»Ich bin nur überrascht, dass sie einen nicht über die Planke gehen lassen, nachdem man ihnen das Geld gegeben hat.«

»Der verrückte Major hielt das zunächst für eine Option, war am Ende dann aber doch der Ansicht, das ginge ein bisschen zu weit.«

»Und die Leute zahlen tatsächlich für so einen Urlaub?«, fragte Jo ungläubig.

»Es gibt eine lange Warteliste von Kunden, die nur zu gerne den Platz eines der Feiglinge einnehmen würden, die in letzter Minute absagen.«

»Und darf ich fragen, welche Rolle sie für dich vorgesehen haben?«

»Ich wäre verantwortlich für die Auswahl ehemaliger Soldaten, welche die Kunden auf ihren diversen Abenteuern begleiten. Natürlich würde ich nur Bewerbungen aus Reihen des SAS, der Royal Marines und des SBS in Betracht ziehen.«

»Jetzt verstehe ich, warum sie dich ausgewählt haben«, sagte Jo. »Wirst du auf das Angebot eingehen?«

»Ich fange in sechs Wochen an. Der Major hat mir fast das Doppelte dessen geboten, was ich bei der Met bekomme.«

»Wir werden auch jeden Penny davon brauchen«, sagte Jo.

»Ja, denn sie werden dir keine eintausend Pfund pro Woche bezahlen, um dir die privaten Ansichten eines verrückten Majors anstatt denen eines verrückten Commanders anzuhören. Dann wird es meine Aufgabe sein, eintausend Pfund pro Woche zu verdienen, damit wir beide ein neues Leben zusammen anfangen können.«

»Wir drei«, sagte Jo und legte eine Hand auf ihren Bauch.

Es dauerte einen Moment, bis Ross begriff, doch dann sprang er hoch in die Luft, ließ sich zu Boden sinken und sagte: »Wir müssen so rasch wie möglich heiraten.«

»Warum?«

»Meine Mutter ist eine altmodische römisch-katholische Irin, die Wörter wie ›ehelich‹, ›unehelich‹ und ›Bastardkinder‹ benutzt, als seien sie heute noch allgemein in Gebrauch.«

»Was wird sie sagen, wenn sie herausfindet, dass ich eine ehemalige Prostituierte bin?«

»Es wäre ein viel größeres Problem, wenn du eine Protestantin wärst.«

17

»Und damit haben wir das Ende unseres Rundgangs erreicht«, sagte der Führer. »Ich hoffe, es hat Ihnen gefallen.« Eine warme Runde Applaus erklang. »Wenn Sie etwas zur Erinnerung an Ihren Besuch erwerben wollen, der Shop im Erdgeschoss ist geöffnet, und ebenso das Café, sollten Sie eine Erfrischung wünschen. Sie können sich gerne noch ein wenig auf dem Grundstück umsehen, aber vergessen Sie nicht, die Tore schließen heute um dreizehn Uhr. Ich danke Ihnen.«

William und Ross folgten der Menge aus dem Raum, wobei sie den Shop und das Café ignorierten und auf die Eingangstür zugingen.

»Bleiben Sie immer in Bewegung«, sagte William, als sie über ein breites, ungemähtes Stück Rasen auf eine große Baumgruppe zuschlenderten, die das Schloss überragte. »Beobachtungen?«, fragte er, als sie sicher außerhalb der Hörweite der anderen Besucher waren.

»Der Caravaggio hängt noch immer über dem Kamin im Speisesaal, sodass alle ihn sehen können.«

»Was ist Ihnen an diesem Saal sonst noch aufgefallen?«

»Ein Tisch war für vier Personen gedeckt, also erwarten sie ganz offensichtlich Booth Watson zum Lunch«, sagte Ross nachdenklich. »Mit oder ohne seinen Mandanten.«

»Sicherheitsvorkehrungen?«, fragte William.

»Praktisch inexistent. Die kleineren Gemälde wurden alle an die Wand geschraubt, und es gibt nur ein Seil als Absperrung, damit ihnen niemand zu nahe kommt.«

»Alarmanlage?«

»Penfold, aber seit Jahren veraltet.«

»Und was haben Sie nicht gesehen?«

»Einen Angestellten eines Sicherheitsdienstes, wie man ihn in jedem Saal finden würde, wäre das eine öffentliche Galerie und kein Privathaus.«

»Schlussfolgerung?«

»Seine Lordschaft kann es sich nur leisten, das absolute Minimum an Bediensteten einzustellen, was Faulkner sofort auffallen wird«, sagte Ross. »Vorausgesetzt, er erscheint hier.«

»Sofern er das nicht schon längst getan hat«, sagte William. »Vergessen Sie nicht, dass die örtliche Polizei nur einen Constable abstellen konnte für eine Überwachung, die eigentlich sieben Tage die Woche rund um die Uhr andauern sollte.«

Ross äußerte sich nicht dazu.

»Doch zurück zum Speisesaal«, fuhr William fort. »Was ist Ihnen sonst noch aufgefallen?«

»Die Galerie, die in früheren Jahrhunderten für die Musiker vorgesehen war, zieht sich über die gesamte obere Ebene des Saals.«

»Zugang?«

»Eine schmale Wendeltreppe führt hinauf. Die einzige Sicherheitsmaßnahme besteht in einem Seil und einem Schild mit der Aufschrift ›Kein Zutritt‹ auf der untersten Stufe.«

»Irgendwelche anderen Beobachtungen?«

»Direkt gegenüber dem Caravaggio befindet sich ein großes Fenster, das auf den Schlosshof hinausgeht. Von dort oben kann man wahrscheinlich das Tor sehen.«

»Und sonst?«

Ross dachte einen Augenblick nach, blieb jedoch stumm.

»Auf der linken Seite der Musikergalerie befindet sich eine kleine Orgel«, sagte William. »Würde sich jemand auf der Galerie verstecken, könnte man ihn von unten aus dem Speisesaal nicht sehen.«

»Ist dort genügend Platz für uns beide?«

»Nein, nur für einen Chorknaben«, sagte William grinsend. »Außerdem, wenn wir beide verschwinden würden, könnte der Führer das vielleicht bemerken und sich auf die Suche nach uns machen.«

»Er hat uns zu Beginn des Rundgangs nicht gezählt.«

»Gut beobachtet«, sagte William und salutierte ironisch, indem er die Hand an die Stirn führte. »Trotzdem möchte ich, dass Sie hierher zurückkommen und kurz unsere Jungs informieren, die in ihren Fahrzeugen warten und sich unverzüglich in Bewegung setzen werden, sollte Faulkner auftauchen. Hat der Führer sonst noch etwas besonders Aufschlussreiches gesagt?«

»Die Tore zum Grundstück werden um eins geschlossen.«

»Woraus sich schließen lässt, dass es heute nur noch eine einzige weitere Tour geben wird. Deshalb sollten wir uns jetzt auf den Weg machen, denn wir können es uns nicht erlauben, sie zu verpassen.«

Rasch gingen sie den Hang hinab auf das Schloss zu. Sobald sie im Gebäude waren, besorgte William zwei weitere Eintrittskarten von einer älteren Dame, die an einem Empfangstisch saß. Dann schlossen sie sich etwa einem Dutzend Besuchern an, die sich in der Eingangshalle versammelt hatten und auf den Beginn des Rundgangs warteten.

Wortlos ging Ross in der Gruppe nach vorn, während William sich im Hintergrund hielt. Nachdem der Führer einige einleitende Bemerkungen gemacht hatte, begann der Rundgang. William konnte der Versuchung nicht widerstehen, mehrere Glanzstücke der Sammlung genauer zu betrachten, während sie von Raum zu Raum gingen. Er freute sich schon darauf, Beth von einem Farquharson, einem Raeburn und einem Peploe berichten zu können, wenn er an jenem Abend wieder nach Hause käme. Erst als sie erneut im Speisesaal waren, wurde er wieder zu einem polizeilichen Ermittler.

Ross war im vorderen Bereich der Gruppe geblieben, während der Führer berichtete, wie der erste Lord McLaren vor mehr als zweihundert Jahren die *Menschenfischer* erworben hatte.

William gab vor, das Porträt eines der weniger bekannten Zeitgenossen Caravaggios zu betrachten, während er sich unauffällig in Richtung der Wendeltreppe zurückzog, die zur Musikergalerie hinaufführte. Der Führer erreichte das Ende seiner Ausführungen über das Herzstück der Sammlung und ging in Richtung des nächsten Saals. Einige Kunstbegeisterte konnten nicht widerstehen und warfen noch einen letzten Blick auf das Meisterwerk, bevor sie sich wieder dem Rest der Gruppe anschlossen.

Sobald William sicher sein konnte, dass er alleine war, trat er gewandt über das Seil hinweg und ging die Wendeltreppe zur Galerie hinauf. Nur die eine oder andere knirschende Stufe veranlasste ihn, sich umzusehen und sich davon zu überzeugen, dass ihn niemand beobachtet hatte. Als er die Galerie erreichte, ging er rasch um die Kurve und versteckte sich hinter der gegenüberliegenden Seite der Orgel.

Obwohl er durch das Panoramafenster freie Sicht nach draußen hatte, konnte er den Esstisch, der unter ihm lag, ebenso wenig erkennen wie den Caravaggio.

Er lehnte sich zurück, um das zu tun, was er in der Vergangenheit schon so oft getan hatte: an Ort und Stelle sitzen bleiben, geduldig warten und seine Konzentration aufrechterhalten, gleichgültig womit er sich ansonsten beschäftigen mochte.

Als der Führer das Ende der Tour erreichte, war Ross unter den Ersten, die sich aus der Gruppe lösten und rasch das Schloss verließen. Ihm fiel auf, dass der Führer zwar den Shop und das Café erwähnt hatte, jedoch nicht mehr davon sprach, dass es den Besuchern freistand, in der Umgebung des Schlosses umherzuschlendern. Vielmehr erinnerte er alle noch einmal daran, dass die Tore um eins geschlossen würden.

Ross ging zu der Baumgruppe, von der aus er die Eingangstür des Schlosses und die Grundstückstore, die hinaus auf die Straße führten, im Blick haben konnte. Er zog sein Funkgerät aus der Innentasche seiner Jacke und drückte auf den grünen Knopf.

»DCI Warwick befindet sich noch immer im Gebäude. Ich habe etwa siebzig Meter von der Eingangstür entfernt auf dem Gelände Position bezogen. Falls Faulkner erscheint, werde ich allen unverzüglich Bescheid geben.«

»Verstanden«, sagte eine Stimme, die von Knackgeräuschen begleitet aus dem Funkgerät erklang. »Wenn jemand beobachtet, wie sich ein Fahrzeug dem Schloss nähert, wird man Ihnen sofort Meldung machen.«

»Alles klar und deutlich angekommen«, sagte Ross und schob das Funkgerät zurück in seine Tasche.

William spähte durch das große Fenster und beobachtete, wie die übrigen Mitglieder der Gruppe, welche die letzte Tour gemacht hatte, auf den Besucherparkplatz zugingen. Als er unter sich im Speisesaal Schritte hörte, drückte er sich noch tiefer in die Lücke zwischen Orgel und Wand und zog die Knie unter das Kinn.

Zwei Hausangestellte unterhielten sich, während sie die letzten Handgriffe an den Gedecken auf dem Tisch erledigten. Sie verstummten, als eine weitere Person den Saal betrat und eine donnernde Stimme mahnte: »Ich werde Sie beide wohl nicht daran erinnern müssen, wie wichtig dieses Treffen für Seine Lordschaft ist. Wir alle müssen vollkommen wach und konzentriert sein. Ist das klar?«

»Ja, Sir«, flöteten die beiden Stimmen wie aus einem Mund.

Ross beobachtete, wie die Grundstückstore geschlossen wurden, nachdem der letzte Besucher gegangen war. Nun ja, nicht ganz der letzte. Er sah hinauf zum großen Fenster im ersten Stock und fragte sich, wie William zurechtkam. Wie lange würde es dauern, bis er einsah, dass sie eine weitere sinnlose Reise unternommen hatten, falls in den nächsten Minuten kein Auto erschien? Obwohl er keine Ahnung hatte, wie William wieder aus dem Schloss gelangen wollte, stand eines für ihn fest: Sein Vorgesetzter hatte einen Plan.

Knackend erwachte Ross' Funkgerät zum Leben, und am anderen Ende der Verbindung erklang ein breiter Glasgower Akzent. »Ein Fahrzeug, das von einem Chauffeur gesteuert wird, bewegt sich auf das Schloss zu, zwei Passagiere auf der Rückbank. Das Gefährt dürfte Sie in etwa drei Minuten erreichen.«

»Nachricht angekommen.«

William starrte aus dem Fenster und sah, wie sich die Grundstückstore langsam öffneten. Einen Augenblick später rollte ein BMW auf das Gelände und fuhr in Richtung Schloss.

Das Auto verschwand aus Williams Blickfeld, lange bevor es die Eingangstür erreichte, doch Ross konnte deutlich erkennen, wie der BMW in der Auffahrt zum Stehen kam. Der Chauffeur eilte nach draußen und öffnete eine der hinteren Türen. Zwei Personen erschienen: eine elegant gekleidete Frau, die direkt auf die Schlosstür zuging, sowie ein Mann, der, in einen langen schwarzen Mantel gekleidet, eine Aktentasche trug.

Die beiden wurden von Seiner Lordschaft auf den Eingangsstufen begrüßt. Der Schlossherr trug eine lovatgrüne Jacke, einen Kilt mit dem traditionellen Muster der Familie McLaren, schwere braune Wollstrümpfe und das, was seine Mutter vernünftiges Schuhwerk genannt hätte. Neben ihm stand eine ältere Dame, die Ross wiederzuerkennen glaubte. Die Tür schloss sich, und alle verschwanden im Inneren des Gebäudes.

Williams Körper war bereits völlig steif, und er musste sich strecken. Doch er wagte es nicht, sich zu bewegen, denn er fürchtete, auch nur das kleinste Geräusch zu machen. Wenige Augenblicke später erklang irgendwo in der Ferne ein Gong, und kurz darauf hörte er, wie eine kleine Personengruppe angeregt plaudernd den Speisesaal betrat.

»Hier hingen die *Menschenfischer* während der letzten zweihundert Jahre«, sagte eine aristokratische Stimme, die nur Lord McLaren gehören konnte.

Gedämpft erklangen mehrere Ausdrücke der Bewunderung: »großartig«, »beeindruckend«, »ein Meisterwerk«.

William hörte, wie Lord McLaren sagte: »Begeben wir uns doch zum Lunch. Ich dachte, Sie würden gerne dem Bild gegenübersitzen«, fügte der Lord hinzu, indem er sich an einen seiner Gäste wandte, der jedoch nichts darauf entgegnete.

William hörte, wie Stühle zurückgezogen wurden, während die Hausangestellten zwischen dem Speisesaal und einem angrenzenden Raum hin und her eilten. Zwei Stimmen der Speisenden waren recht klar, doch jemand, der offenbar mit dem Rücken zu ihm saß, war etwas schwerer zu verstehen. Dann sprach eine Frau, und William erkannte ihre Stimme sofort. Es war entschieden nicht Lady McLaren.

Während sich Ross in der Baumgruppe versteckt hielt, versuchte er sich vorzustellen, was es auf der anderen Seite der undurchdringlichen Mauern des Schlosses wohl zum Lunch geben mochte. In Anbetracht der Jahreszeit vermutete er Räucherlachs und Moorhuhn von den eigenen Ländereien. Er leckte sich die Lippen und fand sich resignierend damit ab, dass es wohl noch lange dauern würde, bis ein ganz bestimmter Schlossmusiker am Fenster erscheinen würde. Falls William den Daumen hob, sollte er die wartenden Beamten verständigen, die sich unverzüglich mit ausgeschalteten Sirenen und ausgeschaltetem Blaulicht auf den Weg zum Schloss machen würden. Bis sie an der Tür vorfahren würden, hätte William Faulkner festgenommen. Ein nach unten gesenkter Daumen würde bedeuten, dass Faulkner nicht unter den Gästen war und William versuchen würde, das Gebäude unbemerkt zu verlassen.

William lauschte aufmerksam der Unterhaltung, die bei Tisch geführt wurde.

»Sollen wir uns nun dem Geschäftlichen widmen?«, fragte Lord McLaren, nachdem der Hauptgang abgetragen worden war.

»An welche Summe haben Sie gedacht?«, fragte eine Stimme, nachdem die unverbindliche Plauderei beendet war.

»Ich denke, dreißig Millionen wären ein fairer Preis.«

»Meiner Ansicht nach wären zwanzig Millionen eher angemessen.«

»Das Bild ist sehr viel mehr wert«, sagte McLaren.

»Ich würde Ihnen zustimmen, wenn es kein Notverkauf wäre.«

William hätte in diesem Augenblick gerne den Ausdruck im Gesicht Seiner Lordschaft gesehen.

»Da Sie ein Problem mit dem Finanzamt haben, ist der Markt aufseiten eines möglichen Käufers.« Die Stimme hielt inne. »Ich wäre jedoch bereit, Ihnen zweiundzwanzig Millionen zu bezahlen und Ihnen darüber hinaus einen zusätzlichen Anreiz anzubieten«, fuhr die Stimme fort.

»Und wie würde der aussehen?«, fragte McLaren. Er klang aufgeregt.

»Mein Angebot bleibt eine Woche lang auf dem Tisch. In der zweiten Woche wird es auf einundzwanzig Millionen fallen und in der dritten auf zwanzig Millionen.«

William fiel auf, dass Faulkner Booth Watson die genaue Summe mitgeteilt haben musste, die Lord McLaren benötigte, um die Erbschaftssteuer zu bezahlen, ebenso wie das Datum, an dem der volle Betrag fällig war und nach welchem der Lord dem Finanzamt Ihrer Majestät Zinsen zu bezahlen hätte.

»Darüber muss ich nachdenken«, sagte McLaren, der sich bemühte, noch immer entspannt zu klingen und so, als habe er alles unter Kontrolle.

»Die Uhr tickt«, sagte dieselbe Stimme wie zuvor. Faulkners Worte, aber geäußert von seinem Boten.

»Wir wollen uns zum Kaffee in den Salon begeben«, sagte McLaren, indem er die versteckte Drohung ignorierte. William hörte, wie Stühle vom Tisch weggeschoben wurden und sich die kleine Gruppe aus dem Saal begab.

Jetzt war er sich endgültig sicher, dass die mühseligen, schweren Schritte Miles Faulkners Stellvertreter auf dieser Erde gehörten.

William bewegte sich erst wieder, als die Hausangestellten den Tisch abgedeckt hatten, gegangen waren und die Tür hinter sich geschlossen hatten. Als keine Stimmen mehr zu hören waren, kroch er zum Fenster und senkte den Daumen. Genau in diesem Augenblick wurde die Tür noch einmal geöffnet. Er ließ sich flach auf den Bauch fallen und rührte sich nicht.

Ross fluchte mehrere Male, bevor er den Polizeifahrzeugen Bescheid gab, indem er den Beamten eine einfache Botschaft mitteilte: »Bereitschaft aufheben. Mission abgebrochen.«

»Tut mir leid, *Laddie*«, sagte eine Stimme, bevor das Funkgerät verstummte.

Eine weitere Stunde verging, bis William und Ross sahen, wie sich die Tore wieder öffneten und der BMW außer Sichtweite verschwand.

William bewegte sich erst, als er sicher war, dass sich niemand mehr in dem Saal unter ihm befand. Er spähte über das Geländer der Galerie. Niemand war zu sehen. Dann schlich er auf Zehenspitzen die Wendeltreppe hinab und quer durch den Speisesaal. Er konnte nicht anders, er musste einfach noch einen letzten Blick auf den Caravaggio werfen. Anschließend öffnete er die Tür gerade weit genug, um durch den Spalt hindurch etwas erkennen zu können, bevor er in den verlassenen Flur trat, stets bereit, in das Café oder den Museumsshop zu verschwinden, sollte jemand auftauchen. Vorsichtig ging er auf die Eingangstür zu, wobei er mit jedem Schritt selbstsicherer wurde. Er wollte gerade nach der Klinke greifen, als eine Stimme hinter ihm sagte: »Kann ich Ihnen helfen, junger Mann?«

William drehte sich nervös um und sah die alte Dame, die am Empfangstisch saß und die Einnahmen des Vormittags zählte.

»Hallo. Ja. Ich hätte gerne eine Eintrittskarte für die Nachmittagstour«, sagte er, ohne auch nur eine Sekunde zu zögern, während er nach seiner Brieftasche griff und eine Einpfundnote herausholte.

»Tut mir leid, aber für heute haben wir geschlossen.«

»Oh, das ist aber schade. Ich hatte mich so darauf gefreut, den Caravaggio zu sehen.«

»Sind Sie mir nicht heute Vormittag schon begegnet?«, fragte sie und musterte ihn genauer.

»Ja, aber ich fahre morgen nach London zurück und hatte gehofft, mir das Bild noch einmal anschauen zu können.«

»Dann werden Sie morgen ganz früh wiederkommen müssen, denn das wird vielleicht die letzte Möglichkeit für Sie sein, das Bild noch einmal zu betrachten.«

William entschied sich dafür, ein Risiko einzugehen. »Das verstehe ich nicht. Der Führer hat uns gesagt, das Bild befinde sich seit über zweihundert Jahren im Familienbesitz und sei der Stolz der Sammlung von Lord McLaren.«

»Das war es in der Tat. Aber ich fürchte, meinem Sohn bleibt keine andere Wahl, als es zu verkaufen«, sagte die gräfliche Witwe, als sie hinter ihrem Tisch hervortrat, durch die Eingangshalle ging und die Tür öffnete. »Die Erbschaftssteuer, wissen Sie«, fügte sie mit einem Seufzer hinzu. Dann schloss sie die Tür hinter ihm.

Jetzt war sich William auch ganz sicher, wer die vierte Person beim Lunch gewesen war.

»War Christina auch beim Lunch dabei?«, fragte Beth, als William in jener Nacht zu Bett ging.

»Ja. Sie trat als mögliche Käuferin des Bildes auf«, sagte William, »obwohl Booth Watson die meiste Zeit geredet hat.«

»Also bin ich wieder einmal auf ihre Lügen hereingefallen. Ich verspreche dir, ich werde sie nie wieder mit so etwas durchkommen lassen.«

»Dann wirst du sie umbringen müssen und hoffen, dass ich der Beamte bin, dem die Ermittlungen anvertraut werden.«

»Dich brauche ich nicht«, sagte Beth, »weil ich weiß, wie ich alle beide erledige, ohne dass ein Tropfen Blut fließt.«

»Was hast du vor?«, fragte William.

»Wenn Tim Knox der Verwaltung der königlichen Gemäldesammlung rät, Lord McLarens Antrag auf eine Ausfuhrgenehmigung abzulehnen mit der Begründung, dass *Menschenfischer* ein Kunstwerk von nationaler Bedeutung ist, könnte es Jahre dauern, bevor Faulkner es in die Hände bekommt. Und es gäbe nur einen Menschen, dem er die Schuld dafür geben könnte, nämlich Christina.«

»Das wäre das Letzte, was ich will«, sagte William nachdrücklich. »Der Commander hat die Operation Meisterwerk gerade genehmigt, weshalb du für mich herausfinden musst, wer den Transport des Bildes zu seinem neuen Besitzer übernimmt.«

»Das kostet mich nur ein paar Anrufe«, sagte Beth. »Aber was bekomme ich als Gegenleistung?«

»Ich bringe Faulkner in Handschellen zurück, zusammen mit dem Bild.«

»Wenn du das schaffst«, sagte Beth, »werde ich Tim Knox darum bitten, dass er dem Finanzminister empfiehlt, auf die Erbschaftssteuer Seiner Lordschaft zu verzichten, sofern er den Caravaggio der Nation schenkt.«

»Was meinst du mit ›der Nation‹?«, fragte William in unschuldigem Ton.

»Dem Fitzmolean natürlich.«

»Ich weiß einfach nicht, wer gerissener und skrupelloser ist, du oder Christina.«

Beth schaltete das Licht aus.

18

»Sieht sie nicht hinreißend aus?«, sagte Beth, als Braut und Bräutigam eintraten und sie Josephine zum ersten Mal sah.

»Und Ross ist offensichtlich absolut vernarrt in sie«, sagte William.

»Wärst du das nicht?«

»Ich habe mich vor einiger Zeit damit abgefunden, dass ich mit dir zusammen bin. *Eine arme Jungfrau, Sir, ein reizlos' Ding, Sir …*«

»*Aber mein*«, sagte Beth. »*Ende gut, alles gut.*«

»Nein. *Wie es euch gefällt.*«

»Dein Problem ist deine Halbbildung.«

»Und dein Problem …«

»Psst«, sagte Beth, als Ross und Jo vor der Standesbeamtin Platz nahmen.

»Willkommen im Alten Bürgermeisteramt von Marylebone«, sagte die Standesbeamtin an die versammelte Hochzeitsgesellschaft gerichtet.

»Ich glaube, ich werde mich nie daran gewöhnen, dass eine Frau die Trauungsformalitäten vollzieht«, flüsterte Beth.

»Du bist so wunderbar altmodisch«, sagte William und nahm ihre Hand.

»Was der Grund dafür ist, warum ich bei dir gelandet bin, Höhlenmensch.«

»Ich habe das Vergnügen, die Trauung zwischen Ross und Josephine zu vollziehen«, fuhr die Standesbeamtin fort. »Ich möchte zunächst betonen, dass das Versprechen, das sie einander heute geben, für den Rest ihres Lebens gilt und in moralischer wie juristischer Hinsicht genauso bindend ist wie jedes Gelöbnis in einer Kirche. Und nun wollen wir mit der Zeremonie beginnen.«

William hatte Ross noch nie so entspannt und glücklich gesehen. Der modische neue Anzug, das weiße Hemd und sogar die Manschettenknöpfe, vervollständigt durch eine rote Nelke in seinem Knopfloch, wären eine große Überraschung für die Unterweltgestalten gewesen, in deren Mitte er sich so viele Jahre lang bewegt hatte – und von denen natürlich keiner zur Hochzeit eingeladen worden war.

Als die Standesbeamtin feierlich erklärte: »Falls irgendeiner der Anwesenden Kenntnis von einem juristischen Hindernis für diese Heirat hat, so möge er das jetzt äußern«, griff Beth nach Williams Hand. Er wusste, dass sie daran dachte, wie Miles Faulkner vor Jahren auf grobe Weise versucht hatte, ihren Hochzeitstag zu zerstören, und wie Christina ihnen zu Hilfe gekommen war.

Heute jedoch erhob niemand seine Stimme.

William gelang es nicht, ein Lächeln zu unterdrücken, als die beiden einander das Eheversprechen gaben. Er hatte sich noch immer nicht daran gewöhnt, dass einer der unerschütterlichsten Männer, die er jemals kennengelernt hatte, so hoffnungslos verliebt war.

Warmer Beifall brach aus, als die Standesbeamtin sagte: »Es ist mir eine große Freude zu erklären, dass Sie nun offiziell verheiratet sind. Sie dürfen die Braut küssen.«

Die beiden küssten einander zum ersten Mal als Mr. und Mrs. Hogan.

»Ich habe Hunger«, flüsterte William.

»Geduld. Nach der Zeremonie sind wir zum Lunch im Marylebone Hotel eingeladen.«

»Ich kann nicht warten. Ich hatte schon seit Wochen keine gute Mahlzeit mehr.«

Beth trat ihn heftig gegen den Fußknöchel, und er schnappte übertrieben nach Luft.

Die Hochzeitsgesellschaft folgte Braut und Bräutigam aus dem Saal und die Stufen des Alten Bürgermeisteramts hinab auf den Bürgersteig. William hielt Beths Hand, als sie die Marylebone Road überquerten und auf das Hotel zugingen.

Ein Mann, der an der Bushaltestelle auf der gegenüberliegenden Straßenseite saß, schrieb die Namen aller Personen auf, die er erkannte. Nur bei dreien der Gäste wusste er nicht, um wen es sich handelte. Er sah sich Braut und Bräutigam genauer an und fragte sich, ob Hogan bewusst war, gerade ein Callgirl geheiratet zu haben. Er würde jedoch in jedem Fall unverzüglich seinen Auftraggeber darüber informieren, dass man sich auf diese überbezahlte Schlampe nicht mehr verlassen konnte. Dann erblickte er DS Roycroft. Konnte man auch ihr nicht länger trauen? Waren die Informationen, die sie ihm gegeben hatte, bereits von Warwick manipuliert worden? Er würde vom Schlimmsten ausgehen und gleichzeitig versuchen müssen, die Situation zu seinem Vorteil zu nutzen. Er würde der Hure die Schuld an irgendwelchen falschen Informationen geben und sich dann selbst zugutehalten, dass er sie entlarvt hatte. So würde er dafür sorgen, dass er seine einzige Einkommensquelle nicht verlor.

Lamont rührte sich nicht von der Stelle, als die Hochzeitsgesellschaft in Richtung des nahe gelegenen Hotels strebte. Erst als alle außer Sichtweite waren, betrat er die nächste Telefonzelle, wählte eine Nummer und wartete.

»Fetter Chambers«, sagte eine Stimme am anderen Ende der Leitung. »Wie kann ich Ihnen helfen?«

»Ich muss mit Mr. Booth Watson sprechen – dringend.«

»Was für ein Festessen«, sagte William und stellte sich in der Schlange am Buffettisch an.

»Vergiss nicht, du versuchst ein paar Kilos loszuwerden«, sagte Beth.

William ignorierte ihre Ermahnung und häufte Hühnchen, Tomaten und Salat auf seinen Teller, bevor er zum anderen Ende des Tisches ging, wo er die freien Flächen mit Schinken, Käse und Frühkartoffeln auffüllte.

»Man kann einen Mann aus seiner Höhle zerren«, seufzte Beth, »doch wie sehr man sich auch bemühen mag, etwas Besseres aus ihm zu machen, er wird immer ein Höhlenmensch bleiben.« Sie nahm sich eine Scheibe Räucherlachs, ein weich gekochtes Ei und etwas Salat und schlenderte dann hinüber zu Paul, der mit der Braut plauderte. Sein Teller glich sogar einem noch größeren Berg.

»Das ist Beth Warwick, Williams Frau«, sagte er zwischen zwei Happen.

»Ross spricht voller Hochachtung von Ihrem Mann«, sagte Jo. »Aber Sie wissen sicher, dass er am liebsten als verdeckter Ermittler gearbeitet hat. Anderenfalls wäre er nie auf die Idee gekommen, bei der Polizei zu kündigen.«

»William ist das genaue Gegenteil«, erwiderte Beth. »Obwohl er nur kurze Zeit als verdeckter Ermittler gearbeitet hat, konnte er es gar nicht erwarten, zum Yard zurückzukehren und wieder bei seinem Team zu sein.«

»Deshalb haben sie auch so gut zusammengepasst«, sagte Paul.

»Darf ich fragen, wohin es in den Flitterwochen geht?«

»Ross hat mir vier Möglichkeiten angeboten«, antwortete Jo. »Eine beliebige der drei Touren der Nightmare Holidays oder eine Reise durch das Weingebiet der Loire, wo wir die besten Tropfen verkosten und die wunderbare lokale Küche genießen, mit einem anschließenden langen Wochenende im Ritz Carlton in Paris.«

»Sie müssen lange und intensiv darüber nachgedacht haben«, sagte Beth.

»Etwa eine Nanosekunde«, gestand Jo. »Doch Ross hat die Absicht, alles auszuprobieren, was Nightmare Holidays anzubieten hat, sobald wir zurückkehren, während ich zu Hause bleibe und mich darum kümmere, dass alles gut vorbereitet ist für Josephine … oder Joseph.«

»Er hat mir angeboten, ihn auf der ›Unangenehm‹-Tour zu begleiten«, sagte Paul. »Aber unglücklicherweise ließ sich bei meinem vollen Terminkalender kein passender Zeitraum mehr finden.«

Alle lachten, und Beth ging durch den Saal, wo sie eine ältere Dame bemerkte, die in ein Gespräch mit dem Commander vertieft war.

»Ich muss gestehen, ich hätte nie gedacht, dass mein Sohn eines Tages heiraten würde«, sagte sie. »Weshalb das alles eine ziemliche Überraschung war.«

»Eine angenehme Überraschung, so hoffe ich, Mrs. Hogan«, sagte Hawksby. »Sie können sehr stolz auf Ihren Sohn sein, und es ist wirklich schade, dass wir ihn verlieren.«

»Welch ein Lob, Commander. Aber als aufrechtem Mitglied der römisch-katholischen Kirche dürfte Ihnen kaum entgangen sein, dass die beiden die Ehe gerade noch rechtzeitig geschlossen haben«, sagte Mrs. Hogan und sah zu ihrer Schwiegertochter.

»Ich fürchte, ich bin wohl eher ein abtrünniger Katholik«, entgegnete der Commander.

»Abtrünnig genug, um sich über ihre ehemalige Profession keine Sorgen zu machen?«

Dem Commander fiel keine passende Erwiderung ein.

»Wer ist das, der sich gerade mit William unterhält?«, fragte Jackie, die zu Paul in die Schlange am Buffet trat, um sich eine zweite Portion zu holen.

»Major Cormac Kinsella, Ross' neuer Chef. Er ist vollkommen durchgeknallt, weshalb Ross sich bei ihm wohlfühlen dürfte«, antwortete Paul, als er sich den letzten Hühnerschenkel nahm.

»Wann wird Ross bei Ihnen anfangen?«, fragte William.

»Am nächsten Ersten«, sagte Major Kinsella. »Also haben Sie ihn nur noch kurze Zeit, wenn er aus den Flitterwochen zurück ist.«

»Das Timing könnte nicht besser sein«, sagte William. »Es gibt da noch einen letzten Auftrag, bei dem wir ohne ihn nicht weiterkommen.«

»Darf ich fragen, worum es sich handelt?«, fragte Kinsella. »Ross weigert sich, mir irgendetwas darüber zu verraten, was er im Yard so treibt.«

»Genau wie ich«, sagte William. »Würde ich es nicht tun, würde ich meine Stelle verlieren.«

»Sollte das geschehen«, sagte Kinsella und reichte William eine Visitenkarte, »melden Sie sich bei mir.«

»Warum sollte er das tun?«, fragte Beth, als sie neben William trat.

»Wir haben wirklich Glück, dass Ross als leitender Mitarbeiter vor Ort bei uns ist, Mrs. Warwick«, sagte Kinsella. »Aber es wird nicht mehr lange dauern, bis ich mich nach einem Geschäftsführer umsehen muss, der an meine Stelle treten wird. Offen gestanden glaube ich, dass Ihr Mann der ideale Kandidat wäre, das Unternehmen auf eine neue Ebene zu bringen.«

»Was könnte es denn über ›Unerträglich‹ hinaus noch geben?«

»Ein Gehalt von achtzigtausend Pfund pro Jahr, Aktien des Unternehmens und eine jährliche Gewinnbeteiligung.«

»Und warum glauben Sie, dass ich der Richtige für diese Aufgabe wäre?«, fragte William. »Schließlich kennen Sie mich erst seit zehn Minuten.«

»Ich weiß, dass Sie der jüngste DCI in der Geschichte der Met sind, und für Ross sind Sie der beste Beamte, unter dem er je gearbeitet hat. Um ehrlich zu sein, ich habe diese Entscheidung bereits getroffen, bevor ich Ihnen persönlich begegnet bin.«

»Verraten Sie das lieber nicht dem Commander«, sagte Beth.

»Was soll er mir lieber nicht verraten?«, fragte Hawksby, als er zu ihnen herüberkam.

»Major Kinsella hat William gerade eine Stelle angeboten«, sagte Beth genüsslich.

»Nur über meine Leiche«, sagte Hawksby.

»Ich bin zu allem bereit, was nötig ist«, sagte Kinsella grinsend.

»Und ich werde alles tun, um Sie aufzuhalten«, sagte

Hawksby. »Mit DCI Warwick habe ich noch Großes vor, und die Leitung eines Ferienlagers gehört nicht dazu. Davon abgesehen bin ich gerne bereit, jeden umzubringen, der sich mir in den Weg stellt.«

»Lehrt uns das Evangelium nicht, dass bereits der Gedanke an Mord genauso schlimm ist wie die Tat?«, sagte Beth, die versuchte, die Stimmung ein wenig aufzulockern.

»Wenn das der Fall ist«, sagte der Commander, »dann werde ich unseren Herrn bitten müssen, etwa fünfzig andere Fälle in Betracht zu ziehen. Und ehrlich gesagt, stehen Sie auf meiner aktuellen Liste nicht einmal ganz oben«, sagte er und betrachtete den Major mit düsterer Miene.

William lächelte, doch das war nicht überraschend, denn er wusste genau, wer diese Position auf der aktuellen Liste des Commanders einnahm.

»Aber wie auch immer«, fuhr Hawksby fort. »Auch ich werde in nicht allzu ferner Zukunft in Pension gehen, und irgendjemand wird meine Stelle übernehmen müssen.«

Das brachte sogar Beth zum Schweigen, während William davon abgelenkt wurde, dass eine Stimme etwas in sein Ohr flüsterte. »Könnte ich Sie kurz sprechen, bevor wir zum Flughafen fahren?«

»Natürlich«, sagte William und überließ es dem Commander, die Rangelei mit Major Kinsella fortzuführen.

»Werde ich früh genug zurück sein, um bei der ganz großen Sache mitmachen zu können?«, fragte Ross, sobald er sicher sein konnte, dass niemand sie belauschen würde.

»Ich habe alles um eine Woche verschoben, damit Sie auf jeden Fall dabei sind. Ich will diese besondere Operation nicht ohne Sie beginnen.«

»Was haben die Transportspezialisten dazu gesagt, als sie erfuhren, dass jemand vom Yard sie auf dieser Reise begleiten würde?«

»Sie waren nicht gerade glücklich, behielten ihre Meinung allerdings für sich, nachdem der Commander sie daran erinnert hatte, dass die meisten ihrer Aufträge von der Regierung bestätigt werden müssen. Ein paar Tage lang waren sie noch recht unkooperativ, doch dann hat der Innenminister den Firmenchef angerufen. Wie man sich erzählt, hat das Gespräch nicht besonders lange gedauert.«

»Ich kann es gar nicht erwarten«, sagte Ross.

»Lassen Sie das bloß Jo nicht hören«, erwiderte William, »denn ich weiß, dass sie in den nächsten zehn Tagen andere Dinge mit Ihnen vorhat. Also entspannen Sie sich und genießen Sie Ihre Flitterwochen. Sie müssen absolut klar und fit sein, wenn Sie zurückkommen und wir die größte Operation durchziehen, bei der ich jemals dabei war.«

»Größer als das Trojanische Pferd?«

»Das war die Operation des Commanders. Die Operation Meisterwerk ist meine.«

Ross verbrachte die nächste Woche damit, durch das Loiretal zu reisen, die besten Weine zu kosten – niemals durfte er dabei sein Glas ganz leeren – und mehrere Gänge Nouvelle Cuisine zu verspeisen, bevor er regelmäßig hungrig zu Bett ging. Die letzten drei Tage seiner Flitterwochen verbrachte er damit, sich Paris anzusehen, wobei er nicht ahnen konnte, dass es nicht mehr lange dauern würde, bis er erneut in der Stadt wäre. Jeden Morgen fand er Zeit für einen Fünf-Meilen-Lauf, bevor er sich Jo zu einem Croissant mit Kaffee anschloss. Das Frühstück, so schien es ihm, war offensichtlich diejenige Mahlzeit des Tages, der die Franzosen am wenigsten Aufmerksamkeit schenkten. In seiner Abwesenheit verbrachten DCI Warwick und der Commander ihre Zeit damit, die letzten Einzelheiten einer Operation abzustimmen, die auf die Sekunde genau ablaufen musste.

Als ein sonnengebräunter Ross am folgenden Montag wieder zur Arbeit kam, waren alle notwendigen Vorbereitungen erledigt, und das Team wartete nur noch auf die Genehmigung des Commissioners.

»Wenn wir es diesmal durchziehen«, sagte Ross, nachdem er und William den Plan ein letztes Mal besprochen hatten, »werde ich als glücklicher Mensch aus dem Polizeidienst ausscheiden. Und nicht nur, weil Sie nicht mehr mein Chef sind«, fügte er lachend hinzu.

»Wenn wir scheitern«, sagte William, ohne zu lachen, »dann werde ich ebenfalls aus dem Polizeidienst ausscheiden. Aber ich werde immer noch Ihr Chef sein.«

19

William hatte nie darüber nachgedacht, wie lange es dauerte, ein wertvolles Kunstwerk zu verpacken, und wie viele Menschen daran beteiligt waren, obwohl Beth versucht hatte, ihn vorzuwarnen.

Der entscheidende Mann der Gruppe war Ian Posgate, ein leitender Angestellter von Lloyd's of London, der den Caravaggio für den Fall einer Beschädigung während des Transports versichert hatte; ebenso hatte er das Werk über den vollen Betrag von einundzwanzig Millionen Pfund versichert, sollte es seinen Bestimmungsort nicht erreichen. Posgate war erfreut, dass Polizisten, als seine Mitarbeiter getarnt, ihn auf der Reise begleiten würden.

William und Ross standen daneben und beobachteten, wie die Verpackungsprofis ihre Arbeit erledigten. Mr. Benmore, der die Aktion leitete, konnte sich im Catalogue raisonné seines Unternehmens eines Goyas, eines Rembrandts und eines Velázquez rühmen. Kürzlich jedoch hatte er es einem seiner Mitarbeiter überlassen, einen Warhol für die Tate zu verpacken. Mr. Benmores Interesse an modernen Werken war begrenzt.

Der zeitaufwendige Prozess begann mit vier Technikern, von denen zwei auf halber Höhe zweier Leitern standen, während die Füße der anderen beiden fest auf dem Boden ruhten. Zwischen ihnen senkte sich das Meisterwerk langsam nach unten, und zwar stets nur um wenige Glieder der Kette, an der es aufgehängt war. William bemerkte, dass Lord McLaren vor seinen Augen zu altern schien, während der rechteckige, etwas hellere Bereich sichtbar wurde, der verriet, wo der Stolz seiner Familiensammlung während der letzten zweihundert Jahre gehangen hatte.

Als die untere Leiste des Rahmens Hüfthöhe erreicht hatte, hoben die vier Techniker das Bild von seiner Kette und senkten es vorsichtig auf vier Schaumstoffblöcke. Dann hielten sie ein paar Augenblicke inne und platzierten es schließlich in einem speziell dafür vorbereiteten Transportrahmen.

Dieses einmalige Stück handwerklichen Könnens war von einem Schreiner angefertigt worden, dem man die genauen Maße des reich verzierten und vergoldeten Rahmens mitgeteilt hatte; das Gemälde selbst hatte er nie zu Gesicht bekommen.

Sobald sich das Bild sicher an der dafür vorgesehenen Stelle befand, wurde eine Schutzschicht aus Polyäthylen straff über die Oberfläche gespannt, bevor das Technikerteam, überwacht von Mr. Benmore, den Transportrahmen in eine verstärkte Kiste manövrierte, die derselbe Schreiner hergestellt hatte: ein heikles Unterfangen, das gleichermaßen Geschicklichkeit und Kraft erforderte. Nachdem Mr. Benmore sich davon überzeugt hatte, dass sich das Bild innerhalb der Kiste auf seiner langen Reise nach Barcelona nicht bewegen würde, bestand seine letzte Aufgabe darin, mithilfe eines elektrischen Schraubendrehers die hölzerne Abdeckung der Kiste zu befestigen. Ross zählte alles in allem vierundzwanzig Schrauben.

Nach einer gründlichen Inspektion verkündete Mr. Benmore seine Zufriedenheit und gestattete seinen Mitarbeitern eine Teepause.

Zwanzig Minuten später waren die Männer wieder bei der Arbeit. Zwei von ihnen hoben die Kiste etwa dreißig Zentimeter vom Boden hoch, während die anderen beiden ein breites Rollbrett darunterschoben. Nachdem die Männer die Kiste sanft auf das Rollbrett gesenkt hatten, wurde sie langsam aus dem Speisesaal und durch den Korridor zur Vordertür des Schlosses geschoben. Über die ganze Strecke hinweg waren auf dem Boden Kunststoffplatten ausgelegt, um den Marmor zu schonen.

Als sie die Eingangshalle erreichten, warf William einen Blick hinüber zum Gutsherrn, der seinen Arm um eine ältere Dame gelegt hatte, die er wiedererkannte. Sie kämpfte mit den Tränen angesichts der lieben Dahingegangenen.

Er vermutete, dass das Bild stets in einer aufrechten Position blieb, nachdem es in die Kiste gepackt worden war – und auch noch, als die Männer es im Laderaum eines Transporters mit Spezialfederung festschnallten, wodurch sichergestellt wurde, dass die *Menschenfischer* nicht aus ihrem Boot fallen konnten.

Auf dem Weg zum Flughafen Aberdeen fuhren sie nirgendwo schneller als dreißig Meilen pro Stunde.

William und Ross folgten dem Transporter in einem nicht gekennzeichneten Polizeifahrzeug. Ein Privatjet erwartete sie an einem Flughafen, an dem Privatmaschinen häufiger waren als kommerzielle Flugzeuge.

Mr. Benmore war der Erste, der aus dem Transporter stieg, und wieder überwachte er die Techniker, als sie das Bild mit größter Sorgfalt in den Frachtraum des Jets verluden, wo es erneut festgeschnallt wurde – und zwar wiederum in aufrechter Position. Bis die Frachtluke geschlossen wurde, ließen Mr. Benmore und der Versicherungsangestellte die Holzkiste keinen Augenblick lang aus den Augen. Vier Passagiere begaben sich an Bord der Maschine, die nach Barcelona fliegen würde.

Als der Privatjet ein paar Stunden später auf spanischem Boden landete, sahen sie, dass Leutnant Sanchez sie bereits auf dem Rollfeld erwartete.

Er war gleichermaßen gut vorbereitet. Unter der nervösen Anleitung von Mr. Benmore luden vier Polizisten in Overalls die Kiste aus dem Flugzeug und schnallten sie aufrecht stehend im klimatisierten und gepolsterten Laderaum eines Vans fest.

Ross setzte sich neben Sanchez in das Führerhaus, während Mr. Benmore, Mr. Posgate und William in das Heck des Vans kletterten. William klopfte an die Zwischenwand, und Sanchez machte sich bereit, den letzten Teil der Strecke mit einer Geschwindigkeit in Angriff zu nehmen, die einer Beerdigungsprozession angemessen gewesen wäre.

Booth Watson hatte an jenem Morgen ein früheres Flugzeug genommen, um seinen monatlichen Termin bei seinem meistgeschätzten Mandanten wahrzunehmen. Miles Faulkner war in einer für ihn ungewöhnlich übermütigen Stimmung, während er ungeduldig auf das Eintreffen seiner jüngsten Erwerbung wartete. Die beiden Männer saßen im Salon vor einer großen, leeren Fläche an der Wand über dem Kamin, wo die *Menschenfischer* ihren Platz finden sollten.

»Es wäre nett«, sagte Miles, »wenn Sie mich auf den neuesten Stand bringen könnten, was die Entwicklungen in London betrifft.«

»Es gibt einige gute und einige nicht so gute Nachrichten«, erwiderte Booth Watson, öffnete seine Tasche und nahm wie gewohnt mehrere Akten heraus. »Ich fürchte, wir können uns nicht länger auf die Berichte verlassen, die diese Prostituierte für mich verfasst hat. Doch andererseits haben Sie mich ja auch nie zu Rate gezogen, als Sie sie ausgewählt haben.«

»Nun machen Sie schon«, sagte Miles, der sich kaum Mühe gab, seinen Ärger zu verbergen.

»Vor ein paar Wochen hat Josephine Colbert im Alten Bürgermeisteramt von Marylebone Detective Inspector Ross Hogan geheiratet – also genau den Mann, den sie, von Ihnen bezahlt, verführen sollte, um an Informationen über die Arbeit von Warwicks Team zu kommen. Jetzt gehört sie eindeutig selbst zu diesem Team. Bei voller Bezahlung.«

»Streichen Sie sie sofort von der Gehaltsliste«, sagte Miles, dessen Ärger sich in Wut verwandelte.

»Das habe ich bereits«, sagte Booth Watson. »Soll ich sonst noch etwas in dieser Sache unternehmen?«

»Da gibt es nichts, mit dem Sie sich beschäftigen müssten. Ich bin ohnehin mehr daran interessiert zu erfahren, wie Sie an diese Information gekommen sind, da ich mir nicht vorstellen kann, dass Sie zur Hochzeit eingeladen wurden.«

»Lamont hatte Hogan schon eine Zeit lang beobachtet. Und ich muss Sie warnen: Er hält es für möglich, dass DS Roycroft ebenfalls auf Warwicks Seite steht und nicht auf unserer.«

»Sagen Sie Lamont, er soll Roycroft weiter treffen, damit die anderen keinen Verdacht schöpfen, dass wir ihr auf die Schliche gekommen sind. Ihr nächster Bericht dürfte eine interessante Lektüre darstellen, nachdem wir jetzt wissen, wem ihre wahre Loyalität gilt. Halten Sie Lamont weiter bei Laune.«

»Es gibt nur eine Sache, die Lamont bei Laune hält«, sagte Booth Watson, »und das kann die Gegenseite nicht bieten.«

»Was ebenso für Christina gilt. Wir können keineswegs riskieren, dass sie von Bord geht.«

»Dieses Risiko ist nicht besonders groß. Sie weiß, dass sie vieles nicht mehr haben wird, wenn sie Sie zugunsten von Mrs. Warwick im Stich lässt: kein Haus auf dem Land, keine Wohnung in der Stadt, kein Chauffeur, der sie überall herumfährt, kein Guthaben für Kleidung oder Mahlzeiten in Restaurants und ganz gewiss keine jugendlichen Liebhaber mehr. Sie würde am Ende im Gästezimmer der Warwicks schlafen und sich damit zufriedengeben müssen, was vom Tisch der beiden abfällt. Ich glaube also nicht, dass es dazu kommen wird.«

»Warum sollte sie dann weiter auf der Gehaltsliste stehen?«, fragte Miles.

»Solange Christina noch in Verbindung mit Warwicks Frau steht, ist sie unsere beste Option, um zu erfahren, was Warwick vorhat. Außerdem scheint Mrs. Warwick selbst für eine ganz bestimmte Art von Bestechung anfällig zu sein.«

»Worauf wollen Sie hinaus?«, blaffte Miles.

»Christina hat berichtet, dass ihr letztes Treffen mit Warwicks Frau ganz gut lief. Mrs. Warwick war erfreut, dass Christina sich damit einverstanden erklärte, ihren Frans Hals für die Ausstellung nächsten Herbst an das Fitzmolean auszuleihen.«

»*Meinen* Frans Hals«, sagte Miles.

»Sie werden nur wenige Wochen auf ihn verzichten müssen. Was nur ein kleines Opfer darstellt, wenn man es gegen die möglichen Folgen abwägt, sollten Sie es nicht tun.«

»Sorgen Sie dafür, dass Sie das Bild sofort nach dem letzten Tag der Ausstellung zurückbekommen. Sonst noch etwas?«

»Ja«, sagte Booth Watson. »Der Erwerb des Caravaggio hat Ihre finanziellen Mittel in London fast erschöpft.«

»Sie werden ersetzt werden, sobald die Übernahme von Marcel and Neffe durch ist. Und vergessen Sie das Bargeld nicht, das noch immer in Rashidis Schließfächern für mich lagert.«

Booth Watson war nicht gewillt, seinen Mandanten darüber zu informieren, dass auch diese Geldvorräte langsam zur Neige gingen, wenn auch aus einem anderen Grund.

Miles sah auf die Uhr. »Wenn mein Privatjet pünktlich gelandet ist, sollte das Bild in etwa einer Stunde bei uns sein. Bis dahin könnten wir ja eine Kleinigkeit zu Mittag essen.«

Leutnant Sanchez startete den Van, legte den ersten Gang ein und hielt sich streng an Mr. Benmores wiederholte Anweisung, stets auf der rechten Fahrspur zu bleiben und sogar auf der Autobahn nicht schneller als dreißig Meilen pro Stunde zu fahren.

Ross saß schweigend neben ihm und beobachtete aufmerksam die Umgebung, um so weit als möglich auf das Unerwartete vorbereitet zu sein. Er hatte bereits die vier unmarkierten Polizeimotorräder auf der Autobahn entdeckt.

Zwei fuhren vor und zwei hinter dem Van, und die Beamten gaben sich große Mühe, nicht aufzufallen. Nachdem der Van die Autobahn verlassen hatte und auf eine Landstraße abgebogen war, schaltete Ross eine Videokamera ein, um jeden Schritt der Aktion aufzunehmen.

Neidisch musterte der Leutnant das Gerät. »Gehört das bei Scotland Yard zur Standardausrüstung?«, fragte er.

»Wohl kaum. Es ist ein Geschenk meiner Frau.«

»Das einzige Geschenk, das ich von meiner Frau bekomme, ist eine weitere Tochter.«

»Wie viele sind es bisher?«

»Drei. Aber ich habe noch nicht aufgegeben«, sagte er, als sie den Waldrand erreichten und ihnen nichts anderes übrig blieb, als anzuhalten.

Ross schaltete die Kamera aus und legte sie in das Handschuhfach, während Sanchez heftig gegen die Zwischenwand klopfte, um den Männern im Heck mitzuteilen, dass sie angekommen waren.

William sah zu Mr. Benmore, der besorgt wirkte und heftig schwitzte.

Leutnant Sanchez hupte, und einige Vögel stiegen von den Wipfeln der hohen Pinien auf. Er wollte gerade noch einmal hupen, als ein Golfcart aus dem Wald rollte und vor dem Van anhielt.

Zwei muskelbepackte Männer stiegen aus dem Cart und umrundeten langsam den Van. Einer von ihnen öffnete die Fahrertür und wechselte ein paar Worte mit Sanchez, der eine sorgfältig vorbereitete Antwort auf jede Frage hatte. Der Wachmann salutierte ironisch und ging zu seinem Kollegen am Heck des Vans. Die beiden untersuchten die große Holzkiste, zählten die Passagiere, überprüften die

Einträge auf einem Klemmbrett und warfen die Hecktür wieder zu. Dann gingen sie zurück zum Cart. Einer der Muskelmänner hob den Arm zum Zeichen, dass Sanchez ihnen folgen sollte.

Ross holte seine Videokamera wieder aus dem Handschuhfach, drückte einen Knopf an der Seite und begann, ihr langsames, mäanderndes Vorrücken auf einem unbefestigten Waldweg aufzunehmen, der sie zu einer Holzbrücke führte. Er filmte weiter, als sie einen rasch dahinströmenden Fluss überquerten und den Wald verließen, von wo aus sie ein palastartiges Anwesen erkennen konnten, das die offene Landschaft beherrschte.

Sanchez folgte dem Golfcart über einen fein säuberlich gestutzten Rasen und eine breite Kiesauffahrt, die zum Gebäude führte. Ross ging im Kopf ein weiteres Mal Plan A durch. Falls Faulkner erschien, wenn sich die Tür öffnete, würde Ross zur Rückseite des Vans gehen, um die Chancen zu minimieren, dass sein ehemaliger Mitgefangener ihn sehen würde; es würde dann wirken, als ob Ross das Entladen überwachen wollte.

Sobald Faulkner der Kiste in das Gebäude folgen würde, würden sich vier bewaffnete Polizisten auf ihn stürzen und ihm Handschellen anlegen. Sanchez würde dann die offizielle Festnahme durchführen und ihm seine Rechte vorlesen.

Sollten die beiden Leibwächter auch nur ansatzweise Widerstand leisten, würden die Polizisten, die ungeduldig auf ihren Motorrädern auf der Autobahn patrouillierten, eingreifen und nur wenige Augenblicke später zu ihren Kollegen stoßen.

Die Tür öffnete sich, und ein Butler erschien. Aber

Faulkner war nirgendwo zu sehen. Es war nie so leicht wie erhofft. Ross wechselte innerlich zu Plan B.

Sanchez und Ross stiegen aus dem Van, gingen langsam zum Heck des Fahrzeugs und sahen zu, wie Mr. Benmore das Entladen der Kiste beaufsichtigte. Er hatte sich bereits bei William darüber beschwert, dass vier Amateure die Position seiner professionellen Techniker einnahmen, aber natürlich hatte das nichts genutzt. Begleitet von einigem Keuchen und Stöhnen wurde die Kiste schließlich aus dem Van gehoben, und die vier Polizisten folgten Sanchez und dem Butler ins Haus. Ross und Mr. Benmore begleiteten sie, während sich William außer Sichtweite hielt. Noch immer kein Anzeichen von Faulkner.

Nachdem sich die Eingangstür geschlossen hatte, zog William eine Baseballkappe tief in die Stirn. Er schlich aus dem Van und nahm hinter dem Lenkrad Platz, denn er wusste, dass er es nicht riskieren konnte, von Faulkner gesehen zu werden, denn dieser würde ihn augenblicklich erkennen. Gerne hätte er selbst die Verhaftung durchgeführt, doch er vermutete, dass beim erneuten Öffnen der Tür Sanchez triumphierend mit dem Festgenommenen auftauchen würde. Mr. Benmore wäre zweifellos noch nervöser, wenn er erfahren würde, dass das Bild aufgrund einer Vereinbarung zwischen dem Commander, dem Innenminister und der spanischen Polizei auf direktem Weg wieder zurück nach Schottland gehen würde.

Die vier Polizisten, welche die Berechtigung zum Betreten des Gebäudes gleichsam zwischen sich transportierten, durchquerten langsam die Eingangshalle, in der Sanchez mit dem Butler plauderte. Schließlich erreichten sie den Salon, wo über dem Kamin eine große, leere Fläche an der

Wand die Stelle markierte, an der die *Menschenfischer* niemals hängen würden.

Die Kiste wurde sorgfältig auf dem Teppichboden abgesetzt, und die Polizisten traten einen Schritt zurück, sodass Mr. Benmore sich seiner zweiten Aufgabe widmen konnte, die ebenso viel Kompetenz verlangte wie die erste – dem Auspacken.

Als er eine Schraube nach der anderen zu lösen begann, zog sich Ross hinter die offene Tür zurück, von wo aus er Faulkner auflauern konnte, sollte dieser den Salon betreten.

Nachdem alle vierundzwanzig Schrauben entfernt und der Deckel abgehoben worden war, löste Mr. Benmore den Transportrahmen und zog die darüber gespannte Polyäthylenschicht ab, welche die Leinwand schützte. Nachdem er diese Arbeit zu seiner Zufriedenheit erledigt hatte, wies er seine unausgebildeten Techniker an, das Gemälde vorsichtig an den vier Ecken seines vergoldeten Rahmens aus seinem metaphorischen Sarg zu heben, wobei er wahrscheinlich ein Dutzend Mal *»lentamente«* sagte. Eigentlich war Mr. Benmore es nicht gewohnt, sich zu wiederholen.

Die vier Männer beugten sich nach vorn, ergriffen jeder eine Ecke des Rahmens und hoben das Meisterwerk aus seiner Holzkiste. Ross konnte nicht widerstehen, er musste einfach nach vorn treten und sich das Bild noch einmal ansehen. Genau in diesem Augenblick kam der Butler zurück in den Salon; sein Herr und Meister folgte ihm auf dem Fuße.

Ross versuchte noch, sich wieder hinter die Tür zurückzuziehen, doch Faulkner hatte ihn schon erblickt, und auf seinem Gesicht erschien der Ausdruck eines unverhüllten

Schocks. Er drehte sich um und rannte, dicht gefolgt von Ross, zurück durch die Eingangshalle; in nur einem Meter Abstand eilte Sanchez den beiden hinterher.

Blitzschnell trat der Butler in die Tür, doch ein Rempler, für den Ross beim Rugby des Feldes verwiesen worden wäre, beförderte ihn zu Boden; trotzdem gelang es ihm, seinem Herrn und Meister einige wertvolle Sekunden zu verschaffen.

Ross folgte Faulkner durch einen langen Korridor, wobei er mit jedem Schritt ein wenig aufholte. Als Faulkner am Ende des Korridors eine Tür erreichte, überraschte er Ross, indem er auf die Uhr sah. Er sprang in den dahinter gelegenen Raum und warf die Tür hinter sich zu. Ross packte den Türgriff eine Sekunde zu spät. Nach einem entschlossenen Versuch begriff er, dass selbst das heftigste Gedränge beim Rugby die Tür nicht aufbekommen hätte.

Miles hörte, wie Hogans Schulter gegen die Tür donnerte, und gestattete sich ein schiefes Lächeln, während er durch das Zimmer ging und vor der schweren Eisentür stehen blieb. Er gab einen achtstelligen Code in seine Uhr ein, und die massive Tür gehorchte seinem Befehl und schwang auf. Er trat in den winzigen Raum, zog die Tür hinter sich zu und wartete, bis die vier schweren Riegel eingerastet waren. Wieder tippte er auf seine Uhr und wartete, bis das Zifferblatt aufleuchtete. Dann gab er den zweiten Code ein, der unverzüglich die zweite Tür öffnete. Er trat nach draußen und warf die schwere Metalltür hinter sich zu. Er stieß einen Seufzer der Erleichterung aus und folgte dann den Stufen hinab in seine andere Welt. Das immer wieder geprobte Verschwinden war ganz nach Plan verlaufen, aber er wusste, dass er jetzt ernsthaft erwägen musste, erneut weiterzuziehen.

Als er sein Arbeitszimmer erreichte, machte er als Erstes einen Anruf.

20

Widerstandslos reichte der Butler einem vor Wut tobenden Ross die Schlüssel. Schließlich hatte sein Arbeitgeber inzwischen mehr als genug Zeit, um zu verschwinden.

Ross rannte durch den Korridor zurück, wo William, Sanchez und mehrere seiner Beamten erfolglos versuchten, die Tür aufzubrechen. Das Einzige, was sie nach ihren Bemühungen vorweisen konnten, waren blaue Flecke auf ihren Schultern.

Rasch schloss Ross die Tür auf, doch keiner der Männer war überrascht, dass Faulkner nirgendwo zu sehen war.

»Schauen Sie sich diese Metalltür genauer an«, sagte William. »Beschreiben Sie mir, was Sie sehen, und vor allem, was Sie nicht sehen.«

»Keine Klinke und kein Schloss«, erwiderte Ross sofort.

»Und kein Feld mit einer Tastatur«, fügte Sanchez hinzu. »Wie öffnet man sie dann?«

»Ich vermute, es gibt nur einen Menschen, der das weiß«, sagte William, als der Butler mit einem großen Tablett voller Getränke erschien, weshalb Ross ihn nur noch lieber geschlagen hätte.

»Wie öffnet man diese Tür?«, wollte William von ihm wissen.

»Ich habe keine Ahnung, Sir«, antwortete der Butler und stellte das Tablett auf den Schreibtisch. Angesichts seiner ratlosen Miene hielt William es für möglich, dass er vielleicht sogar die Wahrheit sagte.

William wollte gerade eine weitere Frage stellen, als das Telefon auf dem Schreibtisch klingelte. Er gab dem Butler durch eine Geste zu verstehen, dass dieser das Gespräch annehmen sollte.

Der Butler nahm den Hörer ab. »Guten Tag. Hier ist die Residenz Sartona. Wie kann ich Ihnen helfen?«

William nahm sein Notizbuch und einen Kugelschreiber aus seiner Tasche, notierte sich den Namen Sartona und unterstrich ihn, während er dem einen der beiden Gesprächsteilnehmer zuhörte.

»Sind sie immer noch da?«

»Ja, Sir. Ich fürchte, Mr. Sartona ist im Augenblick im Ausland. Möchten Sie eine Nachricht hinterlassen?«

»Ist Booth Watson noch bei Ihnen?«

»Ja, Sir. Er freut sich darauf, Sie zu sehen, wenn Sie wiederkommen.«

»Rufen Sie mich sofort an, wenn Sie sicher sind, dass jeder der Plattfüße gegangen ist und sich wieder auf dem Weg nach Barcelona befindet.«

»Natürlich, Sir. Ich werde ihm mitteilen, dass Sie angerufen haben.« Der Butler legte auf, wandte sich William zu und sagte: »Kann ich den Gentlemen noch in irgendeiner Weise behilflich sein?«

Ross ballte eine Faust und machte einen Schritt auf ihn zu.

»Nein, vielen Dank«, sagte William. »Ich denke vielmehr, dass es ratsam wäre, sich jetzt zurückzuziehen.«

»Wie Sie wünschen«, sagte der Butler, deutete eine Verbeugung an und ging, ohne ein weiteres Wort zu verlieren.

William wartete, bis die Tür geschlossen war, und sagte dann: »Wenn wir überhaupt eine Chance haben wollen, um herauszufinden, was dahinter ist«, er deutete auf die undurchdringliche Eisentür, »werden wir ziemlich schweres Gerät einsetzen müssen.«

»Leichter gesagt als getan«, erwiderte Sanchez. »Dieser Ort war Francos Geheimversteck. Er ist, wie man in Ihrem Land sagt, *listed property* – er steht unter Denkmalschutz. Ohne richterliche Genehmigung dürfen wir keine Veränderung daran vornehmen.«

»Dann werden wir wohl weitermachen müssen, ohne die Behörden zu konsultieren, oder?«, sagte Ross.

»Ich glaube nicht«, sagte William. »Bedenken Sie, dass wir nicht in den ärmlicheren Gassen von Battersea sind. Wir haben keine Befugnisse hier.«

»Wen kümmert das schon, Chorknabe?«, sagte Ross, der sich nach dieser Enttäuschung kaum noch beherrschen konnte.

»Mich«, erwiderte Sanchez. »Denn wir sind nicht einmal in den ärmlicheren Gassen von Barcelona.«

»Sei's drum«, sagte William. »Sie können sicher sein, dass Faulkner inzwischen mit seinem spanischen Anwalt telefoniert, der uns eine Verbotsverfügung um die Ohren hauen wird, bevor irgendjemand das Wort ›Schneidbrenner‹ aussprechen kann.«

»Wir könnten immer noch abwarten. Schließlich muss er ja irgendwann wieder rauskommen«, schlug Ross vor.

»Ich wette, auf der anderen Seite dieser Tür befindet sich eine völlig andere Welt«, sagte William. »Der Himmel allein weiß, wie lange wir Daumen drehen müssten, bevor er wieder hier erscheint.«

»Und Faulkners Anwalt hätte bis dahin längst dafür gesorgt, dass wir das Grundstück verlassen«, fügte Sanchez hinzu.

William nickte, Ross hingegen schien immer noch nicht überzeugt.

»Und ich glaube sogar zu wissen, an welchen Anwalt er sich wenden wird«, fuhr Sanchez fort. »Wir können also so lange nichts tun, bis eine richterliche Verfügung sämtliche Einsprüche aufhebt.«

»Und wie lange wird das dauern?«, fragte Ross.

»Tage, Wochen, vielleicht Monate«, antwortete Sanchez, als das Telefon auf dem Schreibtisch erneut zu klingeln begann. Nachdem der Apparat zwei Mal geklingelt hatte, verstummte er, und William vermutete, dass jemand an einem anderen Anschluss im Haus abgehoben hatte.

Sanchez griff nach dem Hörer und wurde Zeuge der Unterhaltung zwischen dem Butler und einer Frau, mit der er zuvor schon oft die Klingen gekreuzt hatte.

»Wer ist der leitende Beamte?«, sagte eine kühle, sachliche Stimme.

»Leutnant Sanchez«, sagte der Polizist und unterbrach die beiden.

»Guten Tag, Leutnant«, sagte die Frau, als wende sie sich an einen ihr nachgeordneten Kollegen.

»Guten Tag, Señora.«

»Lassen Sie mich das von Anfang an klarstellen, Leutnant«, sagte sie, wobei sie sich bemühte, vernünftig zu klingen. »Wenn ich herausfinde, dass an irgendetwas im Hause meines Mandanten herumgepfuscht wurde, werde ich nicht zögern, die Polizei zu verklagen und Sie persönlich dafür zur Verantwortung zu ziehen. Haben wir uns verstanden?«

»Ja, Señora.«

»Damit es also zu einem späteren Zeitpunkt keine Missverständnisse gibt, Leutnant Sanchez, frage ich Sie noch einmal: Haben wir uns verstanden?«

»*Absolutamente*, Señora«, sagte Sanchez und rammte den Hörer auf die Gabel.

»Dann ist uns Faulkner also schon wieder entwischt«, sagte Ross.

»Nicht unbedingt«, sagte Sanchez. »Ich habe ein paar Streifenwagen an der Straße platziert, die von hier zur Autobahn führt. Wenn er versucht zu fliehen, warten wir schon auf ihn.«

»Und was ist mit der anderen Seite des Hauses?«, fragte William.

»Dort befindet sich eine Steilklippe. Franco hat diesen Ort ausgewählt, um keine unangenehme Überraschung zu erleben. Es ist jedoch keine große Hilfe, dass Faulkner nur zu gut weiß, dass ich nicht die Mittel habe, um ihn für längere Zeit rund um die Uhr zu überwachen. Das Geld fehlt heutzutage an allen Ecken und Enden«, sagte er seufzend.

»Dann werden wir zurückkehren müssen, wenn er es am wenigsten erwartet«, sagte William.

»Wenn Sie das tun, dann halten Sie mich bitte auf dem Laufenden«, sagte Sanchez. »Denn Faulkner ist jemand, den ich gerne kennenlernen würde.«

Ross lächelte, äußerte sich aber nicht dazu. Die spanische Art und Weise, ein Auge zuzudrücken.

»Doch bis dahin«, fuhr Sanchez fort, »gibt es nicht viel, was wir heute noch tun können, also sollte ich Sie vielleicht zum Flughafen fahren.«

William drehte sich um und sah, dass Ross auf dem

Boden kniete und sorgfältig die untere linke Ecke der Eisentür untersuchte. »Irgendetwas Interessantes?«, fragte er.

»Nichts, Sir«, erwiderte Ross und erhob sich langsam.

Das »Sir« verriet William, dass Ross etwas entdeckt hatte, das Sanchez nicht erfahren sollte.

Ross und William folgten dem Leutnant aus dem Zimmer. Als sie die Hälfte des Korridors hinter sich gebracht hatten, blieb William stehen, um sich den *Flötenspieler* noch einmal genau anzusehen, der dort an der Wand hing. Er runzelte die Stirn.

»Gibt es etwas Besonderes an dem Bild, Chef?«, fragte Ross.

»Ich fürchte, ja. Meine Frau wird nicht glücklich sein, wenn ich ihr sage, dass sie es von ihrer Liste streichen kann.«

In seinem Arbeitszimmer im Untergeschoss legte Miles den Hörer auf, zufrieden damit, wie seine spanische Anwältin sich um sein unmittelbares Problem gekümmert hatte; jetzt würde es nicht mehr lange dauern, bis die Polizei abzog. Aber wann würden sie in noch größerer Besetzung wiederkommen?

Er schlug sein privates Telefonverzeichnis auf und blätterte die Seiten durch, bis er den Buchstaben R erreicht hatte, wobei er hoffte, dass die Nummer noch gültig war. Dann lehnte er sich auf seinem Schreibtischstuhl zurück und ging in Gedanken Punkt für Punkt durch, was er sagen wollte, bevor er den Hörer abhob und wählte. Es klingelte mehrmals, bevor am anderen Ende der Leitung abgenommen wurde und eine Stimme fragte: »Wer ist dran?«

»Miles Faulkner. Es könnte sein, dass Sie sich nicht mehr an mich erinnern, aber …«

»Mr. Faulkner, wie könnte ich Sie je vergessen? Welchem Umstand verdanke ich dieses unerwartete Vergnügen?«

»Mit wem spreche ich?«

»Mit dem Familienoberhaupt.«

»Ich würde Ihrem Sohn Terry gerne eine Nachricht zukommen lassen.«

»Ich bin ganz Ohr, Mr. Faulkner.«

»Er soll einen Job für mich erledigen.«

»Verstanden. Aber zuerst müssen wir uns über den Preis einig werden.«

»Was ist denn üblich zurzeit?«

»Es kommt darauf an, wie bedeutend die fragliche Person ist.«

»Die Frau eines Polizeibeamten.«

»Das wird nicht billig werden, Mr. Faulkner.«

»Wie viel?«

»Sagen wir, zehn Riesen?«

»In Ordnung«, erwiderte Miles. Es schien ihm nicht der geeignete Zeitpunkt zum Feilschen zu sein.

»Wie wird man mich bezahlen?«

»Ex-Superintendent Lamont wird Ihnen morgen früh die Summe in bar übergeben.«

»Er wird zweifellos wissen, wo er uns findet«, sagte die Stimme. »Jetzt brauche ich nur noch einen Namen.«

»Alles in allem war mir Faulkners Privatjet lieber«, sagte Ross, als sie sich in die letzte Reihe der Economy Class setzten.

»Das war der einzige Flug, den es noch gab«, sagte William, »und offen gestanden ist es nichts als Glück, dass wir die beiden Plätze noch im letzten Augenblick bekommen haben.«

»Und wo sind Mr. Benmore und Mr. Posgate, wenn ich fragen darf?«

»Sie sitzen vorne in der ersten Klasse, zusammen mit Jesus Christus und vier Fischern.«

»Nun, sollten wir im Ärmelkanal landen«, sagte Ross, »dann wird wenigstens einer von uns in der Lage sein, über das Wasser zu wandeln.«

William wartete, bis das Flugzeug abgehoben und seine übliche Reisehöhe erreicht hatte, bevor er sein Notizbuch aufschlug. »Was ist Ihnen aufgefallen, das ich übersehen habe?«, fragte er.

»Um das durchzugehen, bräuchten wir einen Transatlantikflug«, sagte Ross, »weshalb es besser ist, wenn Sie beginnen.«

»Fangen wir an mit dem Telefongespräch des Butlers im Arbeitszimmer«, sagte William, indem er die spitze Bemerkung seines Kollegen ignorierte, der glücklich darüber war, schon bald aus dem Dienst zu scheiden. »Ich bin ziemlich sicher, dass er sich mit Faulkner unterhalten hat.«

»Wie kommen Sie darauf?«

»Als er den Hörer abnahm, wusste er genau, wer am anderen Ende der Leitung war.«

»Wie können Sie da so sicher sein?«

»Er sagte zwei Mal ›Ja, Sir‹ und beendete das Gespräch mit einem ›Natürlich, Sir‹«, sagte William und warf einen Blick auf seine Notizen. »Die ganze Sache hörte sich für mich so an, als folge er einem Drehbuch, das genau für eine solche Situation vorbereitet worden war.«

»Spekulation«, sagte Ross. »Sie werden etwas mehr brauchen, um die Geschworenen zu überzeugen.«

»In Ordnung. Als Faulkners Anwältin ein paar Minuten danach anrief, hat das Telefon zwei Mal geklingelt, wie man es bei einem von außen kommenden Anruf erwarten würde. Aber beim ersten Mal gab es nur ein Klingeln, also musste es sich um einen Anruf von innerhalb des Hauses handeln.«

»Nicht schlecht. Aber was hat der Butler ganz bewusst geäußert? Ich habe gesehen, dass Sie es notiert haben.«

»Sartona. Offensichtlich wollte er, dass ich das für Faulkners neuen Decknamen halte, aber ich bezweifle, dass dieses Wort in seinem Pass steht, wenn er sich entscheidet weiterzuziehen.«

»Gut gemacht, Chorknabe. Aber ich werde Ihr Ass übertrumpfen.«

Unwillkürlich musste William lächeln bei dem Gedanken, dass Ross einer der wenigen Menschen bei der Polizei war, die ihn immer noch »Chorknabe« nannten – und ihn dabei direkt ansprach. Er schloss sein Notizbuch, lehnte sich zurück und hörte zu.

»Während Sie im Van ein Nickerchen gemacht haben und ich Faulkner im Korridor hinterhergerannt bin, wurde er plötzlich langsamer und sah auf seine Uhr. Welcher Kriminelle, so habe ich mich gefragt, interessiert sich dafür, wie spät es ist, wenn er von einem Polizisten verfolgt wird? Als er die Uhr berührte, leuchtete das Zifferblatt auf.«

»Und wie lautet die Antwort auf Ihre rhetorische Frage, Inspector?«

»Er wusste, dass die Tür zu seinem Arbeitszimmer unverriegelt war, denn das gehörte zu seinem Fluchtplan, sollte die Polizei jemals auftauchen.«

»Und wie passt eine aufleuchtende Armbanduhr in Ihre Theorie?«

»Zunächst sollte man sich fragen, warum es keine Klinke und kein Schloss an der Tür zu seinem mannshohen Safe gibt.«

»Wie lautet Ihre Schlussfolgerung?«

»Dass die Uhr gewissermaßen der Schlüssel war, der die schwere Metalltür geöffnet hat. Als das Zifferblatt aufleuchtete, brauchte er nur noch einen Code einzugeben, und die Tür ging auf.«

»Das könnte erklären, warum es ihm gelungen ist, sich gleichsam in Luft aufzulösen und trotzdem wenige Augenblicke später den Butler anzurufen.«

»Und falls es Sie interessiert«, fuhr Ross fort, »kann ich Ihnen sogar den Namen der Firma verraten, die diese Tür hergestellt hat.«

»NP«, sagte William, womit er zeigte, dass er immer noch im Spiel war. »Diese Buchstaben waren in der linken unteren Ecke eingraviert.«

»Nicht schlecht, Chorknabe. Aber wissen Sie auch, wofür NP steht?«

»Nein, doch ich habe das Gefühl, dass Sie es mir gleich sagen werden.«

»Nosey Parker. Colonel Parker ist der Einzige, der uns erklären kann, wie man diese Tür öffnet.«

»Aber Sie sind nur noch eine Woche lang bei der Polizei.«

»Dann werde ich meinen Abschied wohl noch ein wenig hinauszögern müssen, wenn ich meine Theorie beweisen will.«

»Wer braucht schon einen ehemaligen Polizisten, der

bald für ein Ferienunternehmen arbeitet, das von zwei vollkommen Verrückten geleitet wird?«

»Sie brauchen ihn«, sagte Ross und zog eine kleine Blechschachtel aus der Innentasche seiner Jacke. Er schnippte sie auf, wodurch der Plastikabdruck eines Schlüssels sichtbar wurde.

»Die Tür zu Faulkners Arbeitszimmer?«

»Wenn ich den Schlüssel mitgenommen hätte«, sagte Ross, »hätte er das Schloss austauschen lassen, noch bevor wir den Flughafen erreicht hätten.«

»Sonst noch etwas?«

»Ja«, sagte Ross und zog seine Minikamera aus der Tasche. »Ich habe die einzig sichere Route durch den Wald bis zur Vordertür des Gebäudes aufgenommen. So werden Sie in der Lage sein, ohne mich zu überleben.«

William gestand seine Niederlage ein und schüttelte seinem Partner die Hand, als eine Stewardess sich über die beiden beugte und jedem von ihnen ein Plastiktablett mit trockenem Reis, aufgewärmtem Rindfleisch und einem Tütchen brauner Soße reichte.

»Sonst noch etwas?«, fragte William ein weiteres Mal.

»Ja«, sagte Ross. »Ich würde lieber vorne in der ersten Klasse neben Jesus Christus sitzen.«

»Ich denke, es sollte eher ein Chorknabe sein, der …«

»Es ist besser, einen einzigen Sünder zu retten«, unterbrach ihn Ross.

Miles nahm das Telefon auf seinem Schreibtisch ab und hörte zu.

»Die Luft ist rein, Sir«, sagte der Butler. »Unser Mann am Flughafen hat gerade angerufen. Er hat gesehen, wie beide an Bord einer Maschine nach London gegangen sind.«

»Beide?«, wiederholte Faulkner.

»Chief Inspector William Warwick und sein unmittelbarer Untergebener, ein gewisser Inspector Ross Hogan.«

»Die Frau des Chief Inspectors wird in Kürze eine unangenehme Überraschung erleben, und das nicht alleine deswegen, weil sie meinen Frans Hals für ihre Herbstausstellung nicht bekommt«, sagte Miles und rammte den Hörer auf die Gabel. Er verließ das Zimmer, ging die Treppe hinauf, tippte gegen seine Uhr und gab einen achtstelligen Code ein. Als sich die innere Tür öffnete, trat er in den mannshohen Safe, tippte wiederum gegen seine Uhr und gab einen weiteren achtstelligen Code ein, der es ihm ermöglichte, in sein Arbeitszimmer im Erdgeschoss zurückzukehren.

Als sich die Tür öffnete, sah er, dass Collins ihn mit einer soeben eingeschenkten Champagnerflöte auf einem silbernen Tablett erwartete. Im Vorbeigehen griff er nach dem Glas und sagte: »Ist Mr. Booth Watson immer noch bei uns?«

»Ja, Sir. Er wartet auf Sie im Salon.«

Miles sah sich im Arbeitszimmer um, das gleichsam geplündert worden war. »Wie ich sehe, hat der Chief Inspector seine Visitenkarte hinterlassen«, sagte er und ging dann in den Salon, wobei er nur kurz im Korridor stehen blieb, um ein Bild gerade zu rücken.

Booth Watson erhob sich, als sein Mandant eintrat. Miles ließ sich in den nächstgelegenen Sessel fallen und starrte hinauf zu zwei Bilderhaken, die jetzt nicht mehr gebraucht wurden.

»Dann war der Caravaggio also nichts weiter als ein Köder, um herauszufinden, wo ich mich versteckt habe.«

»So sieht es wohl aus«, sagte Booth Watson, »und Sie werden nicht erfreut sein zu hören, dass die Transportfirma das Bild wieder mitgenommen hat.«

»Sorgen Sie einfach nur dafür, dass der Scheck platzt.«

»Ich habe bereits mit der Bank gesprochen. Seine Lordschaft hat den Scheck heute Morgen vorgelegt, und sie wollten ihn gerade gutschreiben, als ich angerufen habe.«

»Ich werde das Bild trotzdem bekommen«, sagte Miles, während er die leere Fläche an der Wand betrachtete.

Booth Watson äußerte sich nicht dazu.

»Wie haben Sie es geschafft, dass die Polizei Sie nicht gesehen hat?«

»Collins hat mich im Zimmer einer der Hausangestellten im oberen Stockwerk untergebracht. Dort habe ich mich unter dem Bett versteckt.«

»Hat die Polizei das Zimmer nicht überprüft?«

»Ein Polizist kam herein, während ein Gärtner Sex mit dem Zimmermädchen hatte. Er entschuldigte sich und zog sich sogleich wieder zurück. Aber Sie werden sich jetzt mit der Tatsache abfinden müssen, dass dieser Ort überwacht wird.«

»Wir alle wussten, dass das irgendwann geschehen würde. Wenigstens war ich gut vorbereitet«, sagte Miles. »Aber jetzt muss ich planen, wie ich von hier verschwinden will, denn es wird nicht mehr lange dauern, bis sie wiederkommen.«

»Wann und wie?«, sagte Booth Watson. »Wir müssen davon ausgehen, dass die Polizei die Zufahrtsstraße überwacht.«

»Ich werde nicht die Straße nehmen.«

»Aber Sie haben mir doch einmal gesagt, dass es auf der anderen Seite des Hauses nichts mehr gibt außer einer Steilklippe?«

»So wäre es wohl, wenn Franco von seinem unteren Arbeitszimmer aus keinen Tunnel hätte bauen lassen, der bis direkt an den Strand führt. Ich kann es mir jedoch nicht erlauben umzuziehen, bevor alles andere an Ort und Stelle ist, weshalb Sie Überstunden werden machen müssen, wenn Sie wieder in London sind. Ich möchte, dass Sie als Erstes Kontakt zum Kapitän meiner Jacht aufnehmen und ihn anweisen, sich kurzfristig startbereit zu halten.«

»Und die Sammlung?«

»Kommt mit mir. Da, wo ich hingehe, könnte sie der einzige Vermögenswert sein, der mir noch bleibt.«

»Dürfte ich vorschlagen«, sagte Booth Watson, »dass Sie in Zukunft bei verriegelter Tür in Ihrem Arbeitszimmer schlafen, sodass Ihnen mehr als genügend Zeit zur Flucht bleibt, sollte Warwick mitten in der Nacht hier auftauchen?«

»Gute Idee, BW. Ich werde Collins bitten, unverzüglich ein Feldbett für mich aufzustellen.«

»Gibt es noch etwas, das ich für Sie erledigen kann, wenn ich wieder in London bin?«

»Nur eine Sache noch. Geben Sie Lamont zehntausend Pfund in bar und sagen Sie ihm, er soll das Geld morgen früh bei Terry Roach abliefern.«

Wie jeder erfahrene Kronanwalt stellte Booth Watson nie eine Frage, deren Antwort er nicht hören wollte.

21

»In welcher europäischen Stadt warst du diesmal, Höhlenmensch?«, fragte Beth, als sie William eine zweite Tasse schwarzen Kaffee einschenkte.

»Wie kommst du auf die Idee, dass ich nicht in London war?«

»Ich musste mir gestern ein paar Pfund ausleihen, und dabei habe ich gesehen, dass deine Brieftasche voller Peseten ist.«

»Definiere die Bedeutung des Wortes ›ausleihen‹.«

»Der volle Betrag wird irgendwann in Zukunft zurückgezahlt.«

»In wie ferner Zukunft?«, fragte William und strich sich etwas Orangenmarmelade auf seinen Toast.

»Noch zu meinen Lebzeiten«, sagte sie und gab ihm einen Kuss auf die Stirn. »Hör auf, das Thema zu wechseln, und sag mir, wohin du gefahren bist, nachdem du in Schottland warst.«

»Wie kommst du darauf, dass ich in Schottland war?«

»Außer einer Eintausendpesetennote habe ich eine einfache Fahrkarte nach Aberdeen gefunden, und ich glaube nicht, dass die Pesete inzwischen die schottische Nationalwährung ist.«

»Du hättest für eintausend Peseten sicher etwas mehr als nur ein paar Pfund bekommen.«

»Hör auf, das Thema zu wechseln«, wiederholte Beth. »Ich habe bereits herausgefunden, dass du nach Schottland gefahren sein musst, um Lord McLaren aufzusuchen – oder seinen Caravaggio, um genau zu sein. Das kannst du nur getan haben, weil du gehofft hast, Miles Faulkner dort anzutreffen, und ich vermute, dass du trotz all deiner Mühen mit seinem Stellvertreter auf Erden vorliebnehmen musstest.«

William strich etwas Butter auf eine weitere Scheibe Toast.

»Es spielt keine Rolle, wenn du es mir nicht sagen willst«, fuhr Beth fort, »denn ich werde mit Christina zu Mittag essen, und ich bin sicher, dass sie mir alles berichten wird.«

William fühlte sich schuldig bei dem Gedanken, dass Beth schon bald herausfinden würde, dass der Frans Hals, den Christina an das Fitzmolean auszuleihen versprochen hatte, nicht in der Herbstausstellung des Museums hängen würde und er dafür verantwortlich wäre. »Ich muss los«, sagte er, nachdem er seinen Kaffee getrunken hatte, »oder ich komme zu spät zur Besprechung mit dem Commander.«

»Hast du noch irgendwelche Peseten übrig?«, fragte Beth und gab ihm noch einen Kuss.

»Mein Vater hat mich vor Frauen wie dir gewarnt«, sagte er, als er ihr eine Fünfpfundnote gab.

»Ich bete deinen Vater geradezu an«, erwiderte Beth.

Wie üblich nahm der Commander an der Kopfseite des Tisches Platz; erfreut stellte er fest, dass das ganze Team anwesend war. Er sah zu seiner Rechten und sagte: »Dann weiß er jetzt also, was wir wissen.«

»Ja, Sir«, erwiderte William. »Was bedeutet, dass wir nicht viel Zeit haben, um einen Plan zu entwickeln, wenn wir ihm eine Falle stellen wollen, bevor er wieder verschwindet.«

»Wir?«, fragte Hawksby.

»DI Hogan hat sich bereit erklärt, sein Ausscheiden aus dem Dienst um einen Monat aufzuschieben, um sicherzustellen, dass Faulkner uns nicht ein drittes Mal entwischt.«

»Gibt es nichts, was Sie nicht tun würden, um wieder verdeckt zu ermitteln?«, fragte Hawksby, indem er sich der anderen Seite des Tisches zuwandte.

»Anscheinend nicht«, sagte William, bevor Ross antworten konnte. »Die spanische Polizei war außerordentlich kooperativ, doch Leutnant Sanchez meint, es wäre eine Hilfe, wenn Sie mit Ihrem Amtskollegen in Barcelona sprechen würden.«

»Ich werde ihn heute Vormittag noch anrufen«, sagte Hawksby. »Achten Sie nur darauf, mich stets über alles zu informieren, was Sie beide unternehmen – und ich meine wirklich alles.«

»Ja, Sir«, antwortete William, der sich bewusst war, dass das nicht möglich sein würde – es sei denn, Ross informierte *ihn* über alles, was *er* unternahm.

»Was hat der Rest von Ihnen erreicht, während sich DCI Warwick und DI Hogan auf Kosten des Steuerzahlers in Europa herumgedrückt haben? Fangen wir mit Ihnen an, DC Pankhurst.«

»Darren Carter«, begann Rebecca, »arbeitet immer noch als Türsteher im Eve Club, und abgesehen davon, dass er in seiner Pause manchmal um die Ecke einen Joint raucht, gibt es nichts, was man ihm anhängen könnte. Der Tratsch nach ein paar Bieren deutet jedoch darauf hin, dass er weiterhin glaubt, mit allem durchgekommen zu sein.«

»Was ist mit dem Besitzer des Clubs, der genauso schuldig ist?«, fragte Hawksby.

»Er hat gerade den Antrag gestellt, seine Schanklizenz für alkoholische Getränke bis zwei Uhr nachts zu verlängern.«

»Sprechen Sie mit dem örtlichen Friedensrichter und sorgen Sie dafür, dass der Antrag abgelehnt wird. Sagen Sie ihm, er soll mich anrufen, wenn er wissen will, warum.«

»Wird erledigt«, sagte Rebecca und machte sich eine Notiz.

»Lassen Sie mich eines klarstellen, Detective Constable«, fuhr Hawksby fort, den Blick noch immer unverwandt auf Rebecca gerichtet. »Ich werde mich erst zufriedengeben, wenn der Club geschlossen wird und die beiden Gangster hinter Schloss und Riegel sind.«

»Ja, Sir«, sagte Rebecca, aber diesmal machte sie sich keine Notiz.

»Haben Sie wenigstens bessere Nachrichten, DS Adaja?«

»Ja und nein, Sir«, sagte Paul. »Sleeman verleiht immer noch Geld zu exorbitanten Zinsen und zwingt dabei jedem, der den Betrag nicht pünktlich zurückzahlt, eine ungeschriebene Ausfallklausel auf. Aber im Augenblick kann ich nichts dagegen tun.«

»Warum nicht?«, fragte William.

»Jedes Opfer, mit dem ich bisher gesprochen habe, hat entweder vollkommen dichtgemacht oder abgestritten, überhaupt nur von Sleeman gehört zu haben. Sogar der Mann, der kürzlich einen Finger verloren hat.«

»Sie haben offensichtlich mehr Angst vor Sleeman als vor uns«, sagte Ross.

»Und wer wollte ihnen das vorwerfen?«, sagte William.

»Sind Sie bei der Suche nach den drei Verschwundenen einen Schritt weitergekommen?«

»Nein, Sir. Noch immer keine Spur von ihnen. Aber das hindert Sleemans Schläger nicht daran, vor den Türen der Witwen zu erscheinen, wenn die nächste Rate fällig ist, und das Witwenscherflein zu kassieren.«

»Vielleicht ist eine der Witwen in Zukunft eher bereit, mit uns zusammenzuarbeiten«, sagte Hawksby.

»In dieser Hinsicht wäre ich nicht allzu optimistisch, Sir. Jedes Mal, wenn ich Sleemans Namen erwähnt habe, meinten sie, sie hätten noch nie von ihm gehört.«

»Dann können wir nur darauf hoffen, ihn festzusetzen, bevor das nächste Opfer verschwindet.«

»Leichter gesagt als getan, Sir. Es gibt ein Dutzend Kunden, aus deren Reihen das nächste Opfer stammen könnte«, sagte Paul, während er eine lange Liste von Namen durchsah. »Ich habe nur drei Detective Constables zur Verfügung, und einer davon ist überhaupt erst kürzlich zur Polizei gekommen.«

»Reden Sie sich bloß nicht damit raus, dass Sie zu wenig Leute haben«, sagte der Commander. »Ich will, dass sich Sleeman und seine Gangstertypen zu Weihnachten eine Zelle teilen.«

Paul senkte den Kopf.

»Sie sind die Nächste, DS Roycroft. Wie kommt Ihr Frauenmörder in spe voran? Ist der Frau, die er zu umgarnen versucht, endlich ein Licht aufgegangen?«

»Unglücklicherweise nicht, Sir. Im Beisein von nicht allzu vielen Gästen wurde sie letzte Woche auf dem Standesamt von Chelsea zu Mrs. Pugh. Am Morgen darauf flogen die beiden für ihre Flitterwochen nach Kapstadt. Seien Sie nicht überrascht, wenn ein trauernder und inzwischen noch reicherer Witwer in ein paar Wochen nach England zurückkehrt, ohne Schwarz zu tragen.«

»Ich nehme an, Sie haben den verantwortlichen Kollegen in Kapstadt informiert und ihn gebeten, Pugh nicht aus den Augen zu lassen.«

»Ich habe eine Woche gebraucht, um herauszufinden, wer der verantwortliche Kollege ist«, antwortete Jackie. »Und als ich es endlich geschafft hatte, hat er mir gesagt, dass sich bereits neunundvierzig ungelöste Mordfälle in seinem Eingangskorb befinden, weshalb er nicht besonders viel Zeit hat, sich um einen Fall zu kümmern, zu dem es vielleicht irgendwann einmal kommen wird. Er sagte, er würde mich anrufen, sobald ihm etwas zu Ohren käme, aber seither habe ich noch nichts von ihm gehört.«

»Nicht gerade vielversprechend«, sagte William.

»Vielleicht sollten Sie nach Kapstadt fliegen und sich ganz im Vertrauen mit Mrs. Pugh unterhalten«, schlug Ross vor, »um sie davor zu warnen, dass ihre Flitterwochen sehr kurz werden könnten und es wohl kein ›Sie lebten glücklich bis an ihr Lebensende‹ geben wird.«

»Sollte DS Roycroft so etwas tun, würde Pugh zweifellos die Met verklagen, und wenn er den Mord dann tatsächlich begeht, wären wir nicht in der Lage, ihn deswegen vor Gericht zu bringen.«

»Sehr komisch, Chief Inspector«, sagte Hawksby. »Aber wir haben ohnehin nicht die Mittel, um einen Aufenthalt von DS Roycroft in Kapstadt zu finanzieren.«

»Und was soll ich dann tun?«, fragte Jackie.

»Warten Sie vorerst ab. Wenn die beiden nach England zurückkehren, können Sie die Akte erneut öffnen.«

»Und wenn nicht?«

»Dann werden wir eine andere Akte für Sie finden«, sagte William.

»Wenden wir uns nun Ron Abbott und Terry Roach zu«, sagte der Commander. »Irgendetwas Neues in dieser Hinsicht, DI Hogan?«

»Kaum etwas, das Sie nicht schon wüssten, Sir. Die beiden Familien würden sich am liebsten noch immer gegenseitig an die Gurgel gehen. Ich fürchte, es kann nicht mehr lange dauern, bis ein offener Krieg ausbricht.«

»Das können wir nicht zulassen«, sagte Hawksby. »Nicht zuletzt deshalb, weil es der Presse wieder eine Gelegenheit verschaffen würde, über No-Go-Areas zu schreiben und darüber, dass wir nicht genügend Bobbys auf Streife haben. DCI Warwick, da die anderen drei Fälle im Augenblick noch in der Schwebe sind und DI Hogan uns schon bald verlassen wird, möchte ich, dass Sie die Verantwortung für Abbott und Roach übernehmen.«

»Auf Kosten der Operation Meisterwerk?«, fragte William. »Denn DI Hogan und ich sind davon überzeugt, dass wir einen Weg finden werden, um Faulkner zurück nach England zu bringen, damit er seine zehnjährige Gefängnisstrafe vollständig absitzen kann.«

»Und zusätzlich die Zeit, die das Gericht als Folge seiner Flucht noch verhängen wird«, sagte Ross.

»Wir sind keine Kopfgeldjäger«, sagte Hawksby. »Ich muss davon überzeugt sein, dass Ihre Chancen besser als fünfzig-fünfzig stehen, bevor ich überhaupt nur in Erwägung ziehen werde, eine entsprechende Aktion abzusegnen.«

»Ich habe heute Nachmittag einen Termin bei der Firma, die die Metalltür in Faulkners Arbeitszimmer gebaut hat«, sagte Ross. »Das könnte unsere Chancen erhöhen.«

»Wenn die Ihnen sagen, wie man die Tür öffnet«, erwiderte Hawksby, »zahle ich Ihnen ein Bier.«

»Aber ich habe nach unserem Triumph mit der Aktion Trojanisches Pferd nur ein halbes spendiert bekommen«, erinnerte ihn Paul.

»Das ist mehr, als Sie verdient haben«, sagte William, »wenn man bedenkt, dass Sie den größten Teil der Nacht wegen eines verstauchten Knöchels in der Notaufnahme zugebracht haben.«

Die übrigen Mitglieder des Teams begannen, mit der flachen Hand auf den Tisch zu trommeln, während Paul angemessen zerknirscht aussah. Die Sekretärin des Commanders, die in das Büro stürmte, rettete ihn.

»In South Kensington wurde gerade eine Frau ermordet«, sagte sie. »Die dortigen Beamten bitten Scotland Yard um Unterstützung.«

»Sagen Sie denen, sie sollen eines der lokalen Ermittlerteams, die auf Mordfälle spezialisiert sind, darum bitten, sich um den Fall zu kümmern, Angela«, sagte der Commander. »Ist denen nicht klar, dass wir genügend eigene Probleme haben?«

»Eigentlich schon, wie mir der verantwortliche Beamte versichert hat«, erwiderte Angela. »Aber aus dem Hals der Frau ragt ein Küchenmesser mit Sägeschliff.«

»Roach«, sagten William und Ross gleichzeitig und sprangen auf.

»Geben Sie denen Bescheid, dass wir unterwegs sind«, sagte William. »DS Roycroft, sorgen Sie dafür, dass für uns ein Polizeifahrzeug vor der Tür bereitsteht, und bitten Sie den diensthabenden Beamten, mich anzufunken, damit er mich über alles informieren kann, bevor wir eintreffen.«

William und Ross rannten zur Tür, doch plötzlich blieb William stehen und sagte: »DS Adaja, geben Sie wegen Terry Roach eine Fahndungsmeldung heraus, verbunden mit der Warnung, dass er bewaffnet und gefährlich ist. Er kann noch nicht weit vom Tatort entfernt sein, aber in diesem Fall werden nicht die ersten achtundvierzig Stunden, sondern die ersten achtundvierzig Minuten entscheidend sein. Wenn wir ihn nicht festnehmen, bevor er wieder im East End ist, wird er ein wasserdichtes Alibi und ein Dutzend Zeugen vorweisen, die beschwören werden, dass er Whitechapel den ganzen Tag über nicht verlassen hat.«

Paul griff nach dem nächsten Telefon, als William aus dem Büro auf den Flur rannte. Ross war bereits nirgendwo mehr zu sehen. William stürmte die Treppe ins Erdgeschoss hinab, indem er zwei Stufen auf einmal nahm, denn er wollte sich nicht auf die Launen des Aufzugs verlassen. Als er die Lobby erreichte, fuhr Danny gerade vor dem Haupteingang vor.

William schob sich durch die Schwingtüren, als Ross auf die Rückbank des Einsatzfahrzeugs sprang, wobei er die Autotür offen ließ. William hatte sie noch nicht einmal geschlossen, da beschleunigte Danny bereits.

Mit heulenden Sirenen ließen sie den Yard hinter sich. An der Ecke zur Victoria Street überfuhr Danny eine rote Ampel, weshalb mehrere Autofahrer abrupt bremsen mussten und ein wütendes Hupkonzert einsetzte.

»Kennen wir die genaue Position?«, fragte William, während er sich an den Vordersitz klammerte.

»Albert Crescent«, sagte Danny, als er am Palace Theatre in Richtung Hyde Park Corner vorbeiraste. Mehrere Fahrzeuge wichen nach rechts und links aus, sodass das Auto, das in deren Rückspiegeln erschien, seine Fahrt ununterbrochen fortsetzen konnte.

Williams erster Gedanke war, dass das Fitzmolean im Albert Crescent lag. Er versuchte, den Gedanken beiseitezuschieben, als sein Funkgerät knackte. »Chief Inspector Warwick«, sagte er.

»Inspector Preston, Sir. Ich bin der verantwortliche Beamte für West End Central. DS Roycroft hat mich gerade angerufen und mir mitgeteilt, dass Sie unverzüglich informiert werden wollen.«

»Korrekt«, sagte William, der kein weiteres Wort verschwenden wollte.

»Im Albert Crescent wurde einer jungen Frau die Kehle durchgeschnitten«, sagte Preston. »Für mich sieht es nach einer vorsätzlich geplanten Tat aus, und es wirkt so, als habe der Mörder sein Opfer gekannt.«

»Irgendeine Ahnung, wer sie ist?«

»Nein, Sir. Ein Passant hat beobachtet, wie ein Auto neben ihr angehalten hat und ein kräftig gebauter Mann, der eine Strumpfmaske trug, herausgesprungen ist. Er hat ihr mehrere Schnitte im Gesicht zugefügt, bevor er ihr schließlich die Kehle aufgeschlitzt hat. Dann ist er wieder ins Auto gestiegen, das mit hoher Geschwindigkeit davongerast ist. Alles war nach wenigen Sekunden vorüber.«

»Konnte sich der Zeuge das Nummernschild merken?«

»DS Adaja hat mir bereits dieselbe Frage gestellt, aber

wir wissen nur, dass es sich um einen schwarzen BMW handelt.«

»Können Sie mir eine Beschreibung der Frau geben?«

»Das ist nicht ganz einfach, Sir. Sie ist schrecklich entstellt.«

»Hautfarbe, Alter?«

»Weiß. Ich würde schätzen, Anfang dreißig.«

William konnte sein Herz hämmern hören. »Waffe?«, fragte er, während sich Danny weiter durch den Verkehr fädelte.

»Ein kleines, dünnes Messer mit Sägeschliff. Er hat es in ihrem Hals stecken lassen. Fast so, als wolle er uns mitteilen, wer das getan hat.«

»Allerdings«, sagte William, als er in der Ferne eine weitere Sirene hörte. »Lassen Sie den Notarzt nicht in die Nähe der Leiche kommen, bevor ich da bin.«

»Verstanden, Sir«, sagte Preston.

Danny schoss an Harrods vorbei. Fußgänger drehten sich um und starrten in ihre Richtung, als sie sich dem Tatort näherten. William schickte ein stummes Gebet zum Himmel und versuchte, sich davon zu überzeugen, dass er überreagierte. Schließlich tippte Danny leicht auf die Bremse und fuhr zum Albert Crescent, wobei der Tacho noch immer knapp fünfzig Meilen pro Stunde anzeigte. Das große Polizeiaufgebot wenige Hundert Meter vor ihnen war nicht zu übersehen. Zahlreiche Schaulustige starrten vom Bürgersteig auf der anderen Straßenseite herüber.

Mit kreischenden Bremsen hielt Danny wenige Meter vor dem blau-weißen Band, das den Tatort sicherte.

William war der Erste, der aus dem Auto sprang. Er duckte sich unter dem Band hindurch und rannte auf den leblosen Körper zu, der in einer Blutlache auf dem Bürgersteig lag. Als er näher kam, fiel er auf die Knie und schrie: »Nein!«

Einen Augenblick später war Ross neben ihm. Als er sah, um wen es sich handelte, erbrach er sich heftig.

Inspector Preston war überrascht, dass zwei erfahrene Beamte reagierten, als ginge es um ihren ersten Mordfall. »Wissen Sie, wer sie ist?«, fragte er vorsichtig.

»Ja«, antwortete einer der beiden und nahm seine Frau behutsam in die Arme. »Und ich werde den Verantwortlichen umbringen.«

22

William hatte mit Beth schon immer ein langes Wochenende in Paris verbringen wollen. Sie hatten so oft darüber gesprochen, den Louvre, das Musée d'Orsay und natürlich das Musée Rodin zu besuchen. Sie wollten in der Rue de Rivoli einen Schaufensterbummel machen und vielleicht sogar ein Ölbild von einem Künstler in Montmartre kaufen, denn sie beide kannten die Geschichte jener Amerikanerin, die für ein paar Francs ein Bild von Picasso erstanden hatte, nur weil es ihr gefiel.

Sie würden mit einem Boot auf der Seine fahren, ein bisschen zu viel Wein trinken und einen Coq au Vin mit einer Käseauswahl genießen, die sie nirgendwo sonst auf der Welt bekämen, bevor sie schließlich in ihre kleine Pension am linken Seineufer zurückkehren würden. Sie würden der Versuchung widerstehen, den Eiffelturm hinaufzusteigen, und sich am Ende mit einem Dutzend anderer Touristen dicht gedrängt in einem Aufzug wiederfinden, um den spektakulären Panoramablick auf die romantischste Stadt der Welt zu genießen. Aber nicht an diesem Wochenende.

Nachdem er im Gare du Nord aus dem Zug gestiegen war, machte er sich auf die Suche nach einem Taxi. Er reichte dem Fahrer eine Adresse am Stadtrand, und zwanzig Minuten später hielt das Taxi vor der Marienkirche der

Unbefleckten Empfängnis. Nachdem er dem Fahrer fünfzig Francs bezahlt hatte, schloss sich William dem schmalen Strom der Trauernden an, die auf die offene Tür an der Ostseite der Kirche zugingen.

In den ersten drei Reihen saßen mehr als ein Dutzend der elegantesten Frauen, die William je gesehen hatte. Langsam bewegte er sich durch den Mittelgang und nahm in der Bank hinter seinem Freund Platz, dessen Kopf im Gebet gesenkt war.

Als die Glocke im Turm über ihnen die volle Stunde schlug, trat der Priester nach vorn und hielt auf den Stufen vor dem Altar inne. Ruhige Würde ausstrahlend, führte er durch den Trauergottesdienst, und obwohl William nicht jedes Wort verstand, konnte er dank seines Schulfranzösisch der Zeremonie und sogar der Trauerrede eines älteren Herrn folgen, der, so vermutete William, ein Verwandter oder ein langjähriger Freund der Familie war.

Nachdem der Gottesdienst vorüber war, traten alle hinaus auf den Kirchhof. Als der Sarg in die Erde gesenkt wurde, war William froh, dass niemand aus der Trauergemeinde die Verstorbene kurz nach ihrem Tod auf dem Bürgersteig hatte liegen sehen und sich stattdessen jeder stets an sie als eine schöne Frau erinnern würde. Das einzig Versöhnliche an diesem Tag bestand darin, dass ihre zu früh geborene Tochter irgendwie überlebt hatte. Das wäre nicht geschehen, wenn Roach gewusst hätte, dass Ross Hogans Frau schwanger gewesen war.

Der Priester machte das Zeichen des Kreuzes und segnete die Trauernden, woraufhin die eleganten jungen Damen sich in einer Reihe aufstellten und jede von ihnen Ross auf beide Wangen küsste, wodurch er nicht im Geringsten daran zweifeln konnte, dass sie die Zuneigung, die er für die einzige Frau empfand, die er je geliebt hatte, mit ihm teilten.

William war unter den Letzten, die Ross ihr Beileid aussprachen, und fand es schwierig, seine wahren Gefühle in Worte zu fassen. Der harte, desillusionierte Polizist brach zusammen, als William seine Arme um ihn legte und einfach nur sagte: »Es tut mir so leid.«

»Du wirst mich ein paar Tage lang nicht zu Gesicht bekommen«, sagte Ross. »Ich muss ein paar offene Rechnungen begleichen. Ich komme zurück, wenn ich mich darum gekümmert habe.«

Im Taxi zum Bahnhof, im Zug zum Flughafen und während des Fluges nach Heathrow dachte William über diese Worte nach. Er fürchtete, dass Ross wieder verdeckt ermitteln und weder ihm noch dem Commander irgendwelche Einzelheiten darüber mitteilen würde.

Ross hatte die Absicht gehabt, den ersten verfügbaren Flug zurück nach London zu nehmen, denn er wollte keinen Augenblick verschwenden, bevor er den ersten Teil seines Plans auf den Weg bringen würde. Und das hätte er auch wirklich getan, hätte ihn nicht der ältere Herr angesprochen, der die Trauerrede gehalten hatte.

»Entschuldigen Sie, Mr. Hogan, mein Name ist Pierre Monderan«, sagte der alte Mann mit kaum hörbarem Akzent. »Ich war der Finanzberater Ihrer verstorbenen Frau.« Er reichte Ross eine Visitenkarte mit Prägedruck. »Vielleicht könnten wir uns irgendwo hinsetzen, denn das, was ich Ihnen zu sagen habe, könnte ein paar Minuten dauern.«

»Ich wollte, ich hätte Ihren freundlichen Worten über Jo folgen können«, sagte Ross, als er neben Monsieur Monderan auf einer Bank Platz nahm. »Es war offensichtlich, dass ihre Freundinnen sie sehr zu schätzen wussten.«

»Es ist sehr nett von Ihnen, so etwas zu sagen«, erwiderte Monsieur Monderan, nahm einen Umschlag aus der Manteltasche und gab ihn Ross. »Ich habe die Trauerrede übersetzt. Da ich Ihre Frau sehr bewundert habe, dachte ich, Sie wollten die Worte in einer ruhigen Stunde lesen. Nach dem unerwarteten Tod Ihrer Frau gibt es für mich eine letzte Pflicht zu erfüllen. Ich habe mich schon längere Zeit um Josephines persönliche Finanzen gekümmert, wie ich das bei allen jungen Frauen des Unternehmens mache.«

»Des Unternehmens?«

»Die gemeinsamen Anteile des Unternehmens sind auf den Namen ›Die Vestalinnen‹ eingetragen. Alles in allem sind es zwölf Anteilseignerinnen. Jede von ihnen hat pro Monat zehntausend Francs in ein gemeinsames Unternehmen investiert, das ich in ihrem Auftrag verwaltet habe. Recht erfolgreich, wie Sie, so denke ich, sehen werden. Das Ziel ist, den Frauen genügend finanzielle Reserven zu verschaffen, sodass keine von ihnen sich Sorgen über ihre Zukunft machen muss, wenn die Zeit gekommen ist, sich von ihrer Tätigkeit zurückzuziehen. Unglücklicherweise wird Josephine nicht von dem profitieren, was man in Ihrem Land, glaube ich, ein *nest egg* – einen Notgroschen – nennt. Als ihr nächster Verwandter geht das Geld jetzt an Sie über.«

Er nahm einen zweiten schmalen Umschlag aus der Innentasche seines Mantels und reichte ihn Ross.

»Aber was ist mit ihrer Familie oder ihren engen Freundinnen? Sollten sie nicht Vorrang vor mir haben?«

»Sie hat nie irgendeine Familie erwähnt, und ich kann Ihnen versichern, dass ihre engen Freundinnen alle gut versorgt sind.«

»Dann vielleicht eine Wohltätigkeitsorganisation, die ihr besonders am Herzen lag«, sagte Ross, der den Umschlag nicht öffnen wollte.

»Es steht mir nicht zu, so etwas zu entscheiden, Sir«, sagte Monsieur Monderan. »Wenn Sie jedoch mein Klient wären, würde ich Sie freundlich darauf hinweisen, dass Sie eine Tochter haben, der die Weitsicht ihrer Mutter zugutekommen könnte.« Ohne noch etwas hinzuzufügen, erhob sich Monsieur Monderan, verbeugte sich leicht vor Ross und ging davon, nachdem er seine treuhänderischen Verpflichtungen erfüllt hatte.

Ross sah hinab auf den geschlossenen Umschlag und fühlte sich schuldig, weil er nicht an die Zukunft seiner Tochter gedacht hatte. Es dauerte eine Weile, bis er ihn schließlich öffnete und einen Scheck herauszog, der auf Mr. Ross Hogan QGM lautete. Er lächelte bei dem Gedanken, wie Jo ihn bei mehreren Gelegenheiten gedrängt hatte, ihr zu verraten, was er getan hatte, um die Queen's Gallantry Medal verliehen zu bekommen. Es war ihm immer gelungen, unauffällig das Thema zu wechseln.

Er starrte den Scheck an und musste die Nullen ein drittes Mal zählen, bevor er begriff, dass er zum ersten Mal in seinem Leben ein reicher Mann war. Obwohl er sich in Wahrheit arm vorkam und den Scheck ohne zu zögern zerrissen hätte, wenn das Jo zurückgebracht hätte.

Beth musste nicht fragen, in welcher ausländischen Stadt William den Tag verbracht hatte, als er an jenem Abend wieder nach Hause kam, denn sie wusste es bereits. Sie hatte ihn nach Paris begleiten wollen und hätte das auch wirklich getan, hätte Artemisia nicht die Windpocken bekommen, was bedeutete, dass Peter sie fast unweigerlich ebenfalls bekommen würde, denn bei ähnlichen Erkrankungen war es bisher immer so gewesen. Aber den ganzen Tag über dachte sie an Josephine.

Sie wollte den Zwillingen gerade ihre Gutenachtgeschichte vorlesen, als sie hörte, wie die Haustür geschlossen wurde. Sie eilte nach unten, wo William seinen Mantel aufhängte. Sie hielten einander lange in den Armen, bevor William schließlich herausbrachte: »Wie geht es Artemisia?«

»Sie erholt sich langsam, aber jetzt hat es wie erwartet Peter erwischt. Die beiden warten darauf, dass du ihnen ihre Gutenachtgeschichte vorliest.«

»Natürlich mache ich das. Und beim Abendessen erzähle ich dir, wie es in Paris war.« In Wahrheit hatte er noch nicht entschieden, wie viel er erzählen würde.

Erschöpft ging William die Treppe hinauf, doch seine Stimmung hob sich, als er das Kinderzimmer betrat und die Zwillinge aus ihren Betten tollten und sich jeweils an eines seiner Beine klammerten. Noch einmal kehrten seine Gedanken zu Ross zurück und zu der Freude, die er, wie William wusste, an seiner Tochter haben würde. Doch er wurde grob aus seinen Überlegungen gerissen, als Artemisia ihn an etwas erinnerte: »Wir sind inzwischen bei Kapitel drei, und wir wollen hören, was mit PC Plod passiert.«

Er lächelte sie an und sah, dass die Punkte in ihrem

Gesicht fast verschwunden waren, doch sein Lächeln verwandelte sich in ein Stirnrunzeln, als er bemerkte, dass sie bei Peter gerade erst zu erscheinen begannen.

»Denkt immer daran«, sagte William, »dass PC Plod seine Kinder stets ermahnt, nicht an den kleinen Punkten herumzunesteln.«

Peter nickte, als William das Buch aufschlug. »Bis wohin sind wir gekommen?«

»PC Plod hat gerade die Anweisung bekommen, zum Landhaus zu gehen«, sagte Artemisia. »Unverzüglich!«

»Erinnert ihr euch daran, was im Haus verschwunden ist?«

»Ein Perlenhalsband, das Lady Doubtful gehört.«

»Und wie lautet der Name von PC Plods Frau?«

»Beryl«, sagte Artemisia. »Sie meint, dass er Inspector sein sollte.«

William nickte und begann zu lesen.

»Als PC Plod im Landhaus eintraf, lehnte er sein Fahrrad neben den Schuppen und trat zu den anderen Polizisten, die das Grundstück nach Spuren absuchten. Er zweifelte daran, dass sie etwas finden würden, denn er war sicher, dass es sich um eine interne Angelegenheit handelte.«

»Was ist eine interne Angelegenheit?«, fragte Peter.

»PC Plod glaubt, dass jemand, der im Haus lebt oder arbeitet, die Perlen gestohlen haben muss.«

»Wer?«, wollte Artemisia wissen.

»Ich habe keine Ahnung«, sagte William und unterdrückte ein Gähnen, als er die Seite umblätterte.

»Aber du bist doch bei der Polizei, Daddy, also musst du es wissen«, sagte Artemisia mit der unerschütterlichen Logik eines Kindes.

»PC Plod sah, dass die Eingangstür des Landhauses offen war«, fuhr William fort, indem er sie ignorierte, »und er beobachtete, dass eine Küchenmagd, die viele Jahre lang für die Doubtfuls gearbeitet hatte, von Inspector Watchit, der recht zufrieden mit sich zu sein schien, aus dem Haus geführt wurde. Plod runzelte die Stirn. Er wusste, dass Elsie nicht einmal einen Schokoladenkeks vom Teewagen stehlen würde, ganz zu schweigen von einem Perlenhalsband. Er würde aufs Revier gehen und Watchit davon berichten, bevor der Inspector eine arme junge Frau eines Verbrechens anklagte, das sie nicht begangen hatte. Er überließ seine Kollegen ihrer Suche und ging zurück zu seinem Fahrrad. Er wollte gerade seinen Sicherheitshelm aufsetzen, als er sah, wie der Lieferwagen des Fischhändlers die Auffahrt heraufkam, um den Fang des Tages abzuliefern. Plod bemerkte überrascht, dass Mr. Nettles, der Fischhändler, sein Fahrzeug direkt vor dem Haupteingang des Landhauses parkte und nicht vor der Küchentür. Nettles stieg aus und schlenderte die Stufen zum Haupteingang hinauf, wo die Tür von Lady Doubtful geöffnet wurde, bevor er auch nur die Möglichkeit hatte, auf die Klingel zu drücken. Ihre Ladyschaft reichte dem Fischhändler einen großen Pappkarton und verschwand dann rasch wieder im Haus. Warum hatte Nettles nicht den Lieferanteneingang benutzt und der Köchin den Fisch übergeben, wie er es jeden Freitag tat?, fragte sich PC Plod. Es ergab keinen Sinn, und deshalb beschloss er, den Dingen auf den Grund zu gehen. Plod ging hinüber zum Lieferwagen des Fischhändlers, wo Nettles den Pappkarton auf den Beifahrersitz gestellt hatte; er selbst hatte hinter dem Steuer Platz genommen und wollte gerade losfahren. Plod klopfte an die Scheibe und fragte:

›Was hast du vor, mein Junge?‹ Nettles wurde rot wie eine rote Ampel. Rasch startete er den Motor, legte den dritten Gang ein und brauste auf das Tor am Rand des Grundstücks zu. Plod eilte die Treppe zum Haus hinauf und hämmerte gegen die Eingangstür. Als der Butler wenige Augenblicke später die Tür öffnete, bat Plod ihn, schnell das elektrische Tor zu schließen. Der Butler drückte gerade noch rechtzeitig auf einen Knopf, um zu verhindern, dass Nettles sich aus dem Staub machte.«

William hielt kurz inne und sagte: »Ich glaube, das ist genug für heute.«

»Nein, Daddy«, riefen Artemisia und Peter wie aus einem Mund. »Mehr!«

»In Ordnung, aber nur noch ein paar Seiten«, sagte William mit einem übertriebenen Seufzen.

»Sogleich umringten die anderen drei Polizisten den Lieferwagen, während PC Plod die Beifahrertür aufriss und den Pappkarton aus dem Fahrzeug nahm. Er sah hinein und stellte fest, dass er voller Austernschalen war, und als er eine davon öffnete, fand er eine Perle darin. Plod wusste, dass man Perlen üblicherweise auf dem Meeresgrund und nicht in Pappkartons fand.«

Das Telefon im Flur begann zu klingeln. William senkte das Buch und sagte: »Kannst du abnehmen, Beth? PC Plod steht kurz davor, einen richtigen Kriminellen festzunehmen.« Er wandte sich wieder den Kindern zu und fuhr fort.

»Sofort verhaftete er Mr. Nettles und bat zwei Constables, den Fischhändler zusammen mit den Beweisstücken auf das örtliche Revier zu bringen. ›Was soll ich sagen, wenn Inspector Watchit mich fragt, was Sie vorhaben?‹, erkundigte sich einer der Constables. ›Sagen Sie ihm, dass ich dem Landhaus einen Besuch abstatten und den wahren Schuldigen verhaften werde‹, sagte Plod. ›Und er wird wahrscheinlich überrascht sein, wer …‹«, wollte William gerade fortfahren, als Beth den Kopf ins Zimmer schob.

»James ist am Telefon«, sagte sie.

»Welcher James?«

»James Buchanan. Er ruft von New York aus an.«

»Mum wird weiterlesen«, sagte William, »während ich mich mit dem Anrufer unterhalte.«

»Aber dann erfährst du ja gar nicht, wen Mr. Plod verhaftet«, sagte Artemisia.

»Ich bin sicher, Mum wird es mir später erzählen«, erwiderte William und stieg vom Bett. Er verließ das Zimmer, um ein Buch gegen ein Telefon zu tauschen. »Welch angenehme Überraschung«, sagte er, bevor James seinerseits irgendetwas sagen konnte.

»Es könnte sein, dass Sie das nicht mehr so sehen werden, wenn Sie den Grund gehört haben, warum ich anrufe«, entgegnete James, »denn ich hätte gerne Ihren Rat in einer peinlichen Situation.«

»Ich stehe Ihnen ganz zur Verfügung«, sagte William in ruhigem Ton.

»Ich habe kürzlich herausgefunden, dass mein bester Freund an der Choate dafür gesorgt hat, dass ein anderer für ihn die Aufnahmeprüfung für Harvard ablegen wird.«

»Beweis?«, fragte William.

»Er hat zuerst mich darum gebeten, und ich habe abgelehnt. Als jedoch die Namen der erfolgreichen Bewerber bekannt gegeben wurden, fand ich zu meiner Überraschung meinen Freund in der oberen Hälfte der ein Dutzend Personen umfassenden Liste.«

»In diesem Fall muss ein anderer Bewerber durchgefallen sein – jemand, von dem jeder in Ihrer Klasse erwarten würde, dass man ihm einen Platz anbietet.«

»Sie haben recht. Und ich kann Ihnen sogar den Namen des Betreffenden sagen. Es ist ein Junge, der nur noch einen Elternteil hat, kaum Geld besitzt und von einem Stipendium lebt.«

»Und jetzt wollen Sie wissen«, sagte William, »ob Sie Ihren Verdacht einer höheren Stelle melden sollen.«

»Ja. Ich würde gerne hören, was Sie tun würden, wenn Sie mit demselben Dilemma konfrontiert wären.«

William schwieg so lange, dass James schließlich fragte: »Sind Sie noch am Apparat, Sir?«

»Ja, das bin ich«, sagte William. »Ich muss gestehen, dass ich einmal in fast derselben Lage war, als ich noch zur Schule ging. Ich habe einen Freund dabei ertappt – nicht meinen besten Freund allerdings –, wie er ein Mal zu viel etwas aus dem Süßwarenladen der Schule gestohlen hat.«

»Haben Sie ihn dem Rektor gemeldet?«

»Ja, am Ende habe ich das getan«, sagte William. »Doch es vergeht kein Tag, ohne dass ich mich frage, ob ich nicht ein Auge hätte zudrücken sollen.«

»Aber warum«, fragte James, »wenn Sie doch offensichtlich das Richtige getan haben?«

»Er musste im folgenden Jahr auf eine andere Schule wechseln und diese wiederum ein Jahr später verlassen, weil er Drogen nahm.«

»Hatte es irgendwelche Folgen für Sie?«

»Es machte mich bei meinen Klassenkameraden nicht gerade beliebt. Sie nannten mich einen Petzer und Verräter – und das nicht immer nur hinter meinem Rücken.«

»Das sind nur Worte«, sagte James, »sie können keinen echten Schaden anrichten.«

»Vor gar nicht so langer Zeit ist es wieder passiert«, sagte William nachdenklich. »Ich musste das Fehlverhalten eines Kollegen untersuchen, mit dem ich auf der Polizeischule gewesen war. Wir hatten Grund zur Annahme, dass er sich von einem örtlichen Drogenbaron in seinem Revier bestechen ließ.«

»Konnten Sie genügend Beweismaterial finden, um den Betreffenden festzunehmen?«

»Mehr als genügend. Zurzeit sitzt er eine lange Gefängnisstrafe ab, was mich wiederum bei einigen Kollegen nicht besonders beliebt gemacht hat. Aber wenn Sie immer noch daran denken, diesen Beruf zu ergreifen, können Sie keine Regel einführen, die nur für Ihre Freunde gilt, und eine andere für Menschen, die Sie nicht kennen oder, schlimmer noch, nicht mögen.«

»Ich werde gleich morgen früh einen Termin bei meinem Rektor vereinbaren«, sagte James, »um ihn über meine Bedenken zu informieren.«

»Bedenken sind keine Beweise«, mahnte William. »Aber es wird sicherlich seinen moralischen Kompass auf die Probe stellen, besonders in diesem Fall.«

»Warum besonders in diesem Fall?«, wollte James wissen.

»Es geht um die Zukunft zweier junger Männer, und die Entscheidung des Rektors wird Einfluss auf das ganze weitere Leben der beiden haben. Lassen Sie mich wissen, was dabei herausgekommen ist.«

»Ja, Sir, das werde ich. Aber jetzt lasse ich Sie erst einmal zu PC Plod zurückkehren, denn Ihre Frau hat mir gesagt, dass er kurz davor ist, den wahren Verbrecher zu verhaften.«

»Ja, und auch dabei wird es zu einer überraschenden Schlusswendung kommen. Aber noch eine Frage, bevor Sie auflegen, James: Darf ich davon ausgehen, dass man auch Ihnen einen Platz in Harvard angeboten hat?«

»Ja, Sir. Ich habe das John-Quincy-Adams-Stipendium erhalten.«

»Nun, das ist mal ein Mann, der kein Auge zugedrückt hätte.«

»Hat sich bei Ihrem Aufenthalt in Paris etwas ergeben, das ich wissen müsste?«, fragte Hawksby.

»Ross hat es irgendwie geschafft, die Beerdigung durchzustehen, aber ich mache mir ein wenig Sorgen über das, was er nach der Zeremonie zu mir gesagt hat.«

»Klären Sie mich auf.«

»Ich habe den genauen Wortlaut aufgeschrieben, als ich im Taxi zum Gare du Nord saß.« William schlug sein Notizbuch auf. »›Du wirst mich ein paar Tage lang nicht zu Gesicht bekommen. Ich muss ein paar offene Rechnungen begleichen. Ich komme zurück, wenn ich mich darum gekümmert habe.‹«

»Das kann sich nur auf Faulkner beziehen«, sagte Hawksby. »Irgendeine Ahnung, was er geplant hat?«

»Ich glaube, er hat vor, Roach umzubringen.«

»Und wer könnte ihm das vorwerfen?«, murmelte der Commander mit zusammengebissenen Zähnen

»Aber das wird nicht einfach sein, nicht einmal für jemanden mit Ross' besonderer Erfahrung«, sagte William, der Hawksbys Bemerkung ignorierte.

»Vergessen Sie nicht, dass er vier Jahre beim SAS war, dazu weitere vier Jahre bei der Mordkommission, die letzten drei Jahre davon als verdeckter Ermittler. Es kann nicht so viele Leute geben, die besser darauf vorbereitet wären, jemanden umzubringen.«

»Ich glaube, ich sollte ihn in Gewahrsam nehmen und ihm die Konsequenzen deutlich machen.«

»Sehe ich auch so«, sagte Hawksby. »Aber wenn Sie verhindern wollen, dass er etwas tut, was er später bereut, müssen Sie ihn zuerst einmal finden. Und wenn er es schafft, Roach umzubringen, dann haben wir ein noch größeres Problem am Hals.«

»Nämlich?«

»Er wird in ein paar Tagen zurückkommen, Ihnen erklären, dass er um seine Frau getrauert oder sich um seine Tochter gekümmert hat, sich jetzt aber wieder ganz darauf konzentrieren möchte, Faulkner hinter Gitter zu bringen. Doch er wird ausschließlich darüber nachdenken, wie er Faulkner umbringen kann.«

23

Einen Zigarettenstummel im Mund, ging der Stadtstreicher langsam die Straße hinab, wobei er einen Kinderwagen vor sich herschob. Er trug einen alten Militärmantel, der fast bis zum Boden reichte und an dem vier im Kampfeinsatz erworbene Orden befestigt waren – der einzig echte Teil seiner Tarnung –, was anzudeuten schien, dass es sich bei ihm um einen Veteranen irgendeines längst vergessenen Krieges handelte. Sein dunkles Haar klebte an seinem Schädel und quoll unter der Wollmütze hervor, die aussah, als sei sie in einem früheren Leben ein Teewärmer gewesen. Er war unrasiert, und man konnte ihn aus mehr als einem Meter Entfernung schon riechen. Er beobachtete die verschiedenen Reaktionen der Leute, die an ihm vorübergingen: Mitgefühl – in der Regel von Frauen; Abscheu – von tätowierten Jugendlichen. Der eine oder andere gab ihm sogar eine Pfundmünze, um sein schlechtes Gewissen zu erleichtern.

Er näherte sich einem Pub, aus dem »I Can't Get No Satisfaction« dröhnte. Nur keine Sorge, versprach er den Besuchern darin, das ist nur eine Frage der Zeit.

Während er an dem Pub vorbeiging, behielt er die beiden Türsteher im Auge, die dort ihren Posten bezogen hatten, um dafür zu sorgen, dass kein ungebetener Gast die Geburtstagsfeier des jungen Mannes störte. Einer von beiden hatte er vor vielen Jahren verhaftet, aber der Mann beachtete den vorbeischlurfenden alten Versager nicht. Hätte er einen Blick in den Kinderwagen geworfen, hätte er eine aufgerissene Packung Cornflakes und eine angeschlagene Blechbüchse entdeckt, die einst »Edinburghs beste Shortbread-Kekse« enthalten hatte, sowie eine leere Kleenex-Schachtel und ein Päckchen Marlboro, aus dem ein einzelner Zigarettenstummel ragte. Ein paar fadenscheinige Decken, die selbst Oxfam abgelehnt hätte, waren in eine Ecke des Wagens gedrückt worden.

Als der Stadtstreicher eine Ampel erreichte, drückte er auf den Knopf und wartete, bis der kleine grüne Mann erschien, bevor er die Straße überquerte. Er behielt sein langsames Tempo bei, bis er an eine Kreuzung kam: die Demarkationslinie, welche die inoffizielle Grenze zwischen dem Reich der Roaches und dem der Abbotts darstellte. Zwei aggressiv aussehende Jugendliche patrouillierten den Bürgersteig auf der gegenüberliegenden Straßenseite entlang. Ihre einzige Aufgabe bestand darin sicherzustellen, dass sich kein Roach auf das Territorium der Abbotts verirrte. Der Stadtstreicher blieb stehen und bat einen von ihnen um Feuer.

»Verpiss dich, du blöder alter Furz«, lautete die umgehende Antwort. Und genau das tat er. Er ging weiter, bis er eine unbeleuchtete Gasse erreicht hatte, die sogar die leidenschaftlichsten jungen Paare gemieden hätten und in die sich bei Nacht kein Polizist ohne Verstärkung wagen würde.

Er schob den Kinderwagen die halbe Strecke die Gasse hinab und vergewisserte sich, dass niemand Interesse an ihm zeigte. Dann zog er den als Mütze dienenden Teewärmer aus und steckte ihn in eine Tasche seines Mantels, den er zusammenfaltete und unter die Decken im Kinderwagen schob. Das Haar klebte ihm immer noch am Schädel, das Gesicht war immer noch unrasiert und der Geruch Übelkeit erregend, doch jetzt richtete sich der Mann, der einen schwarzen Trainingsanzug und schwarze Turnschuhe trug, zu seiner vollen Größe auf und sah sich ein weiteres Mal in der Gasse um. Nicht einmal eine streunende Katze beachtete ihn.

Er griff in die Cornflakes-Schachtel und zog den Schaft eines Gewehrs heraus. Danach öffnete er die Büchse mit den besten Shortbread-Keksen aus Edinburgh und nahm ein kleines Nachtsicht-Zielfernrohr heraus. Dann schraubte er den Griff des Kinderwagens auf und tippte vorsichtig von oben dagegen, sodass ein schmaler, perfekt ausbalancierter Gewehrlauf herausglitt. Der Mann benötigte nur wenige Augenblicke, um ein Remington M40 Scharfschützengewehr zusammenzubauen. Die Waffe wäre nicht seine erste Wahl gewesen, doch dabei handelte es sich genau um das Modell, das Ron Abbott bevorzugte. Schließlich griff er nach dem Marlboro-Päckchen und schob es in eine Tasche seines Trainingsanzugs. Rasch ging er zum Gebäude am Ende der Gasse und begann mit der katzenartigen Gewandtheit eines erfahrenen Einbrechers, das Abflussrohr an dessen Rückwand hinaufzuklettern, was in ihm Erinnerungen an die Belagerung der iranischen Botschaft weckte, als er ein junger Obergefreiter beim SAS gewesen war, der später in den Kriegsberichten lobend erwähnt wurde.

Als er das oberste Stockwerk erreicht hatte, warf er noch einmal einen Blick nach unten, um zu prüfen, ob ihn irgendjemand bemerkt hatte. Doch dem war nicht so. Er hatte seinen Aussichtspunkt sorgfältig ausgesucht: Nur ein altes Lagerhaus ragte über ihn hinaus, aber das schloss seine Tore jeden Abend um sechs Uhr.

Er kletterte weiter auf das Dach und lief dann langsam und geduckt bis zum gegenüberliegenden Ende, wo er die Lücke zwischen diesem und dem nächsten Gebäude betrachtete. Drei Meter und zwanzig Zentimeter trennten ihn noch von seinem Aussichtspunkt. Das war kein Problem. Er hatte den Sprung mehrere Male mit dem um die Schulter geschlungenen Gewehr trainiert, und seine Durchschnittsweite lag knapp über vier Meter.

Er ging wieder zurück, kauerte sich einen Augenblick zusammen, schoss dann gleichsam aus den Startblöcken und sprintete auf den Rand des Gebäudes zu, wobei er mit dem letzten Schritt seine Höchstgeschwindigkeit erreichte. Wie ein olympischer Weitspringer, der genau wusste, wo sich die entscheidende Markierung befand, sprang er ein paar Zentimeter vor der Gebäudekante hoch und nach vorn; als er landete, lag die Kante des zweiten Gebäudes gut einen Meter hinter ihm. Er ließ sich auf ein Knie sinken, atmete tief ein und aus und bewegte sich erst wieder, als sein Herz erneut nicht mehr als vierundfünfzig Mal pro Minute schlug.

Dann kroch er zum Rand des Gebäudes, blickte dabei aber nicht nach unten. Er hatte Colonel Parker, seinem ehemaligen vorgesetzten Offizier, nie gestanden, dass er unter Höhenangst litt. Nach ein paar Minuten erhob er sich und sah sich um; alles war zu seiner Zufriedenheit. Er befand sich direkt über der Wohnung von Ron Abbott, und Abbott war, wie er schnell herausgefunden hatte, ein Gewohnheitstier. Beim SAS galt so etwas als Todsünde, denn das machte einen zu einem leichten Ziel für den Feind. Abbott verbrachte jeden Donnerstagabend mit Mitgliedern seiner Familie beim Hunderennen in Romford, wo er regelmäßig einen Teil seiner illegalen Einnahmen verlor. Darauf folgte unweigerlich ein Dinner in einem örtlichen Nachtclub, der nicht gerade für seine Küche bekannt war. Üblicherweise kam Abbott dann gegen ein Uhr nachts in seine Wohnung zurück, wobei er eine junge Frau im Arm zu halten pflegte – und manchmal sogar eine in jedem Arm.

Der andere Grund, warum Ross diese besondere Stelle ausgewählt hatte, bestand darin, dass sie ihm freien Blick auf den Pub bot, wo die Geburtstagsfeier jetzt in vollem Gange war. Knapp zweihundertzwanzig Meter Luftlinie – und damit problemlos innerhalb der Reichweite des leistungsstarken Präzisionsgewehrs.

Er drückte den Gewehrschaft vorsichtig gegen seine Schulter und richtete das Fadenkreuz des Zielfernrohrs auf die Stirn eines der Türsteher. Zwei Minuten lang hielt er das Gewehr in dieser Position, bevor er den Arm senkte und ausruhte.

Ross ging davon aus, dass er lange würde warten müssen, bis sein eigentliches Ziel erschien. Schließlich feierte der Mann heute seinen vierunddreißigsten Geburtstag. Er zog die Marlboro-Packung aus seiner Tasche, nahm sechs hochpolierte Patronen heraus und reihte sie wie Soldaten bei einer Parade in einer geraden Linie vor sich auf. Dann ließ er sich auf das Dach sinken und wartete, aber er ließ keinen Augenblick lang in seiner Konzentration nach.

Kurz nach Mitternacht erschien der erste der Feiergäste. Niemand, den Ross kannte. Der zweite, der ein paar Minuten später auf dem Bürgersteig auftauchte, war Roachs Onkel Stan, der während der letzten zwanzig Jahre immer wieder eine Zeit lang im Gefängnis gesessen hatte und jetzt, so munkelte man, von der Familie in Pension geschickt worden war.

Wieder hob Ross das Gewehr; diesmal richtete er das Fadenkreuz auf die Stirn von Onkel Stan. Er drückte den Abzug. Ein leises Klicken folgte, weshalb Stan auch weiter seiner Wege ziehen konnte, ohne die geringste Ahnung, dass er gerade unfreiwillig bei einer Zielübung mitgewirkt hatte.

Obwohl Ross damit rechnete, dass das eigentliche Ziel eine Stunde oder noch länger auf sich warten lassen würde, schob er die sechs Patronen ins Magazin. Nur für den Fall.

Im Laufe der nächsten Stunde strömten zahlreiche betrunkene Gäste aus dem Pub und machten sich schwankend auf den Weg nach Hause. Taxifahrer mieden die Straße sogar mitten am Tag.

Dann, ohne Vorwarnung, erschien das Geburtstagskind. Von zwei Freunden begleitet, die ihm in ihrem Zustand keine große Hilfe sein konnten, stolperte der junge Mann aus dem Pub.

Ruhig zog Ross sein Funktelefon aus der Tasche und wählte die 999. Als die Dame in der Vermittlung fragte: »Polizei, Feuerwehr oder Notarzt?«, sagte er mit fester Stimme: »Polizei.« Unterdessen machte Terry Roach einen ruckartigen Sprung nach vorn und packte einen Fenstersims, um sicherer zu stehen.

»Polizei. Wie kann ich Ihnen helfen?«

»In der Plumber's Road, Whitechapel, gibt es eine Schießerei«, sagte er, wobei er sich bemühte, atemlos zu klingen.

»Kann ich Ihre ...« Aber Ross hatte das Telefon bereits ausgeschaltet. Er würde es später irgendwo loswerden.

Wieder drückte er den Gewehrschaft vorsichtig gegen

seine Schulter und stabilisierte den Lauf mit seiner linken Hand. Jetzt, in Whitechapel, richtete er das Fadenkreuz seines Zielfernrohrs auf die Stirn des Feindes, genauso wie er es in Oman gemacht hatte. Dann senkte er die Waffe, sodass er durch das Zielfernrohr die rechte Kniescheibe des Geburtstagskinds sah, während er die Worte seines ehemaligen Sergeant Major im Ohr hatte: *Konzentrieren Sie sich, atmen Sie ruhig und drücken Sie den Abzug in einer einzigen sanften, durchgehenden Bewegung, verreißen Sie nicht*. Er befolgte den Befehl, und mit einem leisen Flüstern flog die Kugel durch die Luft auf ihr Ziel zu. Sekunden später sank Roach schmerzerfüllt zu Boden und umklammerte sein rechtes Bein.

Wie Ross erwartet hatte, versuchten die beiden Begleiter den gepeinigten Mann zurück in den Pub zu ziehen. Er senkte das Fadenkreuz um einen Zentimeter und sammelte sich, bevor er den Abzug ein zweites Mal drückte. Diesmal richtete sich die Kugel gegen Roachs Unterleib, und die plötzliche, heftige Schmerzen verratende Bewegung seiner Hände von den Knien zu seinen Hoden verriet, dass Ross ins Schwarze getroffen hatte. Einer der Begleiter von Roach versuchte immer noch, ihn in den Pub zu ziehen, wobei er so laut er konnte um Hilfe rief, während der andere in die entgegengesetzte Richtung davonrannte.

Plötzlich schwang die Tür des Pubs nach außen, und mehrere Mitglieder von Roachs Familie erschienen auf dem Bürgersteig. Jemand deutete mit dem Finger in Ross' Richtung, und jeder verfügbare Mann stürmte die Straße entlang auf ihn zu. Ein letztes Mal richtete Ross das Gewehr aus. Er zielte jedoch nicht auf Roachs Stirn, um dessen Qualen ein Ende zu bereiten, sondern ein paar Zentimeter tiefer. Die dritte Kugel traf ihn unmittelbar über dem Adamsapfel, durchschlug seinen Hals und bohrte sich in die Wand des Pubs.

Ross warf einen Blick über die Dachkante und sah, wie in den Fenstern der Wohnungen unter ihm die Lichter angingen. Er interessierte sich nur für eine einzige Wohnung, und wenige Augenblicke später wurde er belohnt.

Er legte das Gewehr neben die drei Patronenhülsen, drehte sich um und holte tief Luft. Dann rannte er in direkter Linie über das Dach und sprang an dessen gegenüberliegender Kante erneut hoch und nach vorn. Diesmal flog er sogar noch höher als zuvor, aber er hatte ja auch kein Gewehr mehr bei sich. Er landete sicher, rollte sich ab und war sofort wieder auf den Beinen. Als er die andere Ecke des Gebäudes erreichte, konnte er in der Ferne eine Sirene hören. Er nahm den Abstieg in Angriff, was langsamer vor sich ging und eine größere Herausforderung darstellte als der Aufstieg; aber so verhält es sich immer, wie einem jeder Bergsteiger bestätigen kann.

Als seine Füße den Boden berührten, eilte er im Laufschritt zurück durch die Gasse, wo er seinen Hut – den ehemaligen Teewärmer – und seinen Mantel aus dem Kinderwagen holte und beides anzog. Er hatte gerade das Ende der Gasse erreicht, als er ganz in der Nähe Stimmen hörte. Er ging weiter in Richtung Schlachtfeld. Das war ein Risiko, aber er konnte es sich nicht erlauben, bei einem der Besitzer der Stimmen – gleichgültig, auf welcher Seite derjenige stehen mochte – den Eindruck zu erwecken, er fliehe vom Tatort. Einer der Männer wurde langsamer, als Ross an ihnen vorbeikam, schleuderte den Kinderwagen zur Seite und warf einen kurzen Blick auf dessen Inhalt, bevor er weiterrannte. Doch da war nichts mehr, das Ross noch zu verstecken hatte.

Nachdem er alles zurück in den Kinderwagen geworfen hatte, ging er weiter in Richtung Pub. Eine Demarkationslinie gab es nicht mehr. Jetzt herrschte Krieg. Der erste Streifenwagen kam mit quietschenden Reifen vor dem Plumber's Arms zum Stehen, und innerhalb weniger Augenblicke wimmelte es auf der Straße von bewaffneten Polizisten in Schutzkleidung, die große Schilde trugen, wie sie bei Unruhen zum Einsatz kamen. Sie begannen, Mitglieder beider Gangs zusammenzutreiben und in den nächststehenden Gefangenentransporter zu verfrachten.

Ross gelang es nicht, ein Lächeln zu unterdrücken, als er den Chorknaben sah, der vor dem Pub stand und die einzelnen Aktionen koordinierte. Er ging direkt an ihm vorbei und hätte sich kein einziges Mal umgedreht, hätte er nicht gehört, wie hinter ihm ein Körper mitten auf der Straße aufschlug. Sein einziger Fehler.

24

Obwohl Ross in jener Nacht erst um zwei Uhr zu Bett ging, war er um fünf bereits wieder wach, denn er hatte eine Verabredung mit Langfinger-Jimmy. Obwohl der Taschendieb noch keine Ahnung hatte, dass ein Inspector von Scotland Yard ihm beim Frühstück Gesellschaft leisten würde.

Ross nahm eine lange, kalte Dusche, wusch sein Haar und beseitigte mithilfe eines Rasiermessers die Stoppeln aus seinem Gesicht, die er gewiss nicht aus modischen Gründen über vier Tage hinweg hatte wachsen lassen. Nach einem kurzen Blick auf die Uhr war er sicher, dass er das Putney Bridge Café erreichen konnte, lange bevor Jimmy dort auftauchen würde. Sobald er alles mit dem ehemaligen Knastbruder geklärt hätte, würde er wieder zurück über die Brücke gehen, um einen noch wichtigeren Termin in Chelsea wahrzunehmen.

Abgesehen davon, dass der Taschendieb ein Meister seines Fachs war, gab es eine weitere Sache, die Ross über ihn wusste: Er ging seiner Beschäftigung nicht gerne mit leerem Bauch nach. Jimmy war ein paar Mal im Gefängnis gewesen, doch mehr als einmal war es ihm gelungen, die Geschworenen davon zu überzeugen, dass er das Opfer einer schweren Kindheit war und dass er, bekäme er nur eine Chance, seine bisherigen Gewohnheiten ablegen und ein ganz neues Leben beginnen würde. Er hätte sehr viel mehr Zeit im Gefängnis verbracht, hätten die Geschworenen sein Vorstrafenregister gekannt, doch die Briten glaubten schon immer an die Prinzipien des Fairplay und an die Regel »im Zweifel für den Angeklagten«.

Ross erschien kurz vor sieben im Café, bestellte einen schwarzen Kaffee und setzte sich auf einen Hocker in der hinteren Ecke der Theke. Der Taschendieb erschien kurz nach halb acht, setzte sich auf seinen üblichen Platz am Fenster und begann die *Sun* zu lesen.

Ross machte sich erst bemerkbar, nachdem die Kellnerin mit dessen üblicher Mahlzeit bestehend aus zwei Spiegeleiern, Speck, Bohnen, Pilzen, Tomaten und Bratkartoffeln erschien. Es war offensichtlich, dass Jimmy Somerset Maughams Bemerkung zugestimmt hätte: »Um in England gut zu essen, sollte man drei Mal am Tag frühstücken.« Nicht, dass Jimmy jemals von Somerset Maugham gehört hätte.

»Welchem Umstand verdanke ich diese Ehre, Inspector?«, fragte Jimmy nervös, als Ross ihm gegenüber Platz nahm. »So früh am Morgen werden Sie bei mir nichts Belastendes finden.«

»Ich brauche deine Hilfe, Jimmy.«

»Ich bin kein Spitzel. War ich nie und werde ich nie sein. Nicht mein Stil.«

»Ich bin nicht mehr bei der Polizei«, sagte Ross. »Ich habe aufgehört.«

Jimmys Miene verriet so lange Zweifel an diesen Worten, bis Ross eine Rolle Banknoten aus der Tasche nahm und sie mitten auf den Tisch legte.

»Was muss ich für so viele Scheine tun?«, fragte der Taschendieb, der das Geld sehnsüchtig betrachtete.

»Ich möchte, dass du ausnahmsweise etwas zurückbringst«, erwiderte Ross, und dann erklärte er genau, was er von seinem Gegenüber wollte.

Als Jimmy sein Frühstück beendet hatte, waren die zweihundert Pfund ebenfalls verschwunden.

»Du bekommst weitere zweihundert. Aber erst, wenn du den Job erledigt hast.«

»Dann muss ich nur noch wissen, wo und wann.«

»Wir bleiben in Verbindung«, sagte Ross. »Jetzt, da ich weiß, wo ich dich finde.« Er erhob sich und wollte gerade nachsehen, wie spät es war, um sicher zu sein, dass er pünktlich zu seinem nächsten Termin kommen würde, als er bemerkte, dass er keine Uhr mehr hatte. Er streckte die Hand aus und wartete.

Langfinger-Jimmy zuckte mit den Schultern, gab ihm seine Rolex wieder und sagte: »Ich wollte nur nicht, dass Sie glauben, ich sei außer Form, Inspector.«

»Herzlichen Glückwunsch, Chief Inspector«, sagte der Commander, als William an jenem Vormittag zu ihm ins Büro kam.

»Wofür, Sir?«

»Dass Sie schließlich mit dem Roach-Abbott-Problem aufgeräumt haben.«

»Aber habe ich das wirklich?«, sagte William nachdenklich.

»Was meinen Sie damit? Ihr Team hat vierzehn Gangmitglieder festgenommen, und zwei der übelsten Kriminellen fanden dabei bequemerweise ihr Ende auf dem Friedhof.«

»Ein wenig zu bequem vielleicht?«

»Alle Spuren deuten darauf hin, dass Ron Abbott Terry Roach umgebracht hat. Wir haben sogar die Waffe, die leeren Patronenhülsen und seine Leiche. Man hat nicht oft so viel Glück.«

»Es sei denn, jemand hat dem Glück ein wenig nachgeholfen, bevor man auftaucht.«

»Wer sollte das getan haben?«, fragte Hawksby.

»Derjenige, der die Mordwaffe und die drei Patronenhülsen auf dem Dach des Gebäudes, in dem Abbott ganz zufällig gewohnt hat, liegen ließ.«

»Aber zwei Gangmitglieder von Roach haben Abbott auf dem Dach gestellt, und unsere Jungs waren gerade noch rechtzeitig vor Ort, um zu sehen, wie sie ihn vom Gebäude warfen.«

»Gerade noch rechtzeitig«, wiederholte William. »Halten Sie es nicht für einen zu großen Zufall, dass ein besorgter Bürger dreizehn Minuten nach eins in der Nacht die 999 wählt und unsere Jungs es irgendwie schaffen, genau dann vor Ort zu sein, als der dritte Schuss abgefeuert wird? Roach war noch am Leben, als ich eintraf. Deshalb vermute ich, dass der Anruf stattfand, bevor der erste Schuss abgefeuert wurde.«

»Worauf wollen Sie hinaus?«, fragte der Commander in verändertem Ton.

»Als der Beamte, der für die Ermittlung verantwortlich ist, versuche ich, zur Wahrheit durchzudringen.«

»Und haben Sie schon Ihre Schlüsse gezogen?«

»Mein Bauchgefühl sagt mir, dass jemand, der zurzeit wegen einer bewegenden Familienangelegenheit beurlaubt ist, alle drei Schüsse abgegeben hat und selbst nicht in der Stimmung war, allzu große Bewegtheit zu zeigen. Ich muss jedoch zugeben, dass wir in der Tat zwei Gangmitglieder von Roach festnehmen konnten, die Abbott vom Gebäude geworfen haben. Aber ich vermute, dass auch das zu Ross' Plan gehört hat.«

»Wenn es nicht Abbott war, der Roach umgebracht hat, warum haben sie ihn dann auf dem Dach gefunden?«

»Ich glaube, er hat von seiner Wohnung aus die Schüsse gehört und ist dann nach oben gerannt, um nachzusehen, was da vor sich ging. Finden Sie es nicht seltsam, dass wir später ein Gewehr in seiner Wohnung gefunden haben, das mit der Mordwaffe identisch ist? Warum sollte er zwei davon haben?«

»Können Sie außer Ihrem Bauchgefühl sonst noch etwas vorweisen, um in dieser Richtung weiterzugehen?«

»Man hat auch ein leeres Päckchen Marlboro auf dem Dach gefunden.«

»Viele Leute rauchen Marlboro. Ich auch. Sie müssen mir schon etwas Besseres liefern, Chief Inspector.«

»Während unsere Leute die übrigen Gangmitglieder zusammengetrieben haben, ging Ross direkt an mir vorbei. Er war als Stadtstreicher verkleidet und schob einen alten Kinderwagen vor sich her.«

»Warum haben Sie ihn nicht gefragt, was er verdammt noch mal dort gemacht hat?«

»Ich habe in diesem Augenblick versucht, Roach zu befragen, bevor die Sanitäter ihn in den Rettungswagen geschoben haben.«

»Er war noch am Leben?«, fragte der Commander ungläubig.

»Er hat sogar noch weitere zwanzig Minuten gelebt. Auch das, so vermute ich, gehörte zu Ross' Plan.«

»Aber Sie können nicht beweisen, dass der Stadtstreicher, den Sie gesehen haben, Ross war?«

»Er trug vier Orden, wie sie für Kampfeinsätze verliehen werden.«

»Dann müssen Sie nur noch mit etwa zehntausend Verdächtigen sprechen.«

»Ich könnte neuntausendneunhundertneunundneunzig von ihnen ausschließen, denn keiner von ihnen hat die Queen's Gallantry Medal bekommen.«

»So einen Fehler würde Ross nie machen.«

»Ich glaube nicht, dass es ein Fehler war. Ich glaube, er wollte, dass ich den Orden sehe.«

»Warum haben Sie ihn dann nicht festgenommen?«

»Weil in diesem Augenblick Abbotts Leiche nicht allzu weit entfernt von mir auf dem Bürgersteig aufschlug, was mich, wie ich zugeben muss, abgelenkt hat.«

»Werden Sie ihn zu einer Befragung herbitten?«, fragte Hawksby.

»Welchen Sinn hätte das? Er würde ohne das geringste Zögern auf alles eine Antwort liefern und wäre sich bewusst, dass wir nichts gegen ihn in der Hand haben, das vor Gericht Bestand hätte.«

»Wollen Sie ihn weiterhin in Ihrem Team haben, wenn Sie gegen Faulkner vorgehen?«

»Ohne ihn kämen wir nicht einmal zur Vordertür«, sagte William. »Ganz zu schweigen von dem Gebäudeteil, der sich hinter Faulkners Arbeitszimmer befindet.«

»Falls Sie recht haben und er Roach tatsächlich umgebracht hat, dann sorgen Sie besser dafür, dass er keine Waffe trägt, wenn Sie das Haus betreten. Denn es wird ihm absolut egal sein, ob irgendjemand sieht, wie er Faulkner tötet.«

Die Tür wurde von einem Bodyguard geöffnet, der den Kunden weit überragte. Er hatte die Arme verschränkt und die Fäuste geballt. An beiden Händen war das Wort »HASS« auf die Fingerknöchel tätowiert.

»Was kann ich für Sie tun?«, fragte eine Stimme.

Der Kunde sah an dem Riesen vorbei auf einen verschrumpelten alten Mann, der hinter einem Schreibtisch aus Eiche in einem großen Ledersessel saß, welcher ihn fast zu verschlingen schien.

»Ich muss mir eintausend Pfund leihen, Mr. Sleeman«, sagte der Kunde mit besorgt klingender Stimme, während er die kleine Gestalt vor sich anstarrte, die noch abstoßender wirkte als ihr stupide dreinblickender Leibwächter.

»Warum?«, wollte Sleeman wissen. Seine dünnen Lippen bewegten sich kaum.

»Ich muss ein Auto kaufen.«

»Warum?«, wiederholte Sleeman.

»Weil man mir eine Stelle als Pharmareferent angeboten hat und ich behauptet habe, ich hätte ein eigenes Fahrzeug.«

»Haben Sie irgendwelche Sicherheiten?«

»Das Auto. Und ich verdiene zweihundert Pfund pro Woche, plus Umsatzbeteiligung.«

»Wo wohnen Sie?«

»In Chelsea, in einem ehemaligen Kutscherhäuschen, das zu einem modernen Wohnhaus umgebaut wurde.«

»Gehört Ihnen das Haus?«

»Nein. Ich habe einen zeitlich begrenzten Mietvertrag.«

»Wie begrenzt?«

»Er läuft noch sechzehn Jahre.«

»Ich brauche den Kfz-Brief und den Mietvertrag. Mein

Mitarbeiter wird heute Abend beides abholen«, sagte Sleeman und nickte dem Riesen an der Tür zu. »Sie erhalten beides zurück, aber erst, wenn ich jeden Penny meines Geldes wiederbekommen habe. Samt der üblichen Zinsen natürlich.«

»Was sind Ihre Bedingungen?«

»Sie bekommen Ihre eintausend Pfund«, sagte Sleeman, »und im Gegenzug werden Sie mir während der nächsten drei Monate sechshundert Pfund pro Monat bezahlen.«

»Aber das sind fast einhundert Prozent Zinsen«, protestierte der Kunde.

»Wenn Sie das Auto wollen, sind das meine Bedingungen. Akzeptieren Sie, oder lassen Sie es sein.«

Der Kunde zögerte so lange, dass Sleeman eine der Schreibtischschubladen aufschloss und ein dickes Bündel Fünfzigpfundnoten herausnahm, das er ohne nachzuzählen über den Schreibtisch schob.

Der Kunde starrte das Geld an. Seine Hand zitterte, und es dauerte eine Weile, bis er schließlich danach griff und den Raum verlassen wollte.

»Bevor Sie gehen«, sagte Sleeman, »muss ich Sie eindringlich darauf hinweisen, dass mein Mitarbeiter an jedem Ersten der nächsten drei Monate unter Garantie bei Ihnen vorbeischauen wird. Falls Sie nicht pünktlich bezahlen, werde ich Ihnen keine schriftliche Aufforderung schicken, sondern Ihnen eine andere Erinnerung zukommen lassen.«

Der Mann schauderte und ließ eine der Fünfzig-Pfund-Noten zu Boden fallen, die zu Füßen des Leibwächters landete. Dieser beugte sich nach vorn, hob den Schein auf und reichte ihn dem Kunden. »Ich freue mich schon darauf,

Sie am Ersten des Monats wiederzusehen«, grunzte er, als er die Tür öffnete. »Sie sollten dann unbedingt zu Hause sein.«

»Das werde ich«, versprach Ross.

25

»Es wäre gut möglich, dass ich im Fall Sleeman einen Durchbruch erzielt habe«, sagte Paul, als er auf dem Stuhl gegenüber Williams Schreibtisch Platz nahm.

»Gehen Sie alles mit mir durch«, sagte William, legte den Kugelschreiber beiseite und lehnte sich zurück.

Paul reichte ihm einen jener durchsichtigen Beutel zur Aufbewahrung von Beweismaterial. Darin befand sich eine einzelne Fünfzigpfundnote. »Eine anonyme Person hat das hier für mich am Empfang hinterlassen.«

»Ich vermute, Sie haben den Schein auf Fingerabdrücke untersuchen lassen. Wurden irgendwelche gefunden?«

»Meine eigenen«, gestand Paul.

»Sehr witzig. Von wem sonst noch?«

»Die von Max Sleeman.«

»Schon besser. Und aus Ihrem selbstgefälligen Grinsen schließe ich, dass es weitere Abdrücke gibt, die eine noch größere Überraschung darstellen.«

»Leonid Verenich.«

»Der Psychopath, der wegen übertriebener Gewalttätigkeit bei der Russenmafia rausgeflogen ist?«

»Der und kein anderer.«

»Ich dachte, er sitzt in Dresden eine lebenslängliche Haftstrafe ab?«

»Das tat er auch. Bis er einem gewissen Oberst Putin begegnet ist und in Freiheit mehr Nutzen brachte«, sagte Paul. »Ich verstehe allerdings nicht, wie er der Aufmerksamkeit der Einwanderungsbehörde entgehen konnte.«

»Das dürfte nicht schwierig sein für jemanden, der über Sleemans Verbindungen in beiden Unterwelten verfügt«, sagte William. »Jetzt müssen Sie ihn nur noch finden.«

»Das wird nicht leicht werden. In Moskau nannte man ihn den ›flüsternden Tod‹.«

»Wer auch immer diesen Geldschein am Empfang hinterlegt hat, muss wissen, wo er zu finden ist.«

»Aber ich habe keine Ahnung, wer das gewesen sein sollte.«

»Ich schon«, sagte William.

Ross war noch nie Business Class geflogen, aber da er während der letzten Nächte kaum geschlafen hatte und einen klaren Kopf brauchen würde, wenn er in Kapstadt ankäme, bezahlte er widerstrebend für den zusätzlichen Komfort – wobei er zum Himmel aufsah, seinen Ehering berührte und sich ein weiteres Mal bei Jo bedankte, die fast stets in seinen Gedanken war.

Er wusste, dass ihm nur wenige Tage blieben, um Mrs. Pugh vor ihrem drohenden Tod zu warnen, denn nach wie vor hatte Miles Faulkner absolute Priorität für ihn. Wenn der Chorknabe ihn anfordern würde, würde er alles stehen und liegen lassen und zu ihm eilen. Vorausgesetzt, der Chorknabe fand ihn.

Er lehnte sich in seinem bequemen Sitz zurück und freute sich auf einen langen, ununterbrochenen Schlaf. Er war dankbar dafür, dass der Platz neben ihm nicht besetzt war.

Der Steward wollte gerade die Tür schließen, als ein übergewichtiger Mann außer Atem in das Flugzeug stürzte, den Gang hinablief und jede Sitzplatznummer las. Ross starrte aus dem Fenster und sah zu, wie die Zugangsbrücke zurückgezogen wurde. Er hoffte, dass der späte Ankömmling an ihm vorbeigehen würde, doch dann hörte er das Knarren von Leder, als der Mann, noch immer schwer atmend, auf den Sitz neben ihm sank.

»Gerade noch geschafft«, sagte er zwischen zwei mühsamen Atemzügen.

Ross warf einen Blick auf seinen Sitznachbarn, der selbst nach dem Verlust mehrerer Kilos noch immer übergewichtig gewesen wäre. Entschieden kein Kandidat für Nightmare Holidays.

Sobald die Maschine ihre Reiseflughöhe erreicht hätte, würde er, so beschloss er, den Sitz nach hinten kippen, eine Decke über sich ausbreiten, seine Schlafmaske anziehen und diese erst wieder ablegen, wenn der Steward verkündete: »Meine Damen und Herren, bitte legen Sie Ihre Sicherheitsgurte an. Wir beginnen mit dem Landeanflug.«

»Hi«, sagte sein Reisegefährte der nächsten elf Stunden und streckte seine Hand aus. »Larry T. Holbrooke der Dritte. Was führt Sie nach Kapstadt?«

Das Letzte, was Ross jetzt brauchen konnte, war ein geschwätziger Amerikaner, der aussah, als hätte er letzte Nacht sehr gut geschlafen. Er fragte sich, welche Reaktion eine wahrheitsgemäße Antwort wohl auslösen würde: *»Ich hoffe, ein besonders unangenehmes Individuum davon abhalten zu können, seine Frau zu ermorden, ihr Vermögen zu erben und danach bis an sein Lebensende sein Glück zu genießen.«*

»Ross Hogan. Ich mache Urlaub und will mir das Test Match ansehen«, erwiderte er, als sie einander die Hand gaben. Das beendete vorläufig jede weitere Unterhaltung. Aber nur vorläufig.

»Sie Glücklicher. Ich bin geschäftlich unterwegs. Ich kann mich nicht erinnern, wann ich zum letzten Mal Urlaub hatte. Sagen Sie mir, Ross, in welcher Branche sind Sie tätig?«

Ross antwortete nicht direkt. Als er beim SAS angefangen hatte, hatte er eine Verschwiegenheitserklärung unterschreiben müssen, weshalb er nicht jedem erzählen konnte, was er tat. Dasselbe galt nach seinem Eintritt in den Polizeidienst.

»Ich arbeite für eine Reisegesellschaft. Und Sie?«, sagte er, bedauerte seine Frage jedoch sofort.

»Ich bin Finanzmakler. Ich kaufe kurzfristig fällige Schulden. Wenn Ihnen also irgendjemand eine große Geldsumme schuldet, die Sie dringend benötigen, bin ich der richtige Mann für Sie.«

Plötzlich war Ross hellwach. »Wie funktioniert das?«, fragte er, als er den Sicherheitsgurt anlegte.

»Sagen wir, das Reiseunternehmen, für das Sie arbeiten, hat vorübergehend nicht genügend flüssige Mittel. Sie haben zuverlässige Kunden, aber diese benötigen oft sechzig, manchmal sogar neunzig Tage, um ihre Rechnungen zu bezahlen, während die ganze Zeit über Ihre eigenen Kosten, wie zum Beispiel Mieten und Löhne, weiterlaufen. Ich kaufe diese Schulden auf, sodass Sie Ihre Geschäfte weiterführen können, ohne sich über eine vorübergehende finanzielle Verlegenheit Sorgen machen zu müssen.«

»Und wo ist der Gewinn dabei?«, fragte Ross.

»Ich warte sechzig oder neunzig Tage auf den vollen Betrag und erhalte dann einen zusätzlichen Anteil von zwei oder drei Prozent, je nachdem, wie lange Ihr Unternehmen bei uns Kunde ist.«

»Aber wenn der Kunde nach neunzig Tagen nicht bezahlt«, sagte Ross, »würden Sie dann nicht den gesamten Betrag verlieren?«

»Sie haben recht. Aber ich mache nur Geschäfte mit Unternehmen, deren Kreditwürdigkeit von Standard and Poor's als hoch eingeschätzt wird. Ich bin nicht im Risikogeschäft, weshalb ich auch nicht gerade ein Vermögen verdiene, aber ich komme ganz gut zurecht. Mein Großvater, der unsere Firma gegründet hat, sagte immer: ›Wenn du die Leute gut behandelst, kommen sie wieder und machen immer wieder Geschäfte mit dir.‹«

»Mr. Holbrooke …«

»Larry, bitte.«

»Larry, ich habe ein Problem, bei dem Sie möglicherweise genau der Richtige sind, um mir zu helfen. Aber zuerst muss ich gestehen, dass ich gar nicht für ein Reiseunternehmen arbeite und es auch die falsche Jahreszeit für ein Test Match ist. Ich bin Detective Inspector bei der Metropolitan Police.« Er zog seine Dienstmarke aus der Tasche, die Larry sorgfältig studierte.

»Nichts Geringeres als Scotland Yard! Ich werde Ihnen gerne helfen, Detective, aber was kann ich Ihnen schon anbieten, über das Ihre beeindruckende Polizeibehörde nicht schon längst verfügt?«

»Wir könnten damit anfangen, dass Sie mich beraten, wie man mit einem Kredithai umgeht, mit dem Ihr Großvater gewiss keine Geschäfte gemacht hätte.«

»Wünschen die Herren zu speisen?«, fragte eine Stewardess und reichte beiden eine Speisekarte.

»Aber sicher, Miss«, sagte Larry.

»Ich auch«, sagte Ross.

»Okay«, sagte Larry, nachdem die junge Frau ihre Bestellung aufgenommen hatte. »Gehen Sie das Problem Schritt für Schritt mit mir durch und lassen Sie keine Einzelheiten aus, wie banal sie Ihnen auch immer erscheinen mögen.«

Ross nahm sich die Zeit, Larry alles zu berichten, was die Polizei über Max Sleeman, dessen Mitarbeiter und die Methoden wusste, welche Sleemans Leute anwandten, um sicher zu sein, dass seine Kunden ihre Schulden pünktlich zurückzahlten.

Erst als die Stewardess die Tabletts abgetragen und den Kaffee serviert hatte, äußerte sich Larry T. Holbrooke der Dritte zu dem, was er soeben gehört hatte.

»Faszinierend«, sagte er, während er drei Stück Zucker in seinen Kaffee fallen ließ. »Mit zwei Wörtern haben Sie Sleemans Achillesferse enthüllt, die Sie jetzt für sich nutzen können.«

»Sofern ich weiß, wie die beiden Wörter lauten.«

Larry rührte seinen Kaffee um. »Den Bogen haben Sie, Detective, ich kann Ihnen nur die Pfeile liefern.«

»Ermittler brauchen Hinweise«, erinnerte ihn Ross.

Larry nahm einen Schluck Kaffee, bevor er einen Pfeil aus seinem Köcher holte. »Wann wollte Sleeman die erste Rate von sechshundert Pfund abholen lassen?«

»Am Ersten des Monats, unter Garantie.«

»›Unter Garantie‹ sind die beiden Wörter, die Sie für sich nutzen müssen. Denn jetzt wissen Sie, wo und wann der Geldeintreiber erscheinen wird.«

»Ich kann mir nicht sicher sein, was die Zeit angeht«, sagte Ross.

»Sie werden der Erste sein, den er an diesem Morgen aufsucht«, sagte Larry, als ein Steward ihnen Kaffee nachschenkte.

»Warum sind Sie davon so überzeugt?«

»Erste Raten bekommt man immer am einfachsten. Erst später, wenn der Schuldner immer tiefer in die Miesen gerät und nichts zurückzahlen könnte, selbst wenn er wollte, fangen die echten Schwierigkeiten an. Ich gebe meinen Kunden immer ein paar Tage zusätzlich Zeit – aber ich bin ja auch nicht an einmaligen Transaktionen interessiert. Die Sleemans dieser Welt, die mit Drohungen und unaufschiebbaren Terminen arbeiten, können das nicht. Sie müssen also dafür sorgen, dass Sie die sechshundert Pfund parat haben, wenn Sleemans Geldeintreiber am ersten Tag des Monats auftaucht. Danach haben Sie das Steuer in der Hand.«

»Ich weiß, dass Sie mir gleich erklären werden, warum«, sagte Ross.

»Vergessen Sie nicht, dass dieser Mann den Rest des Tages damit verbringen wird, Geld von weniger bereitwilligen Kunden einzutreiben. Sie können davon ausgehen, dass er sich den schwierigsten Kunden bis zum Schluss aufhebt, und ich habe so das Gefühl, dass Sie gerne dabei wären, wenn das passiert.«

»Wie dumm von mir«, sagte Ross.

»Überhaupt nicht. Ich bin seit mehr als dreißig Jahren im Schuldengeschäft, und während dieser Zeit bin ich einigen Gaunern begegnet, die in jeder Hinsicht so gewissenlos waren wie dieser Sleeman. Sie werden erfreut sein zu hören, dass diese Typen üblicherweise einsam sterben und niemand zu ihrer Beerdigung kommt.«

»Was ist, wenn ich nicht so viel Glück habe?«

»Dann müssen Sie am nächsten Ersten wiederum exzellent vorbereitet sein.«

Ross dachte bereits darüber nach, wo er sein Auto parken würde. Wie würde er …

»Eine letzte Frage noch, bevor ich mir ein paar Stunden Schlaf gönne«, sagte Larry, als der Steward seine Kaffeetasse an sich nahm und das Tablett verstaute. »Es ist noch nicht lange her, dass Sie Ihre Frau verloren haben, nicht wahr?«

Ross war so überrascht, dass es eine Weile dauerte, bis er sich erholt hatte und antworten konnte. »Ein paar Wochen. Aber woher wussten Sie das?«

»Ich habe Martha vor sechs Jahren verloren«, sagte Larry. »Doch noch immer berühre ich ständig meinen Ehering. Hören Sie nicht auf Leute, die Ihnen sagen, dass es mit der Zeit leichter wird. Das wird es nicht. Ich hätte keine fünfundzwanzig Kilo Übergewicht und würde nicht in Flugzeugen leben, wenn es leichter würde.« Mit diesen Worten kippte er seinen Sitz nach hinten, zog seine Decke bis zum Kinn hoch und schloss die Augen.

»Danke«, sagte Ross. Er war froh, dass dieser kluge und anständige Mensch auf dem Sitz neben ihm Platz genommen hatte und nicht weitergegangen war.

»Der Leiter der Flughafensicherung in Heathrow ist am Apparat, Chief«, sagte Paul. William ergriff den Hörer und vernahm eine vertraute Stimme. »Guten Morgen, Sir. Hier ist Geoff Duffield. Ich sollte Sie informieren, falls DI Hogan einen Auslandsflug buchen würde.«

»Ich höre«, sagte William.

»Letzte Nacht um halb zehn hat er Flug BA027 nach Kapstadt genommen. Er ist heute Morgen um neun Uhr Ortszeit gelandet.«

»Vielen Dank«, sagte William. »Hat er auch einen Rückflug gebucht?«

»Nein, Sir. Der Rückflug blieb bei seinem Ticket offen. Aber ich melde mich wieder, sobald er einen weiteren Flug bucht.«

»Er wird vor Ende der Woche zurück sein«, sagte William, ohne seine Bemerkung näher zu erläutern.

26

»Wären Sie so freundlich, sich in das Gästebuch einzutragen, Sir?«, fragte die Empfangsdame und drehte einen großen, ledergebundenen Band zu ihm hin, als ihr Telefon läutete. Sie nahm ab und erklärte: »Mount Nelson Hotel. Wie kann ich Ihnen helfen?«

Ross begann, das Gästebuch auf der Suche nach Mr. und Mrs. Clive Pugh durchzublättern, die, wie er wusste, vorhatten, kurz vor ihm in jener Woche im Hotel Quartier zu beziehen.

»Kann ich Ihnen helfen?«, fragte die Empfangsdame, als sie den Hörer auflegte und ihn dabei ertappte, wie er sich eine bestimmte Seite des Buches genauer ansah.

»Ja«, sagte Ross, ohne auch nur einen Augenblick lang zu zögern. »Ich würde gerne wissen, ob einer meiner Freunde, Larry T. Holbrooke der Dritte, hier eingecheckt hat.«

»Zurzeit wohnt kein Gast dieses Namens in unserem Haus«, sagte die Empfangsdame. Ross setzte eine angemessen enttäuschte Miene auf, als sie ihm einen großen, metallenen Schlüssel reichte. »Sie haben Zimmer dreiunddreißig, im dritten Stock. Ein Page wird Ihr Gepäck nach oben bringen. Ich hoffe, Sie haben einen angenehmen Aufenthalt bei uns.«

Ross war nicht darauf aus, es »angenehm« zu haben. »Vielen Dank«, sagte er und folgte dem Pagen durch die

Eingangshalle zum Aufzug. Unterwegs kamen sie an einem Foto vorbei, das Winston Churchill zeigte, wie er auf der Veranda des Hotels eine Zigarre rauchte und in einer Hand ein großes Cognacglas hielt.

Nachdem der Aufzug im dritten Stock angekommen war, begleitete Ross den Pagen durch einen breiten, mit einem hochflorigen Teppichboden ausgelegten Flur, an dessen Wänden Sepiaaufnahmen der Königinmutter sowie von Jan Smuts und Cecil Rhodes hingen, welche den Gästen eine vergangene Zeit in Erinnerung riefen, die das Hotel, so schien es, kaum hinter sich lassen mochte. Der Page öffnete die Tür zu Zimmer 33 und legte Ross' Koffer auf eine Ablage am Fuß des Bettes. Ross bedankte sich und gab ihm ein Trinkgeld.

Dann ging er zum Panoramafenster und war fasziniert vom atemberaubenden Blick auf den Tafelberg, über dem wie fluffige Daunen einige weiße Wolken schwebten. Er drehte sich um, und als er das große Doppelbett sah, musste er wieder an Jo denken. Er zog sein Jackett aus und legte sich hin, wobei er genoss, wie bequem das Bett war. Er schloss die Augen und sank sofort in einen tiefen Schlaf.

»Es ist für Sie, Chief«, sagte Paul und reichte William das Telefon. »Ein gewisser Leutnant Sanchez aus Barcelona.«

»Hallo, Juan«, sagte William, indem er nach dem Hörer griff. »Irgendwelche Fortschritte?«

»Ja. Meine Frau ist wieder schwanger, und diesmal hoffen wir auf einen Jungen.«

»Herzlichen Glückwunsch«, sagte William lachend. »Aber das habe ich nicht gemeint.«

»An dieser besonderen Front habe ich auch gute Nachrichten«, sagte Sanchez. »Nachdem Commander Hawksby meinen Chef angerufen hatte, gab dieser uns seinen Segen für den nächsten Schritt der Operation Meisterwerk, jedoch mit mehreren Einschränkungen.«

»Gibt es schon ein Datum?«, fragte William.

»Ja, nächsten Sonntag. Ich glaube nicht, dass Sie es sich leisten können, länger zu warten. Wir müssen uns zuvor noch einmal treffen und die Einzelheiten durchgehen. Ich könnte am Mittwochnachmittag nach London fliegen, wenn das für Sie passt.«

»Das ist ideal«, sagte William und schlug eine Seite in seinem Terminkalender um. »Wo werden Sie wohnen?«

»Ich hatte gehofft, Sie könnten mir ein günstiges Hotel in der Nähe von Scotland Yard empfehlen.«

»London ist nicht gerade bekannt für günstige Hotels«, sagte William. »Aber Sie können gerne bei uns wohnen. So würden Sie Beth und die Zwillinge kennenlernen.«

»Vielen Dank«, sagte Sanchez. »Aber ist das nicht …«

»Dann wäre das geklärt. Rufen Sie mich einfach vom Empfang aus an, wenn Sie hier sind.« William legte auf, sah hinüber zu Jackie und sagte: »Machen Sie Inspector Hogan ausfindig. Ich brauche ihn hier zu einer ausführlichen Besprechung mit Leutnant Sanchez um neun Uhr am Donnerstagmorgen, sonst würden wir alle nur Zeit verschwenden.«

»Wo ist er wohl?«, fragte Jackie. »Denn ich weiß, dass er nicht zu Hause ist.«

»Im selben Hotel wie Mr. und Mrs. Pugh in Kapstadt.«

»Kennen Sie den Namen des Hotels?«

»Nein, DS Roycroft, den kenne ich nicht. Ich dachte, ich lasse Ihnen noch etwas übrig, das Sie erledigen können.«

Als Ross aus einem lebhaften Traum erwachte, stellte er fest, dass er immer noch vollständig angezogen war, und einen Augenblick lang fragte er sich, wo er sich befand. Er warf einen Blick auf seine Rolex – 18:18 Uhr – und schaltete in den ersten Gang. Er stieg aus dem Bett, zog sich aus und warf seine Kleider auf einen Stuhl. Dann ging er ins Bad und duschte ausgiebig.

Der kalte Wasserstrahl brachte ihn rasch wieder zu sich und half ihm, in den zweiten Gang zu schalten, als er im Kopf versuchsweise einen Plan durchging. Als er aus der Dusche trat und sich abtrocknete, lief er bereits im dritten Gang, aber er wusste immer noch nicht, wie er eine scheinbar zufällige Begegnung mit Mrs. Pugh arrangieren sollte, ohne dass ihr Ehemann begreifen würde, was er vorhatte.

Für den Fall, dass es ihm gelingen würde, auch nur ein paar Minuten mit ihr alleine zu verbringen, könnte er mit einer gut vorbereiteten Geschichte aufwarten. Er würde sich als Versicherungsmakler ausgeben, der das Bedürfnis empfand, sie davor zu warnen, dass ihr Mann ihr Leben mit einem Betrag in Höhe von einer Million Pfund versichert habe. Dann würde er sie fragen, ob sie über die Umstände Bescheid wüsste, unter denen Pughs erste Frau zu Tode gekommen war. Würde sie mit Ja antworten, hatte er seine nächste Frage schon vorbereitet – und eine kleine Rede, falls sie mit Nein antwortete.

Er zog ein sauberes weißes Hemd an, dazu die Krawatte eines Golfclubs und einen Anzug, in dem er aussah wie jemand, der in Fünf-Sterne-Hotels zu Hause war und nicht in dunklen Seitengassen. Er griff nach seinem Zimmerschlüssel, verließ den Raum und schlenderte in Richtung Speisesaal. Inzwischen hatte er den höchsten Gang erreicht.

Das Hotel mochte zwar einen gewissen volkstümlichen Charme besitzen – Jo hätte es wohl »putzig« genannt –, doch als Ross den Nelson Room betrat, erkannte er mit einem Blick, dass er es beim Kellner mit einem Profi zu tun hatte.

»Dürfte ich Sie nach Ihrer Zimmernummer fragen, Sir?«, erkundigte sich der große, dünne Mann, der einen Cutaway und eine Nadelstreifenhose trug.

»Dreiunddreißig«, sagte Ross. Er sah sich im Saal um, und sein Blick blieb schließlich an einem Paar hängen, das in einem kleinen Alkoven auf der gegenüberliegenden Seite des Restaurants saß. Er bemerkte, dass die gepolsterte Bank zur Linken des Paares besetzt war, die zur Rechten aber frei.

Der Oberkellner riss ihn aus seinen Gedanken. »Speisen Sie heute Abend alleine, Sir, oder erwarten Sie noch eine Begleitung?«

»Während der nächsten beiden Tage werde ich alleine sein. Ob ich wohl den Platz im Alkoven am Fenster bekommen könnte?«

Der Oberkellner warf einen Blick auf seine Tischliste. »Es tut mir leid, Sir, aber heute Abend ist der Platz bereits belegt.«

Ross griff nach seiner Brieftasche, nahm einen Fünfzigrandschein heraus und legte ihn auf die Liste mit den Reservierungen.

»Bitte folgen Sie mir, Sir«, sagte der Oberkellner und schenkte Ross ein warmes Lächeln. Der Oberkellner hat nichts Volkstümliches oder Putziges, dachte Ross, als er sah, wie dieser, geschickt wie Langfinger-Jimmy, das Geld einsteckte.

Ross nahm sich ein Exemplar der *New York Times* von einem Beistelltisch, während er den Oberkellner durch den Saal zu seinem Platz im Alkoven begleitete. Er setzte sich mit dem Rücken zu den Pughs, schlug die Zeitung auf und begann zu lesen. Sollten sie auch nur flüchtig in seine Richtung blicken, würden sie annehmen, dass er Amerikaner sei. Er lehnte sich leicht zurück, und obwohl er nur gelegentlich ein Wort von Mrs. Pugh erhaschen konnte, hörte er fast alles, was ihr Mann sagte.

Ein Weinkellner erschien. »Darf ich Ihnen ein Getränk anbieten, Sir, während Sie eine unserer Speisen wählen?«

Ross studierte die umfangreiche Weinkarte. Er musste daran denken, dass Jo einmal zu ihm gesagt hatte, dass südafrikanische Güter inzwischen Weine produzierten, die fast so gut waren wie die französischen – auch wenn die Franzosen das niemals zugeben würden. Außerdem bestätigte die Liste eine weitere nützliche Information von Jo: Die lokalen Weine waren weitaus günstiger als die französischen Importe. Er entschied sich für eine halbe Flasche Malbec vom westlichen Kap, und nachdem der Weinkellner gegangen war, nahm er ein Zigarettenetui aus der Innentasche seines Jacketts und legte es auf den Tisch.

Ross' Blick fiel auf eine Schlagzeile in seiner Zeitung: *Beginn der Friedensverhandlungen zwischen Irak und Iran in Genf*. Er hätte den ganzen Artikel gelesen, hätte er sich nicht auf die Unterhaltung in seinem Rücken konzentrieren müssen.

»Haben Sie sich für eine Mahlzeit entschieden, Sir?«, fragte sein Tischkellner mit aufgeschlagenem Notizblock und erhobenem Stift.

»Die Gemüsesuppe und danach das Rumpsteak, medium.« Er sah zu dem Stuhl auf der anderen Seite des Tisches, aber dort saß niemand. Er wartete, bis der Kellner gegangen war, klappte dann das Zigarettenetui auf und richtete den Spiegel darin so aus, dass er Pugh perfekt im Blick hatte, auch wenn er dabei von dessen Frau nur den Hinterkopf sah. NP, das zivile Unternehmen seines früheren Arbeitgebers, hatte ihm das silberne Zigarettenetui gerne zur Verfügung gestellt, das ursprünglich von einem Kunden zu einem Preis erworben worden war, der sogar Cartier beeindruckt hätte.

Es war offensichtlich, dass Pugh sich große Mühe gab, seiner neuen Angetrauten gegenüber aufmerksam zu erscheinen, während er so tat, als lausche er gebannt einer Geschichte, die er schon mehrmals gehört haben musste. Dabei hatte er die ganze Zeit über ein Lächeln im Gesicht.

Der Weinkellner erschien erneut, und Ross schnippte das Zigarettenetui zu, achtete jedoch auch weiterhin auf alles, was am Nebentisch gesagt wurde, während der Sommelier die halbe Flasche entkorkte und ihm einen kleinen Schluck zur Verkostung einschenkte.

»Exzellent«, sagte Ross, und der Weinkellner füllte sein Glas.

Ross erreichte die Sportseiten, wo er herausfand, dass die Yankees die Oakland Athletics geschlagen hatten. Er warf einen Blick in den Spiegel und sah, dass die Pughs ihre Mahlzeit gerade beendeten. Die einzige wichtige Information, die er gewonnen hatte, bestand darin, dass Clive Pugh am nächsten Morgen seiner Bank einen Besuch abstatten würde, nachdem er seiner Frau vorgeschlagen hatte, ein gemeinsames Konto zu eröffnen. Ihre Körpersprache ließ erkennen, dass sie von dieser Idee nicht gerade begeistert war. Ross musste daran denken, wie Jackie bei ihrer letzten Teambesprechung berichtet hatte, dass Pughs Mittel inzwischen rasch zur Neige gingen, sofern man angesichts mehrerer unbezahlter Rechnungen diesen Schluss ziehen konnte.

Pugh sagte seiner Frau, er würde gegen zwölf wieder zurück sein, und erinnerte sie daran, dass sie die Drahtseilbahn auf den Tafelberg nehmen würden, um dort in einem Café, das für seine Aussicht berühmter war als für seine Küche, ihren Lunch zu sich zu nehmen.

Ross musste sich entscheiden, ob er Pughs Abwesenheit während dessen Bankbesuch nutzen und versuchen sollte, ein Treffen mit Pughs Frau zu arrangieren, oder ob es besser wäre, ihm in die Bank zu folgen – in der Hoffnung, herauszufinden, wie schlecht es tatsächlich um dessen Finanzen stand.

Als die Pughs sich von ihrem Tisch erhoben, steckte Ross das Zigarettenetui ein, fuhr jedoch mit seiner Zeitungslektüre fort, während sie das Hotelrestaurant verließen. Er wartete noch ein paar Minuten, dann ging auch er. Als er am Oberkellner vorbeikam, schob er ihm einen weiteren Fünfzigrandschein zu; diesmal nicht für geleistete Dienste, sondern für solche, die er vielleicht irgendwann in Zukunft würde in Anspruch nehmen müssen.

»Er ist in Kapstadt«, sagte William.

»Was macht er dort?«, fragte der Commander.

»Ich würde sagen, er lässt Mr. und Mrs. Pugh nicht aus den Augen. Wahrscheinlich hat er die Absicht, die errötende Braut über die Rolle zu informieren, die sie in den langfristigen Plänen ihres Mannes spielen soll, bevor es zu spät ist. Aber ich bin davon überzeugt, dass er am Donnerstagmorgen pünktlich zu unserer morgendlichen Besprechung mit Sanchez zurück sein wird.«

»Warum?«, fragte der Commander.

»Er hat am ersten September einen Termin, und er kann es sich nicht leisten, den zu verpassen.«

»Mit wem?«

»Mit Max Sleemans Schuldeneintreiber Leonid Verenich, der, wie DS Adaja mir versichert hat, seine Runden am Ersten des Monats immer mit den neuen Kunden beginnt.«

»Dann wird Ross ihn also erwarten. Aber was führt er Ihrer Meinung nach im Schilde? Denn der ›flüsternde Tod‹ ist niemand, dem man gerne begegnen würde, wenn es sich vermeiden lässt.«

»Ich weiß es nicht, Sir, aber ich habe vor, seine Absichten zu durchkreuzen, bevor es so weit kommt, dass ich ihn festnehmen muss.«

»Er dürfte auf Ihr Erscheinen vorbereitet sein.«

»Ich hoffe, Verenich wird ihn so sehr beschäftigen, dass ich ihn überraschen kann.«

»Verlassen Sie sich nicht darauf«, sagte Hawksby. »Seit dem Tod seiner Frau benimmt er sich wie ein Besessener. Zuerst Abbott und Roach, jetzt Pugh, als Nächstes Sleeman, und Darren Carter hat er wahrscheinlich auch schon im Visier. Wo soll das alles noch enden?«

»Mit Miles Faulkner, würde ich sagen, Sir.«

27

Am nächsten Morgen erwachte Ross um fünf Uhr Londoner Zeit, nur um festzustellen, dass es in Kapstadt bereits sieben Uhr war. Schon bald würde er eine Entscheidung treffen müssen.

Er war einer der Ersten, die zum Frühstück kamen, doch diesmal suchte er sich einen Tisch auf der anderen Seite des Speisesaals aus, um die Wahrscheinlichkeit zu verringern, dass Mr. und Mrs. Pugh ihn sahen und sich an ihn erinnerten.

Genau wie Langfinger-Jimmy begann auch Ross den Tag mit einem herzhaften Frühstück: Auf eine Schale Porridge folgten zwei leicht angebratene Räucherheringe, die sogar in einer Herberge in den Highlands den Anforderungen genügt hätten.

Während er darauf wartete, dass die Pughs erschienen, las er die Londoner *Times* vom Vortag.

Er nahm sich die Zeit, einen langen Artikel auf Seite drei zu studieren, der unter einem Foto des Chorknaben abgedruckt war. »Der Polizeibeamte, der zwei der meistgefürchteten Gangs im Londoner East End, die Abbotts und die Roaches, in die Knie gezwungen hat«, informierte der Kriminalreporter seine Leser. Ross war erleichtert, dass nirgendwo im Artikel ein geheimnisvoller Stadtstreicher erwähnt wurde, den jemand dabei beobachtet hatte, wie er einen alten Kinderwagen mitten durch das Schlachtfeld schob, und der Kriminalreporter schloss mit der Aussage: »Hier ging es um eine Fehde zwischen zwei rivalisierenden Gangs aus dem East End, an der niemand sonst beteiligt war.« Ross bezweifelte, dass William zum selben Schluss kam, wenn er Hawksby Bericht erstattete.

Er begann sich bereits zu fragen, ob das Paar sich in den Flitterwochen das Frühstück aufs Zimmer bringen ließ, als Clive Pugh in den Speisesaal geschlendert kam und direkt auf den üblichen Tisch der beiden zuging. Auch er bestellte Räucherheringe. Danach wandte er seine Aufmerksamkeit der *Financial Times* zu, aber als er den Teil mit den aktuellen Aktienkursen erreicht hatte, war seine Frau noch immer nirgendwo zu sehen. Sollte sie nicht kommen, hätte sich die Frage, wem von beiden Ross folgen sollte, erledigt.

Schließlich stand Pugh auf, verließ den Speisesaal und trat nach einer kurzen Plauderei mit der Empfangsdame an ihrem Tresen aus dem Hotel. Ross folgte ihm in nicht allzu großer Entfernung. Er war nie glücklicher, als wenn er verdeckt ermitteln konnte – und diese besondere Zielperson im Auge zu behalten, war nicht schwierig. Pugh trug einen dunkelblauen Blazer, ein cremefarbenes Hemd mit offenem Kragen und eine ordentlich gebügelte graue Flanellhose. Doch es war sein weißer Panamahut, der ihn unübersehbar machte. Jo hatte Ross einmal erzählt, die Qualität eines Panamahuts ließe sich an der Dichte der Webart erkennen, weshalb sie in einem solchen Fall wissen würde, ob der Kunde sie sich leisten könne. »Ich habe keinen Hut«, hatte er ihr geantwortet. Jetzt, da er ein graues T-Shirt von keiner bestimmten Marke, Jeans und Turnschuhe trug, verschmolz Ross mit der Menge, die sich auf den geschäftigen Straßen des Stadtzentrums drängte.

Er achtete darauf, den Abstand zu Pugh nicht allzu sehr zu verkürzen, denn obwohl er einen Amateur beschattete, konnte er es nicht riskieren, entdeckt zu werden – besonders da er immer noch vorhatte, zum Dinner an jenem Abend wiederum mit dem Rücken zu ihm zu sitzen.

Zunächst machte Pugh bei einer Apotheke halt, kam jedoch wenige Augenblicke später schon wieder heraus. Er passierte einen weiteren Häuserblock, bevor er bei einem Nobelkaufhaus seinen zweiten Stopp einlegte. Ross folgte ihm hinein, hielt sich allerdings im Hintergrund und gab vor, sich für einen Seidenschal zu interessieren, während Pugh sich von einem Verkäufer am Tabakstand eine Kiste Montecristo-Zigarren zeigen ließ.

»Ich nehme gleich zwei Kisten«, sagte Pugh und reichte dem Mann seine Kreditkarte. Wenig später kam der verlegen wirkende Verkäufer wieder, gab Pugh die Kreditkarte und flüsterte einige Worte, die Ross nicht verstehen konnte.

»Da muss ein Irrtum vorliegen«, sagte Pugh verärgert. »Rufen Sie einfach die Bank an.«

Der Verkäufer tat wie gewünscht, doch als er den Hörer auflegte, wirkte er sogar noch verlegener und stellte die Zigarren zurück ins Regal.

Mit rotem Gesicht drehte Pugh sich um und steuerte auf den nächstgelegenen Ausgang zu. Ross folgte ihm.

»Entschuldigen Sie, Sir«, sagte eine junge Frau und eilte ihm nach. »Möchten Sie den Schal kaufen?«

Ein gleichermaßen verlegener Ross reichte ihr den Schal zurück. Glücklicherweise hatte Pugh das Gebäude bereits verlassen.

Auf dem Bürgersteig dauerte es nicht lange, bis Ross den weißen Panamahut auf der anderen Straßenseite auf und ab wippen sah. Er hatte Pugh beinahe eingeholt, als dieser die Cape Bank betrat und direkt auf den ersten Schalter zuging.

»Ich möchte den Direktor sprechen«, verkündete er mit lauter Stimme. »Unverzüglich.«

Ross trat hinter einen Tisch auf der anderen Seite der Schalterhalle, griff nach einem Kugelschreiber und begann, ein Formular zur Eröffnung eines Sparkontos auszufüllen.

Nur wenige Augenblicke später erschien ein großer, elegant gekleideter Mann. Es fiel ihm nicht schwer, herauszufinden, wer der wütende Kunde war, der verlangt hatte, ihn zu sprechen.

»Wie kann ich Ihnen helfen?«, fragte er höflich.

»Sind Sie der Direktor?«, fragte Pugh. Es gelang ihm nicht, seine Überraschung zu verbergen.

»Das bin ich, Sir. Mr. Joubert«, sagte der Mann und streckte seine Hand aus, was Pugh ignorierte.

»Mein Name ist Clive Pugh, und Ihre Bank hat mich gerade in einige Verlegenheit gebracht.«

»Es tut mir leid, das zu hören«, sagte der Direktor. »Vielleicht möchten Sie die Angelegenheit in meinem Büro diskutieren, wo wir ungestört sind.«

»Ich brauche mich von Ihnen nicht so gönnerhaft behandeln zu lassen. Ich will nur wissen, warum meine Kreditkarte nicht akzeptiert wurde.«

»Sind Sie sicher, dass Sie nicht lieber mit in mein Büro kommen wollen, um das Problem zu besprechen?«

»Es gibt kein Problem«, sagte Pugh beinahe schreiend. »Eine Erklärung und eine Entschuldigung sind das Mindeste, was ich erwarte, wenn Sie Ihre Stelle behalten wollen.«

Ross bemerkte, dass er nicht mehr der Einzige in der Schalterhalle war, der sich für die Begegnung der beiden Männer interessierte.

»Ich fürchte«, sagte der Direktor beinahe flüsternd, obwohl jeder seine Worte hören konnte, »dass Ihr Konto weit überzogen ist, weshalb ich keine andere Wahl hatte.«

»Dann bleibt mir keine andere Wahl«, sagte Pugh, »als mein Konto zu einer anderen Bank zu transferieren. Ich erwarte, dass Sie die nötigen Unterlagen vorbereitet haben, wenn ich morgen wiederkomme.«

»Wie Sie wünschen, Sir. Dürfte ich fragen, welcher Zeitpunkt günstig für Sie wäre?«

»Günstig ist, wenn es mir passt«, sagte Pugh. »Wobei mir vollkommen klar ist, dass ihr kleinen Jungs keine Arbeit erledigen könnt, die für einen richtigen Mann gedacht ist.«

Ross war kurz davor, eine weitere goldene Regel zu brechen und den Mann niederzuschlagen, den er beschattete – was er auch tatsächlich getan hätte, wenn Pugh nicht auf dem Absatz kehrtgemacht und die Bank verlassen hätte.

Ross folgte ihm hinaus auf die Straße, ließ ihn jedoch seines Weges ziehen, als offensichtlich wurde, dass Pugh ins Hotel zurückkehrte. Er konnte es gar nicht erwarten, beim Abendessen Pughs Version der Ereignisse zu hören.

»Wenn Ross zu unserer Besprechung morgen früh nicht pünktlich zurück ist«, sagte Juan, als die drei nach dem Abendessen um den Küchentisch saßen und eine zweite Flasche Wein genossen, »werde ich die ganze Aktion abblasen müssen. Ohne ihn schaffen wir es nicht einmal bis zu Faulkners Haus.«

»Er wird pünktlich zurück sein«, sagte William, wobei er zuversichtlicher klang, als er sich fühlte.

»Dann hoffen wir das mal«, sagte Juan. »Denn mein Chef wird mir sicher nicht erlauben, mich dort rumzudrücken, nur weil die winzige Chance besteht, dass Faulkner irgendwann auftaucht. Ich kann geradezu hören, wie er mir wieder einmal erklärt, dass wir genügend eigene Kriminelle haben, um die wir uns kümmern müssen.«

»Hört sich genau wie Hawksby an«, sagte Beth.

»Aus demselben Holz geschnitzt«, sagte Juan. »Wenn das der korrekte Ausdruck ist.«

»Wie kommt es, dass Sie unsere Sprache so gut beherrschen?«, fragte Beth.

»Meine Mutter hat einen Waliser geheiratet, und er hat verloren, als sie eine Münze geworfen haben. Er ist trotzdem noch immer davon überzeugt, dass David der einzige Heilige, die Osterglocke die einzige Blume und Rugby der einzige Sport ist.«

Beth lächelte und fragte mit unschuldiger Miene: »Wenn Ross morgen früh pünktlich zu Ihrer Besprechung auftaucht, bedeutet das dann, dass William noch einmal nach Barcelona fliegen wird?«

»Wie kommst du auf die Idee, dass ich jemals in Barcelona war?«, sagte William grinsend.

»Ein Flugticket war der erste Hinweis und noch mehr Peseten der zweite. Aber dass Juan zu uns gekommen ist, hat schließlich den Ausschlag gegeben.«

»Ignorieren Sie sie«, sagte William leise.

»Wenn Sie sich nicht in der Lage sehen, meine Frage zu

beantworten«, sagte Beth und schenkte ihrem Gast noch ein Glas Wein ein, »darf ich Sie vielleicht fragen, Juan, ob Sie die *Menschenfischer* tatsächlich gesehen haben.«

»Eine Fangfrage«, unterbrach William. »Sie versucht, Sie auszuhorchen, ohne zugeben zu müssen, wie wenig sie tatsächlich weiß. Ignorieren Sie sie einfach, dann wird sie irgendwann aufgeben.«

»Ja, ich habe das Bild gesehen«, gestand Juan. »Aber unglücklicherweise war ich abgelenkt und hatte nicht viel Zeit, es aufmerksam zu betrachten.«

»Vielleicht abgelenkt wegen des Mannes, der das Bild gerne besitzen würde?«, fragte Beth, noch immer bemüht, an weitere Informationen zu gelangen.

Beide Männer verstummten für einen Moment. Schließlich erwiderte William: »Sagen wir doch einfach, dass Faulkner noch weniger Gelegenheit hatte, das Bild zu betrachten, als Juan. Und bedauerlicherweise bezweifle ich, dass irgendjemand von uns es je wiedersehen wird.«

»Es sei denn natürlich, einfallsreichen Gentlemen wie dir und Juan gelingt es, Faulkner festzunehmen und hinter Gitter zu bringen, wo er auch hingehört. Woraufhin das Fitzmolean dann, mit tatkräftiger Unterstützung meiner guten Freundin Christina, das Meisterwerk bekommen könnte, sodass ihr beide in der Lage wärt, es zu bewundern, ohne fürchten zu müssen, dabei gestört zu werden.« Weder Juan noch William antworteten, doch Beth gab nicht auf. »Was wenigstens ein gewisser Ausgleich wäre, denn ihr seid dafür verantwortlich, dass das Museum Frans Hals' *Flötenspieler* nicht als Leihgabe bekommt – ein Bild, das, wie ich annehme, im selben Haus hing.«

»Ein kluger Mensch, Ihre Frau«, bemerkte Juan.

»Sie haben ja keine Ahnung«, sagte William. »Warten Sie ab bis zum Frühstück morgen. Dann lernen Sie Artemisia kennen.«

Gerade als William nach oben ins Schlafzimmer gehen wollte, klingelte das Telefon. Er nahm ab und hörte James Buchanans unverwechselbaren Bostoner Akzent am anderen Ende der Leitung.

»Ich habe Ihren Rat befolgt, Sir«, sagte James, ohne ein Wort zu viel zu verlieren, »und meine Beobachtung dem Rektor mitgeteilt, der mir versprochen hat, die Angelegenheit zu untersuchen.«

»Und hat er es getan?«

»Offensichtlich nicht«, sagte James, »denn mein Freund hat ein Studierzimmer auf demselben Flur wie ich in Harvard.«

»Sie werden zweifellos eine überzeugende Erklärung gefunden haben, warum er Ihre Beobachtungen ignoriert hat.«

»Ja, aber sie beruht nur auf Indizien und würde vor Gericht nicht standhalten.«

»Überlassen Sie mir die Bewertung«, sagte William.

»Ein Junge aus meiner Klasse, für den es kein Problem hätte sein sollen, in Harvard aufgenommen zu werden, ist auf spektakuläre Weise gescheitert.«

»Das ist kein Beweis, es sei denn, er gibt dem Rektor gegenüber im Beisein von mindestens zwei Zeugen zu, dass er in die Sache verwickelt ist.«

»Der Vater meines Freundes war der Vorsitzende des Komitees zur Organisation von Spendenaktionen für die Choate, und sie hatten ein Rekordjahr.«

»Immer noch kein Beweis, aber dadurch zeichnet sich ein Motiv ab.«

»Und er war zur selben Zeit wie der Rektor selbst auf der Choate und in Harvard.«

»Das waren viele andere auch, vermute ich«, sagte William in kritischem Ton.

»Sie klingen wie mein Rektor«, sagte James. »Als ich ihn schließlich gefragt habe, zu welcher Entscheidung er gekommen sei, antwortete er nur: ›Es gab absolut keinen stichhaltigen Beweis, der Ihre Anklage unterstützt hätte, Buchanan.‹«

»Und er hat recht«, sagte William ironisch. »Wobei es mich wirklich interessieren würde, wo Ihr Freund wohl noch enden wird.«

»Wahrscheinlich im Gefängnis, zusammen mit Ihrem Freund«, sagte James.

»Wohingegen Sie gelernt haben, wie wichtig es ist, unwiderlegbare Beweise zu finden, bevor Sie auch nur daran denken können, Ihren Fall jemandem vorzutragen. Diese Erfahrung wird Ihnen zugutekommen, falls Sie immer noch vorhaben, Direktor des FBI zu werden anstatt Vorstandsvorsitzender der Pilgrim Line.«

»Mein Vater ist inzwischen Vorsitzender des Unternehmens«, sagte James. Er hielt kurz inne und fügte dann hinzu: »Aber er ist nicht mein Großvater.«

Nachdem William aufgelegt hatte, dachte er noch lange über diesen letzten Satz nach.

Ross saß bereits an seinem Platz, den Kopf in die *New York Times* vergraben, als Mr. und Mrs. Pugh den Speisesaal betraten und von einem aufmerksamen Oberkellner an ihren üblichen Tisch geführt wurden. Noch immer vor Entrüstung prustend, berichtete Pugh seiner Frau, was sich am Morgen in der Bank zugetragen hatte, während sie verständnisvoll zuzuhören schien. Ross fiel auf, dass Pugh nicht erwähnte, wie seine Kreditkarte zurückgewiesen wurde, als er versucht hatte, zwei Kisten Montecristo-Zigarren zu kaufen.

Wieder versuchte Pugh seine Frau zu überreden, ein gemeinsames Konto zu eröffnen, doch Ross genügte das eine oder andere Wort, das vom Nebentisch zu ihm herüberdrang, um zu begreifen, dass sie noch immer nicht überzeugt war. Als Pugh ihr sagte, er würde am nächsten Morgen zur Bank zurückkehren, um sein Konto aufzulösen, sodass sich in Zukunft ein und dieselbe Bank um ihre Geschäfte kümmern könnte, nickte sie zwar, äußerte sich aber nicht dazu.

Ross hatte bereits beschlossen, dass er Pugh am Morgen nicht zur Bank folgen, sondern im Hotel bleiben würde – in der Hoffnung, ein paar Minuten mit dessen Frau sprechen zu können, um, wie der Commander sich auszudrücken beliebte, sie aufzuklären.

Die Unterhaltung am Nebentisch wandte sich einem für den nächsten Abend geplanten Theaterbesuch zu. Pugh bestätigte, dass es dem Hotel gelungen war, ihnen für die Aufführung von *Les Misérables* zwei Plätze in der vorderen Reihe des ersten Ranges zu besorgen. Mrs. Pugh schien sich über die Neuigkeit zu freuen, und obwohl Ross nur gelegentlich ein Wort verstehen konnte, deuteten Gelächter und Gläserklingen darauf hin, dass die Atmosphäre zwischen den Neuvermählten nicht mehr dieselbe war. Nachdem die beiden dem Kellner ihre Bestellung mitgeteilt hatten, beugte Pugh sich über den Tisch und flüsterte etwas, das Ross überraschte.

»Deine Perücke ist ein wenig verrutscht, mein Liebling.«

Mrs. Pugh erhob sich langsam und sagte: »Ich werde nur für einen kurzen Augenblick verschwinden, Liebster.« Dann ging sie, ohne noch etwas hinzuzufügen.

Ross richtete den Spiegel seines Zigarettenetuis neu aus und beobachtete, wie Pugh ein Zigarrenröhrchen aus der Innentasche seines Jacketts nahm, was Ross merkwürdig vorkam, denn den Pughs war noch nicht einmal der Hauptgang serviert worden.

Pugh schraubte das Röhrchen auf, nahm die Zigarre heraus und legte sie auf den Tisch vor sich. Dann sah er sich vorsichtig in dem gut besuchten Speisesaal um, bevor er schließlich ein wenig weißes Pulver aus dem Röhrchen in sein Weinglas kippte. Mit dem Griff seiner Gabel rührte er den Wein um, schob die Zigarre in das Röhrchen und das Röhrchen in die Innentasche seines Jacketts zurück. Wieder blickte sich Pugh im Saal um, bevor er sein eigenes Weinglas gegen das seiner Frau austauschte. Die ganze Aktion hatte weniger als eine Minute gedauert.

Ross fing den Blick des Oberkellners auf, der gerade einige Gäste an ihren Tisch führte. Er kritzelte ein paar Worte auf die Rückseite seiner Speisekarte und legte den Finger auf die Lippen, als der Oberkellner zu ihm trat. Der Oberkellner las die Nachricht und ging mit entspanntem Schritt zu Ross' Nebentisch, wo Pugh ungeduldig in Richtung Saaleingang starrte.

»Verzeihen Sie, Sir«, sagte der Oberkellner, »aber da ist ein Ferngespräch für Sie. Wenn Sie sich zum Empfang begeben wollen, der Anrufer ist noch am Apparat.«

»Hat er einen Namen genannt?«, fragte Pugh.

»Nein, Sir. Es war eine Dame. Sie sagte, es sei dringend.«

Rasch stand Pugh auf und eilte aus dem Hotelrestaurant. Kaum dass er den Saal verlassen hatte, ließ Ross seine *New York Times* zu Boden fallen. Er beugte sich hinab, um die Zeitung aufzuheben, und als er sich wieder erhob, tauschte er mit einer Fingerfertigkeit, die sogar Langfinger-Jimmy beeindruckt hätte, Pughs Weinglas zurück.

Ross ging gerade in Richtung Bar, als ein wütender Pugh an ihm vorbeistürmte. Pugh hatte eben erst wieder Platz genommen, als seine Frau zurückkam.

Ross stieg auf einen Hocker am anderen Ende der Bar, bestellte einen Kaffee und fuhr fort, seine Zeitung zu lesen. Als er aufblickte, sah er, wie Pugh einen Trinkspruch ausbrachte und sein Glas hob, worin ihm seine Frau gerne folgte. Pugh leerte sein Glas, und sie nippte an ihrem, als ihnen die Teller mit dem Hauptgang serviert wurden.

Kaum hatte Pugh nach Messer und Gabel gegriffen, als sein Gesicht aschfahl wurde. Zuckend und mit Schaum vor dem Mund stürzte er nach vorn.

»Holt einen Arzt!«, rief Mrs. Pugh hysterisch. Ein Mann, der wenige Tische weiter saß, eilte hinzu, doch nach einer kurzen Untersuchung war allen Augenzeugen klar, dass er Pugh nicht mehr helfen konnte.

Ross beobachtete, wie sich die Dinge vor ihm entwickelten. Wenige Augenblicke später erschienen zwei Kellner mit einer Trage in den Händen; der Oberkellner begleitete sie. Einige Gäste wandten sich ab, während andere mit morbider Faszination zusahen, wie der leblose Körper auf die Trage gehoben und, begleitet von der verzweifelten Ehefrau, aus dem Saal getragen wurde.

Ross nutzte die Aufregung, um unauffällig aus dem Hotelrestaurant zu verschwinden. Als er am Oberkellner vorbeikam, schob er ihm eine Einhundertrandnote zu, welche dieser mit einer angedeuteten Verbeugung entgegennahm. Im Foyer beobachtete Ross diskret, wie die Trage in einen bereitstehenden Krankenwagen gehoben wurde, wo zwei Rettungssanitäter, die ebenso wenig ausrichten konnten wie der Helfer im Saal, sich des Toten annahmen. Mrs. Pugh brach in Tränen aus, als einer von ihnen den Puls ihres verstorbenen Gatten überprüfte, ihm die Augen schloss und ihm behutsam ein Tuch über den Kopf zog.

Im Laufe der Jahre war Ross schon vielen trauernden Witwen begegnet, und er zweifelte nicht im Geringsten daran, dass Mrs. Pughs Tränen echt waren, was ihn überraschte. Sollte es tatsächlich möglich sein, dass sie diese verabscheuungswürdige Kreatur aufrichtig geliebt hatte? Vielleicht würde sie die Dinge anders sehen, hätte sie gewusst, dass eigentlich sie, und nicht er, jetzt auf dem Weg ins Leichenschauhaus sein sollte. Als der Krankenwagen davonfuhr, trat Ross an die Rezeption, um sich seinen Schlüssel geben zu lassen.

»Sie haben eine Nachricht bekommen«, sagte die Empfangsdame.

Er entfaltete das kleine Blatt Papier, und nachdem er es gelesen hatte, murmelte er mit zusammengebissenen Zähnen: »Sehr gut, Chorknabe. Sehr gut.«

»Pardon?«, sagte die Empfangsdame.

»Können Sie mir sagen, wann der nächste Flug nach London geht?«

»Der erste Flug am Morgen geht um neun«, antwortete sie und warf einen Blick auf die Uhr. »Aber wenn Sie sich beeilen, Sir, erreichen Sie vielleicht gerade noch den letzten, der heute in ein paar Stunden startet.«

»Bitte machen Sie die Rechnung fertig und buchen Sie mir einen Platz in der Business Class in dieser Maschine. Und ich werde ein Taxi zum Flughafen brauchen.«

Ross eilte die Treppe hinauf in den dritten Stock, wo er rasch die Tür öffnete und alle seine Kleider und übrigen Gegenstände in seinen Koffer warf. Dann rannte er zurück zum Empfang und bezahlte seine Rechnung. Ein Page verstaute sein Gepäck im Kofferraum eines mit laufendem Motor wartenden Taxis. Das Versprechen eines Trinkgelds von einhundert Rand, falls Ross es pünktlich zum Flughafen schaffen sollte, sorgte dafür, dass der Fahrer sämtliche Geschwindigkeitsbegrenzungen ignorierte. Ross war der Letzte, der in jener Nacht an Bord ging.

»Wünschen Sie unsere Mahlzeit heute Abend?«, fragte der Steward, nachdem sie abgehoben hatten.

»Nein danke«, sagte Ross. »Nur eine Schlafbrille.«

»Gewiss, Sir.«

Da Larry T. Holbrooke der Dritte nicht neben ihm saß, freute sich Ross auf einen langen nächtlichen Schlaf. Er wäre pünktlich wieder zurück, um mit Langfinger-Jimmy im Putney Bridge Café zu frühstücken, bevor er Chief Inspector Warwick Bericht erstatten würde. Er fragte sich nur, wie viel der Chorknabe bereits wusste.

28

»Sind Sie PC Plod?«, fragte Peter, als Juan am folgenden Morgen zum Frühstück nach unten kam.

»Nein«, sagte Juan und setzte sich den Zwillingen gegenüber. »Meine jüngste Tochter hat mir gesagt, dass ich nicht so klug bin wie PC Plod, weil ich nicht jeden meiner Fälle sofort löse. Sie meint, ich sei eher wie Inspector Watchit.«

Artemisia kicherte, als Beth einen Teller mit Speck und Eiern vor ihren Gast auf den Tisch stellte.

»Mein Vater wird eifersüchtig sein, wenn ich ihm erzähle, was ich heute Morgen zum Frühstück hatte«, sagte Juan und griff nach Messer und Gabel.

»Bekommt Ihr Vater kein Frühstück?«, fragte Artemisia.

»Sprich nicht mit vollem Mund«, sagte William.

»Wer hat die Perlenkette gestohlen?«, fragte Peter.

»Das weiß ich nicht«, gestand Juan.

»Wir werden es erfahren, wenn Daddy heute Abend nach Hause kommt und uns das letzte Kapitel vorliest«, sagte Artemisia.

»*Falls* Daddy heute Abend nach Hause kommt«, bemerkte William, als das Telefon im Flur zu klingeln begann.

»Wer kann das sein, so früh am Morgen?«, fragte Beth

»Wahrscheinlich Hawksby«, sagte William, stand auf und ging zur Tür.

»Es ist PC Plod«, flüsterte Juan.

»Das hoffe ich«, sagte Artemisia. »Denn dann löst er zusammen mit Ihnen …«

William schloss die Tür hinter sich und hob den Hörer des Telefons ab, das auf einem kleinen Tischchen im Flur stand. »William Warwick.«

»Guten Morgen. Geoff Duffield, Flughafensicherheit Heathrow. DI Hogan ist heute Morgen mit dem ersten Flug aus Kapstadt eingetroffen und hat gerade die Passkontrolle hinter sich gebracht.«

»Vielen Dank, Geoff. Damit wäre wenigstens eines meiner Probleme geklärt. Vielen Dank«, wiederholte er, legte den Hörer auf und kehrte in die Küche zurück.

»Haben Sie PC Plod schon einmal getroffen?«, wollte Peter von Juan wissen.

»Nein, aber das würde ich gerne, denn euer Vater und ich könnten im Augenblick seine Hilfe gebrauchen.«

»Das war er am Telefon«, sagte William, indem er in das Spiel einstieg. »Er ist auf dem Weg zum Yard, weshalb wir wohl besser aufbrechen sollten.«

»Das ist ungezogen, Daddy. Großvater sagt immer, man muss zuerst sein Frühstück essen, bevor man zur Arbeit geht.«

»Ich bin ganz der Meinung eures Großvaters«, sagte Juan, der weiter seine Eier mit Speck genoss. William gab nach und setzte sich.

»Entschuldigen Sie«, sagte Beth. »Artemisia neigt dazu, alles zu wiederholen, was sie zuletzt gehört hat.«

»Kein Grund, sich zu entschuldigen«, sagte Juan. »Vergessen Sie nicht, dass ich drei Töchter habe.«

»Und eine weitere ist unterwegs, wie William mir verraten hat.«

»Womit habe ich das nur verdient?«, sagte Juan.

»Guten Morgen, Inspector«, sagte Langfinger-Jimmy. »Frühstücken Sie mit mir?«

»Keine Zeit«, erwiderte Ross und starrte neidisch auf Jimmys leeren Teller, der gerade abgetragen wurde. »Aber wenn du dir immer noch die zweiten zweihundert verdienen willst, solltest du heute Nacht um halb elf vor dem Queen's Theatre in der Wardour Street sein.«

»Da muss ich erst in meinem Terminplan nachsehen«, sagte Jimmy und ließ ein drittes Stück Würfelzucker in seinen Tee fallen.

»Wenn du nicht dort bist«, sagte Ross, »werde ich mich dir jeden Morgen zum Frühstück anschließen, bis du die ersten zweihundert zurückgezahlt hast.«

»Sie haben mich überredet, Inspector. Ihrem frischen Charme kann man sich einfach nicht entziehen«, sagte Jimmy und löffelte einen großen Klecks Orangenmarmelade auf eine Scheibe Toast. Als er das Messer hob, um die Marmelade zu verteilen, war der Inspector bereits gegangen.

Leutnant Sanchez breitete eine große Karte von Katalonien vor sich auf dem Tisch aus. Die Mitglieder des Teams rückten heran, um sie sich genauer anzusehen.

»Sobald Chief Inspector Warwick und Detective Inspector Hogan in Barcelona gelandet sind«, begann Sanchez, »wird man sie in ein sicheres Gebäude am Stadtrand bringen, wo ich eine letzte Besprechung durchführe, bevor wir alle die notwendige Ausrüstung für eine nächtliche Operation anlegen werden.«

»Wann soll die Geisterstunde denn stattfinden?«, fragte der Commander.

»Um Mitternacht, Sir«, erwiderte Sanchez. »Wir werden die Stadt in einem neutralen Fahrzeug verlassen, und man wird uns ein paar Meilen von Faulkners Grundstücksgrenze entfernt absetzen.«

William nickte, als Sanchez auf ein »X« deutete, das er auf der Karte markiert hatte. »Sind Sie sicher, dass er immer noch vor Ort ist?«, fragte er.

»Wir haben Kameras an der Straße platziert, die zum Landhaus führt, und wir patrouillieren auf dem Strand am Fuß der Klippe. Bisher gab es nirgendwo ein Lebenszeichen, weshalb wir ziemlich zuversichtlich sind, dass er sich immer noch im Haus versteckt.«

»Vergessen Sie nicht, dass Booth Watson, wie wir wissen, für den Montag einen Flug nach Barcelona gebucht hat«, warf Rebecca ein. »Warum würde er sich die Mühe einer solchen Reise machen, wenn Faulkner nicht da wäre?«

»Ein guter Punkt«, sagte William. »Aber ich vermute, der Grund für Booth Watsons Besuch besteht darin, die letzten Vorbereitungen für die außerplanmäßige Abreise seines Mandanten zu treffen, weshalb das unsere letzte Gelegenheit sein kann, bevor er wieder verschwindet.«

»Von hier bis hier muss Detective Inspector Hogan die Führung übernehmen«, sagte Sanchez. Er fuhr mit dem Finger auf der Karte vom Waldrand bis zur Eingangstür des Gebäudes.

William schüttelte den Kopf. »Nein. DI Hogan ist überzeugt davon, dass unsere größte Chance, unbeobachtet ins Haus zu gelangen, darin besteht, durch eines der Fenster im Dienstbotentrakt im vierten Stock einzudringen. Als wir das letzte Mal dort waren, ist ihm aufgefallen, dass drei dieser Fenster tagsüber offen standen. Hier, hier und hier. Dieses«, fügte er hinzu und fuhr mit dem Finger über eine Ansicht des Gebäudes, »befindet sich direkt neben der Feuertreppe.«

Sanchez nickte, erklärte jedoch: »Trotzdem müssen wir immer noch wissen, wie wir DI Hogans Ansicht nach vorgehen sollen, sobald wir den Waldrand erreicht haben. Ich vermute, das Grundstück ist voller Alarmanlagen, Fallen und anderer Überraschungen für unliebsame Besucher.«

»Er dürfte in wenigen Minuten bei uns sein«, sagte William mit einem Blick auf die Uhr.

»Warum sind Sie sich dessen so sicher?«, fragte Hawksby.

»Sein Flugzeug ist vor ein paar Stunden in Heathrow gelandet. Ich bin, ehrlich gesagt, nicht überrascht, dass …«, fuhr William fort, als die Tür aufflog und Ross eintrat.

»Tut mir leid, dass ich mich verspätet habe. Etwas hat mich aufgehalten.«

Oder jemand, dachte William, begnügte sich aber mit der Bemerkung: »Leutnant Sanchez ist mit uns gerade durchgegangen, womit wir zu rechnen haben, nachdem wir in Barcelona gelandet sind.«

»Ich kann uns nur bis ans Ende der Straße bringen, die zum Landgut führt. Danach müssen Sie übernehmen«, gestand Sanchez.

Ross setzte sich auf seinen Platz am Tisch und begann im Einzelnen zu erklären, wie er vorhatte, sie drei zur Feuerleiter auf der anderen Seite des Gebäudes zu bringen, ohne Alarm auszulösen. Schließlich erklärte William die Besprechung für beendet, als alle dieselben Fragen zum dritten Mal zu stellen begannen.

»Aber wir stehen immer noch vor dem Problem der undurchdringlichen Tür«, sagte Hawksby, als sie sich von ihren Plätzen erhoben.

»Ich habe heute Nachmittag einen Termin bei dem einzigen Menschen außer Faulkner, der weiß, wie man diese Tür öffnet«, erwiderte Ross. »Ich werde Ihnen Bericht erstatten.«

»Dann werden wir uns alle morgen früh um acht noch einmal treffen«, sagte William, »um den Plan ein letztes Mal durchzugehen.«

»Ich habe morgen früh um acht eine Verabredung, die ich nicht verpassen darf«, sagte Ross, ohne eine Erklärung abzugeben. »Aber ich werde heute Abend anrufen, um Sie auf dem Laufenden zu halten.«

»Gut«, sagte William, was alle überraschte. Doch er wusste genau, wo sich Detective Inspector Hogan am folgenden Morgen um acht Uhr aufhalten würde, denn er hatte die Absicht, ebenfalls dort zu sein.

»Was ist es, das du weißt, aber ich nicht?«, fragte Beth, als Christina sich gegenüber ihrem Schreibtisch hinsetzte.

»Nicht viel«, gestand Christina. »Nur dass ich davon überzeugt bin, dass sich der Caravaggio, wo immer er auch sein mag, genau an dem Ort befindet, an dem auch Miles sich aufhalten wird.«

»Genauso wie der Frans Hals?«, fragte Beth.

»Ich fürchte, ja«, antwortete Christina, »und wenn ich irgendeine Ahnung hätte, wo das sein soll, würde ich es dir sagen, glaube mir.«

Beth glaubte ihr nicht, weshalb sie sich an Williams Rat hielt und auch weiterhin zuhörte, zuhörte, zuhörte.

»Ich weiß nur, dass Booth Watson vorhat, am Montagmorgen nach Barcelona zu fliegen. Es kann kein Zufall sein, dass Miles' Jacht am Samstagabend Monte Carlo verlassen wird. Ich wäre nicht überrascht, wenn beide sich am selben Ort einfinden.«

»Was nur bedeuten kann, dass Miles erneut weiterzieht«, sagte Beth.

»Das sehe ich genauso«, sagte Christina. »Und wenn die Jacht dabei eine Rolle spielt, dann wird auch seine Kunstsammlung weiterziehen.«

»Woher beziehst du deine Informationen?«, fragte Beth.

»Von Ex-Superintendent Lamont, der nur allzu glücklich darüber ist, dass es mehr als einen Menschen gibt, der ihn bezahlt.«

»Dann wollen wir hoffen, dass Miles das niemals herausfindet«, sagte Beth. »Er hält gewiss nichts von einem goldenen Fallschirm, es sei denn, er selbst ist es, der die Reißleine in der Hand hat.«

»Jetzt weißt du so viel wie ich«, sagte Christina und stand auf, um das Büro zu verlassen.

Beth zweifelte daran, aber sie hatte immer noch die Absicht, William anzurufen, sobald Christina gegangen wäre. Sie konnte bereits hören, was ihr Mann sagen würde, wenn sie die Information an ihn weitergab, die Christina ihr gerade mitgeteilt hatte.

»Ich bin immer noch nicht sicher, auf welcher Seite diese Frau steht.«

Nosey Parker war der Name, der über der Tür des Gebäudes an der Charing Cross Road 114A stand. Die Einrichtung stellte selten mehr als einem oder zwei Kunden am

Tag ihre Dienste zur Verfügung und das auch nur nach einer Terminvereinbarung mit dem Eigentümer. Ross betrat das Geschäft fünf Minuten zu früh und näherte sich nervös der Empfangstheke.

»Stehen Sie bequem, Corporal«, sagte eine Stimme, die er nie vergessen würde. Fast zehn Jahre lang hatte ihn niemand mehr so angesprochen, aber es gelang ihm immer noch nicht, sich in Gegenwart seines ehemaligen Vorgesetzten zu entspannen.

»Es tut mir leid, vom Tod Ihrer Frau zu hören«, sagte Colonel Parker in einem viel sanfteren Ton, als Ross in seinen vier Jahren beim SAS jemals von ihm vernommen hatte. »Aber jetzt, Corporal, müssen wir uns mit der Zukunft beschäftigen«, fuhr er fort, wobei seine Stimme wieder ihre übliche Autorität besaß.

»Haben Ihre Techniker es geschafft, bei meiner Videokamera die Modifikationen anzubringen, um die ich gebeten hatte?«

»Eine relativ einfache Aufgabe«, antwortete der Colonel und zog eine unbeschriftete Schachtel unter der Theke hervor. »Damit können Sie sämtliche Alarmanlagen und versteckten Sprengfallen entdecken und die ganze Operation trotzdem in Echtzeit filmen.«

Ross wollte gerade nach der verriegelten Tür ohne Riegel fragen, als der Colonel sagte: »Wie hat mein Silver-Cross-Kinderwagen aus den Fünfzigerjahren funktioniert?«

»Es hätte gar nicht besser klappen können, Sir. Ich konnte mitten in das Zielgebiet gelangen, ohne dass ich jemandem einen zweiten Blick wert war. Ich habe die Operation wie geplant durchgeführt und bin unbemerkt von den Gangs oder der Polizei wieder verschwunden.«

»Ich habe es genossen, in der *Times* den Bericht über den Vorfall zu lesen«, sagte der Colonel und lächelte zum ersten Mal. »Und das Zigarettenetui?«

»Wie ein Talisman. Obwohl ich nie wieder einer Frau trauen werde, die ihre Nase pudert.«

»Trauen Sie niemals einer Frau. Punkt«, sagte der Colonel.

Eine Haltung, die Ross geteilt hätte, wäre er Jo nicht begegnet.

»Nachdem Sie sich um diese speziellen Probleme gekümmert haben, muss ich wohl annehmen, Sie brauchen Hilfe bei Ihrer nächsten Mission?«

»Ja, Sir«, sagte Ross. »Als ich kürzlich im Ausland einen Auftrag zu erledigen hatte, stieß ich auf eine große Eisentür ohne Klinke, Schloss oder Tastatur. Die Buchstaben ›NP‹ waren in der linken unteren Ecke eingraviert.«

»Der Sesam-Safe«, sagte der Colonel. »Perfektioniert von einem ehemaligen Stasimitglied, das aus Ostdeutschland zu uns übergelaufen ist.«

»Aber wie öffnet man den Safe, wenn es keinen Code gibt?«

»Es gibt einen Code, Corporal, aber nur, wenn sich der Besitzer im selben Raum befindet.«

»Dann muss es die Uhr sein«, sagte Ross, der plötzlich begriff, warum Faulkner gegen das Zifferblatt getippt hatte, unmittelbar bevor er sein Arbeitszimmer betrat.

»Da könnten Sie recht haben«, sagte der Colonel, womit er jedoch Ross' Frage nicht beantwortete. »Ich bedauere wahrhaftig, jemals diesem besonderen Kunden begegnet zu sein, mit dem Sie jetzt zu tun haben. Er hat behauptet, dass er als Kapitän am Falkland-Feldzug teilgenommen hat, aber offen gestanden zweifle ich daran, denn er hat sich als die Sorte von Lump erwiesen, der seine Rechnungen in der Offiziersmesse nicht bezahlt.«

Ein Schuft, wollte Ross hinzufügen, besann sich jedoch eines Besseren.

»Genau genommen hat er die letzte Rate für den Sesam-Safe noch immer nicht bezahlt, den wir für ihn eingerichtet haben. Nach einer gewissen Zeit wird er jedoch die Batterien seiner Uhr ersetzen müssen, und dann muss er auch den Rest bezahlen, denn die Batterien sind ebenfalls einzigartig.«

»Wie hoch ist die ausstehende Rechnung?«, fragte Ross, der halb damit rechnete, vor ein Kriegsgericht gestellt zu werden, weil er das Thema auch nur ansprach.

»Etwas über Ihrer Gehaltsklasse, fürchte ich, alter Junge.«

»Stellen Sie mich auf die Probe.«

»Fünftausend Pfund würden die fehlende Summe abdecken.«

Ross zog sein Scheckbuch aus der Tasche, nahm sich einen Kugelschreiber von der Theke und begann zu schreiben.

»Wohl im Lotto gewonnen, was?«, fragte der Colonel.

»Nein, Sir. Eine Frau verloren«, sagte Ross und reichte ihm den Scheck.

»Ich entschuldige mich«, sagte Colonel Parker aufrichtig zerknirscht. Er drehte sich um, gab einen Code in einen kleinen Wandsafe ein, nahm eine Uhr heraus, auf der nichts zu erkennen war, und tippte dagegen. Sofort leuchtete das Zifferblatt auf und zeigte einige Sekunden lang die Zeit an, bevor das Licht wieder ausging. Er reichte die Uhr seinem früheren Waffenbruder.

»Die nützt mir nicht viel«, sagte Ross, »wenn ich den Code nicht kenne.«

»Wie spät ist es, Corporal?«

»Zwanzig nach drei«, sagte Ross, indem er einen Blick auf die Wanduhr hinter der Theke warf.

»Denken Sie wie ein Soldat!«, rief der Colonel mit bellender Stimme.

»Fünfzehn zwanzig«, erwiderte Ross.

»Monat und Jahr?«

»Neun achtundachtzig.«

»Korrekt 15 20 09 88.«

»Zeit, Datum und Jahr«, sagte Ross. »Es könnte nicht einfacher sein.«

»Und das Schöne daran ist, dass die Zeit sich jede Minute ändert und damit auch der Code. Aber vergessen Sie nicht, Corporal, obwohl Ihr Gegner weder ein Offizier noch ein Gentleman ist, müssen Sie trotzdem sehr früh am Morgen aufstehen, wenn Sie ihn erwischen wollen, solange er noch schläft.«

»Genau das habe ich vor«, sagte Ross und streifte die Uhr über das Handgelenk.

DC Rebecca Pankhurst saß in einer Weinbar an einem Fenster, das auf die Wardour Street hinausging. Sie hatte ihren Tisch sorgfältig ausgewählt. Die kleine Bar, die im ersten Obergeschoss über einem Restaurant lag, war voller junger Menschen, die einen freien Abend genossen; sie selbst war noch im Dienst. Von ihrem Beobachtungsposten aus hatte sie einen freien Blick auf Darren Carter, der seiner üblichen Beschäftigung nachging. Nachdem sie ihn schon so lange überwacht hatte, kannte sie nicht nur seine täglichen Abläufe, sondern auch seine (nirgendwo schriftlich festgehaltene) Arbeitsplatzbeschreibung. Carter war der erste und wichtigste Torwächter des Eve Club. Er – und er allein – entschied, wer den Club betreten durfte, und Rebecca hatte im Laufe der Zeit seine Vorurteile nur allzu gut kennengelernt.

Gerne öffnete er die Pforten für Ausländer, die sich in die Gegend verirrt hatten und aussahen, als hätten sie Geld und wären leicht davon zu überzeugen, es auch auszugeben. Wenn sie ein wenig zu viel getrunken hatten, verschaffte ihnen das bei ihm zusätzliche Pluspunkte. Unerwünschtes Publikum – tätowierte Jugendliche in Jeans, besonders wenn sie in Horden auftraten – wurde freundlich und manchmal auch nicht so freundlich zurückgewiesen. Die Bemerkung »Tut mir leid, Sir, aber das ist ein Privatclub nur für Mitglieder« sorgte bereits meistens dafür, dass sie weiterzogen. Falls nicht, so überzeugte die Andeutung dessen, was als Nächstes geschehen könnte, die etwas Hartnäckigeren. Der eine oder andere, der auch dann noch nicht aufgab, wurde mit drohendem Blick angestarrt, und wer danach immer noch sein Glück herausforderte, wurde energisch beiseitegeschoben, obwohl Rebecca bisher noch nichts beobachtet hatte, was man als Körperverletzung werten konnte, die eine Festnahme nach sich hätte ziehen können.

Rebecca fand sich damit ab, dass sie wie ein geduldiger Angler bereit sein musste, stundenlang zu warten – in der Hoffnung, einen Fang an Land zu ziehen. Wenigstens saß sie in einer warmen Bar und genoss ihr Getränk und nicht zusammengekauert im strömenden Regen an irgendeinem Fluss. Sie war sich jedoch schmerzlich bewusst, dass ihre schriftlichen Berichte mit jedem Tag kürzer und kürzer wurden. Neulich hatte sich sogar einmal nur das Datum geändert. Sie fragte sich, wie lange es dauern würde, bis ihr Vorgesetzter ihr eine neue Aufgabe übertragen würde.

Wenigstens hatte sie genügend Zeit, um über Archie nachzudenken. Sie liebte ihre Arbeit, und sie liebte es, einer gut ausgebildeten Eliteeinheit anzugehören, aber sie wusste, dass sie schon bald eine Entscheidung über ihre Zukunft treffen musste. Archie hatte begonnen, ihr Zusammenleben als eine Partnerschaft zu beschreiben, für die sie beide die gemeinsame Verantwortung trugen. Im Augenblick war er in Nordirland stationiert, und sie war sich durchaus bewusst, dass er als junger Offizier bei der Army möglicherweise regelmäßig ins Ausland versetzt würde. »Das gehört einfach dazu, schon immer«, hatte er einmal zu ihr gesagt und ihr damit auf seine eigene süße Art klargemacht, dass er annahm, sie würde die Met falls nötig verlassen, da sie offensichtlich nicht an zwei Orten zugleich sein konnte.

Wenn sie ihn heiraten wollte, müsste sie die Arbeit aufgeben, die sie liebte, um die Frau eines Offiziers zu werden und die üblichen 2,2 Kinder in die Welt zu setzen, während ihr größtes Abenteuer darin bestehen würde, mit der Frau des Standortkommandanten Cocktailpartys für die zu Besuch kommenden »Lamettaträger« – so hatte sich Archie ausgedrückt – zu organisieren. Während sie diese Vision ihrer Zukunft vor sich sah, wurde sie von einer lebhaften Gruppe Theaterbesucher abgelenkt, die aus dem Queen's Theatre strömten und ihren Nachhauseweg antraten: die übliche Erinnerung, dass auch sie daran denken sollte, für heute Schluss zu machen.

»Noch ein Glas Wein, Miss?«

»Guten Abend, Inspector«, sagte Langfinger-Jimmy, der plötzlich wie aus dem Nichts aufgetaucht war. »Wenn Sie das Zeug haben, bin ich bereit, die zweiten zweihundert zu verdienen.«

Ross drehte der vorbeiströmenden Menge den Rücken zu und reichte Jimmy drei kleine Päckchen sowie ein Bündel abgenutzter Geldscheine.

Einige Augenblicke später sah Ross, wie Jimmy sich auf der anderen Straßenseite unter die Besucher mischte, die aus dem Theater kamen. Dann hielt er vor dem Clubeingang inne und fragte den Türsteher nach dem Weg zum Leicester Square.

»Wofür hältst du mich, Kumpel? Für einen beschissenen Fremdenführer?«

»Entschuldigen Sie, dass ich Sie gestört habe«, sagte Jimmy, beugte sich nach vorn und hob eine Uhr vom Boden auf. »Gehört die zufällig Ihnen?«

»Ja«, sagte der Türsteher, packte die Uhr und streifte sie, ohne sich zu bedanken, wieder über sein Handgelenk.

Langfinger-Jimmy ging weiter, während Ross eine Telefonzelle in der Nähe betrat und eine Nummer wählte.

Es dauerte nicht lange, bis eine Stimme erklärte: »Inspector Watts.«

»Ich komme gerade aus dem Eve Club, und der Türsteher hat versucht, mir Drogen zu verkaufen. Ich dachte, das würde Sie interessieren.« Er legte auf, bevor der Anruf zurückverfolgt werden konnte. Vier Minuten galt bei den Fahrern der Met als rasche Reaktion auf einen Notruf, weshalb Ross sich ein Lächeln gestattete, als bereits drei Minuten und zweiundvierzig Sekunden später ein Streifenwagen in die Wardour Street raste.

Zunächst beachtete Rebecca das Polizeifahrzeug nicht, das unter ihr in die Straße bog. Keine Überraschung, dachte sie, denn in Soho gab es jede Nacht Probleme. Ihr Interesse wuchs jedoch, als das Auto mit quietschenden Bremsen vor dem Eve Club anhielt. Vier Polizisten in Uniform sprangen nach draußen und umringten Carter, dessen schockierter Gesichtsausdruck aufrichtig wirkte.

Eine kleine Menschenmenge begann sich auf der gegenüberliegenden Straßenseite zu versammeln, als zwei Beamte Carter an die Wand drückten, während ein dritter seinen Mantel durchsuchte und mehrere Päckchen sowie ein Bündel abgenutzter Geldscheine hervorzog. Der vierte Beamte, ein Inspector, den Rebecca nicht kannte, nahm Carter fest und erklärte ihm seine Rechte, bevor er in Handschellen abgeführt wurde. Sie konnte noch immer sein lautstarkes Protestgeschrei hören, als er auf den Rücksitz des Streifenwagens geschoben wurde.

Sie begann alles niederzuschreiben, was sie beobachtet hatte, und unterbrach ihre Arbeit erst, als der Clubbesitzer nach draußen eilte, die erhobene Faust schüttelte und dem Streifenwagen hinterherstarrte, der gleich darauf nicht mehr zu sehen war.

Die Menge hatte sich bereits aufgelöst, als Langfinger-Jimmy wieder neben Ross erschien und ein schiefes Grinsen nicht unterdrücken konnte.

»Gut gemacht, Jimmy«, sagte Ross und drückte ihm die zweiten zweihundert Pfund in die Hand.

»Stets zu Diensten«, sagte Jimmy. »Das ist genau die Art von Gauner, die man hinter Schloss und Riegel stecken sollte.«

Ross wollte gerade etwas über Steine und Glashäuser entgegnen, als Jimmy hinzufügte: »Ich mag diese elegante, moderne Uhr, Inspector. Aber wie liest man bei ihr die Zeit ab?« Bevor er antworten konnte, war Jimmy in der Nacht verschwunden. Ross warf einen Blick auf sein Handgelenk und stellte erleichtert fest, dass die Uhr noch da war.

Nachdem Rebecca ihren Bericht beendet hatte, trank sie ihr Glas aus, bezahlte und ging. Sie hätte ihren Vorgesetzten gerne zu Hause angerufen, wenn es nicht so spät gewesen wäre. Folglich würde das bis morgen früh warten müssen. Dann fiel ihr ein, wo sie am nächsten Morgen um sechs Uhr sein würde. Sie korrigierte sich. Am heutigen Morgen.

29

Sechs Pieptöne erklangen vor der Verlesung der Schlagzeilen, doch keiner von beiden achtete darauf.

»Es gefällt mir nicht, einem Kollegen hinterherzuspionieren«, sagte Jackie. »Besonders nicht, wenn ich ihn mag und bewundere.«

»Ganz meine Meinung«, sagte William. »Aber wenn jemand selbst sein schlimmster Feind ist, braucht er Freunde.«

»Bist du noch immer davon überzeugt, dass er etwas mit dem Tod von Roach und Abbott zu tun hat?«

»Du musst zugeben«, sagte William, »dass der Tod seiner Frau ein wirklich starkes Motiv für ihn darstellt. Aber wir wollen einfach dankbar sein, dass die Akte Abbott/Roach geschlossen ist. Die von Sleeman ist noch offen, und deshalb ist es wichtig, dass wir Ross – und eigentlich auch Verenich – immer einen Schritt voraus sind.«

»Meine letzten Informationen über Clive Pugh könnten dich ebenfalls interessieren«, sagte Jackie, während die beiden nach wie vor aus dem Fenster ihres Fahrzeugs auf die rote Tür des Hauses am anderen Ende der kleinen Siedlung starrten.

»Klär mich auf«, sagte William, der dabei fast wie der Commander klang.

»Gestern Abend bekam ich einen Anruf von meinem neuen Freund bei der Kapstadter Polizei. Er hat mir gesagt, ich hätte mich grundlegend geirrt und müsse mir keine Sorgen mehr über Mrs. Pugh machen.«

»Wie das?«

»Weil ihr Mann vorgestern zusammengebrochen und verstorben ist, bevor der Notarzt das Hotel erreichen konnte. Wenigstens wissen wir, dass Ross *daran* nicht beteiligt war.«

»Also ist ihr Geld schließlich doch nicht in Pughs Hände gefallen.«

»Was wirklich ironisch ist«, sagte Jackie. »Denn es sieht so aus, als hätte Mrs. Pugh ihrem letzten Gatten gegenüber zu erwähnen vergessen, dass ihre beiden früheren Ehen sie finanziell ausgeblutet hatten. Da Pugh stets die Rechnungen bezahlt hat, ging sie davon aus, dass er ein reicher Mann sei. Sie war am Boden zerstört, als sie herausfand, dass er ebenfalls mittellos war. Anscheinend kann sie nicht einmal ihre Hotelrechnung bezahlen.«

»Das Mount Nelson ist nicht gerade billig«, sagte William.

»Woher wusstest du, wo sie abgestiegen sind?«

»Vermutet die Polizei vor Ort, dass Mrs. Pugh etwas mit dem Tod ihres Mannes zu tun haben könnte?«, fragte William, indem er ihrer Frage auswich.

»Nein«, sagte Jackie. »Sie haben sogar eine Erklärung abgegeben, laut der es keine verdächtigen Umstände gab und es der Witwe gestattet ist, den Leichnam zurück nach England zu begleiten. Touristenklasse. Du musst dir also einen neuen unlösbaren Fall suchen, mit dem du dich beschäftigen kannst.«

»Konzentrieren wir uns auf diesen hier«, sagte William, als ein Licht in Jos Haus anging und weitere während der nächsten Stunde immer wieder aus und an gingen. Doch die Erfahrung der letzten Jahre hatte William gelehrt, dass Überwachungen ein Katz-und-Maus-Spiel waren und Geduld den Käse in der Falle darstellte.

Beide hörten sich die Sieben-Uhr-Nachrichten im Radio an, und als eine Stunde später die Acht-Uhr-Nachrichten folgten, hatte sich noch immer nichts geändert. Zwar waren während dieser Zeit die Milch, die Zeitung und die Post geliefert worden, doch die Eingangstür blieb nach wie vor geschlossen.

Inzwischen dachte William fast schon, dass »der erste Tag des Monats« vielleicht doch keine so wichtige Spur war, wie einer von Pauls Informanten angedeutet hatte, aber dann fuhr ein schwarzer Toyota vor dem Haus vor und parkte auf der doppelten gelben Linie.

Als sich die Beifahrertür öffnete, brauchte keiner der beiden ein Fahndungsfoto, um zu wissen, wer da zur Haustür ging.

»Mein Gott, er ist gebaut wie ein Panzer«, sagte Jackie.

»Knapp einen Meter fünfundneunzig groß, einhundert Kilo schwer, und er wohnt praktisch im Fitnessstudio«, sagte William, als der Riese an die Tür klopfte.

Verenich wartete eine Weile, wobei er sich mehrmals in der Siedlung umsah, bevor er erneut anklopfte. Diesmal ein wenig energischer. Wenige Augenblicke später erschien Ross, der einen Trainingsanzug trug.

»Sieht nicht so aus, als wolle er heute zur Arbeit kommen«, sagte Jackie, während Ross Verenich ein dickes Bündel Geldscheine reichte. Verenich nahm sich Zeit, genau nachzuzählen.

»Ich habe immer noch die Absicht, alles zu unterbinden, was er möglicherweise geplant hat – was immer es auch sein mag«, sagte William, während Verenich Ross mit einer Grimasse bedachte, die man fast als ein Lächeln verstehen konnte, das Geld einsteckte und zum Auto zurückging.

William schaltete das Funkgerät ein, das ihn mit den übrigen Mitgliedern des Teams verband.

»Verenichs Auto fährt auf die Ampel an der Kreuzung Merton Street zu. Ich melde mich wieder, sobald ich weiß, welche Richtung er einschlägt. Bleiben Sie unbedingt auf Distanz.«

»Verstanden«, sagten drei aufmerksame Kollegen, die ebenfalls seit sechs Uhr morgens ungeduldig darauf gewartet hatten, sich an die Arbeit zu machen. William wollte dem Toyota gerade folgen, als Ross aus dem Haus eilte, in sein Auto sprang und sofort losfuhr.

»Die Zielperson biegt nach links ab«, sagte William. »Damit gehört er Ihnen, Danny. DI Hogan folgt ihm in geringer Entfernung. Halten Sie mich auf dem Laufenden, aber brechen Sie die Verfolgung ab, sobald Verenich seinen nächsten Kunden erreicht. Dann übernimmt DS Adaja.«

»Verstanden«, antworteten zwei Stimmen, als der Toyota an einem Taxi vorbeifuhr, das noch nie einen zahlenden Gast mitgenommen hatte.

William lächelte, als er sah, dass Ross an der Ampel ebenfalls links abbog und Verenich weiter verfolgte. »Constable Markham.«

»Sir.«

»Er fährt einen dunkelblauen Volkswagen.«

»Ich sehe ihn, Sir.«

Ross konnte den Toyota vor sich gut erkennen und ließ sich hinter ein Taxi zurückfallen. Die Ampel an der nächsten

Kreuzung war grün, doch er war nicht sicher, ob er es noch rechtzeitig schaffen würde. Er trat aufs Gaspedal.

Verenichs Fahrer bog rechts ab, und das Taxi folgte ihm, doch gerade als Ross näher kam, schaltete die Ampel um. Er fuhr trotzdem weiter, aber gleich darauf trat ein Polizist auf die Straße, hob die rechte Hand und gab Ross mit übertriebenem Armwinken zu verstehen, dass er an den Straßenrand fahren sollte. Als Ross zum Stehen kam, äußerte er mehrere deftige Schimpfworte hinter den geschlossenen Scheiben seines Autos.

Der junge Beamte trat langsam auf den Wagen zu, während Ross bei laufendem Motor die Scheibe herunterkurbelte.

»Wie kann ich Ihnen helfen, Constable?«, fragte er, als Verenich um die nächste Ecke verschwand.

»Ist Ihnen klar, Sir, dass Sie gerade eine rote Ampel überfahren haben?«

»Ich habe nichts dergleichen getan«, sagte Ross, womit er eine goldene Regel brach.

»Mein Kollege und ich«, sagte der Constable und sah zu seiner Linken, »wurden Zeugen, wie Sie die Vorschrift 36, Absatz 1 der Straßenverkehrsordnung von 1988 gebrochen haben. Dürfte ich bitte Ihren Führerschein sehen?«

Ross reichte ihm seine Dienstmarke.

»Das ist nicht Ihr Führerschein«, sagte der Constable und gab ihm die Marke zurück.

»Ich habe meinen Führerschein nicht bei mir.«

»Dann muss ich mir die Angaben zu Ihrer Person notieren, Sir«, sagte der Constable und zog einen Notizblock und einen Kugelschreiber aus der obersten Tasche seiner Uniformjacke.

»Die Sie, so vermute ich, in Wahrheit längst kennen, Constable«, sagte Ross.

»Es sollte nicht lange dauern«, erwiderte der junge Beamte, indem er Ross' Kommentar ignorierte.

»Wie lange?«

»Wie bitte, Sir?«

»Wie lange sollen Sie mich aufhalten? Was haben die Ihnen gesagt?«

»Ich habe keine Ahnung, wovon Sie sprechen, Sir.«

»Wie lange?«, wiederholte Ross.

»Zehn Minuten, Sir«, gestand der Constable.

Ross musste sich zähneknirschend eingestehen, dass er DCI Warwicks Aktion bewunderte. Zwar mochte William das Gesicht eines Chorknaben haben, aber er machte keine Gefangenen. Langsam begann Ross zu glauben, was Jackie einmal angedeutet hatte: dass William der geborene Nachfolger von Hawksby war. Trotzdem hatte er noch eine Überraschung für den Detective Chief Inspector auf Lager, bevor der Tag zu Ende wäre.

»Kann ich jetzt weiterfahren, nachdem Sie Ihren Auftrag erledigt haben?«, fragte Ross unschuldig.

Der Constable sah auf die Uhr. »Gewiss, Sir, aber vielleicht könnten Sie in Zukunft etwas vorsichtiger fahren.«

Paul meldete sich über Funk und berichtete, dass Verenich nur eine Faust ballen musste, um dafür zu sorgen, dass Sleemans zweiter Kunde die nächste Rate übergab.

»Nutzen Sie das«, sagte William. »Sprechen Sie mit dem Mann und sehen Sie zu, dass Sie eine Aussage bekommen, die vor Gericht standhalten würde.«

»Bin schon unterwegs«, sagte Paul.

»Der Toyota ist gerade an mir vorbeigefahren«, meldete sich Rebecca. »Ich gebe Bescheid, wenn er den nächsten Kunden erreicht hat.«

»Wie ist Ihre Position, Danny?«

»Ich übernehme von DC Pankhurst, wenn er wieder aus dem Gebäude kommt.«

»Eines verstehe ich einfach nicht«, sagte Jackie, als William das Funkgerät ausschaltete. »Warum sind alle immer zu Hause, wenn Verenich auftaucht?«

»Wenn nicht, stünde die Frau des Kunden an der Tür«, sagte William, »und dann bekämen sie auf einmal von beiden Seiten Probleme.«

Ein rotes Lämpchen leuchtete auf. William legte einen Schalter um.

»Guten Morgen, Sir. Hier ist Inspector Watts vom Drogendezernat. Haben Sie einen Augenblick Zeit?«

»Ich bin gerade sehr beschäftigt, Inspector. Wenn es also nicht wirklich wichtig ist …«

»Es betrifft einen gewissen Darren Carter, Sir. Aber ich kann mich später noch einmal melden.«

»Sie haben meine ungeteilte Aufmerksamkeit, Inspector.«

»Ich habe Carter gestern Nacht festgenommen, als er vor dem Eve Club Dienst hatte, und zwar wegen des Besitzes samt der Absicht des Weiterverkaufs von drei Unzen Heroin, vier Briefchen erstklassigem Kokain und mehreren Beuteln Cannabis.«

»So dämlich kann er gar nicht sein«, sagte William.

»Er schwört Stein und Bein, dass wir ihm die Sachen untergejubelt haben, aber in Wahrheit hat uns ein Bürger einen Tipp gegeben. Wir haben alles auf Band.«

»Ist der Anruf direkt bei Ihnen eingegangen, Inspector, oder über die 999-Zentrale?«

»Direkt, Sir.« Watts hielt kurz inne. »Warum fragen Sie?«

»Das verrate ich Ihnen, wenn ich mir das Band angehört habe. Wo ist Carter jetzt?«

»In einer Zelle des örtlichen Reviers, wo er bleiben wird, bis er heute im Laufe des Tages vor den Friedensrichter treten wird, um eine Kaution auszuhandeln.«

»Der Richter wird ihm sagen, dass er ihn nicht weiter belästigen soll«, sagte William.

»Das würde ich ganz genauso sehen, Sir, würde er nicht von Kronanwalt Mr. Booth Watson vertreten. Ich muss gestehen, dass das eine gewisse Überraschung war.«

»Für mich nicht«, sagte William. »Carter ist nichts weiter als ein Nebenschauplatz. Booth Watsons Honorare werden von einem gewissen Mr. Staples bezahlt, dem Besitzer des Eve Clubs, der seine Lizenz verlieren würde, sollte sein Türsteher wegen Drogenverkaufs verurteilt werden. Weisen Sie unbedingt bei jeder Gelegenheit auf die Vorstrafen des Angeklagten hin, besonders auf seine Verurteilung wegen Totschlags. Ich hoffe, wir bekommen am Ende zwei zum Preis von einem. Halten Sie mich auf dem Laufenden.«

»Mache ich, Sir.«

»Könnte ihm möglicherweise Ross die Drogen untergeschoben haben?«, fragte Jackie, nachdem er das Funkgerät ausgeschaltet hatte.

»Ein solches Risiko würde er nicht eingehen«, sagte William. »Aber er kennt ein Dutzend Taschendiebe, die diese Aufgabe ohne Weiteres erledigen können.«

»Ich kann einfach nicht glauben …«, begann Jackie.

»Du *willst* es nicht glauben«, sagte William, als das Funkgerät erneut knackend zum Leben erwachte.

»DC Pankhurst, Sir. Verenich war gerade bei seinem dritten Kunden, um eine weitere Rate abzuholen. Er musste mit Gewalt in das Haus eindringen und kam ein paar Minuten später wieder heraus mit einem großen Fernseher unter dem einen und einer prall gefüllten Plastiktüte unter dem anderen Arm. Der ehemalige Besitzer war nirgendwo mehr zu sehen.«

»Statten Sie ihm einen Besuch ab, DC Pankhurst, und versuchen Sie, ihn dazu zu bringen, dass er eine Aussage macht. Ich brauche einen wasserdichten Fall. Danny, wo ist er jetzt?«

»Auf dem Weg zurück zu Sleemans Büro mit einer großen Menge Bargeld und einem Kofferraum voller Plunder. Soll ich zurück zum Yard fahren, Sir?«

»Nein, bleiben Sie, wo Sie sind«, sagte William. »Denn Sie können sicher sein, dass das noch nicht Verenichs letzter Besuch für heute war.«

»Was jetzt?«, fragte Jackie.

»Wir müssen Geduld haben, denn die gefährdeteren Kunden – diejenigen, die nicht zahlen können – kommen später dran, wenn es dunkel und weniger wahrscheinlich ist, dass es Zeugen geben könnte. Wir müssen immer noch genügend Beweise sammeln, um Booth Watson die Arbeit so schwer wie möglich zu machen. Und noch wichtiger ist …«, sagte er gerade, als das rote Lämpchen am Funkgerät wieder zu leuchten begann.

Ein weicher irischer Akzent verriet ihm, dass er nicht fragen musste, wer am anderen Ende der Leitung war.

»Ich weiß jetzt, wie sich die Tür in Faulkners Arbeitszimmer öffnen lässt«, sagte Ross. »Ich hätte Ihnen schon früher Bescheid gegeben, Sir, wenn ich nicht von einem übereifrigen jungen Constable aufgehalten worden wäre. Trotzdem bin ich mir immer noch sicher, dass wir uns auf dem Friedhof treffen werden, nachdem Verenich heute den letzten Kunden besucht hat.«

»Auf welchem Friedhof?«, wollte William wissen.

»Dort, wo DC Pankhursts demonstrationsfreudige Vorfahrin der Polizei keine Schwierigkeiten mehr macht«, sagte Ross und unterbrach die Verbindung.

»Was zum Teufel sollte das denn?«, fragte Jackie.

»Er weiß etwas, das wir nicht wissen«, antwortete William und legte einen Schalter an seinem Funkgerät um. »DC Pankhurst?«

»Ja, Sir.«

»Wo sind Sie gerade?«

»In der Wohnung des Herrn in Kensington, mit dem Sie mich gebeten hatten, ein Gespräch zu führen.«

»Wo ist Emmeline Pankhurst beerdigt?«

»Brompton Cemetery. Warum fragen Sie?«

»Beenden Sie das Gespräch und fahren Sie unverzüglich dorthin. Melden Sie sich, wenn Ihnen etwas Verdächtiges auffällt.«

»Wonach soll ich suchen?«

»Das weiß ich nicht«, gestand William.

»Jetzt komme ich gar nicht mehr mit«, sagte Jackie, als William das Funkgerät ausschaltete.

»Es ist nicht schwierig, Sleeman und Verenich einen Schritt voraus zu sein«, bemerkte er. »Aber mit Ross auch nur mitzuhalten, ist verdammt viel schwieriger.«

»Besonders, wenn er mit dir zu tun hat«, bemerkte Jackie.

William wollte gerade darauf antworten, als Danny sich wieder meldete.

»Er hat gerade den vierten Kunden besucht, Sir. Nachdem er wieder weggefahren ist, ist DC Adaja in das Gebäude gegangen, um mit dem Kunden zu sprechen.«

»Gut. Bleiben Sie in der Leitung. Vielleicht gibt es eine Planänderung.«

Unauffällig verließ Sleeman sein Büro, nachdem Verenich gegangen war, um den letzten Kunden aufzusuchen. Zu dem Zeitpunkt, an dem die Leiche begraben würde, würde er durch Swindon fahren.

Er ging ein paar Blocks, winkte dann ein Taxi heran und nahm auf der Rückbank Platz. »Euston«, war alles, was er sagte.

Nachdem er am Bahnhof ausgestiegen war, trat er in die Warteschlange vor dem Fahrkartenschalter und besorgte sich einen Fahrschein erster Klasse im Schlafwagen nach Edinburgh. Bevor er bezahlte, fragte er die Frau hinter dem Schalter mit lauter Stimme, wie sie den Nerv haben konnte, dafür dreiundsechzig Pfund zu verlangen.

Der Mann hinter ihm wurde Zeuge der Auseinandersetzung, sagte jedoch nichts. Dann ging Sleeman zu Bahnsteig 7 und wollte gerade in den Zug steigen, als zwei Polizeibeamte ihm in den Weg traten und ihn festnahmen.

»Aufgrund welchen Vorwurfs?«, fragte er.

»Bedrohung einer Eisenbahnangestellten sollte vorerst ausreichen, obwohl ich das Gefühl habe, dass noch einiges nachkommt«, sagte Hawksby, der sich nicht daran erinnern konnte, wann er zum letzten Mal eine Verhaftung durchgeführt hatte.

Er informierte DCI Warwick.

Auf zwei Kanälen tat sich gleichzeitig etwas.

»Hier DC Pankhurst, Sir. Im hinteren Bereich des Friedhofs gibt es ein kürzlich ausgehobenes Grab. Wie der leitende Totengräber mir berichtet, hat er niemandem die Genehmigung dazu erteilt.«

»Bleiben Sie außer Sichtweite«, sagte William. »Wir sind in Kürze bei Ihnen. Danny, wo sind Sie?«

»Verenich ist inzwischen vor einem Haus in Chiswick aufgetaucht und klopft gerade an die Tür.«

»Halten Sie mich auf dem Laufenden«, sagte William. »Alle anderen fahren zum Brompton Cemetery in Kensington. Achten Sie darauf, dass man Sie nicht sehen kann, sobald Sie dort sind, denn Verenich wird nicht lange auf sich warten lassen.« Er schaltete das Funkgerät aus und sagte: »Los geht's.«

Jackie schaltete in den ersten Gang und trat aufs Gas.

»Ich vermute, du weißt, wohin wir fahren«, sagte William.

»Nein. Aber ich hoffe, du weißt es.«

Es war nicht schwierig für zehn Detectives in Zivil, sich auf einem Friedhof zu verstecken, besonders da die Beamten in Rat und Tat Unterstützung vom leitenden Totengräber bekamen. Es gab mehr als genügend Denkmäler, Privatgrüfte und große, dem Totengedenken gewidmete Bauten, um eine Armee zu verbergen.

Nachdem jeder an seinem Platz war, bestand die größere Herausforderung darin, keinen Laut von sich zu geben. Ein Niesen mitten in der Nacht an so einem Ort hätte geklungen wie ein Vulkanausbruch. Die Stille wurde erst unterbrochen, als Danny sich meldete.

»Verenich ist gerade aus dem Haus in Chiswick gekommen, und in diesem Augenblick schiebt er den protestierenden Kunden auf die Rückbank des Toyota. Sie sollten in etwa zwanzig Minuten bei Ihnen sein. Geben Sie mir einfach Bescheid, Chef, dann ramme ich den Bastard, damit die Jungs anrücken und ihn festnehmen können.«

»Nein«, sagte William, »unternehmen Sie nichts. Falls er Sie entdeckt, ist die ganze Operation ruiniert«, fügte er hinzu, als Jackie auf den Friedhof fuhr, die Scheinwerfer ausschaltete und den Wagen hinter einer Baumgruppe ausrollen ließ.

»Aber wenn Sie sich irren und der Mann an einen anderen Ort gebracht wird ... «

»Das ist ein Risiko, das ich eingehen muss«, sagte William, was Danny daran erinnerte, warum er nie befördert werden wollte.

»Funkstille einhalten«, war Williams nächste Anweisung.

Während die nächsten Minuten vergingen, sah William immer wieder auf die Uhr. Er war immer noch nicht sicher, ob Ross aufseiten der Engel war, die ihn im Augenblick umgaben, oder irgendwo am anderen Ende von London, wo er auf eigene Faust ein ganz anderes Begräbnis vorbereitete. In beiden Fällen würde er sich jedoch nicht damit zufriedengeben, Verenich festzunehmen und ihn über sein Recht zu informieren, die Aussage zu verweigern.

William stieß einen langen Seufzer der Erleichterung aus, als er einen schwarzen Toyota sah, der durch den Nordeingang des Friedhofs fuhr. Nirgendwo gab es ein

Licht, das dem Fahrer in dieser mondlosen Nacht den Weg gewiesen hätte, aber andererseits wusste er ja, wohin er wollte. Zehn vor Testosteron strotzende junge Polizeibeamte warteten auf Williams Kommando, doch dieser rührte sich nicht, bis er sah, dass das Fahrzeug zum Stehen kam.

Der Fahrer öffnete eine der hinteren Türen, und Verenich zerrte sein wimmerndes Opfer nach draußen und schleifte es in Richtung des offenen Grabes.

»O mein Gott«, sagte Jackie. »Sie wollen ihn lebendig begraben.«

William sprang aus dem Auto und rannte auf das Grab zu, während gleichzeitig aus allen Richtungen zehn Polizisten erschienen.

Nach wenigen Augenblicken stürmte Paul an William vorbei und stürzte sich auf den Fahrer, der seinen Spaten fallen ließ und wegzurennen versuchte. Paul hielt ihn lange genug fest, damit zwei weitere Beamte ihn zu Boden drücken und Jackie ihm Handschellen anlegen konnte.

Unterdessen rannte William auf Verenich zu, der sein schreiendes Opfer zur Seite schleuderte und eine Haltung einnahm, die verriet, dass er nicht von der Stelle weichen würde.

Gerade als William sich auf Verenich stürzen wollte, tauchte ein Spaten aus dem Grab auf und krachte mit der schwungvollen Bewegung eines erfahrenen Golfspielers gegen Verenichs Fußknöchel, sodass dieser auf die Knie fiel. Als er aufstehen wollte, traf ihn ein zweiter Schlag mit voller Wucht von der Seite gegen das Gesicht. Er sank nach vorn und stürzte kopfüber in das Grab. Ross hob den Spaten hoch über seinen Kopf und wollte gerade zu seinem letzten Schlag ausholen, doch William packte den Schaft mit beiden Händen, wodurch er ebenfalls nach unten gerissen wurde und auf Verenich landete.

Ross blieb nichts anderes übrig, als dabei zuzusehen, wie mehrere Polizisten Verenich aus dem Grab zogen, ihn flach auf den Boden drückten und ihm Handschellen anlegten. Noch immer den Spaten umklammernd, kletterte William nach oben. Er betrachtete den ausgestreckten Körper und erkannte erleichtert, dass sich Verenichs Augen zuckend öffneten und ihn ausdruckslos anstarrten.

Bevor man sie abführen würde, teilte Paul den beiden Festgenommenen mit, dass sie aufgrund des Verdachts der Verabredung zum Mord verhaftet seien, und informierte sie über ihre Rechte. Während Rebecca versuchte, das traumatisierte Opfer zu beruhigen, machte Ross William auf drei unmarkierte Gräber aufmerksam.

»Alles zu seiner Zeit«, sagte William. Er wusste, dass er eine gerichtliche Verfügung benötigen würde, um die Leichen exhumieren zu lassen, war jedoch überzeugt, dass er dadurch genügend Beweise finden würde, um Verenich des Mordes und Sleeman der Beihilfe zu überführen.

Ross rang sich ein knappes Nicken ab, während die beiden Festgenommenen weggebracht wurden. »Sie hätten mich ihn umbringen lassen sollen«, sagte er.

William ignorierte die Bemerkung und fragte nur: »Darf ich annehmen, dass Ihr Rachedurst endlich gestillt ist, Inspector?«

»Nein, das dürfen Sie nicht«, sagte Ross. »Nicht, solange Faulkner noch am Leben ist.«

Hawksby, der alleine in einer dunklen Ecke des Friedhofs stand, hatte interessiert zugesehen, wie sich die Szene entfaltete. Als der Vorhang schließlich fiel, begriff er, dass er zwei Möglichkeiten hatte: Er konnte DI Hogan bis zum Abschluss einer Voruntersuchung suspendieren oder dem Commissioner empfehlen, ihn für die Verleihung der zweiten Queen's Gallantry Medal vorzuschlagen. Er musste keine Münze werfen, um zu einer Entscheidung zu kommen.

30

Als William das gut gefüllte Flugzeug betrat, sah er, dass Ross bereits am Fenster Platz genommen hatte. Er setzte sich neben ihn, doch für einen zufälligen Beobachter wäre es nicht ohne Weiteres erkennbar gewesen, dass sie Kollegen waren. Während des Fluges nach Barcelona sprachen sie kein einziges Mal über den Caravaggio, die bevorstehende Frans-Hals-Ausstellung im Fitzmolean, Beth, Jo, die Zwillinge oder Jo junior, wie Ross seine Tochter nannte, ja nicht einmal – je nach Perspektive – über die Abwehrschwäche von West Ham oder die brillante Angriffstechnik von Chelsea.

Sie bewahrten ein freundliches Schweigen. William hätte Ross gerne gefragt, wie es ihm gelungen war, unbemerkt in das Grab zu steigen, vermutete aber, dass er darauf keine Antwort bekommen würde.

Ihm fiel allerdings auf, dass Ross die Rolex nicht mehr trug, die Jo ihm zur Hochzeit geschenkt hatte. Die namenlose Uhr mit schwarzem Zifferblatt, die an ihre Stelle getreten war, stellte in Williams Augen keinen vollwertigen Ersatz dar, doch Ross tat nichts ohne Grund.

Als das Flugzeug auf spanischem Boden aufgesetzt hatte und langsam auf seinen Haltepunkt zurollte, warf William einen Blick aus dem Fenster und sah, dass Leutnant Sanchez neben einem unauffälligen schwarzen Fahrzeug in der

Nähe der Landebahn stand. Eine der hinteren Türen war bereits geöffnet.

Die beiden Detectives waren die ersten Passagiere, die das Flugzeug verließen. Jeder trug nur eine kleine Reisetasche, denn sie hatten nicht die Absicht, über Nacht zu bleiben.

Juan begrüßte sie, und als die meisten anderen Passagiere gerade erst den Flughafenterminal erreichten, hatte ihr Fahrzeug längst den Sicherheitsausgang passiert und fuhr bereits auf der Autobahn.

William verschwendete keine Zeit und ging mit Juan sogleich die neuesten Feinheiten ihres Plans durch, während Ross gelegentlich die eine oder andere Beobachtung einwarf.

Ihre geheime Einsatzzentrale erwies sich als ein unauffälliges kleines Reihenhäuschen in einer ruhigen Nebenstraße im Westen der Stadt. Juan führte William und Ross in einen großen Raum mit einem runden Tisch, der von einem halben Dutzend Stühlen umgeben war. Das unvermeidliche Korkbrett, das mit Karten, Diagrammen und Fotos bedeckt war, nahm fast eine ganze Wand ein.

Juan begann die abschließende Besprechung, indem er die Aufmerksamkeit seiner beiden Kollegen auf mehrere Luftaufnahmen von Faulkners Versteck richtete. Ross nutzte die Gelegenheit, um sich erneut mit dem unmarkierten, gewundenen Weg vertraut zu machen, der durch den Wald und über die Brücke zur Eingangstür des Hauses führte. Diese Route hatte das Golfcart genommen, als sie bei ihrem ersten Besuch die *Menschenfischer* bei sich gehabt hatten.

Nachdem er sich davon überzeugt hatte, dass ihm jedes

Detail des Weges vertraut war, trat Ross zu William und Juan, die ein großes Pappmodell des Hauses studierten, das in der Mitte des Tisches stand. Juan deutete auf die Treppe zur Küche auf der Westseite des Gebäudes und dann auf die Feuerleiter, die in den vierten Stock führte, wo die drei Zimmer, deren Fenster damals offen gestanden hatten, mit drei großen roten Kreuzen markiert waren.

»Heute Nacht muss nur eines offen sein, um von hier nach dort zu gelangen«, sagte Juan und folgte mit dem Finger einem Korridor und einer breiten Treppe hinab bis auf einen Absatz, der zu Faulkners Schlafzimmer führte.

»Hoffen wir, dass die Schlafzimmertür verriegelt ist«, sagte William. »Denn dann wissen wir, dass er darin ist.«

»Selbst wenn er es irgendwie nach unten in sein Arbeitszimmer schaffen sollte«, sagte Ross und fuhr mit seinem Finger die Treppe hinab und durch den Korridor im Erdgeschoss, »müsste es mir eigentlich gelingen, dorthin zu gelangen, bevor er eine Chance hat, die Metalltür zu öffnen.«

»Egal, ob er im Bett liegt oder nicht«, sagte Juan. »Meine Leute sollten das Haus bis dahin umstellt haben.«

»Wir müssen ebenfalls die Möglichkeit in Betracht ziehen, dass er bereits im Arbeitszimmer ist«, sagte William, »und dass er, wenn Ross eintrifft, die Metalltür geöffnet und sich erneut in Luft aufgelöst hat.«

Ross schwieg. Falls Faulkner entkam, während seine Kollegen sich noch im ersten Obergeschoss aufhielten, hatte er die Absicht, die Metalltür zu öffnen und ihm auf die andere Seite zu folgen, bevor sie ihn eingeholt hätten. Ein Detail, das er William gegenüber nicht erwähnt hatte.

»Was ist, wenn er weder im Schlafzimmer noch im

Arbeitszimmer ist«, fragte Juan, »sondern das Haus bereits verlassen hat?«

»Das ist unwahrscheinlich«, antwortete Ross. »Booth Watson fliegt morgen früh nach Barcelona, und Faulkners Jacht wurde zuletzt etwa dreihundert Meilen entfernt gesichtet, was bedeutet, dass sie erst gegen sieben Uhr morgen Abend eintreffen wird. Ich vermute, dass er vorhat, genau zu diesem Zeitpunkt in den Sonnenuntergang zu segeln.«

»Wir müssen dafür sorgen, dass Faulkner sicher in Gewahrsam ist, lange bevor Booth Watson auftaucht«, sagte William. »Denn sonst würde dieser Mann ein Dutzend Möglichkeiten finden, ihn freizubekommen.«

»Gehen wir noch einmal die zeitlichen Abläufe durch«, sagte Juan. »Wir brechen hier um Mitternacht auf, weshalb Faulkner und die meisten seiner Hausangestellten wahrscheinlich tief und fest schlafen, wenn wir vor Ort eintreffen.«

»Aber nicht die Wachen«, betonte William.

»Alles in allem gibt es sechs davon«, sagte Juan. »Sie arbeiten rund um die Uhr in Schichten zu je acht Stunden. Zwei werden zwischen zehn Uhr abends und sechs Uhr morgens um das Gebäude patrouillieren. Wir wissen, dass sie für einen vollständigen Rundgang vierzehn Minuten brauchen und gegen zwei Uhr morgens eine fünfzehnminütige Pause machen.«

»Wie sind Sie an so wertvolle Informationen gekommen?«, fragte Ross.

»Einer meiner Männer kann sich immer noch nicht entscheiden, ob er Gärtner oder Polizist werden will, weshalb er in den letzten drei Wochen beides war.«

Ein anerkennender Ausdruck erschien in Ross' Gesicht, was nur selten vorkam.

»Gut«, sagte William. »Gehen wir den Plan ein letztes Mal durch. Juan, zögern Sie nicht, das kleinste Detail infrage zu stellen, wenn Sie unsicher sind, denn eines ist klar: Eine dritte Chance werden wir nicht bekommen.« So muss es sich wohl anfühlen, dachte er, wenn man als Bergsteiger versucht, den Mount Everest zu erklimmen. Er hatte die Expedition geplant und konnte sie bis zum Basislager führen. Von dort an würde Ross die Führung der Bergsteigergruppe übernehmen mit der Aufgabe, sie zum Gipfel zu bringen, in diesem Fall ein offenes Fenster im vierten Stock des Hauses. Sobald sie im Gebäude wären, ginge das Kommando wieder auf William über.

Nachdem jeder noch einmal über seine spezielle Aufgabe informiert worden war, machten sie eine Pause, um etwas zu essen, obwohl sie die Speisen kaum anrührten. Denn sie alle waren von gespannter Erwartung erfüllt, und Adrenalin strömte durch ihre Körper.

Schließlich zogen sie sich um und trugen von nun an Kleidungsstücke, die eher zu Kriminellen gepasst hätten als zu Männern des Gesetzes: ärmellose schwarze T-Shirts, schwarze Trainingsanzüge, schwarze Socken und schwarze Turnschuhe; sogar die Schnürsenkel waren schwarz.

»Nicht, solange ich die Verantwortung habe«, sagte Juan, als Ross seine Jacke auszog und eine Pistole in ihrem Halfter zum Vorschein kam. »Mein Chef hat unmissverständlich klargemacht, dass bei dieser Operation keine Feuerwaffen zum Einsatz kommen werden.«

»Ich hoffe, Ihr Chef hat das auch Faulkners Wachen mitgeteilt«, sagte Ross.

»Sie werden keine Schwierigkeiten machen, sobald sie sehen, dass wir Polizeibeamte sind.«

»Genau«, sagte Ross. »Sobald Sie sie darauf hingewiesen haben, werden sie die Hände hochnehmen und sagen: ›Alles klar, Herr Kommissar.‹«

»DI Hogan«, sagte William in scharfem Ton, »vergessen Sie nicht, dass wir Gäste in diesem Land sind und der Erfolg der Operation ganz und gar von der Kooperationsbereitschaft der örtlichen Polizei abhängt.«

»Ja, Sir«, sagte Ross und reichte Juan widerstrebend seine Waffe. Und nur mit großer Mühe unterdrückte er die Bemerkung: *Dann werde ich ihn wohl erwürgen müssen, oder?*

Die nächste halbe Stunde verbrachten sie damit, im Zimmer auf und ab zu gehen wie Tiere in ihrem Käfig – was besonders für Ross galt, der nicht die Absicht hatte, sich an den Text des Stückes zu halten, sobald der Vorhang sich gehoben hätte.

»Auf geht's«, sagte Juan, als die erste von mehreren Kirchenglocken zwölf Mal zu schlagen begann, was William daran erinnerte, dass sie in einem katholischen Land waren.

Dasselbe neutrale schwarze Fahrzeug wie zuvor stand für sie auf der Straße bereit. In erwartungsvollem Schweigen saßen sie auf ihren Plätzen, während sie sich dem Ziel näherten. Es war nicht nötig, dass sie den Plan noch einmal besprachen.

An Ausfahrt Nummer 9 bog der Fahrer von der Autobahn ab, und einige Meilen später hielt er am Straßenrand. Die drei schwarz gekleideten Männer stiegen aus und sahen schweigend zu, wie der Fahrer wendete und sie zurückließ.

William schätzte, dass es zu Fuß und in der Dunkelheit etwa vierzig Minuten dauern würde, bis sie die drei Meilen bis zum Waldrand zurückgelegt hätten. Keiner von ihnen sprach, während sie langsam auf der schmalen Straße vorrückten, wobei sie wachsam auf die geringste mögliche Gefahr achteten. Nur ein aufgeschreckter Hase hielt inne, um die vorbeikommenden Fremden genauer zu betrachten, während eine Eule darauf verzichtete, ihren Flug zu unterbrechen, um einen Kommentar zu den Männern abzugeben.

Als der Wald vor ihnen wie eine dichte Barriere aufragte, hob William die Hand, womit er Ross das Zeichen gab, die Führung zu übernehmen. Rasch trat Ross nach vorn und holte die von den Technikern seines früheren Arbeitgebers modifizierte Videokamera aus seinem Rucksack. Er schaltete sie ein und betrat vorsichtig das dichte Unterholz. Vorsichtig einen Fuß vor den anderen setzend, schoben sich die drei weiter wie Soldaten auf einem langsamen Marsch, denn ihnen war bewusst, dass ein einzelner falscher Schritt einen Alarm auslösen konnte, woraufhin das ganze Gelände in grelles Licht getaucht würde und Faulkner mehr als genügend Zeit zur Flucht bliebe. Die Männer benötigten fast eine Stunde, um das Ende des langen, mit vielen Schlenkern gespickten Weges zu erreichen, den ihnen die Videokamera wies. Vorsichtig überquerten sie die Brücke, als sie den Fluss erreichten, und nicht lange danach tauchte das abweisende graue Steingebäude als scharf gezeichnete Silhouette vor ihnen im Mondlicht auf.

Als sie gerade im Begriff waren, aus dem Wald zu treten, wies Ross seine Begleiter mit einer energischen Geste an, sich zu ducken, denn in diesem Augenblick patrouillierten die beiden Wachen an der Nordseite des Gebäudes, und der breite Strahl ihrer Taschenlampen erhellte in hin und her huschenden Kreisen das verlassene Grundstück.

Ross beobachtete jeden Schritt der Wachen, bis diese sich an der Westseite des Gebäudes nach links wandten und weitergingen. Dank Juans Nachforschungen wusste er, wie lange es dauern würde, bevor die Wachen zurück wären. Stumm deutete er auf eine kleine Baumgruppe, die sich etwa fünfzig Meter vom Haus entfernt befand und von ihrem eifrigen Gärtner auf der Karte markiert worden war. Wieder setzten die drei sich in Bewegung. Diesmal krochen sie weiter, bis sie, wenige Minuten bevor die Wachen zurückkamen, die Baumgruppe erreicht hatten. Die Wachleute gingen so nahe an den dreien vorbei, dass Ross trotz der Dunkelheit erkennen konnte, dass sie bewaffnet waren. Einem von ihnen hing eine Zigarette aus dem Mundwinkel. Colonel Parker hätte ihn gemeldet und unter Arrest gestellt.

Ross beobachtete aufmerksam, wie sich die Wachmänner an eine ganz bestimmte Route hielten, um keinen Alarm auszulösen, der ihren Arbeitgeber wecken würde. Er wusste, wie viel Zeit ihm und seinen beiden Kollegen ungefähr blieb, um es bis zur Küche zu schaffen, wo sie sich unter einer steilen Steintreppe verstecken und abwarten konnten, bis die Wachen die Stelle ein zweites Mal passiert hätten, bevor sie selbst versuchen würden, in das Haus einzudringen. Sie eilten im Zickzack über den Rasen auf einen deutlich ausgetretenen Pfad zu, wobei ihnen nur wenige Sekunden blieben, bis die Wachen zurückkämen. Hätte der Strahl aus den Taschenlampen das unerwünschte Trio erfasst, wären die drei Polizisten darin genauso gefangen gewesen wie ein Kaninchen im Scheinwerferlicht eines Autos. Aber die Wachen hätten die Eindringlinge an dieser Stelle des Grundstücks auch ohne dieses Hilfsmittel entdeckt.

Sobald die Wachen außer Sichtweite waren, sprintete Ross, dicht gefolgt von William und Juan, auf das Gebäude zu. Die Männer wussten genau, wo sich ihr nächster Stopp befinden würde, denn anhand des Modells im sicheren Polizeigebäude hatten sie sich die Küchentreppe genau eingeprägt. Das Gebäude vor ihnen war jedoch keineswegs sicher. Als sie die Treppe erreicht hatten, stieg Ross, wiederum dicht gefolgt von William und Juan, die Stufen hinab und kauerte sich gegenüber einer Tür zusammen, welche die Aufschrift »*Entrada de servicio*« trug.

William hielt den Atem an. Er hörte nichts als sein Herz, das in diesem Augenblick nicht nur zweiundsiebzig Mal pro Minute schlug. Gerade gingen etwa einen Meter über ihnen die beiden Wachen vorbei und verschwanden kurz darauf um die Ecke auf der gegenüberliegenden Seite des Gebäudes.

Der nächste Schritt war die Feuertreppe. Ross sah hinauf zum vierten Stock und stellte erleichtert fest, dass eines der Fenster offen stand. Als er sich der Feuertreppe näherte, wusste er, ohne sich umdrehen zu müssen, dass seine beiden Jagdhunde ihm immer noch folgten.

Er umfasste die beiden Handläufe der Eisentreppe und begann seinen Aufstieg mit dem Geschick eines erfahrenen Fassadenkletterers. William und Juan, die in diesen Dingen nicht ganz so geübt schienen, waren mehrere Sprossen unter ihm.

Als er den vierten Stock erreicht hatte, trat Ross geschmeidig auf den nächstgelegenen Fenstersims, schwang sich in einer einzigen flüssigen Bewegung durch das offene Fenster und landete lautlos auf dem Holzboden. Sofort richtete sich sein Blick auf ein Bett auf der anderen Seite des Zimmers, in dem eine junge Frau ruhig schlief. Bald wird sie einen schlechten Traum haben, dachte Ross, als er vorsichtig auf sie zuging.

William kletterte gerade durch das offene Fenster, als Ross ihr die Hand auf den Mund legte. Sogar im schwachen Mondlicht war der entsetzte Ausdruck ihrer Augen nicht zu übersehen, als sie unkontrolliert zu zittern begann.

Juan, der mit einem dumpfen Aufschlag im Zimmer gelandet war, eilte zum Bett und sprach die junge Frau in ihrer Muttersprache an, was sie zu beruhigen schien, denn sie hörte auf zu zittern. Sie nickte, als Ross ihr durch ein Zeichen zu verstehen gab, dass er die Hand wegnehmen würde, wobei er wiederum von Juan unterstützt wurde, welcher der jungen Frau versicherte, ihr würde nichts geschehen, wenn sie sich leise verhielt. Doch Ross wollte kein Risiko eingehen und fesselte ihre Arme und Beine, während William sie mit einem ihrer eigenen Strümpfe knebelte.

Juan kehrte ans Fenster zurück und spähte hinter dem Vorhang verborgen hinaus, während die beiden Wachen ein weiteres Mal vorbeikamen. Sie richteten ihre Taschenlampen in alle möglichen Richtungen, nur nicht auf das Haus. Als er sie nicht mehr erkennen konnte, trat er zu William und Ross an die Tür. William öffnete die Tür vorsichtig einen Spaltbreit und wartete einen Augenblick, bevor er seinen Kopf in den unbeleuchteten Korridor schob. Niemand zu sehen. Leise schlossen die drei die Tür hinter sich, wandten sich nach rechts und schlichen zum oberen Treppenabsatz.

William führte sie langsam über die mit einem dicken Teppich belegten Stufen nach unten, obwohl jeder von ihnen den Plan des Gebäudes so gut kannte, als handele es sich um sein eigenes Zuhause. Sie machten halt als sie den Treppenabsatz erreichten, der zum Schlafzimmer des Hausherrn führte. William und Juan blieben an Ort und Stelle, während Ross den geschwungenen Marmorstufen ins Erdgeschoss folgte.

Als er zusammen mit Juan auf Zehenspitzen durch den Korridor schlich, warf William nicht einmal einen kurzen Blick auf die großartigen Bilder, die die Wände schmückten. Er hielt nur eine Sekunde lang inne, bevor er die Hand auf den Türknauf legte. Langsam und geräuschlos drehte er den Knauf, wobei er feststellte, dass die Tür nicht verriegelt war. Er schob die Tür auf, doch in dem Moment, in dem er das Zimmer betrat, erklang ein ohrenbetäubender Alarm, und gewaltige Bogenlampen beleuchteten das Grundstück und tauchten das Haus in strahlendes Licht. William schaltete die Schlafzimmerbeleuchtung ein und starrte auf ein großes, leeres Bett, in dem niemand geschlafen hatte. Offensichtlich hatte Faulkner mit Plan A gerechnet. Sofort war Juan am Funkgerät, um die Verstärkung zu informieren.

In dem Augenblick, als der Alarm erklang, sprang Miles unten in seinem Arbeitszimmer aus seinem Behelfsbett. Er machte sich keine Sorgen, als er laute Schritte hörte, die im Marmorkorridor widerhallten, der zu seinem Arbeitszimmer führte, denn er hatte mehr als genügend Zeit. Er ging zur Metalltür und berührte das Glas seiner Uhr, die sich stets an seinem Handgelenk befand. Als das Zifferblatt aufleuchtete, tippte er 03 43 ein, die ersten vier Zahlen des Zeitcodes. Er hatte gerade 09 88 eingegeben – den Monat und das Jahr –, als er hörte, wie im Schloss der Tür hinter ihm ein Schlüssel umgedreht wurde. Wie konnte das sein? Rasch trat er in den mannsgroßen Safe, als DI Hogan ins Arbeitszimmer platzte und auf ihn zustürmte. Hogan war nur noch einen Schritt entfernt, als Miles die massive Tür schloss und mit einem Seufzer der Erleichterung hörte, wie die schweren Stahlbolzen einrasteten.

Ross wollte gerade gegen seine eigene Uhr tippen und den Code eingeben, der die Metalltür öffnen würde, als er hinter sich Schritte hörte, die rasch durch den Korridor näher kamen. Er lächelte und beschloss, auf den Chorknaben und den Leutnant zu warten, bevor er die Öffnungszeremonie in die Wege leiten würde.

Miles lächelte ebenfalls, ging er doch davon aus, dass die Zeit auf seiner Seite war. Noch an diesem Vormittag würde Booth Watson eintreffen, und falls die Eindringlinge bis dahin nicht wieder verschwunden waren, würde ein Anruf von seiner spanischen Anwältin genügen, um sie blitzschnell loszuwerden. Auch wussten seine Verfolger nicht, dass General Franco von seinem unterirdischen Arbeitszimmer aus einen Tunnel durch die Klippen hatte anlegen lassen, der zu einer winzigen Höhle führte, wo Faulkners Jacht auf ihn warten würde. Diesmal würde der Kapitän ihn in ein Land bringen, das kein Auslieferungsabkommen mit Großbritannien hatte.

Er tippte gegen das Glas seiner Uhr, um zu sehen, wie spät es war: 03:45 Uhr. Der Code, der die gegenüberliegende Tür öffnen und es ihm ermöglichen würde, in die Sicherheit seiner anderen Welt hinabzusteigen. Diesmal kam das Jahr zuerst, 88, dann der Monat, 09, und zum Schluss die Uhrzeit, die gerade auf 03:46 gesprungen war. Er würde sich einen Moment gedulden müssen, bevor er den neuen Code eingeben konnte. Er wartete, bis das Licht erlosch, und berührte dann erneut das Glas, sodass er den ganzen Ablauf ein weiteres Mal durchgehen konnte. Er gab die 88 ein, doch sofort begann das Licht zu flackern, wurde schwächer und erlosch schließlich ganz. Wieder berührte er das Glas, wobei es ihm lediglich gelang, noch die 03 einzugeben, bevor das Licht erneut erlosch. Immer wieder tippte er dagegen, doch die Uhr reagierte nicht. Schließlich streifte er sie von seinem Handgelenk und schüttelte sie heftig, aber nichts änderte sich. Die Batterie war leer.

William rannte keuchend in Faulkners Arbeitszimmer und sah, dass Ross die verschlossene Metalltür anstarrte. »Ich habe es nicht mehr rechtzeitig geschafft«, sagte er.

William fluchte, als Juan ins Zimmer gerannt kam.

»Meine Leute haben das Gebäude umstellt und die Wachen in Gewahrsam genommen«, sagte Juan außer Atem. »Also hat er keine Chance zu entkommen.«

»Aber wir können nicht hinein«, sagte William und starrte die Metalltür an.

Ross sagte nichts, sondern schob stumm den linken Ärmel seines Trainingsanzugs hoch und berührte das Glas seiner Uhr, das sofort aufleuchtete.

Er vergewisserte sich, wie spät es war – 03:48 Uhr –, und

wollte gerade den Code eingeben, als Collins mit ruhiger Miene das Arbeitszimmer betrat. Er trug einen Frack, eine gestreifte Hose, ein Hemd mit steifem weißen Kragen und eine graue Seidenkrawatte. »Ich fürchte, Mr. Sartona ist noch nicht zurück von seiner Geschäftsreise. Wenn es irgendetwas gibt, bei dem ich Ihnen eine Hilfe sein kann, zögern Sie nicht, mich darum zu bitten.«

Ross wirbelte herum und ging mit geballter Faust auf den Butler zu, doch rasch trat Juan zwischen die beiden. Es gelang dem Spanier unter großen Mühen, die beiden Männer voneinander fernzuhalten, während Ross Collins mit Schimpfwörtern überschüttete. Der Butler hingegen stand regungslos da.

»Ruhe!«, rief William plötzlich. Er ging zur Metalltür, ließ sich auf die Knie sinken und drückte ein Ohr gegen die Tür.

Klopf.

Alle bemühten sich, das schwache Geräusch zu hören, das ein paar Sekunden später erneut erklang.

Klopf, klopf …

»Mein Gott«, sagte Collins, dessen stets so unerschütterliche Miene zum ersten Mal einen betroffenen Ausdruck zeigte. »Mr. Faulkner hat sich selbst da drin eingeschlossen.«

»Dann verraten Sie uns um Himmels willen, wie wir ihn wieder herausbekommen«, sagte Juan, »bevor es zu spät ist.«

»Das weiß ich nicht«, gestand der Butler. »Er ist der Einzige, der die Uhr hat.«

Ross lächelte.

Klopf, klopf, klopf …

»Aber es muss doch eine Ersatzuhr geben«, sagte Juan in drängendem Ton.

»Nein, es gibt keine«, erwiderte der Butler. »Der einzige andere Mensch, der auch nur weiß, wer die Uhr hergestellt hat, ist Mr. Faulkners Anwalt, Mr. Booth Watson, und er soll erst gegen zwölf eintreffen.«

Klopf, klopf, klopf …

Alle starrten den mannsgroßen Safe an.

»Wie lange kann er hoffen, darin zu überleben?«, sagte William, fast als spreche er nur mit sich selbst.

»Vier, höchstens fünf Stunden«, sagte Ross und senkte den Arm, sodass der Ärmel seines Trainingsanzugs wieder über sein Handgelenk glitt.

Klopf …

Klopf …

Klopf.

»Wir werden einen Spezialisten rufen müssen«, sagte William, »falls überhaupt eine Chance bestehen soll, ihn da herauszuholen, bevor er erstickt.«

»Das ist nicht so einfach«, sagte Juan. »Señora Martinez hat einen Gerichtsbeschluss erwirkt, der bestimmt, dass niemand außer Faulkner oder seinem Anwalt die Tür auch nur berühren darf.«

»Dann holen Sie sie sofort ans Telefon«, drängte William. »Erklären Sie ihr genau, was geschehen ist und welche Folgen es haben wird, falls wir die Tür nicht öffnen können.«

»Aber sie ist nicht einmal in ihrem Büro vor neun, und bis dahin ist es zu spät«, sagte Juan.

»Collins kennt zweifellos ihre Nummer«, sagte William und blickte sich um, doch der Butler war nirgendwo zu sehen.

»Wo zum Teufel ist er denn jetzt hin?«, sagte Ross, als ein rotes Lämpchen am Telefon auf Faulkners Schreibtisch zu blinken begann.

»Er ist uns schon wieder einen Schritt voraus«, sagte Juan. »Es ist wirklich ein Glück, dass Faulkner niemandem traut«, fügte er hinzu, legte einen Finger an die Lippen und drückte den Lautsprecherknopf.

»Was fällt Ihnen ein, mich zu dieser nachtschlafenden Zeit zu wecken, Collins?«, donnerte eine Stimme, die William kannte.

»Es tut mir leid, Sie zu wecken, Sir«, sagte Collins. »Aber Mr. Faulkner hat sich ungewollt in seinem eigenen Safe eingeschlossen, und ich habe keine Möglichkeit, ihn herauszubekommen.«

»Rufen Sie sofort Isobel Martinez an«, sagte Booth Watson, der plötzlich hellwach klang. »Sie kann die gerichtliche Verfügung aufheben lassen. Danach rufen Sie die Feuerwehr. Die Männer verfügen über die entsprechende Ausrüstung, um ein Loch in die Tür zu bohren, damit er wenigstens atmen kann, was uns ein wenig mehr Zeit verschaffen wird. Aber was, verdammt noch mal, wollte er dort überhaupt?«

»Inspector Warwick, Leutnant Sanchez und ein dritter Polizist sind hier mitten in der Nacht aufgetaucht.«

»Zweifellos DI Hogan«, sagte Booth Watson. »Señora Martinez wird sich auch um sie kümmern. Sagen Sie ihr, dass ich das erste Flugzeug nach Barcelona nehme.«

»Dazu muss ich zurück ins Arbeitszimmer gehen, um ihre Nummer im Adressverzeichnis von Mr. Faulkner nachzuschlagen«, sagte Collins. »Was soll ich Warwick sagen, wenn er …«

»Sagen Sie denen, dass Sie Ihren Anwalt anrufen. Die dürfen Sie nicht daran hindern«, erwiderte Booth Watson, rammte den Hörer auf die Gabel und stieg aus dem Bett.

»Ich kann ihn hier rausschaffen«, sagte Ross mit einem Blick auf die Tür. »Aber dazu muss Collins aus dem Weg sein«, fügte er ohne eine weitere Erklärung hinzu, als der Butler zurück ins Arbeitszimmer kam und zu Faulkners Schreibtisch ging.

Sofort trat ihm Juan in den Weg. »Sie sind festgenommen, Mister.«

»Mit welcher Begründung?«

»Behinderung polizeilicher Ermittlungen«, sagte Juan, als zwei uniformierte Beamte vortraten und Collins an den Armen festhielten. »Bringen Sie ihn aufs Revier und sperren Sie ihn in eine Zelle. Sorgen Sie dafür, dass er mit niemandem spricht, bevor ich wieder dort bin.«

»Es steht mir zu, meinen Anwalt anzurufen«, protestierte Collins. »Das ist mein gutes Recht.«

»Das haben Sie bereits«, sagte Juan, als die beiden Polizisten den Butler abführten.

William wartete, bis die Tür zum Arbeitszimmer geschlossen war, und sagte: »Dann erklären Sie mir mal, wie Sie die Tür öffnen wollen, Ross.«

»Alles zu seiner Zeit«, antwortete Ross, während er das Adressverzeichnis auf Faulkners Schreibtisch durchblätterte. Er fand den Namen, den er suchte, und wählte eine Nummer.

»Wer ist da?«, fragte eine schläfrige Stimme.

»Ich bin Mr. Faulkners Privatsekretär. Er hat mich gebeten, Ihnen mitzuteilen, dass es eine Planänderung gibt. Er ist krank. Nichts Ernstes, aber er möchte so schnell wie möglich zurück nach London, um dort seinen Arzt aufzusuchen. Wie schnell können Sie sein Flugzeug startbereit machen?«

»In zwei, höchstens drei Stunden«, antwortete eine Stimme, die nicht mehr schläfrig klang. »Ich werde die Crew sofort verständigen, aber unsere Abflugzeit wird davon abhängen, wann man uns eine Landemöglichkeit in London zur Verfügung stellt.«

»Sagen Sie denen, dass es sich um einen Notfall handelt«, erwiderte Ross. »Wir sehen uns am Flughafen.«

»Verstanden«, sagte der Pilot, der sein Bett bereits verlassen hatte, noch bevor Ross den Hörer auflegen konnte.

»Es ist die Uhr, nicht wahr?«, sagte William, der sich an das schwarze Zifferblatt erinnerte, das er anstelle der Rolex gesehen hatte.

»Jetzt, da Collins uns nicht mehr im Weg ist, werde ich Faulkner herausholen, und wir können ihn zum Flughafen bringen und in seinem eigenen Flugzeug zurück nach London schaffen.«

»Das ist Kidnapping«, sagte William, »was, nur falls Sie das vergessen haben, in beiden Ländern gegen das Gesetz verstößt.«

»Und Sie, Chief Inspector, haben offensichtlich vergessen«, sagte Ross, »dass Faulkner verlangt hat, seinen Arzt aufzusuchen. Ich erinnere mich ganz genau, dass er dabei die Wörter ›Harley Street‹ benutzt hat.«

»Die spanischen Behörden werden gewiss keinen Auslieferungsantrag sehen wollen, damit er zurückgebracht werden kann«, sagte Juan in sachlichem Ton.

»Wir können dafür sorgen, dass er in Pentonville sicher hinter Schloss und Riegel sitzt, bevor Booth Watson in Barcelona landet«, fügte Ross hinzu.

»Ich bin immer noch nicht sicher …«

»Natürlich sind Sie das nicht, Chorknabe. Aber Sie selbst haben mich kürzlich daran erinnert, dass wir nicht in Battersea sind, sondern in Barcelona, weshalb nicht Sie diese Entscheidung treffen.«

Beide wandten sich dem Leutnant zu. Juan nickte wortlos.

Ross hob die linke Hand, schob den Ärmel zurück und tippte 04 11 09 88 in die Uhr ein.

Booth Watsons Gehirn lief bereits auf Hochtouren, noch bevor er die Dusche eingeschaltet hatte. Er wartete nicht erst ab, bis die Wasserstrahlen sich aufgewärmt hatten, bevor er einen Plan zu formulieren begann. Sollte er zunächst in seine Kanzlei gehen und Isobel Martinez anrufen, bevor er zum Flughafen fahren würde? Er war nicht einmal sicher, ob er dort ihre Nummer hatte. Er beschloss, darauf zu vertrauen, dass Collins sie erreichte und seine Anweisungen ausführte, während er direkt nach Heathrow fahren und den ersten verfügbaren Flug nach Barcelona nehmen würde.

Nachdem er geduscht hatte, zog er ein sauberes Hemd und den gestrigen Anzug samt Krawatte an, während er an Warwick dachte und daran, dass dieser verdammte Mensch niemals aufgab. Sobald er sich angezogen hatte, ging Booth Watson hinunter in sein Arbeitszimmer, holte seine Aktentasche und streifte einen Mantel über. Er öffnete die Haustür. Es war ein kalter, trockener Morgen. Er schloss die Tür zwei Mal ab und trat auf den Bürgersteig, bevor er in der Ferne ein Taxischild aufleuchten sah.

Ein Polizeifahrzeug hielt vor einem Privateingang zum Flughafen. Als der Wachmann erschien, zeigte ihm Leutnant Sanchez seine Dienstmarke. Der Wachmann salutierte und verschwendete kaum einen zweiten Blick auf die drei Männer auf der Rückbank, bevor er dem Fahrer zeigte, welche Richtung er einschlagen musste.

Das Auto fuhr auf eine lange Reihe von Privatjets zu, von denen einer gerade betankt wurde und dessen Eingangstreppe bereits für den Besitzer heruntergeklappt war.

William und Ross halfen Miles Faulkner aus dem Fahrzeug. Er war noch immer unsicher auf den Beinen und hatte sich von den drei Stunden, die er in einem mannshohen Safe eingeschlossen war, noch nicht wieder erholt. Die beiden Polizisten führten ihn zur Flugzeugtreppe. Der Pilot wartete in der Tür und konnte seine Überraschung nicht verbergen, als er bemerkte, wie sein Arbeitgeber von drei Männern in Schwarz begleitet wurde, die er noch nie gesehen hatte.

Juan nahm den Piloten beiseite und erklärte ihm, dass Mr. Faulkner darauf bestanden hatte, unverzüglich nach England geflogen zu werden, weil er nur von seinem Leibarzt behandelt werden wollte.

»Aber sehen Sie sich an, in welchem Zustand er ist«, sagte der Pilot. »Hätten Sie ihn nicht hier in eine Klinik bringen können?«, fragte er, da die beiden anderen Männer seinen Chef fast tragen mussten, als sie ihn die Treppe hinauf in das Flugzeug brachten.

»Ich bin ganz Ihrer Ansicht«, sagte Juan. »Wenn Sie ihm das selbst sagen möchten, nur zu.«

»Wenn er es nicht bis nach London schafft«, sagte der Pilot, »dann sind Sie es, der dafür den Kopf hinhalten muss.«

»Ich habe das Gefühl, dass Sie damit recht haben könnten«, sagte Juan, während der Pilot rasch ins Cockpit zurückkehrte. William schüttelte Juan herzlich die Hand, bevor der Leutnant das Flugzeug verließ.

Ross ließ Faulkner in einen bequemen Ledersessel sinken und legte ihm den Sicherheitsgurt um, während William ein kleines Paket in der Gepäckablage über ihnen verstaute. Dann setzten er und Ross sich rechts und links neben den Festgenommenen. Die Stewardess schloss die Flugzeugtür, und wenige Minuten später rollte das Flugzeug zur südlichen Startbahn.

»Verdammt«, sagte Booth Watson, als das Taxi vor ihm hielt. »Verdammt«, wiederholte er, bevor er dem Fahrer erklärte, dass er seinen Pass vergessen hatte, aber in ein paar Minuten zurück sei.

Der Fahrer lächelte. Eine Tour nach Heathrow mit einem nüchternen Passagier bekam er um diese Zeit am Morgen üblicherweise nicht.

Als Booth Watson die Haustür aufschloss, versuchte er, sich daran zu erinnern, ob er seinen Pass vielleicht in seiner Kanzlei hatte liegen lassen. Er rannte fast in sein Arbeitszimmer. Das nächste Wort, das er sagte, hatte genauso viele Buchstaben wie »verdammt«, reimte sich im Gegensatz dazu jedoch auf »vertickt«.

Sobald das Flugzeug seine Reisehöhe erreicht hatte, griff William nach dem Telefon in der Armlehne von Faulkners Sessel und rief Danny zu Hause an.

»Fahren Sie unverzüglich nach Heathrow«, verlangte er, bevor Danny auch nur ein Wort sagen konnte.

»An welchen Terminal, Sir?«

»Nummer eins, den Platz für Privatflugzeuge. Wir sollten in zwei Stunden dort sein.«

»Das Taxi oder einen Streifenwagen?«

»Einen Streifenwagen. Ich werde Faulkner nicht mit einem Taxi ins Gefängnis bringen.« Nachdem er aufgelegt hatte, warf er einen Blick auf den Festgenommenen, der aussah, als erwache er aus einem tiefen Schlaf.

»Wer von uns wird den Commander anrufen?«, fragte Ross unschuldig.

»Ich«, sagte William. »Aber erst wenn Faulkner sicher hinter Schloss und Riegel ist.«

Als das Taxi Booth Watson fünfzehn Minuten später in Heathrow absetzte, ging er als Erstes zur Abflugtafel. Der nächste Flug nach Barcelona sollte in vierzig Minuten starten, und der folgende, den British Airways anbot, war erst für einige Stunden später angesetzt.

Also begab er sich zum Schalter von Iberia, wo er von der Mitarbeiterin erfuhr, dass es nur noch einen freien Platz im Heck der Maschine gab. Widerwillig reichte er ihr seine Kreditkarte, denn er wusste, dass er es sich nicht leisten konnte, auf einen Erste-Klasse-Flug mit BA zu warten.

Sobald er seinen Platz eingenommen hatte, versuchte er sich auf die Probleme zu konzentrieren, um die er sich vermutlich würde kümmern müssen, wenn er in Barcelona gelandet wäre. Doch auf der einen Seite neben ihm saß eine Mutter mit ihrem schreienden Kind und auf der anderen ein Mann, der sich mit jemandem jenseits des Gangs darüber unterhielt, ob Arsenal seinen Trainer feuern sollte, weshalb er mit seinen Überlegungen nicht weiterkam.

»Wo bin ich?«, fragte eine kraftlose Stimme, als der Gulfstream-Jet in Heathrow aufsetzte und an das hintere Ende der Landebahn rollte

»Dort, wo Sie hingehören«, sagte Ross ohne eine weitere Erklärung.

William sah aus dem Kabinenfenster, während das Flugzeug zum Stehen kam, und erkannte erleichtert, dass Danny neben einem Streifenwagen auf sie wartete.

»Haltet sie auf! Haltet sie auf!«, schrie Faulkner, so laut er konnte, als er aus seinem Sitz gezogen und ohne Umschweife zum Ausgang gezerrt wurde. Die Stewardess rannte an das vordere Ende des Flugzeugs und hämmerte an die Cockpittür, während Faulkner die Treppe hinuntergeschoben wurde und auf den Asphalt stolperte, wo Danny ihn in seinen Armen auffing wie einen lange verlorenen Geliebten.

Rasch folgten William und Ross, die den Festgenommenen auf die Rückbank setzten, während Danny hinter dem Steuer Platz nahm.

»Guten Morgen, Sir«, sagte Danny mit einem Blick in den Rückspiegel. »Soll ich warten, um zu erfahren, was die beiden Gentlemen wollen, bevor wir losfahren?«

William und Ross spähten aus dem Heckfenster und sahen, wie der Pilot und ein Mitarbeiter des Flughafens auf sie zurannten.

»Nein«, sagte William mit fester Stimme. »Fahren Sie los.«

Danny brauchte keine weitere Ermutigung, um mit Blaulicht und heulender Sirene davonzuschießen.

Als Booth Watson schließlich zwei Stunden später in Barcelona landete, musste er erleben, wie lange es dauern konnte, ein Flugzeug zu verlassen, wenn man nicht erster Klasse flog. Dieselbe Schlange wie zuvor erwartete ihn an der Passkontrolle, und ebenso dauerte es eine gewisse Zeit, bis er durch den Zoll war und hinaus in die Morgensonne trat, wo schon eine weitere lange Schlange von Reisenden stand, die auf ein Taxi warteten.

Als Booth Watson endlich die Spitze der Schlange erreicht hatte, setzte er sich auf die Rückbank eines Taxis und sah auf die Uhr. Sein erster Gedanke war: Ist Miles Faulkner noch am Leben? Sein zweiter: Was, wenn nicht?

»Booth Watsons Flug aus Heathrow ist gerade gelandet«, sagte Juan, als er den Hörer auflegte. »Also können Sie Collins freilassen und zurück ins Haus bringen. Sorgen Sie dafür, dass beide etwa gleichzeitig eintreffen.«

Der zuständige Beamte schloss die Zellentür auf und machte einen Schritt zur Seite, sodass der wütende Gefangene, der sein Frühstück nicht angerührt hatte, nach draußen treten konnte. Als Collins das obere Ende der Treppe erreichte, erwartete der Leutnant ihn bereits. Er sah dem spanischen Polizisten in die Augen und sagte: »Wenn er stirbt, sind Sie es, der dafür den Kopf hinhalten muss.«

Collins war schon der Zweite, der ihm gegenüber diese Formulierung benutzte, und Juan nahm an, dass er sie auch noch ein drittes Mal zu hören bekäme, wenn er später seinem Vorgesetzten Bericht erstatten würde.

Faulkner hörte nicht auf zu protestieren, während der Streifenwagen aus dem Flughafen und auf die Hauptverkehrsstraße schoss. William und Ross mussten all ihre Kraft aufwenden, um ihn auf der Rückbank festzuhalten.

Schließlich entschied sich Ross dafür, ihnen beiden ein wenig Ruhe zu verschaffen, und rammte seinen Ellbogen mit voller Wucht in Faulkners Unterleib, woraufhin dieser zusammensackte und seine Proteste zu einem wimmernden Stöhnen wurden.

»War das nötig?«, fragte William.

»Möglicherweise nicht, Sir«, erwiderte Ross. »Aber ich hatte Grund zur Annahme, dass ein Angriff auf uns unmittelbar bevorstand.«

William wandte sich zum Fenster um, damit Ross nicht mitbekam, wie er lachen musste.

Als Danny mit noch immer heulender Sirene die Pentonville Road erreichte, hatte Faulkner sich vollkommen erholt. Das gewaltige Holztor öffnete sich langsam, während sie sich dem Gefängnis näherten.

»Sie machen einen schrecklichen Fehler«, protestierte Faulkner. »Ich bin Captain Ralph Neville.«

»Und ich bin Mutter Teresa«, sagte Ross.

Diesmal konnte William nicht mehr aufhören zu lachen.

Danny ließ den Streifenwagen durch das Gefängnistor rollen und sah, dass das Empfangskomitee schon für sie bereitstand. Als er anhielt, trat der Gefängnisdirektor vor

»Willkommen zurück, 0249«, sagte er, als der Festgenommene aus dem Streifenwagen gezogen wurde. »Ich fürchte, Ihre alte Zelle ist im Augenblick belegt, aber wir haben eine größere für Sie gefunden, die Sie mit zwei Lebenslänglichen teilen werden. Einer hat seine Mutter ermordet, und der andere ist heroinsüchtig und kann nachts einfach nicht einschlafen, der arme Junge. Trotzdem dürften Sie keine Probleme bekommen, denn Sie haben das oberste Bett.« Er bedachte Faulkner mit einem warmen Lächeln und fügte dann hinzu: »Seien Sie einfach dankbar, dass Sie nicht in Einzelhaft kommen, aber geben Sie mir Bescheid, wenn Ihnen das lieber wäre.«

»Ich verlange, meinen Anwalt zu sprechen«, sagte Faulkner.

»Ich fürchte, er ist im Augenblick außer Landes«, sagte William, während zwei Aufseher den Festgenommenen an den Armen packten und ihn in den Hochsicherheitstrakt abführten. »Aber ich werde ihn sofort verständigen, sobald er zurück ist.«

Collins stieg gerade aus dem Streifenwagen, als ein Taxi vor dem Haus anhielt.

»Haben Sie es geschafft, ihn noch rechtzeitig aus dem Safe zu befreien?«, waren Booth Watsons erste Worte, als er aus dem Taxi stieg.

»Ich wollte gerade Señora Martinez anrufen, als ich gesehen habe, wie Ihr Taxi die Auffahrt entlangkam.«

»Aber ich hatte Sie doch schon vor Stunden darum gebeten«, sagte Booth Watson verzweifelt, während er darauf wartete, dass Collins die Haustür aufschloss.

»Ich hätte es auch schon vor Stunden getan«, blaffte Collins, »wenn Leutnant Sanchez mich nicht unter einem lächerlichen Vorwand festgenommen hätte. Ich komme gerade erst zurück, nachdem man mich offensichtlich in einer abgekarteten Aktion festgehalten hat.«

»Dann haben wir keine Sekunde zu verlieren«, blaffte Booth Watson zurück, als Collins ins Haus und durch den Korridor stürmte und vor der Tür zum Arbeitszimmer stehen blieb. Der Butler wartete, bis Booth Watson außer Atem zu ihm aufgeschlossen hatte. Dann betraten sie das

Zimmer gemeinsam. Ihnen konnte nicht entgehen, dass die massive Metalltür noch immer fest geschlossen war. Rasch trat Collins an den Schreibtisch seines Arbeitgebers und sah dessen Adressverzeichnis durch.

»Wie lange ist er schon da drin?«, fragte Booth Watson und deutete auf die Metalltür.

»Mehrere Stunden«, erwiderte Collins. »Aber wenn wir uns beeilen, können wir ihn immer noch retten.«

Collins begann, die Nummer der spanischen Anwältin zu wählen, als Booth Watson fragte: »Wie lauteten Mr. Faulkners Anweisungen, bevor die Polizei aufgetaucht ist?«

»Er hat mir gesagt, ich solle seine sämtlichen Bilder zusammenpacken und in den Laderaum der Jacht schaffen, sobald diese heute Abend eintrifft.«

»Dann sollten Sie diese Anweisung ausführen und das Gespräch mit Señora Martinez mir überlassen.«

Zögernd reichte der Butler Booth Watson den Hörer. »Sollte irgendjemand Sie danach fragen, Collins, dann sagen Sie, dass Mr. Faulkner letztes Jahr in der Schweiz gestorben ist, wo er auch eingeäschert wurde. Ich kann das bestätigen, denn wie Inspector Warwick war auch ich bei der Trauerfeier zugegen.«

»Büro Señora Martinez«, sagte eine Stimme, als Collins die Tür hinter sich zuzog.

Wortlos legte Booth Watson den Hörer auf die Gabel.

»Ich hatte Sie angewiesen, mir über alles Bericht zu erstatten, was Sie beide vorhaben, Chief Inspector«, sagte der Commander mit seiner lautesten Stimme. »Und damit meinte ich *alles*.«

»Ich hatte nicht angenommen, dass Sie wünschen, mitten in der Nacht von mir geweckt zu werden, Sir«, erwiderte William in nicht sehr überzeugendem Ton.

»Dann haben Sie sich geirrt, Chief Inspector. Sie beide werden sich unverzüglich in meinem Büro melden … unverzüglich«, wiederholte Hawksby und rammte den Hörer auf die Gabel.

Die Frau des Commanders drehte sich um und sah blinzelnd zu ihrem Mann, der aus dem Bett stieg. »Weshalb lächelst du?«, fragte sie, aber er hatte bereits die Badezimmertür geschlossen.

Hawksby ballte eine Faust und hieb mehrmals in die Luft. Noch immer stand ihm das Lächeln im Gesicht.

Danksagung

Für ihre unschätzbaren Hinweise und Recherchen danke ich: Simon Bainbridge, Michael Benmore, Jonathan Caplan QC, Kate Elton, Alison Prince und Johnny Van Haeften.

Besonderer Dank geht an
Detective Sergeant Michelle Roycroft (i. R.), Chief Superintendent John Sutherland (i. R.) und Detective Chief Inspector Jackie Malton (i. R.).

Das war der vierte Teil der großen Warwick-Saga
von Jeffrey Archer.

Auf den kommenden Seiten
folgt eine Leseprobe von Teil fünf.

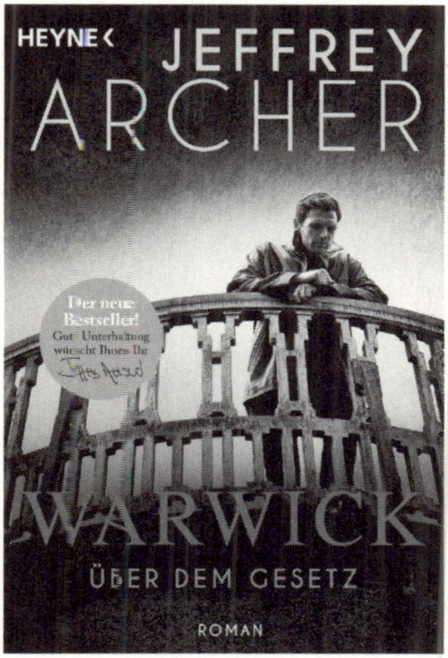

1

Ein Kradbegleiter der Special Escort Group fuhr mit hohem Tempo vor Scotland Yard vor, dicht gefolgt von einem grünen Jaguar und einem Land Rover sowie zwei Polizisten auf Motorrädern, die als Nachhut den königlichen Konvoi vervollständigten. Alle Fahrzeuge kamen zum Stehen, als Big Ben halb zwölf schlug.

Ein Personenschützer sprang vorn aus dem Jaguar und öffnete die hintere Tür. Sir Peter Imbert, der Commissioner der Metropolitan Police, trat heran und verbeugte sich. »Willkommen bei Scotland Yard, Eure Königliche Hoheit«, sagte er, was mit jenem warmen, schüchternen Lächeln erwidert wurde, das der Öffentlichkeit inzwischen so sehr vertraut war.

»Vielen Dank, Sir Peter«, erwiderte sie, als die beiden einander die Hand gaben. »Es war sehr freundlich von Ihnen, meiner ungewöhnlichen Bitte nachzukommen.«

»Es ist mir ein Vergnügen, Ma'am«, sagte Sir Peter und wandte sich dem Empfangskomitee aus hochrangigen Beamten zu, die in einer Reihe hinter ihm standen und warteten. »Darf ich Ihnen den stellvertretenden Commissioner vorstellen …«

Die Prinzessin gab jedem der Beamten die Hand, bis sie das Ende der Reihe erreicht hatte, wo ihr der Leiter der Mordkommission der Met vorgestellt wurde.

»Commander Hawksby, auch bekannt als ›Mord eins‹«, erklärte ihr der Commissioner. »Sowie Chief Inspector William Warwick, der heute Ihr Führer sein wird«, fügte er hinzu, als ein kleines Mädchen vortrat, knickste und der Prinzessin einen Strauß rosafarbener Rosen reichte. Das Mädchen erhielt das breiteste Lächeln überhaupt.

Die Prinzessin beugte sich herab und sagte: »Vielen Dank. Wie heißt du?«

»Artemisia«, flüsterte das Mädchen, den Kopf zum Boden geneigt.

»Was für ein hübscher Name«, sagte die Prinzessin.

Sie wollte eben weitergehen, als Artemisia aufsah und sagte: »Warum tragen Sie heute keine Krone?«

William wurde knallrot, während Ross Hogan, der Ermittler, der ihm direkt unterstellt war, ein Lachen unterdrückte, was dazu führte, dass Artemisia in Tränen ausbrach. Die Prinzessin beugte sich noch einmal zu ihr herab, umarmte das kleine Mädchen und sagte: »Weil ich keine Königin bin, Artemisia, sondern nur eine Prinzessin.«

»Aber Sie werden eines Tages Königin sein.«

»Und dann werde ich eine Krone tragen.«

Das schien Artemisia zufriedenzustellen, denn sie lächelte, als ihr Vater den königlichen Gast der Met in das Gebäude führte.

Ein junger Kadett öffnete die Tür, und die Prinzessin hielt kurz inne, um ein paar Worte mit ihm zu wechseln, bevor William sie zu einem bereitstehenden Fahrstuhl führte. Vor dem Besuch der Prinzessin hatte es eine lange Diskussion über die Frage gegeben, ob sie die Treppe in den ersten Stock nehmen oder mit dem Aufzug fahren sollte. Der Aufzug hatte mit fünf zu vier Stimmen gewonnen. Eine ebenso angespannte Diskussion hatte der Frage gegolten, wer sie in den Aufzug begleiten sollte. Der Commissioner, Commander Hawksby und William schafften es in die engere Auswahl, während die Hofdame der Prinzessin zusammen mit Inspector Hogan und Detective Sergeant Roycroft den zweiten Aufzug nehmen würde.

William hatte sich sorgfältig auf alles vorbereitet, was er sagen wollte, doch bereits mit ihrer ersten Frage brachte Ihre Königliche Hoheit ihn von seinem geplanten Kurs ab.

»Ist Artemisia zufällig Ihre Tochter?«

»Ja, Ma'am«, sagte William. »Aber was lässt Sie darauf schließen?«, fragte er, denn er hatte einen Augenblick lang vergessen, dass er sich nicht an einen ihm untergebenen Beamten richtete.

»Wenn sie nicht Ihre Tochter wäre, wären Sie nicht rot geworden«, lautete die Antwort, als sie den Aufzug betraten.

»Ich habe ihr gesagt, das sie Sie nicht ansprechen und Ihnen ganz gewiss keine Fragen stellen soll«, sagte William.

»Die Tatsache, dass sie nicht auf Sie gehört hat, bedeutet wahrscheinlich, dass sie der interessanteste Mensch sein dürfte, dem ich heute begegnen werde«, flüsterte Diana, als sich die Türen schlossen. »Warum haben Sie ihr den Namen Artemisia gegeben?«

»Sie ist nach Artemisia Gentileschi benannt, der großen italienischen Barockmalerin.«

»Dann mögen Sie also Kunst?«

»Eine Leidenschaft von mir, Ma'am. Aber es war meine Frau Beth, die Kuratorin der Gemälde im Fitzmolean ist, die den Namen ausgesucht hat.«

»Dann werde ich eine weitere Gelegenheit haben, Ihre

Tochter zu treffen«, sagte die Prinzessin. »Denn wenn ich mich recht erinnere, werde ich nächstes Jahr die Frans-Hals-Ausstellung eröffnen. Ich werde wohl darauf achten müssen, wenigstens eine kleine Krone zu tragen, wenn ich vermeiden will, dass ich wieder gescholten werde«, fügte sie hinzu, als sich die Aufzugtüren im ersten Stock öffneten.

»Das Kriminalmuseum, Ma'am«, sagte William, indem er zu seiner vorbereiteten Rede zurückkehrte, »besser bekannt unter der Bezeichnung ›Schwarzes Museum‹, geschaffen aufgrund der Idee eines gewissen Inspector Neame, der 1869 den Eindruck hatte, es würde seinen Kollegen bei der Aufklärung und sogar der Verhinderung von Verbrechen helfen, wenn sie die Möglichkeit bekämen, bekannte Fälle zu studieren. Unterstützt wurde er dabei von einem gewissen Constable Randall, der Material über verschiedene berüchtigte Kriminelle und Tatorte zusammentrug, welche die ersten Ausstellungsstücke in dieser Verbrechergalerie bildeten. Das Museum wurde fünf Jahre später, im April 1874, eröffnet. Doch es ist der Öffentlichkeit bis heute verschlossen.«

William warf einen Blick zurück und sah, dass Ross mit der Hofdame der Prinzessin plauderte. Er führte seinen Gast durch einen langen Flur zu Zimmer 101, wo eine weitere Tür für die königliche Besucherin geöffnet wurde. William fragte sich, ob die Prinzessin jemals selbst eine Tür öffnete, doch rasch schob er den Gedanken beiseite und kehrte zu seinem vorbereiteten Text zurück.

»Ich hoffe, Sie finden das Museum nicht zu verstörend, Ma'am. Gelegentlich sind schon Besucher in Ohnmacht gefallen«, sagte er. Sie betraten einen Raum, dessen spärliche Beleuchtung sehr zur makabren Atmosphäre beitrug.

»Es kann nicht schlimmer sein als vier Tage in Ascot«, erwiderte die Prinzessin, »wo mich regelmäßig der Wunsch überkommt, in Ohnmacht zu fallen.«

William hätte am liebsten gelacht, aber es gelang ihm, sich zu beherrschen.

»Das erste Ausstellungsstück«, sagte er, als sie sich einer großen Glasvitrine näherten, »enthält frühe Erinnerungsstücke, die von Neame und Randall gesammelt wurden.«

Die Prinzessin betrachtete aufmerksam eine Sammlung von Waffen, mit denen Kriminelle im siebzehnten Jahrhundert ihre Opfer ermordet hatten, darunter ein Spazierstock, der sich durch die Drehung seines Knaufs in einen Degen verwandelte, sowie verschiedene Klappmesser, schwere Holzknüppel und Schlagringe. Rasch ging William weiter zur nächsten Vitrine, die Jack the Ripper gewidmet war und die unter anderem den handschriftlichen Brief enthielt, den dieser 1888 auf dem Höhepunkt der Serienmorde an die London Central News Agency geschickt hatte, um die Polizei mit der Aussage zu provozieren, dass er nie geschnappt werden würde. Aber das war, so rief William seinem Gast in Erinnerung, bevor die Met begonnen hatte, Fingerabdrücke zur Identifizierung von Kriminellen einzusetzen, und mehr als ein Jahrhundert bevor der DNA-Abgleich zu einer Möglichkeit bei den Ermittlungen wurde.

»Bisher bin ich noch nicht in Ohnmacht gefallen«, sagte die Prinzessin, als sie zur nächsten Vitrine weitergingen, die ein altes Fernglas enthielt. »Was ist daran so besonders?«, fragte sie ihn.

»Es wurde nicht für Ascot hergestellt, Ma'am«, sagte William. »Es war ein Geschenk von einem ausgesprochen unangenehmen Individuum an seine Verlobte, nachdem sie diesem Herrn den Laufpass gegeben hatte. Als sie es vor ihre Augen hielt und die Schärfe einstellte, schossen zwei Nägel heraus und blendeten sie. Im Prozess wurde der Angeklagte vom Anwalt der Krone gefragt, warum er etwas so Bösartiges getan hatte, und er antwortete nur: ›Ich wollte nicht, dass sie jemals wieder einen anderen Mann ansieht.‹«

Diana bedeckte ihre Augen, und William ging rasch weiter.

»Das nächste Ausstellungsstück ist besonders faszinierend, Ma'am«, sagte er und deutete auf eine kleine, einfache Metallkiste. »Es lieferte den entscheidenden Hinweis im ersten Fall, den die Met durch die Verwendung von Fingerabdrücken als Beweismittel gelöst hat. Im Jahr 1905 wurden die Brüder Alfred und Albert Stratton wegen Mordes an dem Ladeninhaber Thomas Farrow und dessen Frau Ann festgenommen. Sie wären damit durchgekommen, wenn Alfred nicht diesen einzigen Daumenabdruck auf der leeren Bargeldkiste hinterlassen hätte. Sie wurden beide schuldig gesprochen und gehängt.«

Sie gingen weiter zur nächsten Vitrine, wo die Prinzessin einen kurzen Blick auf ein Foto warf, bevor sie sich William zuwandte und sagte: »Erzählen Sie mir von ihm.«

»Am achtzehnten Februar 1949 tötete John Haigh die reiche Witwe Olive Durand-Deacon, als sie seine Ingenieurswerkstatt in Crawley besuchte. Nachdem Haigh ihr alles abgenommen hatte, was sie an Wertgegenständen bei sich trug, löste er ihre Leiche in einem Fass Schwefelsäure auf, denn er glaubte, dass man ihn nicht des Mordes würde anklagen können, wenn die Polizei keine Leiche vorweisen konnte. Er hatte jedoch nicht mit der fachlichen Kompetenz eines gewissen Dr. Keith Simpson gerechnet … ein Pathologe, der drei Gallensteine und ein paar der falschen Zähne des Opfers in einem Haufen Abfall hinter der Werkstatt fand. Haigh wurde festgenommen, verurteilt und gehängt.«

»Sie genießen es anscheinend außerordentlich, ein Mädchen bei der ersten Verabredung an einen romantischen Ort auszuführen, nicht wahr, Chief Inspector?«, sagte die Prinzessin, woraufhin William sich entspannte und zum ersten Mal lachte.

»Ein weiteres Beispiel in einer langen Reihe späterer Erfolge«, fuhr er fort, als sie vor der nächsten Vitrine stehen blieben, »stellte die Festnahme von Dr. Hawley Harvey Crippen dar, einem amerikanischen Homöopathen, der seine Frau Cora in London ermordet hatte, bevor er in Begleitung seiner Geliebten Ethel Le Neve nach Brüssel floh. Von Brüssel aus ging es für die beiden nach Antwerpen, wo Crippen zwei Tickets für die SS *Montrose* besorgte, einen Ozeandampfer, der nach Kanada fuhr. Ethel verkleidete sich als Knabe, sodass die beiden als Vater und Sohn auftreten konnten. Bevor das Schiff in See stach, hatte man dem Kapitän ein Fahndungsplakat gezeigt, und er wurde misstrauisch, als er sah, wie Crippen und Le Neve sich bei den Händen hielten und einander küssten. Er telegrafierte Scotland Yard, und Chief Inspector Walter Dew, der die Ermittlungen leitete, fuhr sofort nach Liverpool und ging an Bord der SS *Laurentic*, die Kanada noch vor der *Montrose* erreichte. Als Lotse verkleidet betrat er das Schiff, als dieses den Sankt-Lorenz-Strom hinauffuhr, nahm Crippen und Le Neve fest und brachte sie nach England zurück, wo ihnen der Prozess gemacht wurde. Die Geschworenen brauchten nur eine halbe Stunde, um Crippen des Mordes für schuldig zu befinden.«

»Also kam auch er an den Galgen«, sagte die Prinzessin in vergnügtem Ton. »Aber was ist mit Le Neve?«

»Sie wurde vom Vorwurf der Hilfe bei der Vertuschung einer Straftat freigesprochen, aber die Geschworenen brauchten viel länger, um zu einem Urteil zu kommen.«

»Interessant, dass Frauen am Ende so oft straflos davonkommen«, sagte die Prinzessin, als sie den nächsten Raum betraten, der kaum einladender aussah als derjenige zuvor.

»Sie werden jetzt einigen bekannten East-End-Gangstern begegnen«, erklärte William. »Ich beginne mit den berüchtigtsten von allen, den Kray-Brüdern Reggie und Ronnie.«

»Sogar ich habe von ihnen gehört«, sagte die Prinzessin, die vor einer Reihe von Schwarz-Weiß-Fotos der berüchtigten Zwillinge stand.

»Obwohl sie über viele Jahre hinweg zahllose schwere Straftaten begangen hatten, darunter Mord bei mehr als einer Gelegenheit, war es fast unmöglich, sie anzuklagen, geschweige denn zu verurteilen, weil keiner bereit war, gegen sie auszusagen. Denn die Leute hatten zu große Angst vor den Folgen.«

»Wie wurden sie dann geschnappt?«

»Die Polizei nahm sie schließlich fest, nachdem Reggie 1967 einen Komplizen namens Jack ›the Hat‹ McVitie ermordet hatte. Beide Krays wurden zu einer lebenslangen Haftstrafe verurteilt.«

»Und derjenige, der gegen sie ausgesagt hatte?«

»Bekam keine Gelegenheit mehr, seinen nächsten Geburtstag zu feiern, Ma'am.«

»Ich stehe immer noch, Chief Inspector«, neckte die Prinzessin, als sie in den nächsten Raum gingen, in dem sie die Präsentation einer Reihe von Juteseilen verschiedener Länge und Dicke erwartete.

»Bis ins neunzehnte Jahrhundert kamen jedes Mal sehr viele Leute in Tyburn zusammen, um sich die öffentlichen Hinrichtungen anzusehen«, sagte der Commissioner, der den beiden in kurzem Abstand gefolgt war. »Dieser barbarischen Form der Unterhaltung wurde im Jahr 1868 ein Ende gesetzt. Von da an fanden Hinrichtungen nur noch hinter den Gefängnismauern statt, ohne Beisein der Öffentlichkeit.«

»Waren Sie als junger Beamter jemals bei einer Hinrichtung zugegen, Sir Peter?«, fragte die Prinzessin.

»Nur ein einziges Mal, Ma'am, und Gott sei Dank nie wieder.«

»Helfen Sie mir auf die Sprünge«, sagte die Prinzessin, indem sie sich wieder an William wandte. »Wer war die letzte Frau, die gehängt wurde?«

»Sie sind mir einen Schritt voraus, Ma'am«, sagte William und trat vor die nächste Vitrine. »Ruth Ellis, eine Bardame, wurde am dreizehnten Juli 1955 gehängt, nachdem sie ihren Geliebten mit einem .38er Smith & Wesson erschossen hatte. Hier können Sie den Revolver sehen.«

»Und der letzte Mann?«, fragte die Prinzessin, während sie die Waffe anstarrte.

William zermarterte sich das Gehirn, denn das gehörte eigentlich zu seinem Vortrag. Er wandte sich dem Commissioner zu, doch dieser reagierte nicht.

Der Kurator des Museums rettete sie, indem er vortrat und sagte: »Gwynne Evans und Peter Allen, Ma'am, wurden am dreizehnten August 1964 wegen Mordes an John Alan West gehängt. Im Jahr darauf wurden Hinrichtungen auf die Gesetzesinitiative eines einzelnen Abgeordneten hin abgeschafft. Es dürfte Sie jedoch interessieren, Ma'am, dass man immer noch wegen Verrat oder Piraterie unter Einsatz von Gewalt gehängt werden kann.«

»Ich glaube, Verrat wäre in meinem Fall wahrscheinlicher«, sagte die Prinzessin, was allgemeines Gelächter auslöste.

William führte seinen Gast durch den letzten Raum auf ihrem Rundgang, in dem ihr eine Reihe von Flaschen gezeigt wurden, die verschiedene Gifte enthielten. William erklärte, dass das die bevorzugte Mordmethode von Frauen war, besonders wenn es um ihre Ehemänner ging. Kaum dass William diese Worte ausgesprochen hatte, bereute er sie.

»Und damit, Ma'am, wären wir am Ende unserer Tour angelangt. Ich hoffe, Sie fanden sie …« Er zögerte und ersetzte dann das Wort »angenehm«, das er hatte benutzen wollen, durch »interessant«.

»›Faszinierend‹ wäre eine bessere Beschreibung der letzten Stunde, Chief Inspector«, erwiderte die Prinzessin, und William begleitete sie aus dem Museum.

Sie gingen zurück durch den langen Flur in Richtung Aufzug, wobei sie an einem Waschraum vorbeikamen, der für die königliche Besucherin reserviert worden war. Zwei junge Polizistinnen standen Wache, doch ihre Dienste waren nicht vonnöten, weshalb sie enttäuscht wirkten. Die Prinzessin spürte das und blieb kurz stehen, um ein paar Worte mit ihnen zu wechseln, bevor sie weiterging.

»Ich freue mich schon darauf, Sie wiederzusehen und

Ihre Frau kennenzulernen, wenn ich die Frans-Hals-Ausstellung eröffnen werde, Chief Inspector«, sagte die Prinzessin, als sie in den Aufzug trat. »Das dürfte gewiss eine vergnüglichere Angelegenheit werden.«

William gelang es zu lächeln.

Als sich die Aufzugtüren im Erdgeschoss öffneten, übernahm der Commissioner wieder die Führung und begleitete den königlichen Gast zu der bereitstehenden Limousine, wo der Personenschützer der Prinzessin die hintere Tür aufhielt. Die Prinzessin hielt inne, um der Menge zuzuwinken, die sich auf der anderen Straßenseite versammelt hatte.

»Mir ist aufgefallen, dass du keine Zeit verloren und sofort mit ihrer Hofdame geplaudert hast«, sagte William, als Inspector Hogan zu ihm trat.

»Ich glaube«, sagte Ross ohne das geringste Zögern, »dass ich Chancen bei ihr habe.«

»Ich würde meinen, du trittst in einer Gewichtsklasse an, die weit über deiner eigenen liegt«, erwiderte William.

»Das war für dich selbst nie ein Problem«, sagte Ross grinsend.

»Touché«, sagte William und deutete seinem Freund gegenüber eine Verbeugung an.

»Lady Victoria hat mir gesagt, dass der Personenschützer der Prinzessin Ende des Jahres in Pension geht und sie bisher noch keinen Ersatz gefunden haben. Also habe ich gehofft, du könntest ein gutes Wort für mich einlegen.«

»An welches Wort hattest du dabei gedacht? Unzuverlässig? Berüchtigt? Promiskuitiv?«

»Ich glaube, das entspricht so ziemlich dem, was sie sucht«, sagte Ross, als die Hofdame in den Fond des Fahrzeugs vor der Limousine der Prinzessin stieg.

»Ich werde darüber nachdenken«, sagte William.

»Hast du nicht mehr zu sagen nach allem, was ich über die Jahre für dich getan habe?«

William versuchte, nicht zu lachen, als er daran dachte, wie ihre jüngste Eskapade geendet hatte. Er und Ross waren gerade aus Spanien zurückgekommen, wo sie Miles Faulkner auf der Spur gewesen waren. Schließlich hatten sie ihre alte Nemesis in Barcelona gefasst und gewaltsam nach Pentonville zurückgebracht – in jenes Gefängnis, aus dem Faulkner im Jahr zuvor ausgebrochen war. Trotz ihres Triumphs waren sich William und Ross der unvermeidlichen Konsequenzen bewusst, denen sie sich würden stellen müssen, *nachdem sie jede offizielle Regel gebrochen* hatten, wie der Commander sich ausdrückte. William erinnerte seinen Vorgesetzten daran, dass es bei Miles Faulkner keine offiziellen Regeln gab und dass er, hätten sie nicht die eine oder andere Vorschrift ignoriert, ihnen erneut entwischt wäre.

»Ein doppeltes Unrecht ist noch kein Recht«, hatte sie der Commander ermahnt.

Doch wie lange, fragte sich William, konnten sie darauf hoffen, dass Faulkner hinter Gittern bleiben musste, wenn dessen korrupter Anwalt nur zu gerne genau jene Regeln beugte, bis sie fast brachen, sofern das seinen »hoch angesehenen Mandanten« von allen Vorwürfen freisprach und dieser ohne den geringsten Fleck auf seiner weißen Weste aus dem Gefängnis entlassen würde? Die beiden hatten sich auch damit abgefunden, dass Kronanwalt Booth Watson sich erst zufriedengäbe, wenn William und Ross sich einer disziplinarischen Anhörung stellen mussten, in deren Folge sie wegen inakzeptablen Verhaltens unehrenhaft aus dem Polizeidienst entlassen würden. William hatte seine Frau bereits davor gewarnt, dass ihnen während der nächsten Monate ein Aufenthalt in unruhigem Fahrwasser bevorstünde.

»Und gibt es auch noch irgendetwas Neues?«, hatte Beth ihn gefragt, bevor sie hinzufügte, *sie* würde sich erst zufriedengeben, wenn Booth Watson zusammen mit seinem »hoch angesehenen Mandanten« hinter Gittern saß, wo beide auch hingehörten.

Mit einem Ruck kam William in die Gegenwart zurück, als Ihre Königliche Hoheit im Fond der Limousine Platz nahm und die Polizisten ihre Motorräder starteten, um das königliche Gefolge von Scotland Yard in die Victoria Street zu führen.

Die Prinzessin winkte aus ihrem Auto heraus der Menge zu, und alle winkten zurück – außer Ross, der immer noch ihrer Hofdame zulächelte.

»Dein Problem ist, dass deine Eier größer sind als dein Hirn, Ross«, sagte William, als der Konvoi langsam davonfuhr.

»Wodurch das Leben bei Weitem interessanter wird«, erwiderte Ross.

Sobald der Konvoi der Prinzessin verschwunden war, traten der Commissioner und Hawksby zu den beiden. »Das war eine gute Idee von Ihnen«, sagte Sir Peter, »nicht uns alte Säcke, sondern zwei junge Beamte unsere Gäste durch das Museum führen zu lassen, besonders da einer von ihnen so offensichtlich seine Hausaufgaben gemacht hat.«

»Vielen Dank, Sir«, sagte Ross, was dem Commander ein schiefes Lächeln entlockte.

»Ich finde, Warwick hat es verdient, sich den Rest des Tages freizunehmen«, schlug Sir Peter vor und machte sich auf den Weg zurück in sein Büro.

»Kommt nicht infrage«, murmelte Hawksby, sobald der Commissioner außer Hörweite war. »Genau genommen möchte ich Sie beide und den Rest des Teams so bald wie möglich in meinem Büro sehen – und so bald wie möglich bedeutet sofort.«